BAUM
HAUS

HERBST BRINGER

Björn Springorum

BAUM HAUS

BAUMHAUS TASCHENBUCH
Band 1065

1. Auflage: Oktober 2013

Dieser Titel ist auch als E-Book erschienen.

MIX
Papier aus verantwortungsvollen Quellen
FSC® C014496
FSC
www.fsc.org

Originalausgabe

Lektorat: Greta Steenbock
Umschlaggestaltung: Manuela Städele unter Verwendung von Motiven
von © shutterstock/comodore; © shutterstock/javarman;
© shutterstock/Ramona Kaulitzki
Satz: hanseatenSatz-bremen, Bremen
Gesetzt aus der Goudy Oldstyle Std
Druck und Verarbeitung: GGP Media GmbH, Pößneck
Printed in Germany
ISBN 978-3-8432-1065-2

Sie finden uns im Internet unter
www.baumhaus-verlag.de
Bitte beachten Sie auch www.luebbe.de

Für meine Eltern, die immer an mich geglaubt haben.

Der Sommer stirbt in ihren Augen
Wo sie wandelt welkt die Welt
Wind und Regen nur als Zeugen
Bis auch sie zu Staub zerfällt

IRGENDWO IM VEREINIGTEN KÖNIGREICH

19. JAHRHUNDERT

Dumpf hörte sie die Brandung gegen die Klippen schlagen. Einst ein vertrautes Geräusch, entschwand es ihr zusehends, wirkte schon seltsam fern und unerreichbar.

Die Dunkelheit, die sie umgab, verzerrte alle Geräusche, ließ die aufgewühlten Gespräche über ihr wie durch dicke Watte an ihr Ohr dringen.

Oder durch feuchte Erde …

Wieder spürte sie den klatschenden Aufschlag einer Schaufel Erde. Wie lange würde es dauern, bis sie vollständig verscharrt war?

»Diese Strafe ist zu hart!« Klar und deutlich vernahm sie die flehende Stimme ihrer Mutter. Sie musste lächeln. Trotz allem hatte ihre Mutter nie aufgegeben, um sie zu kämpfen. Auch, als die Sache längst verloren gewesen war.

»Der Rat hat entschieden, Margaret. Wir dürfen und werden uns ihm nicht widersetzen. Nun schweig – sie kann dich womöglich hören.«

Onkel Albert. Das Lächeln verflüchtigte sich aus ihren Zügen wie ein aufgeschreckter Vogel. Seine Anwesenheit schloss eine Wendung der Ereignisse endgültig aus. Aber woher kam diese Ruhe, die sie in dieser dunklen Stunde durchströmte?

»Ein junges Mädchen lebendig zu begraben ist … barbarisch.« Wieder ergriff ihre Mutter das Wort.

»Komm, Margaret, wir sind hier nicht erwünscht.«

Ihre Kehle zog sich zusammen. Damit hatte sie nicht gerechnet. Dass ihr Vater bei ihrer Bestrafung zugegen sein würde, kam einer Absolution gleich.

»Vater«, schluchzte sie. Das Wort verhallte ungehört in der engen Holzkiste. Mit ihm schien ein Bann von ihr abzufallen. Panisch hämmerten ihre Fäuste gegen massive Eiche, immer verzweifelter wurden ihre Schreie.

Doch es war zu spät.

Wieder und wieder klatschte Erde auf den Sarg, mit jedem Mal klangen die Stimmen gedämpfter.

»Sie erfährt die gerechte Strafe für Hochverrat an ihresgleichen. Sie wird für die Schande büßen, die sie über uns gebracht hat«, konnte sie noch verstehen. Dann wurden jegliche Geräusche von einer besonders großen Ladung Erde erstickt.

Stille umfing sie und sollte für sehr lange Zeit ihre einzige Gesellschaft sein.

1

Es war August, doch der Sommer welkte bereits. Eine einsame Gestalt spazierte durch den abendlichen *Hyde Park*. Trotz der milden Temperaturen trug sie einen bodenlangen schwarzen Mantel. Ein Spazierstock mit silbernem Knauf vervollständigte das Bild und ließ den hochgewachsenen Mann mit dem delikat getrimmten Bart wie einen Charles-Dickens-Schurken aussehen.

Manche Gewohnheiten wird man einfach nicht los.

Er wanderte am Ufer des Serpentine-Sees entlang. Wie lange war es her, dass er im Gefolge von Henry VIII. hier in diesem Park Jagd auf Rehe und Wildschweine gemacht hatte? Vierhundert Jahre? Oder waren es gar fünfhundert? Es fiel ihm immer schwerer, Ereignisse bestimmten Jahreszahlen zuzuordnen.

An das Jahr 1665 wiederum konnte er sich lebhaft erinnern. Die Ahnung eines Lächelns huschte über seine Züge, als er sich seinen Gedanken hingab. Es schien, als wäre es erst gestern gewesen, dass sich die Pest an London satt gefressen hatte. Ganze Heerscharen panischer Bewohner waren in die Parks geflohen, um der Ansteckungsgefahr zu entgehen. Bei dem Gedanken, wen die Überlebenden in den damals noch dichten Wäldern angetroffen hatten, musste er noch heute schmunzeln. Was für ein Festmahl das gewesen war!

Heutzutage verstopften nur noch Jogger und Tai-Chi-Besessene die Wege und Wiesen. Ganz zu schweigen von der beachtlichen Polizeipräsenz, die es immer schwerer machte, die eine oder andere einsame Joggerin unbemerkt zu verschleppen.

Ein rötlich-gelbes Blatt segelte gemächlich vor seine Füße. Stirnrunzelnd bückte er sich und hob es auf. Er roch daran. »Der Sommer stirbt früh in diesem Jahr«, sagte er leise in die heraufziehende Dämmerung. »Ungewöhnlich früh …«

Er zögerte. Er wusste, dass dies noch lange nichts bedeuten musste.

Nach einer kurzen Überlegung machte er kehrt und verließ den dunkelnden Park.

Man konnte nie wissen.

Ihr Leben sollte an einem verregneten Dienstagvormittag beginnen. Eigentlich hatte es schon viel früher begonnen. Emily hatte sich jedoch schnell angewöhnt, ihre persönliche Zeitrechnung mit dem Tag ihrer Adoption einsetzen zu lassen.

Seit sie denken konnte, war sie im Waisenhaus *Sheltering Tree* untergebracht, einem freudlosen Ort mitten im Nirgendwo, umgeben von trauernden Bäumen und zerplatzten Kinderträumen. Sie wusste weder, wer sie war, noch, wie sie in das Waisenhaus gekommen war. Ihre Vergangenheit war ein trüber Nebel ohne erkennbare Formen.

Man gab ihr den Namen Emily, lobte ihre dunkle Haarpracht und schätzte sie auf dreizehn oder vierzehn Jahre. Dann steckte man sie zu den anderen auf ein Zimmer.

Intensive Nachforschungen nach Eltern und Verwandten

blieben ergebnislos, nie war eine Vermisstenanzeige bei der Polizei oder in den Medien aufgetaucht. Ärztliche Untersuchungen bescheinigten dem Mädchen eine gute Gesundheit und stellten keinerlei Verletzungen fest, was auch die Polizei bald das Interesse verlieren ließ.

Ihre Gedächtnislücken blieben ungeklärt. Die Heimleitung stand vor einem Rätsel: Das bildhübsche Mädchen mit den seltsam weisen Augen und der verschlossenen Art schien geradewegs aus dem Nichts aufgetaucht zu sein.

Ihr war es einerlei, wie sie hieß oder was man über sie dachte; sie wollte bloß in Ruhe gelassen werden und hatte sich von Anfang an in die spärliche Bücherauswahl der Bibliothek vertieft. Vom ersten Tag an hatte man ihr mehr Freiheiten als den anderen Waisen gestattet, ließ sie ihre einsamen Spaziergänge machen und die Nächte durchlesen. Überdeutlich war das Besondere an diesem Mädchen ohne Vergangenheit zu spüren.

Gleichaltrige gab es kaum unter den Waisen, seltene Freundschaften zu besonders aufgeweckten Jüngeren wurden durch Adoptionen vorschnell beendet. Bereits nach wenigen Wochen hatte sie die hoffnungslose Realität des Waisenhauses durchschaut. Wie in einem Tierheim, das glückliche Besucher beinahe ausschließlich mit entzückenden Welpen oder niedlichen Katzenbabys verlassen, verkamen die älteren Insassen unvermeidlich zu Ladenhütern. Emily hatte sich schnell damit abgefunden. Was wäre ihr auch anderes übrig geblieben? Das *Sheltering Tree* war die einzige Heimat, die sie je gekannt hatte. Es gab ihr ein Bett und Essen, und zudem durfte sie sogar einmal in der Woche die deutlich besser sortierte Stadtbibliothek besuchen. Mehr brauchte sie nicht. Aber wie sollte sie auch: Sie hatte nie mehr gekannt.

Umso überraschender war es für sie, eines Tages in das Büro des Heimleiters Abtree gerufen zu werden. Immerhin wurde man nur zu ihm bestellt, wenn man etwas ausgefressen hatte oder in Kürze adoptiert werden würde. Da Emily noch nie etwas angestellt und den Gedanken an ihre Adoption längst aufgegeben hatte, betrat sie an diesem verregneten Dienstagvormittag zum ersten Mal jenen Raum, in dem schon für so viele Kinder ein neues Leben begonnen hatte.

Aufgeregt und gegen jede Vernunft hoffend stand sie Mr Abtree gegenüber. Alle Waisen hatten ein bisschen Angst vor dem großen Mann mit dem weißen Haar, der immer streng dreinblickte und penetrant nach Schuhcreme roch. Auch jetzt musterte er Emily durchdringend über die Ränder seiner Brille hinweg. Im Gegensatz zu den anderen Kindern empfand sie jedoch keine Furcht vor ihm. Sie wusste, dass er niemandem lange böse sein konnte. Woher sie dieses Wissen nahm, konnte sie nicht sagen. Sie wusste es, seit sie ihm das erste Mal in die Augen geblickt hatte. Und sie hatte gelernt, ihrem Instinkt zu vertrauen.

»Emily, meine Liebe, wie lange bist du jetzt bei uns?«

»Das kann ich nicht genau sagen«, antwortete sie leise. »Aber ich war gestern zum nunmehr dreiundneunzigsten Mal in der Stadtbibliothek.«

Leonard Abtree schmunzelte. Wo dieses Mädchen manchmal seine polierte Ausdrucksweise hernahm, war ihm schleierhaft. Eine unter seinen Mitarbeitern zirkulierende Theorie war, dass ihre gepflegte Sprache und ihr Wissensdurst auf ein reiches Elternhaus hindeuteten. Nicht zuletzt deswegen gab man ihr diesen Namen, als man sich dazu entschlossen hatte, das Mädchen aufzunehmen.

Emily. Die Eifrige.

Abtree glaubte nicht daran. Er sah in Emily eher eine

Art weiblichen Mowgli aus dem *Dschungelbuch*, für die viele Dinge der modernen Zivilisation ein großes Mysterium waren. Dennoch machten ihr Lesen, Schreiben und diverse Fremdsprachen keinerlei Schwierigkeiten.

»Ganz recht, es sind bald zwei Jahre. Für ein junges Mädchen ohne Kontakt zu Gleichaltrigen muss sich das furchtbar lange anfühlen. Fast wie eine Ewigkeit …«

Etwas durchfuhr sie bei diesen Worten. Ihr wurde abwechselnd heiß und kalt, und für einen flüchtigen Moment fühlte sie sich älter, stärker, überlegener. Dann war es vorbei.

Wieder wurde sie gemustert, diesmal mit einem fragenden Ausdruck. Hatte sie am Ende doch etwas ausgefressen?

»Aber was rede ich denn so lange um den heißen Brei herum?«, sagte er lächelnd und öffnete die Tür. »Du willst doch sicherlich die Familie kennenlernen, die dich adoptieren möchte.«

Sofort war alles Bisherige wie weggespült. Und mochte dieser Dienstagvormittag auch noch so verregnet sein: Für Emily war das Wetter so herrlich wie niemals zuvor.

Als vier Wochen später der erste Schultag näher rückte, machte sie sich immer mehr Sorgen, dass irgendetwas schiefgehen könnte. Zwar schaffte die Schuluniform wenigstens die Klamottenfrage aus der Welt, sodass sie mit etwas Glück vertuschen konnte, dass sie das Modebewusstsein einer blinden Vogelscheuche hatte. Wie sie von ihrer Adoptivschwester Sophie erfuhr, konnte man sich aber selbst zwischen hundert identisch gekleideten Mädchen sofort als altmodisch outen, wenn man diesen Kragen oder jenen Gürtel falsch trug.

Und damit fingen ihre Probleme erst an. Figur, Frisur, Musikgeschmack, Make-up und geschätzte tausend weitere Dinge waren laut Sophie wichtiger als alles andere. Unnötig zu erwähnen, dass Emily alldem bislang kaum Aufmerksamkeit geschenkt hatte und in Sophies Augen dringend Nachhilfe brauchte.

Sie hatte noch nie viele Klamotten besessen und trug meistens eine braune Cordschlaghose und eine lila Strickjacke. Sophies Kommentar »Das ist ja so Siebziger!« hatte ihr nur ein Stirnrunzeln entlockt. Tatsächlich sah sie mit ihren glatten langen Haaren, der blassen Haut und den feinen, ungeschminkten Gesichtszügen ein wenig so aus wie ein Blumenkind der 68er-Generation. Nur nicht ganz so bunt.

Sophie hatte sie außerdem innerhalb kürzester Zeit über alles informiert, was es über das kleine Örtchen Woods End zu wissen gab. Ihr konnte es natürlich nur recht sein: Noch vor dem ersten gemeinsamen Abendessen hatte sie mehr über ihre neue Familie erfahren als in den zwei Jahren zuvor über sämtliche Heimschwestern und das gesamte Waisenhaus. Sie lernte, dass Sophie fünfzehn Jahre alt war und nach den Ferien in dieselbe Klasse kommen würde wie sie, dass ihre Eltern Carter und Megan hießen, Mitte vierzig waren und sie alle fortan denselben Nachnamen tragen würden – Lanceheart. Sie würde als Tochter eines Redakteurs und einer ehemaligen Verlagsmitarbeiterin in einem Einfamilienhaus leben, eine Gesamtschule besuchen und eine rundliche Katze namens Jodie in ihrem Bett schlafen lassen – kurz: das ganz normale Leben eines englischen Vorstadtmädchens führen.

Emily störte es nicht, dass Sophie unentwegt quasselte. Von Natur aus in sich gekehrt, war sie immer froh, wenn andere ihren Part gleich mitübernahmen. Es war ein bisschen wie Radiohören. Einzig den Lautstärkeregler vermisste sie hin und wieder.

Schon nach wenigen Wochen in Woods End fühlte sie sich so zu Hause wie nie zuvor. Ihre neue Familie hatte sie aufgenommen wie eine heimgekehrte Tochter, und sie zu keiner Sekunde spüren lassen, dass sie praktisch eine Fremde war. Sich an dieses herzliche, wohlbehütete Leben zu gewöhnen, fiel ihr nicht schwer.

Ihre Eltern schien es nicht zu stören, dass Emily in Bezug auf ihre Vergangenheit völlig im Dunkeln tappte. Sie gaben sich mit den wenigen Fakten zufrieden, die sie bekommen konnten. Im Gegenzug hielt es Emily nur für fair, nicht nach dem Grund für ihre Adoption zu fragen. Sie wusste nur, dass sich ihre neuen Eltern immer eine zweite Tochter gewünscht hatten und angeblich sofort gespürt hatten, dass Emily die Richtige für ihre Familie war.

Es war, als hätten sich alle stillschweigend auf einen Kompromiss geeinigt.

So schnell gab sich Sophie natürlich nicht zufrieden. Dazu war sie viel zu neugierig.

»Aber es ist doch bestimmt komisch, wenn man sich an absolut gar nichts erinnern kann, oder?«, fragte sie daher am Abend vor dem Schulbeginn. Sie saßen auf Sophies Bett, umgeben von Postern, Zeitungsausschnitten und Zeitschriften.

Emily überlegte. Es war nicht das erste Mal, dass sie über diese Frage nachdachte. »Ich weiß nicht«, sagte sie schließlich, nachdem ihr Blick einige Zeit über die mit Postern tapezierten Wände gewandert war. »Ich kenne es ja nicht anders. Für mich hört es sich genauso merkwürdig an, wenn man sich an so viel erinnern kann wie du.«

»Hm«, machte Sophie unbefriedigt. »Aber wie kann es sein, dass du dich an nichts aus deinem früheren Leben erinnerst, dafür aber lesen, schreiben und sprechen kannst und unglaublich viel weißt, manchmal mehr als Dad?«

Das war Emily auch schon aufgefallen. Sie zuckte mit den Schultern.

Doch im Nachgeben war Sophie noch nie besonders gut gewesen. »Aber würdest du nicht gerne wissen, was du früher so alles erlebt hast? Wo du schon überall warst und wer deine …« Sie brach mitten im Satz ab.

»Wer meine Eltern sind?«, beendete Emily den Satz mit fester Stimme.

»Tut mir leid, ich wollte nicht …«, stammelte Sophie. Doch Emily winkte lächelnd ab. Die Jahre im Waisenhaus hatten ihr überdeutlich gezeigt, wie viel Schmerz der Tod der Eltern bei anderen Waisen ausgelöst hatte. Doch sie konnte sich ja nicht daran erinnern, je welche gehabt zu haben.

Nachdem sie dies gesagt hatte, schwieg Sophie kurz. Dann erwiderte sie: »Echt krass, dass du nichts über dich oder deine Eltern rausfinden konntest. Ich meine, du hast dich doch bestimmt nicht ohne Weiteres damit zufriedengegeben, dass du einfach so auf diese Welt gefallen bist. Du … du hast doch nach ihnen gesucht, oder?«

»Anfangs schon, aber das habe ich schnell aufgegeben. Welche Chance hätte ich auch, wenn schon das Waisenhaus nie etwas herausgefunden hat …« Ihr Blick fiel auf eine Filmzeitschrift auf Sophies Nachttisch. Titelthema war ein aufwendiger Science-Fiction-Knaller. »Vielleicht waren es ja Außerirdische, die mich hier zurückgelassen haben.«

Sophie kicherte. »Oder du kommst eigentlich aus der Zukunft, und deine Eltern sind noch gar nicht geboren.« Dann wurde sie ungewohnt ernst. »Ob es besser ist, gar nicht zu kennen, was man vermissen könnte? Wenn man nicht jeden Tag daran erinnert wird, was einem fehlt?«

Emily wurde hellhörig. Bislang hatte sie sich aus Andeutungen und unabsichtlich aufgeschnappten Satzfetzen zusammenreimen müssen, dass Sophies beste Freundin unter mysteriösen Umständen verschwunden war. Konkret angesprochen hatte man dieses Thema noch nicht. Was Emily allerdings nicht daran gehindert hatte, diese ganz besonders bittere Art von Fröhlichkeit zu spüren, mit der die Eltern verzweifelt versuchten, die Trauer ihrer Tochter zu überdecken.

»Deine Freundin … was ist mit ihr passiert?«, fragte sie vorsichtig.

Sophie schien regelrecht auf diese Frage gewartet zu haben. Sie stand schweigend auf, ging zur Fensterbank und kam mit einem kleinen Bilderrahmen zurück. Eine der beiden Personen erkannte Emily sofort – ein junges Mädchen mit Sommersprossen, dessen schiefes Grinsen höchstens von der schiefen Brille übertroffen wurde, die noch heute auf ihrer Nase thronte. Sophie. Neben ihr war ein Mädchen zu sehen, das irgendwie reifer und selbstbewusster wirkte.

Sophie setzte sich wieder neben sie, den runden Bilderrahmen auf ihrem Schoß. Emily wartete stillschweigend.

»Anne und ich waren seit dem Kindergarten die besten Freundinnen«, erzählte Sophie mit ungewohnt leiser Stimme, nachdem sie eine Zeit lang auf das Bild gestarrt hatte. »Sie wohnte nur zwei Straßen weiter, neben dem Sportplatz. Ohne sie hätte ich mehr als eine Bioarbeit verhauen, und sie wäre in Englisch ohne mich ziemlich aufgeschmissen gewesen. Wir waren wirklich immer zusammen, sogar im Urlaub. Und dann, letztes Jahr, ist sie einfach verschwunden.«

»Ist sie tot?«

Sophie schüttelte ungestüm den Kopf. »Das glaube ich nicht! Die Polizei hat den Fall zwar schon längst abgeschlossen, aber man hat ihre … ihre Leiche nie gefunden. Du hältst mich vielleicht für verrückt, aber ich weiß einfach, dass sie nicht tot ist, egal, was die anderen sagen. Ich weiß es!«

Sie atmete schwer. Entsetzt sah Emily, dass sich Sophies Augen mit Tränen füllten. In solchen Situationen wusste sie nie, wie sie sich verhalten sollte. Also schwieg sie unbehaglich, bis Sophie sich wieder gefangen hatte.

»Meine Eltern sagen, dass ich mich damit abfinden soll«, fuhr Sophie kurz darauf fort. »Sie finden es ungesund, dass ich immer noch glaube, dass ich sie irgendwann wiedersehen werde, und haben Angst, dass ich mich abkapseln würde. Als wäre das nicht schon längst geschehen! Sie haben mich zu Psychiatern geschickt, gelangweilten Typen, die mich in ihre üblichen Kategorien gesteckt haben, um mich möglichst schnell wieder loszuwerden. Aber es interessiert mich nicht, was sie sagen – Anne lebt! Und wehe, du willst mich jetzt auch davon überzeugen, sie aufzugeben.« Sie funkelte Emily angriffslustig an. So aufgebracht war Sophie bisher noch nie gewesen.

»Keine Sorge, das habe ich nicht vor. Ich glaube dir. Warum sollte ich auch nicht? Du wirst schon deine Gründe haben.«

Es ist ein Wunder, was die richtigen Worte bewirken können. Sofort war der Zorn aus Sophies Zügen verfolgen.

»Wirklich?«, fragte sie beinahe ungläubig und blinzelte

ihre Schwester an. Emily nickte. Urplötzlich fand sie sich in einer stürmischen Umarmung wieder, nach dessen Ende Sophie wieder ganz die Alte war. »Du wirst sehr bald merken, dass mir eigentlich niemand glaubt. An der Schule halten mich viele für nicht ganz dicht, nur weil ich der Polizei nicht glaube. Aber auch das ist mir egal, wirklich viele Freunde hatte ich sowieso noch nie. Der Einzige, der mir glaubt, ist Jake. Und jetzt du. Mein Gott, bin ich froh, dass ich auf Jake gehört habe!«

Jake, das wusste Emily bereits, war Sophies bester Freund. Bislang hatte sie nur von ihm gehört. Er verbrachte die Ferien bei seinen Eltern, die vor einigen Jahren in die USA ausgewandert waren und ihn für die verbleibende Schulzeit bei seinem Großvater in Woods End untergebracht hatten.

»Was meinst du?«

»Na, ich hatte anfangs vor, dich zu hassen und dir das Leben zur Hölle zu machen«, plauderte Sophie vergnügt drauflos. Emily runzelte die Stirn. »Für mich warst du nur eine weitere Maßnahme meiner Eltern, um mir meine ›Flausen‹ auszutreiben. Klar vermisse ich Anne, wir waren fast wie Schwestern. Ohne sie habe ich an der Schule nur noch Jake, und auch der ist nicht gerade jemand, der tausend Freunde hat. Außerdem geht er in eine andere Klasse. Trotzdem fand ich es einfach falsch, dass man mir in Form einer Adoptivschwester eine neue Freundin vorsetzt – einfach so, als wäre nie etwas passiert. Meine Eltern sagen zwar, dass sie schon immer ein zweites Kind gewollt haben. Ganz abgenommen habe ich ihnen das aber nicht.«

Das war neu für Emily. Sie ließ das Gesagte sacken. »Und Jake hat dich davon überzeugt, mich nicht sofort zu verdammen?«, fragte sie schließlich.

»Na ja, so in der Art …« Sophie druckste jetzt verlegen

herum. »Er sagte, dass ich mit dem Mobbing auf jeden Fall bis nach den Ferien warten soll, damit er von Anfang an dabei sein kann, wenn ich dir das Leben schwermache. Aber ich hab dich sofort gemocht. Glaub mir, das erstaunt mich selbst am meisten. Wie hast du es nur angestellt, mich so schnell um den Finger zu wickeln? Mann, Jake wird ganz schön enttäuscht sein!«

Sie lachten beide. Ein Knoten war geplatzt. Und nun rückten wieder die alltäglichen Probleme ins Sichtfeld. Wie würde Emily in der Schule angenommen werden? Wenn man Sophies Erzählungen glaubte, schien es ziemlich schwer zu sein, Freunde zu finden. Obwohl Emily noch immer nicht verstanden hatte, warum Sophie so viel daran lag.

Und dann die Sache mit den Jungs. Es schien ein richtiges Regelwerk darüber zu geben, welchen Jungen man süß, welchen cool und welchen man lächerlich finden durfte. Und Sophie hatte es allem Anschein nach komplett auswendig gelernt. Mit der Genauigkeit einer Professorin für angewandte Jungenkunde referierte sie über diesen und jenen Kerl und wog Klamottenstil und Musikgeschmack gegeneinander ab.

»Du und Jake … habt ihr euch schon mal …«, begann Emily nach Sophies Nachhilfestunde.

»Neiiiiiin«, quiekte Sophie, »doch nicht mit Jake!«

»Ich dachte, ihr versteht euch so gut?«

»Ja, wir kennen uns schon ziemlich lange. Aber genau deshalb könnte ich mir nie vorstellen … na, du weißt schon.« Sie machte eindeutige schmatzende Geräusche mit ihren Lippen und bewegte sich mit geschlossenen Augen auf Emily zu. Diesmal quiekte Emily.

»Da fällt mir ein: Jake ist noch zu haben. Vielleicht gefällt er dir ja«, sagte sie kichernd. »Er hält auch nicht viel vom Reden und hat oft einen ähnlichen Blick drauf wie du.«

»Was denn für einen Blick?«, fragte Emily verwundert.

»Na, du weißt schon … dieser gedankenverlorene Blick, den ich schon oft bei dir beobachtet habe. Obwohl der bei Jake längst nicht so überzeugend ist wie bei dir. Hey, darauf wollte ich doch gar nicht hinaus. Du willst ablenken, hm? Ich bin jedenfalls gespannt, was Jake zu dir sagt. Könnte mir vorstellen, du gefällst ihm ziemlich gut.«

Emily war das Thema unangenehm. Was hauptsächlich daran lag, dass sie sich schrecklich unerfahren und zurückgeblieben fühlte. Im Waisenhaus hatte es nie einen Jungen gegeben, den sie interessant oder gar süß gefunden hatte. Nicht, dass Sophie viele Erfahrungen mit Jungs vorzuweisen hatte. Aber sie war immerhin bestens vorbereitet.

Es klopfte. »Genug geplaudert, Mädchen«, verkündete ihr Vater und steckte den Kopf zur Tür herein. »Ab ins Bett mit euch, morgen geht der Ernst des Lebens wieder los.«

Der Ernst des Lebens … Emily fragte sich, wie der wohl aussehen würde.

»Hast du gut geschlafen?«, begrüßte Sophie sie am Frühstückstisch. Beide hatten bereits ihre Schuluniformen an, was für Emily sehr ungewohnt war.

»Ja, es ging«, log sie müde. Schon seit Langem litt sie unter Albträumen. Sie kam zwar mit ungewöhnlich wenig Schlaf aus, oft genügten ihr vier, fünf Stunden leichten Dämmerns. Trotzdem hatte sie es letzte Nacht einmal mehr riskiert und sich in das Reich des Schlafes gewagt. An diesem wichtigen Tag wollte sie schließlich fit sein.

Doch die Albträume waren wie immer gekommen. Quälend langsam vorbeiziehende Bilder voller Tod und Dunkelheit, erfüllt von erstickten Hilferufen und manischem Gelächter, verfolgten sie durch die Nacht. Sie endeten immer mit den schreckgeweiteten Augen eines Jungen, die sie auch diesmal schweißgebadet erwachen ließen. Nach so einer Nacht war selbst sie müde. Sie befand, dass ihr halbherziges »Ja, es ging« die Übertreibung des Jahrhunderts war.

»Wo ist die Schule eigentlich?«, fragte sie gezwungen locker. Auch wenn in den letzten Wochen kaum ein Tag vergangen war, an dem sie nicht über den bevorstehenden Schulanfang geredet und mehr als einmal die Läden, Cafés oder das Kino in Woods End angesteuert hatten, wusste sie bislang nur, dass es eine große Gesamtschule war, die diese tristen, dunkelblau-grauen Uniformen vorschrieb.

»Nicht weit von hier, vielleicht zehn Minuten mit dem Auto. Sie liegt auf Dads Arbeitsweg, also fährt er uns.« Sophie verzog das Gesicht. »Das Blöde ist nur, dass wir uns immer seine Musik anhören müssen.«

Emily hatte bereits von dem angeblich furchtbaren Musikgeschmack Carters' gehört. Und sie brauchte noch nicht mal den ganzen Schulweg, um in eine völlig neue Welt einzutauchen. Chopins zweite Klaviersonate erwischte sie frontal, fegte jegliche Vorstellungen von Musik beiseite, die sie in den letzten zwei Jahren angenommen hatte. Wie konnte Sophie bei dieser offensichtlichen Genialität und so viel Schönheit nur derart leidend das Gesicht verziehen?

Völlig von der Musik gefangen, ließ sie ihren Blick aus dem Fenster in den herbstlichen Wald wandern. Sie hatte den Eindruck, den Blättern praktisch bei ihrer magischen Verfärbung zusehen zu können, derart intensiv begleitete und ergänzte das Farbenspiel die dramatische Musik.

»Schade, dass ich euch ausgerechnet jetzt rauslassen

muss«, bemerkte ihr Vater geknickt, als er die Lautstärke runterdrehte und vor der Schule hielt. »Gleich kommt der unvergleichliche Totenmarsch …«

»Äh, ja Dad, danke fürs Fahren und bis heute Abend.« Sophie beeilte sich, aus dem Wagen zu entkommen.

»Viel Glück an deinem ersten Tag!«, rief Carter noch, dann folgte Emily ihrer Schwester mit klopfendem Herzen kopfüber in die nächste Flut neuer Eindrücke. So viele Schüler! Allein oder in kleinen Grüppchen strömten alle dem ehrwürdigen Steingebäude zu, das von jahrhundertealtem Wissen und unzähligen Schülergenerationen kündete. Emily verliebte sich sofort in die Säulen, Türmchen, Wasserspeier und verzierten Fassaden. Ja, hier würde es sich aushalten lassen.

Wirklich? Aus unzähligen Autos dröhnte Musik, es wurde gelacht, gelästert und geflirtet. Emily fühlte sich im gleichen Moment mehr denn je fehl am Platz. Ihr kam der Gedanke, dass es dem alten Gebäude genauso ergehen musste. Leider nur ein schwacher Trost.

Eine Schule hatte sie sich immer ganz anders vorgestellt. Vor allem ruhiger. Würde sie sich hier jemals wohlfühlen? Würde sie eines Tages auch zu dieser Gruppe Mädchen dort hinten gehören, die mit arrogant erhobenen Köpfen noch eine letzte Zigarette vor der ersten Stunde rauchten? Oder wie eine andere Schülerin vor den Augen aller mit ihrem Freund knutschen? Sie konnte es sich nur schwer vorstellen.

»Wieso gehen wir nach links?«, fragte sie verwundert, als sie den eindrucksvollen Bau zusehends hinter sich ließen. »Ich dachte, die Schule beginnt gleich?«

»Und genau deshalb müssen wir uns ranhalten. Wir sind gleich da.« Sophie deutete auf einen Betonklotz, der so viel

Klasse und Gemütlichkeit ausstrahlte wie ein Hochsicherheitsgefängnis.

»Oh«, entfuhr es Emily enttäuscht. Sehnsüchtig blickte sie zu dem alten Gebäude zurück. Immerhin erzählte Sophie ihr noch, dass sich darin die Bibliothek befand, bevor der lieblose Neubau die beiden Schwestern schluckte.

Schon die ganze Zeit hatte sie das Gefühl, dauernd angestarrt zu werden. Hatte sie dies anfangs darauf geschoben, neu an der Schule zu sein, war es ihr auf dem Weg in den Klassenraum dann doch etwas seltsam vorgekommen, unter Hunderten Schülern und Schülerinnen aufzufallen wie ein schwarzes Schaf.

»Aber dir ist doch wohl klar, warum, oder?«, fragte Sophie belustigt, nachdem Emily sich ihr noch vor der ersten Stunde anvertraute.

»Natürlich, ich bin die Neue. Aber ich hätte nicht gedacht, dass ich so ausgiebig unter die Lupe genommen werden würde.«

Sophie musste lachen. Das war mal wieder typisch Emily. »Na was soll's, irgendjemand muss es dir ja mal sagen: Du bist so ziemlich das hübscheste Mädchen, das je die Woods-End-Gesamtschule besucht hat. Und jetzt bild dir bloß nichts darauf ein, sonst fällst du noch mehr auf«, sagte sie und grinste. Dass sie sich gehörig etwas darauf einbildete, Emily als ihre Schwester vorstellen zu können, verschwieg sie natürlich. Emily musste ja nicht alles wissen. »Die erste Stunde fängt an!«

Wie auf Kommando rauschte eine spindeldürre Frau zur Tür herein. Entsetzt fand sich Emily goldenen Schuhen, goldenen Fingernägeln, klobigen goldenen Armbändern, goldenen Ohrringen in Käferform und – beunruhigenderweise – goldenen Haaren gegenüber. Etwas ungelenk nahm das Wesen hinter dem Pult Platz. Emily merkte schnell, dass Miss Peacroft sich vorzüglich darauf verstand, dem Lernen jeglichen Spaß zu rauben und Emilys Vorfreude auf den Matheunterricht gänzlich verpuffen zu lassen. Und was noch schlimmer war: Die Lady schien es auf Neuankömmlinge abgesehen zu haben und wurde nur noch unausstehlicher, als Emily jede an sie gestellte Aufgabe, selbst die offensichtlich ungerechten und kniffligen, fehlerfrei und schnell beantworten konnte.

»Wow!«, zischte Sophie anerkennend. »Du hast es geschafft, dir gleich in der ersten Stunde einen Feind zu machen.«

Emilys Plan, so wenig Aufmerksamkeit wie möglich zu erregen, war allerspätestens jetzt grandios gescheitert.

Schon in der großen Pause stand fest, dass dieser Tag nicht so schlimm werden würde, wie Emily es sich in den letzten Wochen ausgemalt hatte. Er wurde viel schlimmer.

Auf den Geschichtsunterricht hatte sich Emily eigentlich am meisten gefreut. Schon immer mit einem schwer zu stillenden Interesse an historisch relevanten Fakten ausgestattet, hatten die wöchentlichen Ausflüge in die Bibliothek während ihrer Zeit im Waisenhaus ihr Übriges getan, um dem jungen Mädchen ein geradezu unheimliches geschichtliches Wissen zu verschaffen.

Dass dies bei Mr Randall, der wegen seines Aussehens und der lässigen Klamotten der heimliche Schwarm mehr als eines Mädchens war, sofort auf Anerkennung stieß, war nicht weiter verwunderlich.

»Also, denken wir uns zurück ins 19. Jahrhundert«, holte Eugene Randall aus. Emily hing förmlich an den Lippen des Lehrers, andächtig lauschte sie seinen Ausführungen über das viktorianische Zeitalter. Dass dies nichts, oder zumindest nicht ausschließlich, mit seinem Aussehen zu tun hatte, stieß bei Sophie auf taube Ohren. Grinsend ahmte sie Emilys träumerischen Blick nach, mit dem sie dem Unterricht folgte.

Emily war es einerlei: Wie ein Kind, dem man ein packendes Märchen vorliest, dachte sie sich in das viktorianische Zeitalter hinein. Wie dieser Lehrer so leidenschaftlich vom Krimkrieg, von dem gewaltigen Empire und von der brummenden Hauptstadt erzählte … das alles kam Emily seltsam vertraut vor. Es fühlte sich an, als wäre sie selbst dabei gewesen, und sie konnte förmlich das Rascheln der opulenten viktorianischen Kleider auf den Gehwegen Londons und das Hufgetrappel der Pferde hören.

»Wer kann mir sagen, ob Königin Victoria anderen Religionen und Randgruppen gegenüber so liberal und freundlich eingestellt war wie ihr Vorgänger, König William?« Als würde sie aus einer anderen Zeit stammen, wehte Randalls Frage in ihre Versunkenheit. Diesmal lösten seine Worte keine angenehmen Bilder aus. Wie vor wenigen Wochen in Mr Abtrees Büro durchfuhr sie ein gleißender Blitz aus dem Nichts, der die Bilder vor ihrem inneren Auge in Flammen, Mord und grausame Hetzjagden verwandelte.

»Liberal?«, stieß sie hervor und sprang auf. Entgeistert blickte Sophie sie an. Dafür, dass Emily kein Aufsehen erregen wollte, machte sie an ihrem ersten Tag ziemlich viel falsch. Der Rest der Klasse musterte das neue Mädchen neugierig.

»Ah, Emily.« Nach ihren geistreichen Wortmeldungen zu Beginn der Stunde war Mr Randalls Interesse geweckt. »Wie siehst du das?«

Doch Emily nahm den Lehrer kaum wahr. Sie wusste selbst nicht, was sie da gerade tat. »Er hat uns verfolgt für das, was wir waren, und das ganze Königreich wusste nichts davon! Er hat uns herausgelockt, auf dem Land zusammengetrieben wie Vieh und einen nach dem anderen zur Strecke gebracht! Die Worte William und liberal sollten niemals zusammen genannt werden!«

Sophie traute ihren Augen und Ohren nicht: Wie ein böser Rachegeist stand Emily mitten im totenstillen Klassenzimmer. Der Blick lodernd, die Stimme durchdringend und verächtlich wie bei einem geifernden Ankläger, redete sie sich zunehmend in Rage. »So viele mussten sterben, obgleich er uns Schutz zugesichert hatte. Leere Worte eines Lügners, nichts weiter. Und dennoch feierte ihn das Volk als Heiligen, als Friedensbringer und Erlöser der Armen. Dabei war er nur ein grausamer Mörder!«

Sie erschlaffte wie ein undichter Ballon und sank auf ihren Stuhl zurück.

Wie aus tiefer Hypnose kam sie langsam zu sich. Ein Schleier fiel von ihren Augen, und sie blickte verwirrt in die sprachlosen Gesichter ihrer neuen Mitschüler.

Wieso starrten sie alle an? Hatte sie gerade etwas gesagt? Über den letzten Minuten lag ein nebliger Film, nur vage konnte sie sich an geschriene Worte und heftige Emotionen erinnern.

»Was war das?«, formte Sophie lautlose Worte. So hatte sie sich ihren Plan, mithilfe ihrer hübschen Schwester mehr aufzufallen, nicht vorgestellt. Atemlose Stille herrschte in den Reihen. Auch Mr Randall, sonst ein ruhender Pol in kniffligen Situationen, war eindeutig überfordert.

»Tja«, durchbrach er die nagende Stille und versuchte sich hilflos an einem halbherzigen Scherz, »die Theatergruppe kann sich in diesem Jahr wohl auf talentierte Verstärkung freuen, was?«

Doch bei einem Blick in die Gesichter ihrer neuen Mitschüler wusste Emily, dass dieser Auftritt nicht durch einen kleinen Witz vergessen werden würde.

2

Es war unmöglich zu sagen, wie viele anonyme Pubs es unter dem bleigrauen Himmel Londons gab. Niemand wusste ganz genau, welche Läden ohne Erlaubnis geöffnet und welche Läden urplötzlich dichtgemacht hatten, obwohl sie eigentlich noch geöffnet sein dürften.

Aus diesem Grund liebte Balthasar diese Stadt: Man konnte jedes Mal in einen anderen Pub gehen und würde sie doch nie alle kennen. Anders formuliert: Man wurde von Gästen oder Wirten nie zweimal gesehen, wenn man es nicht wollte. Und Balthasar wollte es nicht.

Er hängte seinen nassen Mantel an die Garderobe, stellte seinen Spazierstock daneben und gab dem Wirt, einem nervösen Kerl mit schütterem Haar und dicker Brille, einen Wink. Noch bevor er sich zu dem blonden Mann an einen der niedrigen Tische abseits der Bar gesetzt hatte, wartete ein Glas dunklen Rotweins auf ihn.

»Wie machst du das nur?«, fragte ihn seine Verabredung anstelle einer Begrüßung.

»Hallo, Aaron, ich freue mich auch, dich zu sehen«, entgegnete er trocken.

»Für lästige Konversationspflichten dieser Art sind wir beide zu alt. Also? Kannst du mir das mal erklären? Wieso scheint jeder gottverdammte Wirt in dieser gottverdammten Stadt zu wissen, dass du bevorzugt gottverdammten Rotwein trinkst?«

Balthasar schnalzte mit der Zunge. »Aber, aber. Du wirst doch auf deine alten Tage nicht mit dem Fluchen anfangen. Nennen wir es einfach Charisma. Ausstrahlung, Auftreten, Körperhaltung, du verstehst?«

Aaron verstand es nicht. Er wollte nicht einsehen, weshalb es ihm schon lange nicht mehr gelang, Menschen derart schnell in seinen Bann zu ziehen, während Balthasar mit jedem Treffen besser darin wurde.

»Hängt wohl mit deinem kitschigen Auftreten zusammen«, spottete er daher. »Die düstere Kleidung und dieser völlig übertriebene Spazierstock schreien geradezu nach schwerem, dunklem Wein.«

»So wie meine Kehle.« Ein zynisches Lächeln umspielte Balthasars Lippen, als er sein Glas hob. »Auf uns und die Menschheit. Möge sie niemals aussterben!«, intonierte er mit einer vollen Stimme, die jeden Schauspieler neidisch gemacht hätte.

Er genehmigte sich einen tiefen Schluck und ließ den blutroten Tropfen genüsslich wirken.

Ganz anders Aaron. Seit sich die beiden kannten – und ihre Bekanntschaft hatte Weltreiche kommen und gehen sehen –, hatte er sämtliche Trends mitgemacht und war für jede neue Erfindung immer genau so lange zu begeistern gewesen, bis sie von einer noch besseren abgelöst wurde. Eigentlich erstaunlich, dass er seit über hundert Jahren ausgerechnet der Cola die Treue hielt und selten ohne eine Dose der schwarzen Brause anzutreffen war. Seine Vorliebe ging sogar so weit, dass er eine Zeit lang leere Coladosen als Markenzeichen neben seinen Opfern hinterlassen hatte. Balthasars Einwände, dass dies wohl kaum dieselbe

Wirkung habe wie Jack the Rippers Traubenstängel in den Händen toter Prostituierter, hatte er trotzig überhört. Man musste schließlich mit der Zeit gehen.

»Warum dieses Treffen?« Auch jetzt stand ein großes, mit Eiswürfeln gefülltes Colaglas vor dem Mann mit der sorgfältig zerschlissenen Lederjacke und den strähnigen blonden Haaren. Die markante Nase und tiefe Augenringe verliehen ihm Ähnlichkeit mit einem sehr müden Geier. Gesagt hatte ihm das noch niemand. Zumindest niemand, der noch lebte.

Balthasar lehnte sich zurück und setzte ein Gesicht auf, das sein Gegenüber auf den Tod nicht ausstehen konnte. Es war sein berüchtigtes »Ich weiß was, das du nicht weißt«-Gesicht.

»Also schön, was ist es? Tun wir nach all den Jahren doch einfach mal so, als hätten wir deine nervtötende Geheimniskrämerei schon hinter uns gebracht.«

»Du tust mir unrecht, Aaron, aber meinetwegen. Es ist kalt geworden, findest du nicht?«

»Und? Die Sommer sind schon lange nicht mehr das, was sie vor ein paar Jahrhunderten waren.«

»Gewiss, gewiss. Und dennoch …« Er nahm einen weiteren Schluck und ließ die Worte einige Zeit in der Luft hängen. »Bei einem Spaziergang im Hyde Park, es muss wohl zwei Winter her sein, habe ich es zum ersten Mal bemerkt. Etwas … lag in der Luft. Wie die Stimmung vor einem Gewitter. Daraufhin habe ich Nachforschungen angestellt. Es war alles andere als leicht, im Verborgenen zu agieren. Ich war beileibe nicht der Einzige, der etwas gespürt hatte. Doch jetzt habe ich Gewissheit. Ich habe Nachricht aus dem Süden erhalten. Eine verlässliche Quelle, hat mich noch nie enttäuscht. Es gibt keinen Zweifel: Sie ist zurück, Aaron. Schwer zu glauben, dass hundertachtzig Jahre derart schnell verfliegen konnten, nicht wahr? Waren wir nicht erst kürzlich auf der ersten Weltausstellung zu Gast? Es kommt mir vor, als wäre es letzte Woche gewesen, dass wir diese spanischen Urlauberinnen in mein Quartier gelockt haben …«

Doch Aaron hatte die letzten Sätze gar nicht mehr wahrgenommen.

»Es ist also so weit«, wisperte er trocken. »Wer weiß noch davon?«

»Niemand, und das soll selbstverständlich auch so bleiben. Man schöpft Verdacht, das ist alles.«

»Auf was warten wir dann noch? Solltest du recht behalten …«

»… ich *habe* recht«, sagte Balthasar leise, aber gefährlich. Diese Stimme war es nicht gewohnt, auf Widerspruch zu stoßen. »Wir warten, bis sie sich selbst zu erkennen gibt. Davor ist sie wertlos für uns.«

»Alles, was ich brauche, ist eine Fährte!«

»Gewiss.« Balthasar tätschelte Aaron den Arm, als würde er einen Hund belohnen.

Wenig später verließen zwei Herren unbestimmbaren Alters den *John Barleycorn Pub* und gingen ohne eine Verabschiedung getrennter Wege. Sie würden ihn nie wieder betreten.

Wind kam auf. Er trug den Duft des Herbstes mit sich.

Es kostete Sophie einige Überzeugungskraft, Emily in den nächsten Tagen zu überreden, in die Schule zu gehen. Am Ende schaffte sie es nur, weil sie ihr versprochen hatte, ihren Eltern nichts von dem Vorfall im Geschichtsunterricht zu erzählen.

Doch in der Schule war der Auftritt der neuen Schülerin eines jener Gesprächsthemen, die sich mit gespenstischer Schnelligkeit verbreiten.

»Es war mir deutlich lieber, als mich alle wegen meines Aussehens angestarrt haben. Obwohl ich selbst das schon höchst seltsam finde.« Zerknirscht saß sie neben Sophie auf einer Mauer auf dem verlassenen Schulhof. Es war Mittwochnachmittag, und sie warteten auf Carter, der sich mal wieder verspätete.

»Hm«, brummte Sophie geistesabwesend. Mittlerweile hatte sie genug von dieser Sache, weshalb sie Emilys üppig belegtem Sandwich deutlich mehr Aufmerksamkeit widmete. »Und du hast wirklich keinen Hunger? Du hast kaum was gegessen heute …«

Emily schüttelte den Kopf. Sie sah eine Weile zu, wie der Wind die vergilbenden Blätter über den Schulhof fegte.

»Wenigstens wird es endlich Herbst. Dann habe ich wieder eine Ausrede, um mich mit einem Buch in mein Zimmer zurückzuziehen.«

Es schien eine Ewigkeit her zu sein, dass sie sich in ein Buch vertieft hatte. Vielleicht sollte sie der Schulbibliothek und diesem wunderschönen alten Gebäude mal einen Besuch abstatten?

»Endlich? Machst du Witze?« Sophie holte sie zurück in die Gegenwart.

Ganz im Gegensatz zu Emily mochte Sophie die kalte Jahreszeit nicht besonders. Wie zur Bestätigung des Gesagten zog sie ihren Mantel enger um sich und bibberte demonstrativ.

»Du und Jake, ihr werdet euch echt mögen. Er macht

neuerdings einen auf melancholischen Romantiker und hat sich schon am letzten Schultag vor den Sommerferien auf den Herbst gefreut. Du weißt schon, Melancholie, Memento mori und so was …«

»Wieso habe ich ihn eigentlich noch nicht kennengelernt?«, fiel Emily ihr ins Wort. »Wolltest du ihn mir nicht längst vorgestellt haben?«

»Scheinst es ja ganz schön eilig zu haben.« Sophie grinste schelmisch. »Er kommt erst nächstes Wochenende zurück. Der glückliche Mistkerl darf länger Ferien machen! Ausdrückliche Erlaubnis des Direktors, weil er seine Eltern so selten sieht. Aber immerhin schafft er es zur Horrornacht.«

Oh ja, die Horrornacht. Sophie lag ihr seit Tagen damit in den Ohren. Sie markierte bereits Anfang September den Beginn einer minutiös durchgeplanten Halloweenzeit, die auch die obligatorischen Kürbisschnitzereien miteinbeziehen würde. Wieso man schon zwei Monate vorher derart Feuer und Flamme dafür sein konnte, hatte sie noch nicht verstanden. Möglicherweise lag es daran, dass sich Sophie selten auf etwas wirklich freute. In dieser Hinsicht waren sie sich sehr ähnlich.

Ohne große Begeisterung und überwiegend aus gutem Willen hatte Emily eingewilligt, diesen Abend mit ihr und Jake bei dem kleinen Horrorfestival im Kino zu verbringen. Noch fehlte die Erlaubnis ihrer Eltern, die sich Sophie mit Emilys Zusage vorzeitig sichern wollte. Rasch war Emily bei ihren neuen Eltern in den Ruf gekommen, verantwortungsbewusst und ungewöhnlich reif zu sein, was Sophie natürlich für sich zu nutzen wusste. Dafür waren Schwestern ja schließlich da.

»Du und diese dämliche Horrornacht«, entfuhr es Emily schärfer als beabsichtigt. Sophies gekränkter Gesichtsausdruck entwaffnete sie sofort. Mist, darin war ihre Schwester wirklich gut. Wieso war sie nur so gereizt? Dass man sie schon in ihrer ersten Woche als Freak abgestempelt hatte, konnte ihr doch nur recht sein. Es garantierte ihr immerhin, in Ruhe gelassen zu werden.

»Ich glaube, ich war einfach zu lange nicht von Büchern umgeben. Meinst du, es ist in Ordnung, wenn ich mich noch eine Weile in der Bibliothek umsehe und den Bus nach Hause nehme?«

Ihre Schwester verzog das Gesicht. Dann fuhr endlich ihr Vater auf dem Schulhof vor. Selbst bei geschlossenen Fenstern waren dramatische Bläser und donnernde Pauken zu hören.

»Das klingt nach Wagner«, stöhnte Sophie. »Der Schlimmste von allen …« Grinsend fügte sie hinzu: »Gib's zu, du willst nur nicht bei diesem Krach nach Hause fahren«, sagte sie beim Einsteigen.

Emily machte sich gar nicht erst die Mühe, zu widersprechen.

Die Dämmerung hatte bereits eingesetzt, als Emily das eindrucksvolle alte Gebäude betrat. So spät am Nachmittag war die Bibliothek fast menschenleer, nur hier und da saßen einsame Schüler. Die golden schimmernden Lampen an den Arbeitstischen wirkten wie kleine Inseln im Halbdunkel des Lesesaals.

Sie genoss das Geräusch ihrer Schritte auf dem gebohnerten Parkett. Es sorgte für ein Gefühl von Behaglichkeit und Zugehörigkeit, das durch die rund um sie aufragenden Bücherregale noch verstärkt wurde. Einen Moment lang stand sie nur da, schloss die Augen und genoss diese ganz besondere Stille der Bibliothek, die nur von gelegentlichen Blättergeräuschen durchweht wurde. Tief sog sie den einzigartigen Geruch alter Bücher ein, dann nahm sie mit wachsender Begeisterung die vielen Regale unter die Lupe, kletterte Leitern hinauf, blätterte in Büchern und entschied sich nach einiger Zeit des seligen Herumstöberns für ein dickes Exemplar mit britischen Dichtern der Romantik. Die Ära König Williams, wie sie gequält feststellte.

In einem der Lesesessel am Fenster machte sie es sich gemütlich und war bereits nach wenigen Minuten derart in die Lektüre vertieft, dass sie gar nicht wahrnahm, wie sich der Lesesaal leerte. Eine Tischlampe nach der anderen erlosch, bis Emilys Sessel der einzige beleuchtete Platz in der Dunkelheit war.

»Kleine Miss«, riss sie eine brüchige Stimme aus einer besonders schönen Stelle bei ihrem Lieblingsautor William Blake. Der alte Mann, der da aus der Dämmerung auf sie zukam, hätte mit seiner Laterne und dem gebückten Gang gut einen Nachtwächter aus Blakes London abgegeben. »Sosehr ich Ihre Lesefreude in diesen modernen Zeiten zu schätzen weiß, muss ich Sie dennoch bitten, zu gehen. Meine Bücher und ich möchten Feierabend machen.«

Seufzend klappte sie das schwere Buch zu und blickte zu dem greisen Bibliothekar auf. »Na schön. Ich komme morgen wieder.«

Der alte Mann starrte Emily mit weit aufgerissenen Augen an. Seine Laterne warf ein flackerndes Licht auf sie, und sie stellte verwundert fest, dass seine Hand zitterte. Was hatte sie denn nun wieder falsch gemacht?

»Geht es Ihnen nicht gut?« Was sollte sie tun, wenn der Bibliothekar vor ihren Augen einen Herzanfall bekam? Außer ihr war niemand mehr hier.

Auf dem faltigen Gesicht, das Emily trotz der beklemmenden Situation an einen alten Baumstamm erinnerte, war ein Kampf der Emotionen entbrannt. Furcht hatte anfangs die Oberhand, wurde dann von Zorn und Unglauben abgelöst.

»Unmöglich«, stammelte er nach einer gefühlten Ewigkeit. Es schien, als habe er große Mühe, die Augen von der eingeschüchterten Emily abzuwenden. Dann eilte er davon, so schnell es seine Beine zuließen, und ließ sie verdutzt in der Dunkelheit zurück. Erst nachdem seine gehetzten Schritte schon lange in der Ferne der Bibliothek verklungen waren, verließ sie das Gebäude.

»Ich finde Mr Graham ja sowieso komisch«, war Sophies erster Kommentar, nachdem Emily ihr alles erzählt hatte. Sie hatte eine sehr trübe Busfahrt durch trübes Wetter und ein Abendessen hinter sich bringen müssen, bevor sie allein mit ihrer Schwester sprechen konnte.

»Einmal hat er mich tagelang durch die Gänge verfolgt, nur weil ich ein Buch falsch einsortiert hatte. Das war vielleicht gruselig.«

»Aber ich habe ja nicht mal ein Buch falsch einsortiert! Und anfangs war er auch sehr freundlich. Erst, als er mich angesehen hat, reagierte er, als wäre ich ein Geist oder der Tod persönlich. Dabei habe ich ihn noch nie zuvor gesehen!«

»Na ja, wie der Tod siehst du nicht gerade aus. Wie ein Geist schon eher, so blass wie du bist«, witzelte Sophie. »Hey, vielleicht hat er mitbekommen, was du da neulich über König William erzählt hast. Wer weiß – bei seinem Alter könnte er ihn fast persönlich gekannt haben und fand deine Anschuldigungen gar nicht lustig.«

Emily seufzte. Das würde sie wohl nie wieder loswerden.

»An meinen Auftritt in Geschichte habe ich auch schon gedacht. Aber sein Blick … du hättest seinen Blick sehen müssen. Er hatte Angst vor mir!«

»Er ist ein sehr alter Mann, das darfst du nicht vergessen. Wir fragen am Samstag einfach Jake, er weiß vielleicht, was sich sein Opa dabei gedacht hat.«

»Der Bibliothekar ist Jakes Großvater?« Es war doch immer wieder erstaunlich: Die wirklich interessanten Fakten tauschte Sophie regelmäßig gegen langweiligen Klatsch und Tratsch aus.

Ihrer ersten Begegnung mit Jake blickte sie mittlerweile vorsichtig optimistisch entgegen. Nach allem, was Sophie erzählt hatte, schien er wirklich nett zu sein.

Sophie holte sie aus ihren Gedanken. »Komm, lass uns Mom und Dad überreden, uns zu der Horrornacht ins Kino gehen zu lassen. Sie waren vorhin ganz gut drauf.«

Emilys flehendes »aber die ist doch erst nächste Woche« wurde natürlich überhört. Seufzend schlurfte sie ihrer Schwester hinterher.

Die nächsten Tage verliefen ruhiger, und der Vorfall in der Geschichtsstunde wurde von anderem Tratsch verdrängt. Außerdem hatte sie Jakes Großvater nach seiner seltsamen Reaktion nicht wieder gesehen – obwohl sie beinahe täglich zwischen den hohen Regalen herumspazierte und ihre Nase in dieses oder jenes Buch steckte.

Kaum hatte sich Emily jedoch selbst wieder davon überzeugt, dass mit ihr alles in Ordnung war, wurden die Albträume schlimmer. Sobald sie die Augen schloss, lauerten sie auf sie. Bilder von blutunterlaufenen Augen, die sie flehend und zu Tode geängstigt anstarrten, düstere Schattenfiguren in hohen Räumen, unheilvolles Gelächter.

Emily nahm es hin. Immerhin konnte sie das vor anderen Menschen verborgen halten. Und wenn sie dafür keine weiteren peinlichen Szenen erdulden musste, würde sie gut damit leben können.

Trotzdem freute sie sich am Ende der zweiten Schulwoche mehr denn je auf das Wochenende. Sie war nämlich inzwischen ziemlich neugierig auf diesen Jake.

Erstaunlicherweise teilte ausgerechnet Sophie Emilys gute Laune nicht. Kaum, dass sie am Freitag aus der Schule gekommen waren, hatte sie sich in ihr Zimmer verkrümelt und es seither nur sporadisch verlassen. Ihre Adoptiveltern schien das nicht sonderlich zu überraschen, weshalb Emily am Abend beschloss, sie zu fragen.

»Wisst ihr, was mit Sophie los ist?«

Sie setzte sich neben die beiden auf die Couch. Im Fernsehen lief ein alter James-Bond-Film.

»Was meinst du?«, fragte Carter, ohne die Lautstärke runterzudrehen.

»Ich frage mich, ob das vielleicht etwas mit Anne zu tun hat«, sagte Emily bewusst lauter, um Schüsse und quietschende Reifen zu übertönen.

Sofort hatte sie die ungeteilte Aufmerksamkeit ihrer neuen Eltern. »Sophie hat mit dir darüber gesprochen?« Megan war ehrlich verwundert. Sie und Carter tauschten einen vielsagenden Blick.

»Hör mal«, begann Carter zögernd. »Du sollst nicht denken, dass wir dir bewusst etwas verheimlicht haben. Es ist nur … wir wollten, dass Sophie es dir selbst erzählt. Und zwar dann, wenn sie dazu bereit ist.«

»Sophie ist überzeugt davon, dass Anne nicht tot ist.«

Ihr Vater setzte eine besorgte Miene auf. »Das wissen wir. Wir wissen auch, dass es nicht gut für sie ist. Ihr Psychologe findet es sehr ungewöhnlich, dass Sophie noch immer in der ersten Trauerphase steckt – man nennt das Schock und Verneinung. Aber vielleicht tut sich jetzt endlich was: Anne war ein großer Halloween-Fan und liebte alle Gruselfilme, die sie in die Finger bekommen konnte. Sophie will es ihr anscheinend neuerdings gleichtun. Wir hoffen, dass es eine Form der Verarbeitung ist.«

Emily nickte. »Deswegen lasst ihr uns zu dieser Filmnacht gehen.«

Die beiden lächelten. »Was haben wir doch für eine aufgeweckte neue Tochter«, sagte Megan stolz. »Aber genug davon: Hast du Lust, diesen Film mit mir durchzustehen? Ich könnte gut etwas weibliche Verstärkung gebrauchen. Alleine komme ich nicht weit mit meinen Sticheleien.«

»Wer denkt sich diesen Unfug eigentlich aus?«, fragte Emily Sophie am nächsten Morgen. Sophie hatte sich wieder einigermaßen gefangen. Konkret bedeutete das, dass sie immerhin noch nicht pausenlos quasselte, als die beiden Schwestern im Garten Laub harkten. Es war die erste einiger Maßnahmen, die ihre Eltern als Gegenleistung für den abendlichen Kinobesuch erwarteten. Warum sie es wirklich erlaubt hatten, behielt Emily für sich.

»Endlich reagierst du mal normal auf etwas. Glaub mir, wenn du nach deiner Freude an staubigen alten Bibliotheken und Dads Musik auch noch James Bond toll finden würdest, müsste ich dich umtauschen.« Missmutig fischte sie Herbstlaub aus den Beeten. »Dabei war der Sommer viel zu kurz«, murmelte sie, als hätte das Wetter sie persönlich beleidigt. »Ich mach dir einen Vorschlag: Warum kümmerst du dich nicht um dein geliebtes Herbstlaub, während ich eben die Einkäufe erledige. Wir müssen uns ranhalten, wenn wir noch mit Jake Kürbisse schnitzen wollen.«

»Klar, gerne. Dass so ein Kürbis aber nicht wochenlang überlebt, ohne wirklich grausig auszusehen und zu stinken, ist dir bewusst, oder?«

»Natürlich. Ist doch umso besser. Dann können wir dieses Jahr gleich mehrere schnitzen.«

Emily machte sich kopfschüttelnd an die Arbeit. Sie konnte sich einfach nicht sattsehen an den kräftigen Farben des Herbstes, die sie aus unerklärlichen Gründen an vergangene Zeiten erinnerten. Auch wenn sie sich in Romanwelten zurückzog, spielten sich die dargestellten Ereignisse für sie ausschließlich im Herbst ab. Es passte einfach besser, fühlte sich heimeliger an.

Der Nachmittag begann vielversprechend. Überpünktlich kam Jake angeradelt und balancierte nur mit viel Mühe einen gewaltigen Kürbis auf seinem Lenker. Emily sah auf den ersten Blick, dass er anders war. Er war zurückhaltend und still wie sie, hatte schulterlange Haare und schlanke Hände.

Natürlich entging Sophie nicht, dass die beiden sich tief in die Augen sahen, als sie einander vorgestellt wurden. Emily war sofort fasziniert von Jakes scheuen, dunklen Augen und seinen Klamotten. Buttons von Bands wie Joy Division, Muse oder den Beatles zierten eine zerschlissene schwarze Jeansjacke.

»Ihr sagt, wenn ich störe, ja?«, stichelte Sophie, und der besondere Moment war verflogen. »Wollten wir nicht einen Kürbis schnitzen? Es sei denn, ihr habt was Besseres zu tun …«

Emily schoss das Blut in den Kopf. Beschämt wandte sie

den Blick ab. Und während sie die Maserung des gefliesten Küchenbodens betrachtete, wurde ihr klar, dass sie noch nie zuvor rot geworden war.

Sophie hatte tatsächlich recht gehabt mit ihrer Einschätzung: Zwischen ihr und Jake hatte es gewaltig gefunkt.

»Ist das Wetter nicht wunderbar?«, fragte Jake, als sie das Haus betraten. Emily lächelte scheu.

Sophie hingegen war weit von einem Lächeln entfernt. »Machst du Witze?« Sie funkelte ihn angriffslustig an. »Nur weil ihr beiden Wind, Regen und glitschiges Laub mögt, heißt das noch lange nicht, dass die ganze Welt das so sieht.«

»Na komm, es ist immerhin Anfang September …«, erwiderte Jake besänftigend.

»Du hast gut reden mit deinem verlängerten Sommerurlaub. Hier ist der Sommer schon lange vorbei! Und das Schlimmste daran ist, dass es aus irgendeinem Grund nur Woods End so früh erwischt hat. Ich habe heute mit Tante Lucy telefoniert. Sie wohnt im Norden und hat mir erzählt, dass sie immer noch zwanzig Grad und jede Menge grüne Bäume haben. Zwanzig Grad!«

Sie warf einen missmutigen Blick in die graue Welt vor dem Küchenfenster, dann rückte sie mit einem großen Messer dem Kürbis zu Leibe, um ihre meteorologisch bedingten Aggressionen an ihm auszulassen.

»Wo kommt dieser Kürbis eigentlich her?«, fragte Emily. »Ich dachte, die werden erst später geerntet?«

Jake beeilte sich, Sophie mit seiner Antwort zuvorzukommen, um ein paar Worte mit ihr wechseln zu können. »Ein Bauer am Ortsrand hat wohl schon ein paar aus seinen Feldern gezogen. Andernfalls hätten wir eine große Zucchini aushöhlen müssen oder so.«

Eine gute Stunde später begutachteten sie ihr Werk. Die Küche erinnerte dank der vereinten Anstrengungen an eine Kürbismetzgerei. Überall waren Fetzen orangefarbenen Fruchtfleischs und unzählige Kürbiskerne verteilt.

»Sieht ein bisschen so aus wie ein verwirrter Hamster.« Kritisch musterte Jake das mühsam geschnitzte Kürbisgesicht. Zwei unterschiedlich große Augen blickten die drei beinahe vorwurfsvoll an.

»Das ist nur, weil du ihm unbedingt eine Nase verpassen musstest. Die hat meine tollen Augen völlig ruiniert. Aber ich finde, er sieht ein bisschen so aus wie du, Jake. Findest du nicht, Emily?«

»Ach, überhaupt nicht!«, erwiderte sie etwas schneller als nötig. Dann verstummte sie schlagartig. Sophies Lippen kräuselten sich wissend, und wieder wurde Emily rot.

Wieso gab es nur so vieles, das sie einfach nicht verstand? Es war doch nur ehrlich, zuzugeben, dass der Kürbiskopf keinerlei Ähnlichkeit mit Jake hatte.

Jake sah anders aus, war viel … ja, was war er denn eigentlich? Ihr fiel auf, dass sie gar nicht genau sagen konnte, was ihr so gut an ihm gefiel. Sie wusste nur, dass er sie mehr interessierte als je ein Mensch zuvor.

Sie ertappte sich bei der Vorstellung, dass er dachte wie sie – ein Gedanke, der ihren Kopf schon wieder zum Glühen brachte. Und ihre bleiche Haut verstärkte diesen Effekt auch noch. Verdammt.

Mit einem unsicheren Lächeln zündete Jake eine Kerze an und platzierte sie vorsichtig im Inneren des Kürbisses. Durch den flackernden Schein wirkte ihre mühsam erschaffene Kreation sogar ein bisschen atmosphärisch.

»Jetzt sieht er fast aus wie in *Nightmare Before Christmas*«, sagte Jake und nickte befriedigt.

»Wie in was?« Emily blickte Jake fragend an.

»Jetzt sag bloß, du kennst *Nightmare Before Christmas* nicht! Jack Skellington … die Halloweenwelt … der Nikograus?«

Emily schüttelte den Kopf. »Ich kenne so gut wie keine Filme.«

»Na, dann machen wir heute den Anfang«, sagte er lächelnd. »Und den Rest können wir ja bei Gelegenheit nachholen.«

Sophie hatte belustigt zugehört. »Ja, aber wenn ihr nicht sofort mit dem Turteln aufhört, kommen wir noch zu spät!«

»Hier, halt mal!« Mit Schwung verfrachtete Sophie eine übergroße Portion Popcorn in Emilys Arme und stürmte in Richtung Toilette. Mitten im Film aufzustehen und möglicherweise eine besonders schaurige Stelle zu verpassen, kam für sie nicht infrage.

Nur mit Glück hatten sie noch drei Plätze nebeneinander ergattern können – halb Woods End hatte sich zu der Horrornacht versammelt. Immer wieder entdeckte Emily auch Mitschüler im Getümmel vor dem Saal, hier und da wurde unmissverständlich in ihre und Jakes Richtung gedeutet und getuschelt.

Gegrüßt wurde sie von niemandem.

Jake störte dies nicht im Geringsten. Er hatte längst nur noch Augen für Emily. Er betrachtete sie immer dann verstohlen, wenn sie anscheinend gerade in eine andere Richtung schaute. Mehr als einmal schlug sein Plan fehl, und ihre Blicke trafen sich.

Die langen dunklen Haare in Kombination mit der zierlichen Figur und dem verschlossenen Wesen hatten ihn sofort in ihren Bann gezogen. Ihre stille Art und die Aura von zerbrechlicher Schönheit machten es ihm schwer, sich auf irgendetwas anderes zu konzentrieren. Als wäre sie einem düsteren Edgar-Allan-Poe-Gedicht entsprungen, haftete ihrem Wesen etwas Geheimnisvolles an, das inmitten einer lachenden und quatschenden Menschentraube nur noch stärker zum Vorschein kam.

Jake wusste nicht, was er außergewöhnlicher finden sollte: dass er das erste Mal mehr als freundschaftliche Gefühle für ein Mädchen empfand oder dass seine Schwärmerei sogar auf Gegenseitigkeit zu beruhen schien.

Viel zu schnell gesellte sich Sophie wieder zu ihnen und stopfte sich eine Handvoll Popcorn in den Mund.

»Dann mal los. Ich will auf keinen Fall die Vorschau verpassen. Ich hab gehört, dass sie heute extra viele Horrortrailer zeigen.«

Sie folgten ihr schweigend in den dekorierten Saal. Spinnweben, Totenköpfe und jede Menge Kürbisgesichter erwarteten die Besucher. Natürlich saßen Emily und Jake nebeneinander – dafür hatte Sophie gesorgt.

»Viel Spaß euch«, raunte sie verschwörerisch, dann erloschen auch schon die Lichter.

Emily wunderte sich über sich selbst: Sie begann tatsächlich, diese Filmnacht zu genießen. Der erste Film entlockte ihr im Gegensatz zu Sophies erschreckten Schreien zwar nur ein müdes Gähnen. Die Dunkelheit des Saals war jedoch durchaus nach ihrem Geschmack. Mehr als einmal hatten sich ihre und Jakes Hand rein zufällig auf der Armlehne berührt. Bald wurde daraus ein Dauerzustand, der Emily vollständig vom Film ablenkte.

Viel zu schnell war es vorbei. Emily verfluchte die gnadenlos aufflammende Saalbeleuchtung und zog hastig ihre Hand beiseite.

»Ist die Pause lang?«, fragte sie unschuldig, während sich Jake um Popcornnachschub kümmerte.

»Zehn Minuten, dann kommt der nächste Film.«

Sophie nutzte Jakes Abwesenheit für ein vertrauliches Wort und rutschte auf seinen Sitz. »Und?«, fragte sie grinsend.

»Und was?«, fragte Emily unschuldig.

»Wie findest du ihn?«

»Er ist nett.«

»Was denn – nur nett? Das sah aber bisher ganz anders aus.« Sie knuffte ihr verschwörerisch in die Rippen. »Komm schon. Er gefällt dir, nicht?«

Emily seufzte. Manchmal konnte Sophie wirklich nerven. Andererseits hatte sie voll ins Schwarze getroffen. »Also schön, wenn du dann endlich Ruhe gibst. Ich finde ihn interessant. Zufrieden?«

»Klar«, erwiderte Sophie kichernd, »du auch?«

Jakes Rückkehr ersparte Emily die Antwort. Endlich wurde es wieder dunkel im Saal, und der zweite Film begann. Mittlerweile war es Emily völlig egal, wer oder was die Zuschauer diesmal das Fürchten lehren wollte. Hauptsache, es dauerte möglichst lange.

Doch sosehr sie weiteren zufälligen Berührungen in der schützenden Dunkelheit des Saals auch entgegenfieberte, konnte sie sich auf einmal nicht mehr entspannen. Irritiert widmete sie sich der Handlung des Films. Er war anders, das spürte Emily sofort. War ihr bei dem maskierten Killer zuvor eher zum Lachen zumute gewesen, hatte dieser Streifen eine gänzlich andere Atmosphäre. Das fing schon bei seinem Hauptcharakter an, einem wirklich beunruhigenden Kerl, der sie unweigerlich in seinen Bann zog. Die Musik, die Farben, die Ausstrahlung der Szenen gingen ihr auf eine

Weise nah, die sie bei einem Film niemals für möglich gehalten hätte. Jakes Hand war urplötzlich vergessen.

Sie verfolgte die düstere Handlung belastet von einem unangenehmen Gefühl der Vorahnung. Doch das war unmöglich. Sie hatte diesen Film noch nie zuvor gesehen. Oder?

Etwas in ihr schrie, dass sie der rätselhafte Hauptdarsteller an jemanden erinnern sollte. Und das war keineswegs eine angenehme Erinnerung.

»Wie heißt dieser Film?«, fragte sie Jake leise.

»*Dracula*«, flüsterte er. Dass seine Lippen dabei fast ihr Ohr berührten und sie seinen Atem an ihrem Hals spüren konnte, hätte sie eben noch schwindelig werden lassen. Jetzt stand diese unerklärliche Beunruhigung zwischen ihr und Jake. »Ist ein alter Film aus den Fünfzigern. Ziemlich gut gemacht dafür, hm?«

Sie nickte geistesabwesend. Von Dracula hatte sie bislang nur flüchtig gehört. Der Roman stand in Sophies Bücherregal, hatte sie bisher allerdings nicht interessiert.

Dann passierte es. Gerade als Emily ihr Unwohlsein auf das viele Popcorn schieben wollte, ließ ein plötzlicher Szenenwechsel alle Farbe aus ihrem Gesicht weichen. Mit einem unheilvollen Grinsen beugte sich der Graf über eine wunderschöne Frau in einem langen weißen Nachthemd, und wie aus dem Nichts blitzten zwei lange Zähne im Mund des Grafen auf.

»Nein!«, schrie Emily und sprang auf. Diesmal ging es nicht in der typischen Geräuschkulisse eines vollen Kinosaals unter. Köpfe drehten sich irritiert zu dem schreienden Mädchen um.

»Psst! Hinsetzen!«, rief jemand aus den hinteren Reihen.

»Ist alles okay? Sollen wir rausgehen?« Jake blickte besorgt zu Emily auf, die schwer atmend auf die Leinwand starrte.

Sie reagierte nicht. Mit zitternder Unterlippe, die Hände zu Fäusten verkrampft, starrte sie auf Graf Dracula, wie er den leblosen Körper der Frau mit triumphierendem Gelächter zurück aufs Bett fallen ließ. Dann begann sie leise zu wimmern.

»Nicht schon wieder!«, zischte Sophie.

»Was hast du getan? Du verdammtes Tier, du hast sie gegen ihren Willen gebissen. Sie wollte es nicht! Sie wollte es nicht!«, schrie Emily.

Mittlerweile hatte der gesamte Saal begriffen, dass hier etwas nicht stimmte. Belustigtes Kichern war zu vernehmen, als einige Schüler erkannten, wer da die Leinwand anbrüllte.

»Hey, ist das nicht die Verrückte aus dem Geschichtsunterricht?«, gehörte noch zu den harmlosen Kommentaren, die man sich über viele Reihen hinweg zurief. Der Film war längst zur Nebensache geworden.

»Sie wollte es nicht!«, schrie Emily immer und immer wieder. Dann stürmte sie aus dem Saal.

3

Blutrot versank die Sonne über der Stadt. Die bleiche Kuppel der *St Paul's Cathedral* erstrahlte in einem goldenen Schein, der sich auch über die nahe gelegene Themse ergoss. Es schien, als stünde der Fluss in Flammen.

Michael blickte aus dem Fenster eines alten Stadtanwesens auf die neumodischen Hochhäuser. Ein Single-Malt-Whiskey zirkulierte träge in seinem Glas. Früher hatte er London geliebt.

Unzählige Erinnerungen verbanden ihn mit dieser Stadt. Hier die breite Treppe vor *St Pauls*, blutüberströmt und übersät mit toten Priestern. Dort das mit seiner finanziellen Hilfe erbaute und mittlerweile an einem anderen Standort wiedererrichtete *Globe Theatre*, einst Schauplatz der verruchtesten Aftershowpartys von ganz London. Er war überzeugt davon, dass Shakespeare ihm mit der Rolle des gewissenlosen Iago in *Othello* ein Denkmal gesetzt hatte. An wem sollte man sich sonst orientieren, wenn man einen seelenlosen Bösewicht brauchte? Verdient hätte er es allemal. Oh, oder das verheerende Feuer von 1666, das sich nicht zuletzt durch sein Mitwirken rasend schnell in der Stadt ausgebreitet hatte. Die Schreie und das erbarmungslose Prasseln der Flammen klangen wie Musik in seinen Ohren nach.

Wohin er auch sah … es gab kaum ein Fleckchen, an dem er nicht seinem Trieb nachgegangen war. Doch jetzt, nach über siebenhundert Jahren, langweilte ihn London.

Und dass er ganz genau wusste, woran es lag, machte es nur schlimmer. Die Sonne war untergegangen. Und dennoch konnte er, einer der vier Ersten, nur an diesem Fenster stehen und die Stadt betrachten. Es widerte ihn an.

»Ich sollte auf der Jagd sein!«, zischte er und schmetterte sein Glas zu Boden. Klirrend zerbrach es auf den Marmorfliesen.

»Sir?«

»Wie viele sind es heute, Radcliffe?« Michael ließ sich nichts anmerken, als der Diener die Glasscherben unauffällig verschwinden ließ.

»Vier, Sir. Soll ich sie hochschicken lassen?«

»Nicht nötig. Ich komme gleich herunter.«

»Sehr wohl, Sir. Ich werde alles vorbereiten.«

»Gut. Schicke Balthasar unverzüglich zu mir herauf. Er wird das Gebäude gleich betreten.«

Sein Blick wanderte über Häuser, wo früher Schweineställe gestanden hatten, über leere Plätze, wo noch vor zwei Jahrhunderten öffentliche Hinrichtungen die Massen begeistert hatten. Und dann diese vielen Brücken. An ihnen hatte man immer am besten ablesen können, wie rasch dieser Moloch sein Aussehen verändert hatte. Kaum war man mal für ein Jahrhundert außer Landes, musste man bei seiner Rückkehr feststellen, dass die eine Hälfte der Übergänge über die Themse abgerissen oder abgebrannt, die andere Hälfte versetzt worden war. Michael musste die Stadt regelmäßig neu kennenlernen.

»Bringst du die Kunde, die ich erwarte?« Michael stand noch immer mit dem Rücken zur Tür, als eine Gestalt lautlos in den Raum glitt. Er spürte, wie sie im Schritt verharrte, enttäuscht darüber, frühzeitig bemerkt worden zu sein. Er lächelte. Selbst nach all den Jahrhunderten konnten sie nicht auf ihre kleinen Spielchen verzichten.

»Ja«, entgegnete Balthasar knapp und gesellte sich zu Michael.

»Wer weiß noch davon?«

»Ich habe den Jäger eingeweiht. Mehr wissen es nicht. Höchstens Vermutungen. Was die anderen Familien angeht, gilt wahrscheinlich dasselbe: unbestätigte Gerüchte, wilde Spekulationen.«

Michael zog eine sorgsam gezupfte Augenbraue hoch. »Wahrscheinlich?«, wiederholte er leise.

»Natürlich können wir nicht sicher sein, das weißt du besser als ich. Oder hätte ich deiner Meinung nach bei unseren Feinden klopfen und sie fragen sollen, was sie wissen?«

Michael schwieg. Er war des Redens schon lange überdrüssig geworden. Gezwungen locker schritt Balthasar zu der kleinen Bar am Ende des Raumes. Michael wusste, dass Balthasar es verabscheute, sich in seiner Gegenwart regelmäßig unterlegen zu fühlen. Auch heute entschädigte ihn ein erlesener Wein, den er aus den Tiefen der Bar holte.

»Ein 1988er Chianti«, bemerkte Michael vom Fenster. »Gute Wahl.«

»Also, wie gehen wir vor?«, fragte Balthasar besänftigt. Wie Michael wünschte er sich die Zeiten zurück, in denen die Nacht noch Dunkelheit und Angst gebracht hatte und nicht an jeder Straßenecke von Videokameras gezähmt wurde.

»Wir warten. Wie wir es immer getan haben. Man sollte meinen, dass es nach all den Jahren auf ein paar Wochen nicht ankommen würde …«

Erstmals wandte Michael den Blick vom Fenster ab. Immer hatte Balthasar bei dem strengen Gesicht des Oberhaupts das Gefühl, einer Statue gegenüberzustehen. Verhärtete, wie in Stein gemeißelte Züge ließen ihn zugleich unschätzbar alt und zeitlos jung wirken. Wenn auch nur so lange, bis man ihm in die Augen blickte. Wie tiefe Seen des Vergessens blickten sie in die Welt. Die Leere darin konnte nicht über die entsetzliche Macht hinwegtäuschen, die hinter ihnen schlummerte. In Sachen Charisma war Michael einer der wenigen, die Balthasar überflügeln konnten. Daran hatten auch seine silbergrauen Haare ihren Anteil, die erst hinter den dominanten Schläfen ansetzten. Dazu immer nur die edelsten Stoffe und hochkarätige Manschettenknöpfe. Im Gegensatz zu Balthasars Faible für die inzwischen altmodischen, schweren Mäntel ging Michael in Modefragen gern auf Augenhöhe mit den teuersten und elegantesten Designern. Es brachte Abwechslung. Und im Angesicht der Unsterblichkeit sollte man Abwechslung nicht unterschätzen.

Michael schritt durch den hohen Raum. »All die Jahre der Verbannung … all die grausamen Kämpfe … all die Opfer … und weswegen? Wegen eines schlecht erzogenen kleinen Mädchens.« Er schnaubte verächtlich.

»Nun, das ist wohl etwas untertrieben, oder? Sie hat unsere Welt in einen Krieg gestürzt, der seit fast zwei Jahrhunderten andauert. Da hat wohl etwas mehr als schlechte Erziehung eine Rolle gespielt.«

»So, glaubst du? Glaubst du auch, dass alles so gekommen wäre, wenn sie meine Tochter gewesen wäre? Glaubst du, ich hätte ihre Rebellion geduldet?« Blicke wie Nadeln durchbohrten Balthasar. »Glaubst du, wir müssten uns heute vor der Welt verstecken wie Ungeziefer, weil wir durch ihre Schande dazu gezwungen wurden, unsere Schlachten unter den Menschen auszutragen? Glaubst du das?« Die letzten Worte brüllte er Balthasar ins Gesicht.

»Nein, natürlich nicht. Aber sie hat irgendetwas an sich. Anders hätte sie es niemals geschafft, sich von ihresgleichen loszusagen.«

»Unfug! Ich glaube nicht an diese haarsträubenden Legenden. Sie war störrisch, sonst nichts. Deshalb konnte ihr auch unser Fluch nichts anhaben. Und alles nur, um ein Mensch zu werden. Ein Mensch! Die Welt wird es noch bereuen, uns in diese erniedrigende Lage gebracht zu haben. Wenn wir den Herbstbringer erst in unserer Gewalt haben, wird sich die Menschheit wünschen, schon viel früher untergegangen zu sein.«

Zynisch erhob Balthasar sein Weinglas. »Cheers.«

»Du bist verantwortlich dafür, dass die anderen sie nicht vor uns zu fassen kriegen. Sei bereit. Hast du das verstanden? Du weißt, was der Fluch bewirkt. Sie wird nicht lange unerkannt bleiben. Die Welt welkt unter ihren Schritten …«

»Ja«, beeilte er sich zu versichern. Dabei hasste er Befehle. »Aber wieso können wir sie nicht einfach …«

»… jetzt schon aufspüren?«, vollendete Michael den Satz. »Wenn es einen Weg gäbe, die Regeln dieses Spiels zu umgehen, hätte ich ihn gefunden.«

Den ausgeprägten Gerechtigkeitssinn der Vampire hatte Balthasar nie verstanden, das wusste Michael. Mord, Verrat und Intrigen vertrugen sich dessen Meinung nach nicht allzu gut mit Gesetzeshörigkeit. Womit er natürlich recht hatte. Doch wie alle anderen hielt auch er sich daran. Etwas anderes blieb ihm nicht übrig. Zumindest nicht, wenn er nicht auch als Verräter den Zorn seiner Art zu spüren bekommen wollte.

»Und nun entschuldige mich. Ich habe Besuch.«

Balthasar lächelte. Ihm waren die vier Goth-Mädels in der Empfangshalle nicht entgangen. »Die Schwarzhaarige ist wirklich süß. Aber wohl kaum volljährig …«

Michael setzte ein unschuldiges Gesicht auf. Der Vampir im Schafspelz. »Soll ich eine der wenigen Freuden aufgeben, die mir nach all der Zeit geblieben sind?« Sein Blick verdunkelte sich. »Viel lieber würde ich auf die Jagd gehen. Wie früher durch Straßen und Gassen schleichen, dunkel wie ein Schatten, verführerisch wie das glitzernde Firmament. Doch wir müssen uns nun mal anders behelfen, Balthasar.« Grinsend entblößte er zwei spitze Zähne. »Und du weißt doch, wie einfach sie zu haben sind.« Er schielte verächtlich auf Balthasars langen Mantel und den schwarzen Spazierstock. »Bei dir ist es dieser Mantel, bei mir ein Zitat aus Poes *Der Rabe*, eine wohlplatzierte Anekdote, ein zufälliges Aufblitzen der Zähne, schon ist es um sie geschehen. Beinahe zu einfach. Beinahe …«

Schnellen Schrittes entfernte er sich.

Emily war sich sicher, an einem neuen Tiefpunkt in ihrem Leben angekommen zu sein. Sie beschloss, sich für immer in ihrem Zimmer zu verkriechen.

Irgendwann am Sonntagabend klopfte es an ihrer Tür. Emily blickte nicht mal von ihrem Buch auf. Wieso kapierten die nicht, dass sie einfach in Ruhe gelassen werden wollte?

»Emily?« Oh, verdammt. Jake.

»Bitte lass mich allein.« Wieso zum Teufel hatte sie das gesagt? Was, wenn er auf sie hörte und wieder ging?

»Komm, mach die Tür auf, sonst warte ich hier bis morgen früh. Irgendwann musst du ja mal rauskommen!«

»Wer sagt das?«, entgegnete sie bockig. Wenig später öffnete sie dennoch die Tür.

Eine Weile blickte er nur in ihre verquollenen Augen und versuchte sich an einem aufmunternden Lächeln. »Ich fand den Film auch mies.«

Emily konnte nicht anders: Ihre Mundwinkel zogen sich nach oben. »Du hältst mich also nicht für verrückt?«

»Nein, tut mir leid. Auch wenn du vorhattest, von der ganzen Stadt für verrückt erklärt zu werden, hast du es bei mir nicht geschafft. Noch nicht.«

Wie konnte sie nur eine Sekunde gedacht haben, dass er nichts mehr mit ihr zu tun haben wollte?

»Und Sophie?«

»Na ja, sie hat sich Sorgen gemacht. So wie ich auch. Aber jetzt komm mal raus aus deinem Zimmer, wir wollen uns eine DVD ansehen. Ich hab extra den Dracula-Film ausgeliehen, damit du ihn zu Ende schauen kannst.«

Entsetzt starrte sie ihn an. »Du hast doch nicht … Moment mal – das ist ein Witz, stimmt's?«

»Natürlich!«, antwortete er lachend. Sie boxte ihm entrüstet in die Rippen. »Keine Sorge, ich habe sehr genau darauf geachtet, dass in den Filmen weder Graf Dracula noch der böse König William auftauchen. Du kannst also beruhigt sein.«

Das war sie. Ihr Leben kam ihr schon wieder viel freundlicher vor.

Wenig später saßen sie im Wohnzimmer, umgeben von einem Arsenal an Süßkram, Chips und diversen Getränken. Ihre Eltern hatten Emily und Sophie das erste Mal seit der Adoption einen Abend lang allein gelassen, um ins Theater zu gehen.

»Man könnte fast meinen, du glaubst an Vampire. So wie

du dem armen Dracula die Meinung gegeigt hast«, bemerkte Jake.

Sophie brachte ihn mit einem giftigen Blick zum Schweigen.

»Ist schon okay. Mich interessiert ja selbst, was da mit mir los war.« Gedankenverloren nippte Emily an ihrer Cola. »Aber ob ich an Vampire glaube? Keine Ahnung, darüber habe ich mir ehrlich gesagt noch nie Gedanken gemacht. Glaubt ihr, dass es sie gibt?«

»Ach, natürlich nicht«, sagte Sophie überzeugt. Ihr Tonfall signalisierte, dass jede weitere Diskussion überflüssig war. »Aber frag doch mal Jake …«

Emily schaute ihn an. Die Haare fielen heute locker über seine Augen, und das ausgewaschene The-Cure-Shirt hätte von einem großen Bruder stammen können. »Ich hab nie behauptet, dass ich an Vampire glaube. Ich finde die Vorstellung einfach ziemlich cool. Vampire in Woods End … ich meine, das würde dieses Kaff wenigstens interessant machen, oder nicht?«

Sophie verdrehte die Augen. »Das hat er von seinem Opa«, raunte sie Emily zu. »Der ist nämlich wirklich davon überzeugt, dass es Vampire gibt. Hier in Woods End!«

»Ja, schon«, sagte Jake abwehrend. »Aber deswegen glaube ich noch lange nicht, dass hier Vampire durch die Nacht schleichen.«

»Dein Großvater glaubt an Vampire?«, fragte Emily erstaunt.

»Ja, das ist so eine Macke von ihm. Als ich klein war, hat er mir mit seinen Vampirgeschichten regelmäßig krasse Albträume eingebrockt. Irgendwann kamen meine Eltern dahinter und haben ihm verboten, mir weiterhin diese Geschichten zu erzählen. Bis ich alt genug war, dass ich ihn selbst darum bitten konnte. Er kannte echt gruselige Storys voller Helden, Bösewichte und spannender Abenteuer. Kein Buch aus der Bücherei hat mir besser gefallen. Irgendwann gestand er mir, dass es größtenteils wahre Geschichten waren. Und das Heftige ist, dass er echt ziemlich gute Argumente hat.«

»Für dich ist es ein gutes Argument, dass er jede vermisste oder ermordete Person im Umkreis von fünfzig Meilen für einen Vampir hält? Also bitte!«, schnaubte Sophie.

»Was hat er denn für Argumente?«, fragte Emily neugierig, als sie Jakes verletzten Blick bemerkte. Sophie verdrehte die Augen und bediente sich an den Chips.

Jake blickte sie dankbar an. »Er hat mir die Todesanzeige von einem Mädchen gezeigt, das vor einigen Jahren draußen am See ermordet worden ist. Sie hieß Linda oder so …«

»Lara. Lara Hastings«, korrigierte Sophie. »Was ist mit ihr? Davon hast du noch nie was erzählt.«

»Lara, genau. Es war eine große Todesanzeige, sogar mit Bild. Ich sollte mir das Bild ganz genau ansehen, was ich seltsam fand, denn immerhin war Lara ja auf unserer Schule gewesen. Dann kam er mit einem Umschlag voller Fotos zurück.« Jake verstummte. Konzentriert blickte er ins Nichts, als müsste er überlegen, wie er es am besten erzählen konnte. »Er sagte mir, dass er diese Bilder nach ihrem Tod in Reading gemacht hatte. Und auf diesen Bildern war Lara! So gruselig, unwahrscheinlich oder was auch immer es auch ist – ich habe Lara auf diesen Bildern erkannt.«

»Jake, wenn das wieder einer von deinen schlechten Scherzen ist …«, begann Sophie warnend, doch selbst ihr war die Neugier deutlich anzumerken.

»Ich bring die Fotos bei Gelegenheit mal in die Schule

mit, wenn ihr wollt. Natürlich weiß ich, dass es dafür immer noch eine logische Erklärung geben kann und es kein Beweis für die Existenz von Vampiren ist. Es ist nur … das sind nicht die einzigen komischen Ereignisse, die mein Opa mittlerweile zusammengetragen hat. Er ist ständig irgendwohin unterwegs, um Spuren oder Hinweisen nachzugehen, wisst ihr? Gerade ist er auch wieder unterwegs. Er meinte, diesmal hier in Woods End etwas aufgespürt zu haben.«

»Er glaubt also wirklich, dass es in Woods End Vampire gibt?« Sophies Stimme klang plötzlich gar nicht mehr gehässig. Emily glaubte, Angst herauszuhören. »Wer? Wo?«

»Ich weiß nicht genau, hab ihn noch nicht gefragt. Er hat nur gemeint, dass ihm in der Bibliothek jemand einen gehörigen Schrecken eingejagt hat. Er glaubt, etwas wirklich Großem auf der Spur zu sein.«

»In der Bibliothek?«, fragte Emily, hellhörig geworden. Der Ausdruck auf dem Gesicht ihrer Schwester verriet ihr, dass sie dasselbe dachte.

»Ja, wohl irgendein Mädchen. Ich weiß noch nichts Genaues. Er war aber ziemlich beunruhigt, immerhin ist er sofort aufgebrochen und immer noch weg.«

»Wenigstens hier haben wir es nicht mit Vampiren zu tun«, sagte Sophie lachend. »Er hat Emily in der Bibliothek gesehen, das ist alles. Vielleicht war er einfach nicht darauf vorbereitet, dass so ein hübsches Mädchen heutzutage überhaupt noch was für Bücher übrighat. Möglich wär's, oder?«

Jake wurde rot, überspielte es jedoch gekonnt mit einem plötzlichen Hustenanfall. »Im Ernst?«

»Ja, gleich bei meinem ersten Besuch«, sagte Emily. »Ich hab noch gelesen, als er die Bibliothek schließen wollte. Ich sah ihn an – und dann wurde er plötzlich leichenblass. Er hat mich fassungslos angestarrt, irgendwas genuschelt und ist dann geflüchtet.«

»Hm. Wann genau war das?«

»Gleich in meiner ersten Woche. Danach habe ich ihn nicht mehr gesehen.«

»Also gut, dann gibt es vielleicht doch keine Vampire, die unser Kaff ein bisschen aufmischen. Dann war seine lange Reise nutzlos.«

Emily war erleichtert: Anstatt vor immer mehr Fragezeichen zu stehen, konnte sie endlich auch mal eines der Rätsel lösen, die sich seit Schulbeginn angehäuft hatten.

In dieser Nacht wurde sie das erste Mal seit Ewigkeiten nicht von Albträumen verfolgt. Sie träumte von Jake. Die meiste Zeit in diesem Traum verbrachte sie damit, Jake einfach nur anzusehen. Und dann wusste sie, dass er für sie da sein würde. Dass er sie nicht im Stich lassen würde.

Gestärkt von ihrem Traum und dem Abend mit Jake, prallten die Blicke und Tuscheleien auf dem Schulhof in den nächsten Tagen von ihr ab. Sie verbrachte inzwischen jede Pause mit Jake.

Außerhalb der Schule sahen sie sich in den nächsten Tagen dafür kaum. Noch hatte sich niemand getraut, den anderen nach einem offiziellen Date zu fragen. Grund genug für Emily, sich umso mehr auf die Pausen zu freuen. Ein Tag ohne Jake war für sie schon jetzt nicht mehr vorstellbar.

»Komm, wir wollten uns doch mit Jake treffen«, quengelte Emily am Donnerstag denn auch ungeduldig zu Beginn der großen Pause, während sie auf Sophie wartete. Räumte sie die Reagenzgläser etwa absichtlich langsam ins Regal? Emily knirschte mit dem Zähnen.

Dann waren sie endlich auf dem Schulhof. Schon von

Weitem hatte Emily Jake erspäht. Hastig bahnte sie sich ihren Weg durch die Schüler. Er hatte einen Umschlag in der Hand. Bestimmt die Fotos von dem Mädchen.

Verwirrt, fast schon ängstlich, blickte Jake ihr entgegen. Emily blieb verunsichert vor ihm stehen. Er machte keine Anstalten, sie zu begrüßen.

»Jake, alles klar?« Sophie fuchtelte ihm testweise mit der Hand vor den Augen rum. »In den letzten Tagen doch noch Vampire gesehen?«

Jake schien nicht zum Spaßen zumute zu sein. Er wollte etwas sagen, entschied sich dann dagegen, drückte Emily den Umschlag in die Hand und starrte sie wortlos an.

»Was ist denn jetzt wieder?« Sophie schüttelte den Kopf. »Es tut dir echt nicht gut, bei deinem Opa zu wohnen.«

Emily hörte sie nicht. Sie starrte auf das Blatt Papier in ihren Händen. Das war unmöglich!

»Emily?« Keine Reaktion. Unsanft schüttelte Sophie sie zurück in die Wirklichkeit. Dann sah auch sie, was Emily die Sprache verschlagen hatte. Ihre Reaktion fiel ähnlich aus, ergänzt um ein leidenschaftliches: »Ach du Scheiße!«

Es war die Kopie eines sehr alten Zeitungsartikels. Das regionale Blatt befasste sich auf einer halben Seite mit dem Tod der Tochter eines angesehenen Kunstförderers. Der Name der Zeitung war kaum zu entziffern, das Datum unleserlich klein. 05. Oktober 1833, vielleicht aber auch 25. Oktober 1898 – auf jeden Fall vor ziemlich langer Zeit.

Und neben einem kleinen, beinahe unkenntlichen Bild der Familie, die im Text mit Lovelace benannt wurde, war ein Bild des verstorbenen Mädchens abgedruckt.

Es war Emily wie aus dem Gesicht geschnitten.

»Woher hast du das?«, fragte Emily schließlich leise, als Jake auch weiterhin keine Anstalten machte, etwas zu sagen.

»Mein Großvater … er ist gestern Abend zurückgekommen. Er war total aufgeregt und hat behauptet, endlich neue Beweise gefunden zu haben.«

»Beweise? Beweise für was? Und wo war er überhaupt?«, schaltete sich Sophie in das Gespräch ein. Sie sah gar nicht glücklich aus.

»Im Süden, an der Küste. Aber das muss alles nichts heißen, oder? Immerhin hast du selbst gesagt, dass er ein alter Spinner ist. Er glaubt, dass Emily das Mädchen auf dem Bild ist.«

»Aber das kann nicht sein.« Wieder betrachtete sie das Mädchen. Würde man Emily in ein viktorianisches Kleid stecken, würden auch die letzten Unterschiede verschwinden. »Vielleicht irgendeine alte Verwandte?«

»Möglich«, sagte Jake zweifelnd. »Es ist nur …« Er zögerte.

»Was?«

»Als mein Opa dich in der Bibliothek gesehen hat, ist er gleich am nächsten Tag losgefahren. Er hat in dir etwas gesehen, wonach er wohl schon lange gesucht hat. Er will mir aber nicht sagen, was es ist, bis er mehr Beweise hat.«

Emily blickte ratlos von Jake zu Sophie, die sofort den Blick abwandte. »Was für Beweise meint er? Wie kann er denn nur glauben, dass ich auf diesem alten Bild zu sehen bin?«

»Das weiß ich auch nicht. Ich weiß überhaupt nicht, was ich von alldem halten soll. Mein Opa allerdings schon. Er … er hält dich für eine Vampirin!«

4

Wie man es auch drehte und wendete: Das Mädchen aus dem Zeitungsartikel hatte nicht vor, ihre Ähnlichkeit mit Emily so einfach abzulegen. Die Schrift war beinahe unleserlich und wäre wohl selbst mit einer Lupe nur mühsam zu entziffern gewesen.

»Sagen wir es mal so«, begann Jake zögerlich. »Das würde zumindest erklären, weshalb niemand nach dir gesucht hat.«

Sie saßen unter der alten Eiche nahe des Schulhofs. Schon am ersten Schultag hatte sich Emily in den Baum verliebt, kam sooft es ging hierher, um unter den knorrigen Ästen zu lesen oder in das dichte Blätterdach über sich zu schauen. Auch jetzt beruhigte sie dieser Baum, nachdem der restliche Schultag quälend langsam verstrichen und Sophie deutlich auf Abstand gegangen war. An Jakes Verhalten hatte sich hingegen nicht das Geringste geändert, wie sie erleichtert feststellte.

»Vielleicht würde es das in einem unglaubwürdigen Film, ja. Ich, ein Vampir? Meinst du nicht, das hätte ich gemerkt?«

Sie wusste genug über diese Fabelwesen, um mit Sicherheit ausschließen zu können, selbst einer zu sein. Spitze Zähne? Fehlanzeige. Blutdurst? Nicht im Geringsten. Probleme mit Sonnenlicht? Sie mochte den Herbst vielleicht mehr als den Sommer, das war aber auch schon alles. Angst vor Knoblauch? Nun, wer roch schon gern danach?

»Na ja«, raunte Jake verschwörerisch. »Wer sagt denn, dass Vampire genauso sind wie in Büchern oder Filmen? Wer weiß – vielleicht schlafen sie auch einfach gern sehr lange …«

Emily musste grinsen. »Klar, ich habe hundertachtzig Jahre am Stück geschlafen.«

»Warum nicht? Du sagst doch selbst, dass du nur sehr wenig Schlaf brauchst.«

Das stimmte. Und ließ man einmal die Lächerlichkeit außer Acht, würde diese Theorie tatsächlich so manches erklären.

»Jake?«, fragte sie und wurde wieder ernst. »Das klingt jetzt vielleicht albern … aber würde es für dich einen Unterschied machen, wenn mit mir tatsächlich etwas nicht stimmt?«

Herbstlaub segelte um sie herum zu Boden. Es war wunderschön.

»Nein«, sagte er voller Entschlossenheit. »Natürlich nicht!«

Jake ging nicht zur Arbeit. Er schwebte. Ihm war es egal, dass dieses Mädchen von einem Geheimnis umgeben war. Er wäre selbst dann nicht von ihrer Seite gewichen, wenn sie eine flüchtige Verbrecherin gewesen wäre. Oder ein Vampir. Er musste allerdings zugeben, dass ihm diese Theorie selbst reichlich abstrus vorkam.

Wenn Emily gewusst hätte, dass sein Großvater ihr tatsächlich bewaffnet entgegengetreten wäre … Und dann diese Sache mit Sophie … Es war ihm nicht leichtgefallen, Emily nichts davon zu erzählen. Er hatte ihr deutlich angesehen, wie sehr sie das ablehnende Verhalten ihrer Schwester getroffen hatte.

Wieso musste alles immer so verdammt kompliziert sein?

Einen Moment lang gab er sich der Vorstellung hin, dass sein Großvater recht hatte. Dass Emily ein Vampir war.

Aber würde es einen Unterschied machen?

Er blieb stehen und beobachtete, wie ein sorgsam zusammengeharkter Haufen Herbstlaub vom Wind auseinandergetrieben wurde. Sein Herzschlag beschleunigte sich, und ein warmes Gefühl durchströmte ihn. Sie hatte ihn zum Abschied auf die Wange geküsst …

Trotzig rammte er seine Hände in die Jackentaschen.

Nein, es würde nicht den geringsten Unterschied machen.

Dankbar dafür, dass ihre Eltern nicht zu Hause waren, brütete Emily nochmals über dem alten Zeitungsartikel. Musste es überhaupt irgendwas zu bedeuten haben, dass sie diesem Mädchen ähnlich sah? Das war bestimmt nur ein dummer Zufall. Sie beschloss, dem Text bei der ersten Gelegenheit mit einer Lupe zu Leibe zu rücken und das Geheimnis um ihre Identität bis dahin weiter zu verdrängen.

Dass dieses Unterfangen leichter gesagt als getan war, wurde ihr spätestens klar, als sich ihre Eltern am Freitagnachmittag von ihnen verabschiedeten und den beiden Schwestern das Haus für das Wochenende überließen. Denn Sophie redete nicht mehr mit ihr, seit Jake den Mädchen den Zeitungsartikel gezeigt hatte.

»Sophie?« Emily klopfte zuerst zaghaft, dann immer lauter an die Zimmertür ihrer Schwester.

Keine Reaktion.

»Was ist denn nur los? Hab ich dir irgendwas getan?«

»Lass mich einfach in Ruhe, okay? Geh doch zu Jake, wenn du unbedingt reden willst!«

»Jake?« Emily kam ein Verdacht. »Bist du etwa … sauer, dass Jake und ich uns so gut verstehen?« Sie hatte sich nicht getraut, das Wort eifersüchtig zu benutzen.

Stille folgte ihrer Frage, und sie befürchtete bereits, dass der kurzzeitig angeschwollene Gesprächsstrom wieder versiegt war.

Dann öffnete Sophie die Tür und blickte sie aus verquollenen Augen an. »Glaubst du ernsthaft, das hat was mit Jake zu tun? Oder ist das wieder nur eine von deinen Geschichten? Ich kauf dir bestimmt nicht noch mehr Lügen ab!«

Emily schaute sie entgeistert an. Sie glaubte nicht, was sie da hörte.

»Tu nicht so unschuldig«, zischte Sophie und schlug ihr die Tür vor der Nase zu.

Unzählige Male hatte sich Michael ausgemalt, wie es sein würde, dem Herbstbringer gegenüberzutreten. In den letzten Jahrzehnten hatte er das Mädchen auf jede erdenkliche Weise zur Strecke gebracht, den fiktiven Triumph bis ins Äußerste ausgekostet. Die Möglichkeit, dass jemand anders ihm zuvorkommen könnte, hatte er dabei wie selbstverständlich außer Acht gelassen.

Jetzt fraß sie ihn innerlich auf.

Vampire sind von Natur aus ausgesprochen schlechte Verlierer. Und Michael war in Sachen Egozentrik und Selbstüberzeugung selbst für seine Spezies ein seltener Fall. Unter seinesgleichen kam ihm niemand in den Sinn, der ihm auch nur ansatzweise das Wasser reichen konnte. An die niederen Blutsüchtigen, die von den Vampiren als Diener oder Sklaven erschaffen wurden, oder gar diesen Abschaum namens Menschheit verschwendete er keinen einzigen Gedanken. Lästiger Unrat, nichts weiter.

Aber nicht mehr lange.

Er lächelte bei dem Gedanken an seine Pläne und entblößte zwei ungemein spitze Zähne. Passanten wichen ihm verschreckt aus, als er sich seinen Weg durch Londons abendliche Straßen bahnte. Auch dies nahm er als Selbstverständlichkeit hin: Er war es gewohnt, Angst und Ehrfurcht in Menschen auszulösen. Egal wie überfüllt die Innenstadt auch sein mochte, die Masse teilte sich instinktiv für ihn. Es war, als spürte die Menschheit die schwarze Leere, die von ihm abstrahlte wie Hitze von einem Vulkan. Wo keine Seele war, konnte Hass frei wuchern.

Er bog von der King William Street in die deutlich ruhigere Nicholas Lane ab. Wie jedes Mal, wenn er sich unter Menschen begeben musste, hatte er das dringende Bedürfnis, ein heißes Bad zu nehmen. Oder einen Angehörigen dieser bemitleidenswerten Spezies zu töten. Aussicht auf ein Bad gab es in dieser dunklen Seitenstraße keine; die reizvolle Möglichkeit für einen stillen, sauberen Mord hingegen schon. Er korrigierte sich: für einen stillen Mord.

Instinktiv verlangsamte er seine Schritte und passierte die unscheinbaren Backsteinhäuser in gemächlichem Gang. Er wusste genau, dass die Jagd auf offener Straße seit mittlerweile über hundert Jahren unter schwerer Strafe stand. Ebenso genau wusste er, dass es ihm guttun würde, endlich mal wieder seinen Instinkten nachzugeben. Er fühlte sich wie ein Tiger im Käfig.

Es war eine Schande, dass die wenigen Menschen, die

von der Existenz seiner Art wussten, es als hohe Gunst erachteten, sie in ihrer Welt leben zu lassen.

In ihrer Welt! Er schnaubte verächtlich. Er wandelte schon auf dieser Erde, als die Menschen noch in Höhlen wohnten und Gewitter anbeteten.

Ein Mann trat aus einem der Häuser auf die Straße. Es dämmerte bereits. Michael und der Unbekannte waren allein.

Unter anderen Umständen hätte er diese Situation für eines seiner kleinen fiesen Spielchen genutzt und dem Kerl einen gehörigen Schrecken eingejagt. Unter anderen Umständen wäre er nicht von dieser weiß glühenden Wut auf alles um sich herum erfüllt gewesen. Unter anderen Umständen hätte er sich bereits einen großzügigen Schluck Blut aus seinem Vorrat genehmigt.

Unter anderen Umständen wäre der Fremde lebendig davongekommen.

Michael wusste in dem Moment, als er den Kerl vor sich auf die Straße treten sah, dass er töten würde. Er konnte nichts mehr dagegen tun, selbst wenn er es gewollt hätte. Er musterte sein Opfer eindringlich, während er lässig an ihm vorbeischritt, höchst erfreut darüber, Panik im Blick seines Gegenübers aufflackern zu sehen.

Kaum dass der Mann ihm den Rücken zugekehrt und sich Michael mit einem letzten Blick vergewissert hatte, allein mit ihm zu sein, fuhr er blitzschnell herum, nicht mehr als ein Schemen in der Londoner Dämmerung. Ehe der Unbekannte zu einem Schrei ansetzen konnte, presste sich ihm eine feingliedrige, aber überraschend starke Hand auf den Mund, während ihn eine andere mühelos in die Knie zwang. Die Nicholas Lane kippte schräg vor dem ahnungslosen Fremden weg, als er mit einem schmerzhaften Ruck umgedreht wurde und in die gnadenlosen Augen des unheimlichen Fremden blickte.

»Deine unwürdige Existenz ist es eigentlich gar nicht wert, dass ich mich in solche Gefahr begebe«, hörte er ein eiskaltes Flüstern. »Sei froh, dass ich dich von diesem Leid erlöse.« Dann spürte er die Zähne an seinem Hals.

In dunkelroten Wogen floss sein Leben auf dem regennassen Pflaster davon. Endgültige Schwärze umfing ihn, bevor er den Zeugen bemerken konnte, der alles beobachtet hatte und sich gerade unauffällig aus dem Staub machen wollte.

Michael entging die Bewegung nicht.

Er schnellte herum, um gerade noch eine gebückt davoneilende Gestalt hinter der nächsten Ecke verschwinden zu sehen. Er fluchte lauthals und nahm die Verfolgung auf. Nicht, dass er sich ernstlich Sorgen machte, die Härte des Gesetzes zu spüren. Der Gedanke, dass dieser wenig stilvolle Gassenmord mit ihm in Verbindung gebracht werden könnte, wog deutlich schwerer.

Er würde noch einen Mord begehen müssen.

Es bereitete ihm keine Mühe, dem Zeugen nachzustellen. Der arme Teufel legte dieselben dümmlichen Fluchtmuster an den Tag, die er schon seit unzähligen Jahrhunderten bei Menschen beobachtete. Anstatt sich in die nächstbeste U-Bahn zu retten oder in einem Kaufhaus unterzutauchen, hielt sich der immer wieder panisch um sich blickende Tölpel weiterhin in ruhigen Seitenstraßen auf.

Gelassen folgte Michael seinem Opfer in die Cannon Street. Endlich schien der Verfolgte ein Fünkchen Vernunft zu zeigen. Er änderte seinen Kurs und hielt auf die *Monument Station* zu. Für Michael bedeutete das zwar, dass er sich nun wirklich beeilen musste, gleichzeitig stellte er aber befriedigt fest, dass er nach diesem belebenden Abstecher wieder in die richtige Richtung unterwegs war.

Vor der U-Bahn-Station bemerkten die vorbeieilenden Passanten ein kurzes Flackern in der Luft, dann hatte Michael den Flüchtigen eingeholt. Zeit zu spielen.

»Mitkommen, Freundchen«, bellte er in einem Tonfall höchster Autorität.

Einige Köpfe drehten sich interessiert um, als ein sehr gepflegt wirkender Herr einen deutlich jüngeren, lässig gekleideten Mann am Arm packte und ihn in Richtung der Monument-Säule davonzog. Es gab keinen Zweifel: Hier wurde ein Ladendieb oder sonstiger Kleinkrimineller auf der Flucht geschnappt. Zufrieden bemerkte Michael, dass die meisten Menschen um ihn herum keine Notiz von dieser Szene nahmen und einfach weitergingen. Es war vielleicht doch nicht alles schlecht an diesem modernen London.

Mit eisernem Griff schleppte Michael den Mann in Richtung der durchaus berechtigt *Monument* getauften Gedenksäule, die nach dem Großen Feuer von 1666 errichtet worden war. Sein nadelspitzer Zeigefinger presste sich gefährlich fest gegen den Hals des wimmernden Häufchens Elend und verhinderte erfolgreich panisches Gebrüll.

Im Laufschritt überbrückte Michael die letzten Meter zu der hohen Säule. Seit einer Stunde war sie für Besucher geschlossen. Michaels Angelegenheiten führten ihn immer erst nach Feierabend hierher.

Beiläufig berührte er eine Stelle in der Mauer über der Tür, woraufhin sie bereitwillig aufschwang. Er stieß sein Opfer in die Dunkelheit und folgte, ohne sich umzudrehen.

Auf ein unsichtbares Zeichen entzündeten sich zwei in die Wand eingelassene Fackeln, die regelmäßige Monument-Besucher verwundert hätten: Normalerweise fehlte im Erdgeschoss von Fackeln jede Spur. Achtlos stieß Michael sein Opfer zu Boden.

»Bitte … nicht töten«, stammelte es. Tränen liefen über das Gesicht des Mannes, den Michael auf Anfang zwanzig schätzte. Verdammt, dieses Blut würde bestimmt viel besser schmecken als das von dem Vegetarier eben.

Der Vampir beugte sich herab und fixierte ihn mit seinen stechenden, unsagbar tiefgründigen Augen.

»Wie kommst du darauf? Hast du vielleicht etwas Merkwürdiges gesehen?«

»Ich? Was soll ich denn gesehen haben? Ich habe gar nichts gesehen. Gar nichts.« Er kicherte wie wahnsinnig, als er ein kleines Fünkchen Hoffnung in der fackelerhellten Dunkelheit aufglimmen sah. Auch Michael entging der Hoffnungsschimmer in den zu Tode geängstigten Augen dieses Nichtsnutzes nicht. Es gehörte zu seinen Lieblingsbeschäftigungen, trügerische Hoffnungen aufzubauen.

»Ich will dir glauben. Schließe die Augen, und wenn du hörst, wie die Tür ins Schloss fällt, darfst du sie wieder öffnen und verschwinden. Einverstanden?«

Hastiges Nicken zeigte Michael, dass er diesen Menschen genau da hatte, wo er ihn haben wollte. Wie kam dieser arme Teufel nur darauf, dass er ihn tatsächlich am Leben lassen würde?

Als Michael überlegte, wie er den Fremden töten sollte, kam ihm eine Idee. Nein, an diesem weinerlichen Menschen würde er sich nicht die Finger schmutzig machen. Zumal ihn diesmal nicht der magische Ruf des Blutes lockte.

Er wischte mit einem Finger über seine noch immer blutigen Zähne und strich anschließend über das Treppengeländer, das zur Aussichtsplattform führte. Dann ließ er den zitternden Fremden mit zusammengekniffenen Augen am

Boden liegen und verschwand durch eine verborgene Seitentür ins Untergeschoss des Denkmals.

Noch während er die Tür hinter sich schloss, hörte er ein kratzendes Geräusch aus einem der oberen Stockwerke. Seine Mundwinkel zuckten nach oben: Es war der Klang von krallenbewehrten Füßen, die über Steintreppen strichen.

»Sie muss sehr hungrig sein«, murmelte er versonnen und stieg eine lange Wendeltreppe in die Dunkelheit hinab. »Es ist lange her …«

Schon am Samstagmorgen wusste Emily, dass sie es in diesem Haus nicht allein mit Sophie aushalten würde. Wenn Sophie ihr Zimmer mal verließ, begegnete sie ihrer verzweifelten Schwester mit offener Feindseligkeit. Jedes Mal, wenn Emily versuchte, Gründe für dieses Verhalten zu erfahren, wurde sie angegiftet.

»Das weißt du wohl besser als ich, oder?«, zischte Sophie als Antwort auf Emilys immer gleiche Frage. Ihre Hoffnung, dass sich diese rätselhafte Ablehnung über Nacht gelegt hatte, musste sie noch vor dem Frühstück begraben.

»Sophie, ich weiß wirklich nicht, wovon du sprichst!« Ihr Tonfall hatte etwas Flehendes, was ihr überhaupt nicht gefiel. Sie hatte noch nie gefleht.

»Ich weiß wirklich nicht, wovon du sprichst«, äffte Sophie sie nach. »Habt ihr Anne das auch erzählt? Tja, Pech gehabt! Genieß dein letztes Wochenende in diesem Haus!«

Wie vom Donner gerührt blieb Emily allein in der Küche zurück. Zu gerne hätte sie Jake angerufen, seine Stimme gehört und sich von ihm trösten lassen. Doch sie wusste, dass man Telefongespräche von jedem Apparat im Haus mithören konnte, und war nicht gerade wild darauf, Sophie in der Leitung zu haben.

Noch weniger Interesse hatte sie an einem weiteren Tag allein mit ihrer Schwester, weshalb sie nach Stunden des Zweifelns beschloss, zu Jake zu flüchten.

Es dämmerte bereits, als sie endlich vor seiner Haustür stand. Ihre Hände waren schweißnass.

Was, wenn sein Großvater da war?

Ihr Finger verharrte zögernd vor der Klingel.

Was, wenn sie das ganze Wochenende allein mit Sophie verbringen musste? Der Schock über ihre völlig haltlosen Anschuldigungen saß noch immer tief. Auch jetzt lief ihr eine Träne über die Wange, als sie sich an die verhärteten Züge ihrer Schwester erinnerte.

Entschlossen drückte sie auf die Klingel.

Nach kurzer Zeit näherte sich eine Gestalt, die Emily durch das trübe Milchglas nur verschwommen erkennen konnte. Als sie die Tür erreicht hatte, zuckte Emily zurück. Sie schien einen Hut zu tragen! Sie hatte Jake noch nie mit einem Hut gesehen und war kurz davor, abzuhauen, bevor sie dem alten Bibliothekar gegenüberstehen würde.

Doch es war Jake, der die Tür öffnete. Besser gesagt eine Version von Jake in einem reichlich mitgenommenen dunkelbraunen Stoffmantel und einem mitleiderregend verbeulten Hut, der sich an seine besten Tage vermutlich gar nicht mehr erinnern konnte.

So niedergeschlagen sie auch war: Dieser Anblick war einfach zu komisch. Für einen Moment vergaß sie ihren Kummer und kicherte.

Jake verschränkte die Arme vor der Brust und lehnte sich lässig gegen den Türrahmen. »Und wieso sollte ich jemanden reinlassen, der sich über mein schickes Outfit totlacht?«, fragte er gespielt eingeschnappt.

Der Mantel war ihm deutlich zu groß und auf den zweiten Blick wohl ebenso alt wie der armselige Hut, den er sich jetzt tiefer ins Gesicht zog. In diesem breiten Mantel bemerkte Emily das erste Mal, wie schmal Jake in Wirklichkeit war.

»Vielleicht, damit ich verhindern kann, dass du in diesem albernen Aufzug auf die Straße gehst.« Emily lachte. »Ist dieser Plunder von deinem Opa?«

»Ich glaube nicht«, entgegnete er, als er sie mit einer überzogen höflichen Geste hereinbat. »Wohl so was wie ein Familienerbstück. Ich probiere gerne diese alten Mäntel und Hüte an, auch wenn ich lieber welche in meiner Größe hätte. Meine Verwandtschaft war größtenteils dicker und größer als ich.«

Gerne hätte Emily ihm gesagt, dass sie das überhaupt nicht störte, wollte aber nicht schon auf der Türschwelle in eine peinliche Situation geraten. Außerdem war sie wegen etwas anderem hier.

»Willst du was trinken?«

Er führte sie durch einen Flur voller alter Familienfotos, vorbei an einem überladenen Schirmständer und hinein in eine kleine, unaufgeräumte Küche. Erst jetzt schien ihm bewusst zu werden, in welch desolatem Zustand sie sich befand.

»Oh … ich wollte gerade spülen, als du geklingelt hast …«, sagte er und räumte hastig Pizzakartons, benutzte Teller und leere Colaflaschen auf einen beachtlichen Haufen.

»Ich hab keinen Durst, danke«, überspielte sie die Situation großzügig. »Ich hoffe, es ist okay, dass ich einfach aufgetaucht bin?«

»Bis auf die Sache mit dem Spülen? Natürlich! Aber wieso hast du nicht angerufen?«

Emily sah sich unsicher um. »Wollen wir vielleicht woanders hingehen?«

Sein Zimmer gefiel ihr sofort. Zwar hatte sie sich noch keine Gedanken darüber gemacht, wie es aussehen würde, stellte aber jetzt fest, dass sie es sich instinktiv ähnlich vorgestellt hatte. Sie setzte sich auf das Bett und musterte die Wände neugierig, während Jake geschäftig hin und her flitzte, das Licht dämpfte, ein Räucherstäbchen anmachte und dann neben ihr Platz nahm.

Nach eingehender Betrachtung des schummrigen Raumes kam Emily zu dem Schluss, dass sich dieses Zimmer nicht stärker von Sophies unterscheiden könnte, obwohl es in den Grundzügen keine Unterschiede gab. Auch hier gab es Bilder und Poster an den Wänden, allerdings mit einem grundsätzlichen Unterschied: Im Gegensatz zu Sophies quietschbunter Welt der Popsternchen und Hollywood-Schönlinge kamen die Bilder hier mit deutlich weniger Farben aus und zeigten hauptsächlich melancholische oder zumindest ernste Mienen. Dazu kamen einige Kunstdrucke und Postkarten düsterer Landschaftsmaler wie Caspar David Friedrich oder Edward Burne-Jones.

»Wie kommt es eigentlich, dass du so gut mit Sophie befreundet bist?«, fragte sie. »Ihr scheint sehr unterschiedlich zu sein …«

»Irgendwie schon«, stimmte Jake ihr zu, während er einen Stapel CDs nach geeigneter Musik durchsuchte. Es fiel ihm schwer, seine Nervosität im Zaum zu halten.

Emily war hier. In seinem Zimmer. Auf seinem Bett!

»Aber so ist das wohl, wenn man sich schon so lange kennt. Wir waren beide noch nie wirklich beliebt, mit dem Unterschied, dass sie schon lange alles versucht, um besser anzukommen. Aber mit Anne habe ich mich gut verstanden. Als sie verschwand, hatten wir nur noch uns. Ganz allein zu sein ist in einer kleinen Stadt wie dieser keine wirklich gute Idee, also waren wir wohl irgendwie beide froh, den anderen zu haben. Und wenn's nur für den Schulweg und den einen oder anderen Videoabend war.«

Emily nickte. Tag für Tag allein in die Schule gehen zu müssen … das war keine wünschenswerte Vorstellung. »Also eher eine Zweckgemeinschaft?«

»So kann man das vielleicht sagen.« Jake grinste. »Sie kann echt lustig sein, aber du hast schon recht, wenn du sagst, dass wir uns nicht gerade ähnlich sind oder viele gemeinsame Hobbys haben.«

Unvermittelt stand er auf. »Jetzt weiß ich, was wir hören!«, rief er und legte eine CD ein. Was sie hörte, war zwar eindeutig modernen Ursprungs, hatte aber nichts von der einfachen Melodik, die sie dank Sophie bislang mit zeitgemäßer Musik in Verbindung gebracht hatte.

Jake entging ihr Gesichtsausdruck nicht. »Gefällt's dir nicht?«

»Nein, das ist es nicht«, antwortete sie. »Es ist nur … es klingt so anders als Sophies Musik. Nicht so … wie soll ich sagen, kindisch?«

»Das will ich hoffen. Muse sind nicht gerade bekannt dafür, Kindergartenmusik zu spielen.«

Gebannt lauschte sie dem ersten Song. Natürlich war es keine klassische Musik. Die Intensität und Tiefe konnten sich aber durchaus damit messen.

»Wie läuft es mit Sophie?«, fragte Jake nach einer Weile. »Nicht so gut, nehme ich an?«

Da war er wieder – der Kloß in ihrem Hals. Noch bevor sie antworten konnte, spürte sie, wie ihr Tränen in die Augen traten. »Nein«, brachte sie heiser hervor. »Überhaupt nicht gut.«

Die Musik vermittelte ihr ein Gefühl, das ihren eigenen Emotionen erschreckend nahekam.

»Hey«, flüsterte Jake. Er rutschte näher an sie heran und legte behutsam einen Arm um ihre Schulter. »Benimmt sie sich immer noch so komisch?«

Sie schluchzte ein »Ja« und vergrub ihr Gesicht in Jakes Armen. Es tat unbeschreiblich gut, seine Nähe zu spüren.

»Das ist echt nicht okay von ihr. Und sie hat dir immer noch nicht gesagt, warum sie sich so aufführt?«

Er erahnte ein Kopfschütteln, wollte aber um jeden Preis vermeiden, dass sie ihren Kopf von seiner Schulter nahm, und hielt sie sicherheitshalber fest im Arm.

»Dann muss ich es dir erzählen. Alles andere wäre unfair.«

Sie richtete sich auf und blickte ihn aus verquollenen Augen an. Er fand sie wunderschön.

»Was erzählen? Du weißt also, warum sie sich so verrückt aufführt?«

»Ja, und eigentlich darf ich es niemandem sagen. Ich finde aber, du hast ein Recht darauf, es zu wissen.« Jake machte eine Pause, dann fuhr er fort: »Anne ist … war Sophies beste Freundin und ihr größtes Vorbild. Du weißt, dass sie den Verlust noch nicht verarbeitet hat – sie hockt immer noch viel zu Hause, ist unglücklich und nur darauf aus, von allen gemocht zu werden. Und sie glaubt immer noch daran, dass sie sie eines Tages wiedersehen wird. Ich glaube nicht mehr daran, aber das würde ich Sophie nie sagen. Ich bin so ziemlich der einzige Mensch, mit dem sie darüber reden kann. Sie kommt ständig mit neuen Theorien über ihr Verschwinden an, und bei manchen mache sogar ich mir Sorgen um sie. Ihre fixe Idee, dass Vampire was damit zu tun haben könnten, war da noch nicht mal die seltsamste. Aber es ist die, von der sie zurzeit am meisten besessen ist.«

Er hielt inne, als müsse er überlegen, wie er fortfahren sollte. Seine Stirn lag in Falten, während das nachdenkliche *Sing For Absolution* durch den Raum schwebte.

»Daran ist natürlich mein Opa schuld«, sagte er dann. »Denn anfangs hat Sophie mich immer ausgelacht, wenn ich seine Ideen mal nicht völlig idiotisch fand. Bis er plötzlich, als Anne ungefähr ein halbes Jahr vermisst war, mit Aufzeichnungen über einige Personen ankam, mit denen Anne kurz vor ihrem Verschwinden gesehen worden war. Er hat die Spur dieser Typen durch das ganze Land verfolgt und ist irgendwie an ein Foto aus einem Gefängnis gelangt, in dem drei von ihnen einige Jahre wegen versuchter Entführung einsaßen. Das war vor über dreißig Jahren, aber die Typen waren keinen Tag gealtert!«

»Das ist merkwürdig«, flüsterte Emily.

»Allerdings. Seit dieser Entdeckung hält sie es für mehr als möglich, dass Anne von Vampiren verschleppt wurde. Warum oder wohin auch immer. Sie zeigt es nicht und tut nach außen hin immer noch so, als wären mein Opa und ich die totalen Spinner.«

»Also hat sie gleich ihre Schlüsse aus dem Zeitungsartikel gezogen. Sie denkt wirklich, dass ich ein Vampir bin und irgendwas mit ihrer vermissten Freundin zu tun haben könnte! Das erklärt so einiges …«

Einige Zeit lang herrschte Stille. Dann räusperte sich Emily. »Kann ich jetzt vielleicht ein Glas Wasser haben? Und den Zeitungsartikel noch mal sehen?«

Diese Suche hatte ihm bislang kein Glück gebracht.

Wie so oft an Freitagnachmittagen hatte sich Barnard Graham, Bibliothekar und Vampirjäger aus Leidenschaft, in den Zug nach London gesetzt. Die Hauptstadt diente ihm als Ausgangspunkt für die meisten seiner Untersuchungen und begrüßte ihn auch an diesem Abend mit Nieselregen und Wind. Diesmal wollte er die in Vergessenheit geratene alte Bibliothek in Stevenage im äußersten Norden Londons aufsuchen und eine konzentrierte Leserunde einlegen, um einige Namen und Fakten zu überprüfen. Im Angesicht einer heißen Spur entwickelte selbst eine langweilige Stadt wie Stevenage ihren ganz eigenen Reiz.

Natürlich war er kein Vampirjäger im klassischen Sinne. Zu seinem Inventar zählten weder Pflöcke noch Kruzifixe, außerdem würde er es niemals mit einem leibhaftigen Vampir aufnehmen können. Nein, Barnard Graham war weniger ein Van Helsing und mehr ein Vampirjäger der investigativen Sorte – eine Art Sherlock Holmes etwa. Seit über zwanzig Jahren durchkämmte er das Land, immer auf der Suche nach merkwürdigen Vorfällen und Beweisen für seine Theorie. Dass in den letzten Jahren selbst Woods End als Vampirnest immer wahrscheinlicher geworden war, stachelte ihn natürlich nur noch mehr an, endlich den ultimativen Beweis für ihre Existenz zu finden.

Doch die verdammten Blutsauger machten es ihm wirklich schwer.

Oft schon hatte er geglaubt, kurz vor dem Ziel zu sein, nur um feststellen zu müssen, dass seine Spuren in eine Sackgasse führten, eindeutige Dokumente Fälschungen gewesen waren und seine teilweise jahrhundertealten Bildbeweise allerhöchstens zufällige Ähnlichkeit mit heute lebenden Personen hatten.

Seinen letzten Fund würde man ihm nicht so schnell vermiesen. In dem Moment, in dem er das junge Mädchen das erste Mal in der Bibliothek gesehen hatte, hatte er gewusst, dass er etwas wirklich Großem auf der Spur war. Es hatte ihn nicht viel Zeit gekostet, den Zeitungsartikel mit ihrem Porträt hervorzukramen, er wusste aber, dass dies noch nicht ausreichen würde, um damit an die Öffentlichkeit zu gehen. Zumindest nicht, wenn er einer weiteren Bloßstellung entgehen wollte.

Nach seinem traditionellen freien Tag in London stieg er Sonntagmittag am Bahnhof *King's Cross* in den Zug, wie immer am Beginn einer neuen Reise voller freudiger Erwartung. Unmittelbar vor der Abfahrt huschte eine Person in denselben Waggon.

Ohne es zu merken, war der Jäger zum Gejagten geworden.

Man konnte mit einer Lupe auf das Bild starren, bis die Augen anfingen zu tränen: Das junge Mädchen auf dem alten Foto dachte immer noch nicht daran, endlich nicht mehr wie Emily auszusehen.

Genau genommen hatte die Lupe es noch schlimmer gemacht: Mit einer detektivischen Präzision, die nur seinem Opa zu verdanken sein konnte, hatte Jake einen kleinen Leberfleck auf dem gemalten Kinn ausgemacht, der bei Emily an der gleichen Stelle zu finden war.

»Verflucht«, schimpfte Emily leidenschaftlich.

Jake pflichtete ihr bei. »Ziemlich komischer Zufall, oder?«

»Kann man wohl laut sagen. Zu komisch.« Sie seufzte

und ließ sich rückwärts auf das Bett fallen. Ihr war das alles entschieden zu viel.

»Was weiß dein Großvater über Vampire?«, fragte sie mit geschlossenen Augen. Jake zündete einige Kerzen an und legte sich neben sie. Draußen war es längst dunkel geworden, drinnen zeichnete die Musik ähnlich trübe Bilder.

»So einiges«, begann er. Wie Emily war auch er verunsichert und hilflos. »Da wäre erst mal seine Theorie, dass richtige Vampire denen aus Filmen und Büchern überhaupt nicht ähneln müssen. Zum Beispiel was die Zähne und das Leben in der Nacht angeht. Außerdem glaubt er, herausgefunden zu haben, dass richtige Vampire nicht unbedingt tot oder untot sein müssen. Sie sind einfach Vampire und keine aus Gräbern entstiegenen Leichen.«

»Ermutigend«, bemerkte Emily trocken. »Und was ist mit Blut? Dracula war ganz verrückt danach.«

»Ja, da ist sich mein Opa relativ sicher. Kein Zweifel: Sie sind verrückt nach Blut. Äh, wie sieht es denn da bei dir aus?«

»Nein danke!«, grummelte Emily. »Ich esse ja nicht mal Fleisch.«

»Also, von einem Vegetariervampir hat Großvater noch nie etwas erzählt. Wäre eine ziemliche Sensation.«

Emily schmunzelte. Sie beugte sich auf die Seite. Ihre Beine berührten sich leicht. »Ich sollte noch mal versuchen, etwas über meine Vergangenheit rauszufinden, meinst du nicht?«

»Puh«, machte Jake. »Wie wäre es, wenn wir morgen früh zu deinem Waisenhaus fahren und uns da umhören? Vielleicht wissen die Leute dort ja irgendwas.«

»Wir?«, fragte sie.

Einen endlosen Moment lang blickte Jake in die dunklen Augen dieses Mädchens, das erst vor Kurzem in sein Leben getreten war und es schon jetzt gänzlich bestimmte.

»Wir. Ich würde alles tun, was nötig ist, um dir zu helfen und bei dir sein zu können«, sagte er leise.

Dann, langsam, ganz langsam, beugte Jake sich vor. Seine Lippen näherten sich Emilys, die in atemloser Stille erstarrt war. Ihr Herz pochte, als würde es um sein Leben laufen.

Sie küssten sich.

Die Zeit schien stillzustehen.

Es war ein schüchterner Kuss. Es war ein unbeholfener Kuss. Es war ein kurzer Kuss, und es war der konkurrenzlos schönste Moment in Emilys Leben.

Die schwermütige Musik legte sich wie eine Decke über die beiden. Der richtige Song im richtigen Moment ist etwas Magisches, hatte Jake ihr bei ihrem ersten Treffen vor dem Kino gesagt. Damals wusste sie nicht, was er damit gemeint hatte. In diesem Moment waren ihr seine Worte so klar wie selten etwas zuvor.

Die Magie der Musik trieb ihr Tränen in die Augen. Niemals hätte sie es für möglich gehalten, ihre Gefühlswelt in einem Song gespiegelt zu sehen. Und doch sagte dieser alles, was es zu sagen gab.

Irgendwann, Emily musste kurz eingenickt sein, drang das fahle Licht des Morgens durch das Fenster herein. Ein wohliger Schauer überlief sie, als sie an eine Stelle aus Romeo und Julia denken musste. *Es war die Nachtigall, und nicht die Lerche, die eben jetzt dein banges Ohr durchdrang.**

»Also war es kein Traum«, hörte sie Jakes Stimme neben sich, während sie versunken in die Dämmerung blickte. »Ich hatte wirklich Angst, allein aufzuwachen.«

Wortlos umarmte sie ihn. Wieder küssten sie sich.

Diesmal dauerte der Kuss deutlich länger.

Nachdem Barnard Graham einen geschäftigen Sonntag mit seinen Unterlagen in der Pension verbracht hatte, die er in dieser Gegend immer als Hauptquartier wählte, machte er sich am nächsten Morgen mit einer Thermoskanne voller Kaffee in die alte Bibliothek auf. Als die Stadt vor einigen Jahren eine neue, zentral gelegene Bücherei bauen ließ, geriet der dunkle, alte Bau am Stadtrand denkbar schnell in Vergessenheit.

Sehr zu Barnard Grahams Freude war das Gebäude trotz seines zeitgemäßen Konkurrenten immer noch eine Bibliothek – wenn auch eine hoffnungslos veraltete.

Für den Vampirjäger genau das Richtige.

Um dem Abriss zu entgehen, hatte der Besitzer, ein ehemaliger Arbeitskollege Grahams, ein Stadtarchiv zwischen den vielen leeren Regalen eingerichtet. Genau deswegen war der Vampirjäger hier.

Mit geschultem Auge durchstöberte er staubige Regale, wühlte in brüchigen Ordnern und hatte sich noch vor seiner Mittagspause hinter hohen Bücherstapeln verschanzt.

Nur noch sehr wenige Besucher verirrten sich in diese Räumlichkeiten; meist waren es ältere Herren auf der Suche nach einer Familienchronik oder ähnlich spezielle Geschichtsbegeisterte, die große Freude daran hatten, den Tag in einem zugigen und heruntergekommenen Gebäude zu verbringen. Aus diesem Grund hätte Barnard Graham sofort der Mann auffallen müssen, der am frühen Nachmittag das Gebäude betrat und sich neugierig umsah: Sowohl seine

Jugend als auch seine topmoderne Kleidung unterschieden ihn erheblich von den üblichen Gästen.

Sichtbehindert durch die hohen Schriftstapel um sich herum und vertieft in seine Recherchen, bemerkte er jedoch nicht, wie der Fremde ihn eingehend beobachtete, die Buchrücken im Vorbeigehen aufmerksam studierte und nach einiger Zeit mit einem zufriedenen Lächeln verschwand.

Am Abend sortierte Barnard Graham die Bücher frustriert an ihren Platz zurück und verließ das Gebäude. Er war keinen Schritt weitergekommen und hatte sich einige Stunden in die Chronik einer alten Adelsfamilie verrannt – nur um am Ende festzustellen, dass sie erst seit gut hundert Jahren in England lebte und keinerlei Auffälligkeiten aufwies.

Dabei wusste er gar nicht so genau, wonach er suchte. Aus irgendeinem Grund schrieb er dem Mädchen aus dem Zeitungsartikel eine elementare Rolle zu. Wenn er sich nur daran erinnern könnte, an welche Überlieferung oder Legende ihn dieses Mädchen erinnerte! Er würde morgen weitersuchen müssen.

Unter den wachsamen Augen eines verborgenen Beobachters machte sich der Bibliothekar durch den auffrischenden Herbstwind zum Abendessen auf.

Noch bevor die Läden öffneten, wurden Emily und Jake vom ersten Bus aus dem Städtchen herausgebracht. Im Bus wurde Emily bewusst, dass sie das erste Mal ohne Eltern oder Vormund einen kleinen Ausflug machte.

Um sie herum erstreckte sich eine trübe Landschaft, die hartnäckig von Nebel in Beschlag genommen worden war.

Es war einer dieser Tage, die überhaupt nicht richtig hell wurden und die Sonne allerhöchstens als blasse Scheibe am Himmel zeigten.

Die Tour zum *Sheltering Tree* würde gute drei Stunden dauern, inklusive zweimaligem Umsteigen und einem längeren Fußweg. Für Jake hätte es dennoch keine schönere Beschäftigung an einem Samstag geben können.

»Was hast du eigentlich gedacht, als du plötzlich ohne Erinnerung in diesem Waisenhaus warst?«

»Eigentlich gar nichts. Ich bin eines Tages in einem Bett aufgewacht und wusste nicht, wie ich hineingekommen war. Dann merkte ich, dass ich mich überhaupt nicht daran erinnern konnte, jemals irgendwo ins Bett gegangen zu sein. Das war ziemlich beunruhigend.«

»Konntest du dich denn überhaupt an irgendetwas erinnern?«

»Ja, das war ja das Seltsame. Ich wusste nicht, wie ich hieß oder wo ich war, aber ich wusste, dass … es klingt vielleicht komisch, aber ich wusste einfach, dass ich ich war. Mir fehlte sozusagen nur die Information, wer dieses Ich war. Ich konnte sprechen, sogar mehrere Fremdsprachen, lesen und wusste über jede Menge komische Dinge Bescheid. Es war ein bisschen wie kurz nach dem Aufwachen. Man weiß, dass etwas passiert ist, kann sich aber nur noch an ein paar sinnlose Einzelheiten erinnern.«

»Das kenne ich«, sagte er nickend. »Aber wie bist du damit klargekommen, so gut wie nichts über dich zu wissen? Und wie waren die Schwestern zu dir?«

»Ich bin gut damit klargekommen. Glaube ich. Die Schwestern waren sehr herzlich zu mir, obwohl ich sie und die anderen Waisenkinder meistens gemieden habe. Aus irgendeinem Grund hatte ich viel mehr Freiraum als alle anderen Heimkinder, musste an vielen Ausflügen nicht teilnehmen und durfte immer die Bücher lesen, die ich wollte. Ich glaube, sie haben gehofft und sogar gebetet, dass ich mich irgendwann wieder erinnern würde. Bislang vergeblich.«

»Bislang«, betonte Jake. Er nahm ihre Hand. »Auch wenn wir heute erfolglos sein sollten, werden wir weitersuchen. Versprochen. Und wenn wir dafür bis nach Transsylvanien fahren müssen.«

Es war fast Mittag, als Emily und Jake die Endstation erreicht hatten. Den Rest des Weges legten sie zu Fuß zurück. Eine gute halbe Stunde später passierten sie das gusseiserne Tor des Waisenhauses. Es fühlte sich an, als wäre eine halbe Ewigkeit vergangen, seit sie von den Lancehearts abgeholt worden war.

Nachdem sie eine bewaldete Anhöhe überquert hatten, sahen sie das malerisch gelegene Gebäude vor sich. Um das *Sheltering Tree* herum waren jede Menge hoher Bäume gepflanzt, die dem Waisenhaus seinen Namen gaben. Was nicht verhindern konnte, dass eine bedrückende Aura von dem in die Jahre gekommenen Bau ausging.

»Seltsam«, bemerkte Jake erstaunt. »Hier sind die Bäume noch viel grüner als bei uns.«

»Hmm«, machte Emily geistesabwesend. Jetzt, da sie hier war, verlor ihr Vorhaben erheblich an Reiz. Wie würde es sein, dieses Gebäude wieder zu betreten? Wieder durch die Flure zu laufen, die sie noch vor Kurzem in der Gewissheit beschritten hatte, viele Jahre an diesem Ort bleiben zu müssen? Unsicherheit überflutete sie und brachte sie fast dazu, kehrtzumachen.

»Na komm.« Jake nahm ihre Hand. »Wir schaffen das schon.«

Kurz vor dem Eingang blieb Emily plötzlich stehen. »Ich glaube, ich erinnere mich an etwas!«, rief sie aufgeregt. »Ich habe das Gefühl, dass ich irgendwann mal durch diese Tür getragen worden bin. Und nachdem ich hier das erste Mal aufgewacht bin, ist das definitiv nicht passiert.«

»Na, wenn das kein gutes Omen ist.«

Hand in Hand betraten sie das Waisenhaus.

5

Wie ein Schemen in der Dämmerung verließ Michael das *Monument*. Aufmerksamen Beobachtern wäre der leichte Anflug von Verunsicherung aufgefallen, der wie ein Schatten über die ansonsten beherrschten und strengen Gesichtszüge des Vampirs huschte. Aufmerksame Beobachter von Michaels Gesichtszügen lebten allerdings für gewöhnlich nicht lang genug, um diese Entdeckung weiterzugeben.

Selten verirrte sich eine solche Emotion in die Miene des Oberhaupts eines der vier ersten Vampirclans. Dazu war keine Schauspielerei nötig: Es gab schlicht und ergreifend nichts, was Michael aus der Ruhe bringen oder gar einschüchtern konnte.

Zumindest bis gerade eben.

Der Besuch im verborgenen Kellergewölbe des Denkmals war nicht wie geplant verlaufen.

… Sie wird mehr bringen als den Herbst … Sie trägt etwas in sich, auf das du nicht gefasst bist … Niemand ist das … Sie zu unterschätzen ist ein Wagnis, das du dir gut überlegen solltest … Überwinde deinen Stolz, so wie sie sich selbst überwunden hat. Lass den Engel hinter dir zurück …

Die Worte des Wesens, das ihm sein Leben verdankte, hallten in Michaels Gedanken nach wie dumpfe Kopfschmerzen. Das Orakel musste sich geirrt haben. Ganz gleich, ob das in den Jahrtausenden zuvor noch nie passiert war. Ungehalten zischte er einige Laute einer alten Sprache. Dann tauchte er in Londons dunkelnden Straßen unter.

Vergeblich versuchte er, das Ergebnis der Unterredung herunterzuspielen. Es nützte nichts. Er wusste, dass das Orakel niemals irrte. Seit er es im Jahre 391 vor christlichen Hetzern gerettet und aus Delphi fortgebracht hatte, hatte es noch keine einzige Unwahrheit ausgesprochen.

Er hatte gehofft, nein, er war überzeugt gewesen, von ihr die Unwissenheit der anderen Familien bestätigt zu bekommen. In diesem Fall hätte er das Orakel mit einer Opfergabe seines eigenen Blutes dazu bewogen, etwas über die Identität der Verräterin preiszugeben. Als überlegenes Clanoberhaupt hätte er ein naturgegebenes Anrecht auf diese Information gehabt.

Stattdessen blieb ihm die Enthüllung, dass mittlerweile alle Oberhäupter von der Wiederkehr des Herbstbringers wussten und dabei waren, entsprechende Vorkehrungen zu treffen. Nicht mehr lange, und sie würden nach England zurückkehren. Michael gefiel das gar nicht. Es hatte gute Gründe dafür gegeben, viele Tausende Kilometer Entfernung und mindestens einen Ozean zwischen sich zu haben. Besser gesagt: Es gab sie immer noch.

Nicht, dass er sich seiner Überlegenheit nicht gewiss gewesen wäre. Wer sollte ihm auch bei der Jagd zuvorkommen?

Gabriel vielleicht, der seinen Ruf in den letzten Jahrzehnten immer weiter beschmutzt hatte und dessen Familie im Mittleren Osten mittlerweile dafür bekannt war, ihr Verlangen an Tieren zu stillen?

Oder doch eher Raphael, diese füllige Karikatur eines

Vampirs, ein fanatischer Sammler von Star-Wars-Modellen, der in Amerika seit endlosen Jahren für eine Annäherung von Vampiren und Menschen kämpfte?

Uriel hingegen erwies sich wenigstens als ehrbarer Vampir von erstaunlicher Grausamkeit, der die Traditionen und Regeln ihrer Art heiligte und im Mittelalter ganze Landstriche im Alleingang entvölkert hatte. Wäre da nicht die Schande, dass der Herbstbringer aus seiner Familie hervorgegangen war. Einen wirklichen Gegner sah Michael in dem silberhaarigen Vampir mit den schwarzen Augen infolgedessen nicht.

Für ihn waren sie alle nur noch Schatten ihrer einstigen Größe, als sie in den vier Ecken der Welt Wacht gehalten und ihre Seelen für die Herrschaft über diesen Planeten gegeben hatten.

Doch das Gefühl, den anderen nicht länger voraus zu sein, war nicht alles. Erstmals beschlich ihn das Gefühl, den Herbstbringer zu unterschätzen. Gewiss machte bereits die Fähigkeit des Mädchens, sich gegen ihre eigene Art gestellt zu haben und nicht unter der Gewalt dieser unaussprechlichen Tat zugrunde gegangen zu sein, deutlich, dass sie es hier nicht mit einer machtlosen Gegnerin zu tun hatten. Michael wäre dennoch nie auf die Idee gekommen, das Mädchen zu fürchten oder nicht länger von seiner eigenen Überlegenheit überzeugt zu sein.

Und jetzt hatte ihm das Orakel genau das verkündet. Was hatte das nur zu bedeuten?

Er weigerte sich weiterhin hartnäckig, den Fluch als Ursache ihrer angeblich übersinnlichen Stärke zu sehen. Natürlich existierte der Fluch – er selbst hatte ihn ausgesprochen. Mit Stärke hatte diese Bürde nichts zu tun, da war sich Michael sicher. Die Kräfte des Mädchens mussten eine andere Ursache haben. Aber welche? Wie konnte sie sich diesen Fluch zunutze gemacht haben? Es ergab keinen Sinn.

Pünktlich auf die Minute traf er am vereinbarten Treffpunkt ein. Missmutig begutachtete er ein pseudonostalgisches Pub-Schild, das die schon von außen nach schalem Bier und Erfolglosigkeit stinkende Örtlichkeit als *The Hanged Hangman* auswies. Michael konnte nur den Kopf schütteln, zwang sich zu Gelassenheit und betrat die Kneipe am Themseufer mit einem resignierten Seufzer.

»Was findest du nur an diesen Rattenlöchern?« Angewidert setzte er sich zu Balthasar an einen dieser niedrigen runden Tische, die viel zu klein zum Sitzen und per Gesetz voller abgestandener Bierlachen und Erdnusskrümel sind.

»Atmosphäre.« Wie immer stand ein Rotweinglas vor Balthasar. »Man kennt eine Stadt nur, wenn man in all ihren Pubs getrunken hat«, erklärte er in bester Monologstimme. »Und außerdem kann ich ja nicht immer bei dir aufkreuzen, wenn ich einen guten Wein trinken will.«

Michael ließ den Blick durch das verrauchte Innere schweifen. Nicht das erste Mal fragte er sich, wie sich ein guter Wein bloß hinter diese Theke verirrt haben konnte. Es beschmutzte die Weinkultur.

»Ich war beim Orakel«, sagte er, um zum eigentlichen Grund seines unfreiwilligen Kneipenbesuchs zu kommen.

»Ich weiß.«

Oh, wie er Balthasars Zwischenbemerkungen hasste. »Natürlich weißt du es«, erwiderte er betont ruhig. »Selbst du weißt, dass das Orakel nur in der Vollmond-Woche Audienz gewährt. Die anderen drei wissen längst Bescheid. Kannst du mir erklären, wie diese Versager an solch eine brisante Information kommen konnten?«

Dass das Orakel in Sorge gewesen war und den Herbstbringer sogar fürchtete, hielt er bewusst zurück. Er musste sich erst selbst vergewissern, was der Grund für diese Sorge war, bevor er diese wertvolle Information unüberlegt weitergab. Wenn er sie überhaupt weitergeben würde. Nur weil man derselben Familie angehörte, durfte man sein Vertrauen nicht leichtfertig vergeben. Michael wusste, dass ihn nur diese Einstellung so lange an der Spitze stehen ließ.

»Und woher, denkst du, sollte ich das wissen? Spione, Überläufer, Glück … such dir was aus. Du solltest froh sein, dass auch wir es wissen.« Balthasar nippte an seinem Wein und lehnte sich zurück.

Michael überhörte diese Bemerkung. »Wie dem auch sei. Wir dürfen keine Zeit mehr verlieren. Die Späher müssen unverzüglich eingesetzt werden. Du machst dich sofort an die Arbeit!«

»Längst geschehen. Ich wollte nicht warten, bis du endlich auch auf diese Idee kommst.«

»Dieser Jäger«, fragte Michael betont ruhig. »Was ist das für einer?« Man musste ihn sehr gut kennen, um Misstrauen aus dieser beiläufigen Frage herauszuhören. So gut wie Balthasar etwa, der das Misstrauen förmlich aus den Worten heraustropfen hörte.

»Ein ziemlich guter. Möglicherweise der beste. Er würde dich wittern, jagen und stellen, ganz gleich, wie viele Flüsse, Städte und Wälder du zwischen ihn und dich bringst.«

Michaels Lippen kräuselten sich. »Das bezweifle ich. Ich bezweifle auch, dass es ratsam ist, einen ordinären *Jäger* in diese wichtige Angelegenheit einzuweihen.«

»Was denn?« Diesmal grinste Balthasar und hob abwehrend die Hände. »Traust du mir nicht zu, Freund von Feind zu unterscheiden?«

Damit erhob er sich und verließ den *Hanged Hangman*.

Michael sah ihm nach. Er traute ihm durchaus zu, Freund von Feind zu unterscheiden. Aber waren Balthasars Freunde auch die seinen?

»Wenn das keine Überraschung ist«, quiekte es entzückt, als Emily und Jake vor den Empfang traten. Wenig später fand sich das Mädchen in einer bedenklich festen Umarmung wieder. »Emily, meine Süße, wir hätten nicht gedacht, dich jemals wiederzusehen. Lass dich ansehen! Wie geht's dir?«

Emily brauchte einen Moment, um wieder zu Atem zu kommen. Als hätte sie ihr die Nachricht über einen Lottogewinn übermittelt, strahlte Oberschwester Mary Emily an. Es blendete beinahe. Doch Emily war froh um diese überschwängliche Begrüßung. Sie war von Anfang an Marys Liebling gewesen, weshalb Emily auch gehofft hatte, sie heute an der Pforte anzutreffen.

»Und wer ist dein reizender Begleiter?«, raunte sie ihr verschwörerisch ins Ohr. Natürlich laut genug, damit Jake ja keine Möglichkeit hatte, es zu überhören.

»Auch schön, Sie zu sehen, Schwester Mary!« Emily nutzte eine der seltenen Redepausen der fülligen Oberschwester. »Das ist Jake. Er ist ein Freund aus Woods End.«

»Ah, es ist bestimmt schön dort. Bei solchen Jungs allemal, hm?«

Emily errötete in Rekordzeit. »Ja, es ist wirklich schön. Ich bin allerdings aus einem bestimmten Grund hier.«

Sie hatte sich vorgenommen, ihr Anliegen möglichst gelassen vorzutragen und die schreckliche Anspannung nicht zu zeigen, unter der sie stand. Die Oberschwester stand gutmütig grinsend auf und bedeutete Emily, ihr zu folgen. Jake musste in der Empfangshalle warten. Er schien darüber alles andere als unglücklich.

»Setz dich, Liebes.« Die Schwester deutete auf einen der Besucherstühle vor ihrem Schreibtisch. Mit einem zufriedenen Seufzen sank sie in ihren imposanten Sessel und musterte Emily durch ihre dicken Brillengläser. »Nimm dir erst mal einen Keks und erzähl mir dann, was du auf dem Herzen hast.«

Emily hatte nicht die geringste Ahnung, wo sie anfangen sollte. Schnell schnappte sie sich einen Keks und knabberte betont langsam daran. Doch selbst der trockenste Keks ist irgendwann aufgegessen.

»Ich habe mir seit meiner Adoption viele Gedanken über meine Vergangenheit gemacht«, fing sie langsam an. »Keine Sorge, ich fühle mich sehr wohl in meiner neuen Familie und bin gut aufgenommen worden. Ich wollte mich eben einfach nur noch mal vergewissern, dass Sie mir wirklich nichts über mein Leben vor dem Waisenhaus sagen können.«

»Ach Kindchen, es ist doch ganz normal, dass du mehr über dich und dein Leben erfahren willst. Es muss furchtbar für dich sein, nicht zu wissen, wer du bist. Es ist nur so: Die Akten dürfen nur nach voriger Rücksprache mit Mr Abtree eingesehen werden. Und der ist heute leider bei einem Hausbesuch. Ich fürchte, ich kann nichts für dich tun.«

Emily versuchte sich an einem tapferen Nicken.

Wie üblich entging den aufmerksamen Augen von Schwester Mary nichts. Sie sah, wie Emilys Unterlippe zitterte, und wurde noch im selben Atemzug weich wie Butter. »Mir ist gerade etwas eingefallen, was du aber bestimmt schon weißt. Die Geschichte, wie du gefunden wurdest? Die kennst du sicher, hab ich recht?« Sie blickte Emily eindringlich an und zwinkerte ihr übertrieben unauffällig zu.

»Ja, ich glaube schon …?«, sagte sie testweise.

»Dachte ich mir, dachte ich mir. Völlig klar, dass du weißt, wie du an einem regnerischen Tag Ende August splitternackt und völlig durchnässt am Ufer des kleinen Flusses gefunden wurdest, an den wir im Sommer immer zum Schwimmen fahren.«

Emily nickte wie in Trance. Beging Schwester Mary da etwa gerade einen Regelverstoß?

»Gott weiß, wie lange du da draußen in der Kälte gelegen hast, halb vergraben unter matschiger Erde und bewusstlos. Ein Wunder, dass du überhaupt überlebt hast! Ein Bauer und seine Frau brachten dich zu uns. Sie hatten dich in einen Kartoffelsack gesteckt und mitten in der Nacht zu uns gebracht. Sie erzählten, dass sie beide in der Nacht von einem schrecklichen Heulen geweckt worden waren, das eindeutig aus Richtung des Flusses gekommen war. Zunächst hat nur der Bauer die Umgebung abgesucht und am Fluss ein davoneilendes Tier gesehen. Er schwört noch heute darauf, Gott möge ihm gnädig sein, dass es zu groß für einen Fuchs und das Geheule zu wild für einen Hund war. Wie er das alles im Dunkeln erkennen konnte, ist mir zwar schleierhaft, aber er beharrt darauf, in dieser Nacht einen Wolf gesehen zu haben. Hier, in dieser Gegend! Wahrscheinlich können wir uns glücklich schätzen, dass er angeblich einen Wolf gesehen hat, denn immerhin ist er nur deswegen bis ans Ufer des Flusses gekommen, um zu schauen, ob der Wolf vielleicht eines seiner Tiere gerissen hat. Ja, und dann hat er dich gefunden. Oh, und ihm war aufgefallen, dass es ungewöhnlich stürmisch war in dieser Nacht. Aus irgendeinem Grund schien es ihm wichtig, das zu erwähnen.«

Wenig später verließ Emily an Jakes Seite das Waisenhaus. Nachdem Jake eine Zeit lang schweigend neben Emily über das waldige Grundstück gelaufen war, zog er sie sanft zu einer nahen Parkbank.

»Willst du mir nicht erzählen, wie es gelaufen ist? Ansonsten könnte ich dir auch erzählen, wie ich von zwei kleinen Mädchen beobachtet wurde, als wäre ich ein Geist.«

Sie lächelte schwach und strich sich eine Haarsträhne aus dem Gesicht. »Natürlich. Ich brauche nur eine kurze Pause.«

Sie zwang sich dazu, ruhig zu atmen und über Schwester Marys Enthüllungen nachzudenken. Dann weihte sie Jake ein.

»Nackt?« Das war sein erster, ungläubiger Kommentar.

»Dasselbe habe ich auch gedacht.«

Erneut lief ihr ein Schauer über den Rücken. Was um alles in der Welt war an diesem Fluss passiert?

»Aber dir hat niemand etwas getan, oder?«

»Nein, ich denke nicht. Die Ärzte fanden keine Verletzungen oder sonstige Spuren an mir. Einer unserer Psychologen hielt es sogar für wahrscheinlich, dass ich schlafgewandelt und dann das glitschige Ufer heruntergerutscht bin. So wollte er auch meinen Gedächtnisverlust begründen.«

Jake schüttelte den Kopf. »So ein Schwachsinn. Ich meine, wie weit sollst du denn schlafgewandelt sein, dass dich nie jemand vermisst hat?«

Emily zuckte mit den Schultern. Sie war bitter enttäuscht. Die Vorstellung, endlich Antworten zu erhalten, war einfach zu verlockend gewesen.

»Hat diese Schwester sonst nichts erzählt? Irgendwas Hilfreiches zur Abwechslung?«, fragte Jake. Dieser Ort deprimierte ihn. Weit schlimmer war für ihn allerdings der Schmerz, den er in Emilys Zügen sah.

»Nein, sie durfte nicht. Die Akten werden von Heimleiter Abtree verwaltet, der heute blöderweise nicht da ist. Ich bin aber auch selbst schuld. Ich hätte anrufen sollen, bevor wir uns stundenlang in diesen stickigen Bussen gequält haben.«

»Du konntest ja nicht wissen, dass dieser Abtree so was wie der Hüter der Akten ist.« Er hielt inne. »Wo ist sein Büro eigentlich?«, fragte er dann.

»Hinter dem Haus. Das mit dem schönen Erker. Wieso?«

»Nur so«, murmelte er und machte eine wegwerfende Handbewegung. Bevor Emily etwas entgegnen konnte, näherte sich die imposante Gestalt Schwester Marys.

»Ich sehe mich ein bisschen um, okay? Ich habe ehrlich gesagt Angst vor dieser Schwester«, sagte Jake.

»Geh nur.« Sie rang sich ein halbherziges Lächeln ab. »Ich werde schon allein mit ihr fertig.«

Die Bibliothek hatte noch geschlossen, als Barnard Graham früh am nächsten Morgen die bemoosten Stufen hinaufstieg. Wenig später bog sein alter Kollege um die Ecke und ließ ihn in die ausgekühlten Räume.

»Die Bücher, die du dir gestern angesehen hast – sind die derzeit vielleicht besonders gefragt?«, erkundigte sich der Bibliothekar, während er die schummrige Deckenbeleuchtung einschaltete und die altersschwache Heizung mit einigen gezielten Schlägen zum Laufen brachte.

»Wie kommst du darauf? Es waren nur alte Chroniken, Stammbäume und Kopien lokaler Tageszeitungen.«

»Komisch. Kaum warst du gestern weg, kam ein junger Mann, um einen Ausweis zu beantragen. Einen Ausweis!

Diesen Kopf zierten deutlich mehr Haare, als ich das letzte Mal einen Mitgliedsausweis ausgestellt habe.«

Höflich, aber genervt, hörte Barnard Graham zu. Er wollte nicht noch mehr Zeit verlieren. Heute Abend musste er wieder zurück nach Woods End. Und er hasste es, mit leeren Händen von einer dreitägigen Suche zurückzukommen.

»Und jetzt kommt's.« Es war offensichtlich, dass der Bibliothekar in dieser Einsamkeit nicht oft dazu kam, etwas zu erzählen. Er kostete jedes Wort voll aus. »Er fragte nach allen Büchern, die du auf deinem Tisch liegen hattest. Die meisten konnte ich zusammentragen. Er schien ganz wild darauf, sie alle auszuleihen. Ein überaus netter Zeitgenosse. Wenn auch etwas nachlässig: Er hat seine Coladose auf einem recht alten Atlas stehen lassen. Das wird einen hübschen Rand geben.«

»Alle Bücher?«, brachte der Vampirjäger hervor. »Dieser Kerl hat alle Bücher ausgeliehen, die ich gestern benutzt habe?«

»Nicht ganz. Er hat sich eher für die Zeitungen und Chroniken interessiert. Ein paar hat er hiergelassen. Ich habe sie auf den Tisch dahinten gelegt, falls du sie noch brauchst.«

Barnard Graham wandte sich dem kleinen Beistelltisch hinter ihm zu. Er stöhnte frustriert. Neben einigen Bänden, die er bereits für nutzlos erklärt hatte, entdeckte er hauptsächlich viel zu junge Tageszeitungen sowie den einen oder anderen unleserlichen Stammbaum, mit denen selbst Code-Entzifferer überfordert gewesen wären.

»Sieht ganz so aus, als würde ich früher nach Hause kommen«, ächzte er resigniert, verabschiedete sich knapp und trat in den klammen Morgen hinaus.

Besänftigt von einem reichhaltigen Imbiss, kehrte er in

sein Pensionszimmer zurück, um seine Koffer für die Heimreise zu packen.

»Barnard Graham.« Die Stimme brachte ihn an den Rand eines Herzinfarkts. An seinem kleinen Schreibtisch, die Beine faul von sich gestreckt, saß ein blonder Mann in einer schäbigen Lederjacke und musterte ihn mit einem unverschämt belustigten Gesichtsausdruck.

»Was zum Teufel machen Sie in meinem Zimmer? Und wer sind Sie überhaupt?«

Noch während er dem Eindringling die zweite Frage an den Kopf warf, wusste er die Antwort darauf. Ärger siegte über Angst und ließ Barnard Graham einen Schritt auf den Fremden zugehen. »Moment mal. Natürlich, Sie sind der Schuft, der sich einfach meine ganzen Bücher unter den Nagel gerissen hat!«

Wenn es um Bücher ging, konnte selbst Barnard Graham über sich hinauswachsen.

»Schuft?«, äffte der Eindringling Barnard Graham in einer respektablen Parodie nach. »Ehrlich, so hat mich schon lange keiner mehr genannt. Wie altmodisch! Was im Übrigen auch für deine Ermittlungsmethoden gilt.«

Barnard Graham verlor zunehmend die Fassung. Was bildete sich dieser Kerl ein? Er duzte ihn! »Duzen Sie mich gefälligst nicht! Von was für Methoden sprechen Sie? Und wieso sind Sie hier?«

»Das kommt ganz darauf an«, säuselte er. »Es gibt verschiedene Möglichkeiten für den Grund meines Besuchs.«

»Wovon reden Sie bloß?«, fragte der Bibliothekar verstört. Angst gewann nach diesem kleinen kühnen Intermezzo langsam wieder die Oberhand. Aus dem Augenwinkel schielte er in Richtung Tür. Würde er es schaffen?

»Diese Möglichkeit würde ich dir beispielsweise nicht

empfehlen«, bemerkte der Mann mit plötzlich harter Stimme. »Obwohl sie mir sehr viel Spaß machen würde. Aber es wird Zeit, dass ich mich vorstelle, bevor wir unsere kleine Unterhaltung fortsetzen. Gestatten, ich bin das letzte Gesicht, das du in deinem Leben sehen wirst. Es sei denn, du tust genau das, was ich von dir verlange.«

Sie sprachen wenig auf dem Rückweg zur Bushaltestelle. Nachdem sie das kleine Waldstück durchquert hatten, sahen sie die ersten Steinhäuser des Dorfes, in dem auch der Bauer, der Emily das Leben gerettet hatte, seinen Hof hatte.

Kurzzeitig dachte sie daran, ihn ausfindig zu machen, um mehr zu erfahren. Da sie aber nicht wusste, ob er überhaupt noch hier lebte, und sie außerdem nicht die geringste Lust verspürte, von Hof zu Hof zu laufen und die Leute zu fragen, ob sie es waren, die ihr damals das Leben gerettet hatten, verwarf sie die Idee wieder.

»Kopf hoch«, sagte Jake aufmunternd, als sie an der Bushaltestelle warteten. »Ich bin mir sehr sicher, dass wir nicht umsonst hier waren.«

»Viel herausgefunden haben wir aber nicht gerade, oder? Ich habe keinen blassen Schimmer, wie mir die Information, dass ich völlig nackt an einem Fluss gefunden worden bin, weiterhelfen soll. Du etwa?« Die Frage entfuhr ihr schärfer als beabsichtigt.

Betreten schüttelte Jake den Kopf. »Nein … natürlich nicht. Ich dachte nur …«

»Tut mir leid«, sagte Emily und umarmte ihn. »Ich bin froh, dass wir hierhergekommen sind. Fahren wir eben noch mal her. Vielleicht hast du ja Glück, und Schwester Mary hat keinen Dienst.«

»Nö, ich denke nicht, dass ich diese Fahrerei noch mal mitmache«, schnappte Jake.

Bestürzt schaute ihn Emily an. »Hey, ich hab es wirklich nicht so gemeint.«

»Ich schon!« Er grinste breit und zog eine dicke ledergebundene Mappe aus seiner Tasche. »Hier, für dich.«

»Was ist das?«, fragte Emily verwundert.

»Na los, mach sie auf.«

Zögernd nahm sie die schwere Mappe entgegen und öffnete sie.

»Jake!«, keuchte sie entsetzt, als sie realisierte, was sie da in den Händen hielt. Es war ihre Akte aus dem *Sheltering Tree.*

Bevor sie etwas sagen konnte, bog der Bus um die Ecke. Schnell verstaute Jake die Akte wieder in seiner Tasche. Kaum hatten sie es sich ganz hinten im Bus so bequem wie möglich gemacht, lag die Mappe bereits geöffnet auf Emilys Schoß.

»Das ist Diebstahl«, hauchte sie. Er hatte ihre Akte aus Mr Abtrees Büro gestohlen. Er war dieses Risiko nur für sie eingegangen! Sie konnte gar nicht sagen, wie gut sich das anfühlte.

Sie küsste ihn dankbar, um sich dann mit angehaltenem Atem den Dokumenten zuzuwenden.

Innerhalb einer einzigen Busfahrt lernte Emily mehr über sich und ihr bisheriges Leben, als sie jemals zu hoffen gewagt hatte.

Im Tatsachenbericht des Bauern, in grober Handschrift verfasst, erfuhr Emily, dass er am nächsten Morgen das Flussufer abgesucht hatte und nahe ihrem Fundort auf einige verwitterte Holzstücke gestoßen war, die die starken Regenfälle vermutlich aus dem weichen Boden herausgespült hatten. Er erwähnte außerdem einige symbolartige Markierungen auf einem der Hölzer, ging jedoch nicht näher darauf ein. Aufklärung brachte ein wissenschaftlicher Bericht am Ende ihrer Akte, der das Alter der Holzstücke auf über zweihundert Jahre festlegte und in dem Symbol auf einem der Stücke ein klassisches Laubornament vermutete. Außerdem waren einige verwitterte Worte einer Inschrift zu erkennen. *Clouds beyond, clouds above me …*

Wie damals in Abtrees Büro durchzuckte es Emily, als sie beim Lesen der Untersuchungsergebnisse an den unvermittelt welkenden Baum in Woods End denken musste.

Ein Laubornament …

Ähnlich gebannt las sie von einer Therapiesitzung wenige Tage nach ihrem ersten Erwachen im Waisenhaus, in deren Verlauf sie hypnotisiert worden war. Die Frage nach ihrer Herkunft beantwortete sie in drei Versuchen immer verschieden, sprach von England, Schottland und sogar Frankreich, lieferte dabei aber bis auf eine Ausnahme veraltete Ortsnamen. Auch wenn sie viele Fragen gar nicht beantworten wollte oder konnte, gelangen dem Therapeuten hin und wieder Glückstreffer, die im Sitzungsprotokoll farbig hervorgehoben waren.

Welches Kleidungsstück hast du zuletzt getragen?, sprang ihr rot umrandet ins Auge. Das hörte sich interessant an.

Meine Eltern haben mir gesagt, dass ich das weiße Kleid anziehen soll. Ich habe es nie besonders gemocht, weil es am Bauch sehr eng war und ich darin außerdem nur sehr schlecht laufen konnte. Aber ich musste es anziehen, Vater duldete auch hier keine Widerrede.

Warum auch immer sie dieses furchtbare Kleid hatte tragen müssen: Emily konnte es sich keinesfalls verübeln, es bei der erstbesten Gelegenheit ausgezogen zu haben.

»Klingt nach strengen Eltern«, bemerkte Jake, als er ihre Antwort gelesen hatte.

»Aber wenigstens klingt es nach Eltern!« Der erste mögliche Hinweis auf ihre leiblichen Eltern – nach über zwei Jahren.

Mit wachsender Aufregung blätterte sie durch ihr sorgfältig dokumentiertes Waisenhausleben. Gesundheitschecks, schulische Leistungen, psychologische Gutachten und ähnliche Unterlagen machten den Löwenanteil der Akte aus, erwiesen sich bis auf wenige Ausnahmen aber als nichtssagend. Trotzdem war es ein schwer zu beschreibendes Gefühl, diese Akte zu durchsuchen, die alles enthielt, was über ihr Leben bekannt war. Handlich verpackt zwischen zwei Buchrücken.

»Hier, schau dir das mal an.« Jake zeigte auf einen ausgerissenen Zeitungsausschnitt.

»Oh nein, nicht schon wieder ein Zeitungsartikel!«, stöhnte Emily.

Ein kleiner Kasten informierte über ein junges Mädchen, das eine Woche zuvor in der Natur aufgegriffen und in das nahe gelegene Waisenhaus gebracht worden war. Es folgten eine kurze Personenbeschreibung samt Foto sowie der dringende Aufruf an alle Leser um Mithilfe bei der Identifizierung des gedächtnislosen Mädchens.

»Niemand hat sich gemeldet«, murmelte Jake. »Ein Mädchen verschwindet, wird nackt und ohne Gedächtnis gefunden, und niemand hat sie gekannt? Mal ehrlich, wie kann so was denn sein?«

»Wüsste ich auch gern. Die Polizei war mehrfach bei mir, es wurden Aufrufe im Internet gestartet. Ein paarmal waren

Leute im Waisenhaus, die glaubten, mich auf dem Foto erkannt zu haben. Alle hatten sich geirrt. Das war kein schönes Gefühl. Komm, mal sehen, was wir noch entdecken.«

Als Emily den Zeitungsausschnitt beiseitegelegt hatte, sprang Jake ein Artikel auf der Rückseite ins Auge.

»Hm, seltsam«, sagte er.

Dann sah es auch Emily: Unter der Wettervorhersage berichtete eine Randnotiz von dem unerwarteten Einzug des Herbstes in der Gegend.

6

Aaron hatte gelogen. Seines war nicht das letzte Gesicht, das Barnard Graham in seinem Leben sehen würde. Leider. Er wusste, dass er den alten Mann lebend zu Balthasar bringen musste, wenn er sich auch weiterhin an der Vorstellung erfreuen wollte, schon bald als Balthasars rechte Hand an ungeahnte Macht zu kommen. Schon lange schielte Balthasar auf die Herrschaft. Der Herbstbringer, da war sich Aaron sicher, sollte ihm den Sturz Michaels ermöglichen.

Dafür spielte er gern den Lakaien.

Es war hochinteressant gewesen, die Ränkespiele in den letzten Jahren mitanzusehen. Immer aus sicherer Entfernung, versteht sich. Das fand Aaron nicht feige, sondern vor allem weise. Jeder der vier Clans kämpfte um die Vorherrschaft, niemand erwies sich als überlegen genug, diese auch anzutreten. Da hielt er sich nur zu gern heraus. Es war ein stetig schwelender Zustand, der durch das Wissen einiger eingeweihter Menschen noch erschwert wurde. Zweifellos hatte der Herbstbringer die Vampirwelt in arge Bedrängnis gebracht. Die Uneinigkeit hatte ihre Stärke gebrochen, die nun wiederhergestellt werden sollte – zumindest für eine der Familien. Und Aaron wollte verdammt sein, wenn er Balthasar nicht zum Thron verhelfen konnte.

»Wa… was wollen Sie von mir?«, stotterte der Alte.

Immer noch diese Frage. Aaron setzte sich auf die Bettkante und schaute übertrieben lange auf die Uhr. Schade, ihm blieb nicht mehr viel Zeit zum Spielen. »Dir ist bewusst, dass ich dasselbe fragen müsste?«

Der Bibliothekar erbleichte. Wissen dämmerte auf seinen Zügen. »Sie … Sie sind ein …«

»Bravo«, lobte Aaron den Vampirjäger. »Dann kannst du dir ja bestimmt denken, was ich jetzt mit dir vorhabe.«

Angespannt wartete Emily am Montag in der großen Pause auf Jake. Eine Nacht mit noch weniger Schlaf als gewöhnlich lag hinter ihr – als würde sie mit jeder Woche weniger davon benötigen. Dass er zu spät kam, war nicht seine Art. Endlich, fast zehn Minuten nach Beginn der Pause, tauchte er auf. Er sah müde aus, bei Emilys Anblick huschte ihm jedoch ein ehrliches Lächeln über das Gesicht.

»Ist alles in Ordnung?«, fragte Emily. »Du siehst müde aus.«

»Ich hab kaum geschlafen«, gähnte Jake.

»Warum?«

»Ach, wahrscheinlich ohne Grund. Mein Großvater ist gestern nicht zurückgekommen, wie er es eigentlich vorhatte. Das passiert zwar regelmäßig, aber normalerweise ruft er wenigstens kurz an. Vielleicht gab es ja kein Telefon, und alle Brieftauben waren schon beschäftigt, oder so.« Der Scherz gelang ihm nicht. »Wenn er sich nur endlich mal ein Handy zulegen würde wie jeder normale Mensch …«

»… jeder *normale* Mensch?«, fragte Emily spitz.

»Ups«, machte Jake unbeholfen. Diesmal grinsten beide.

Sie wandten sich der bevorstehenden Klassenfahrt

nach London zu. Donnerstag sollte es bereits losgehen, im Licht der letzten Ereignisse hatte Emily es jedoch völlig vergessen. Obwohl sie die Erlaubnis ihrer Eltern abgegeben hatte, wusste sie noch immer nicht, ob sie mitfahren sollte.

»Mir hat es letztes Jahr echt gut gefallen«, sagte Jake. »Klar war nicht alles interessant, aber der *Tower*, das *Globe Theatre* und all die Plattenläden haben echt Spaß gemacht. Wird dir bestimmt auch gefallen. Und *Highgate* erst – der schönste Friedhof der Welt!«

»Aber du … du wirst mir fehlen«, flüsterte Emily schüchtern und berührte Jake an der Hand.

»Du mir auch, kleines Herbstmädchen. Aber es ist ja nur ein Wochenende. Und nächste Woche geht alles wieder seinen gewohnten Gang.«

Emily hatte zur Vorbereitung auf die Klassenfahrt den Reiseführer ihrer Eltern zu Hause gelesen und sich ein Buch über die Geschichte der Stadt eingesteckt.

»Willst du jetzt wirklich dieses langweilige Buch lesen?«, fragte Sophie ungläubig, während sich um sie herum im Bus die typische Geräuschkulisse entfaltete. Immerhin redete sie wieder mit Emily.

»Eigentlich schon, doch«, entgegnete Emily irritiert. »Wieso, hast du eine andere Idee?«

Sophie verdrehte die Augen. Immer wenn sie das tat, wusste Emily, dass sie sich anders benahm als der Rest der *normalen* Welt.

»Spaß haben vielleicht?« Ihr Tonfall verriet, dass dies sonnenklar sein müsste. »Ich setze mich zu Sarah und Lucy. Sie haben mir vorhin gesteckt, dass sie irgendwas zu trinken dabeihaben.«

Emily vertiefte sich in ihr Buch. Gemächlich ließ der Bus Woods End hinter sich.

Lange bevor sie die Jugendherberge erreichten, hatte Emily ihr Buch weggelegt und klebte mit dem Gesicht an der Scheibe. So groß hatte sie sich London niemals vorgestellt! In alle Richtungen erstreckte sich die Stadt wie ein ausgekippter Spielzeugeimer, bis zum Horizont konnte sie Bürotürme, Hochhäuser, Kirchen und Baukräne ausmachen, die das tiefgoldene Licht der Herbstsonne auf tausend Oberflächen spiegelten.

Dann überquerten sie die *Tower Bridge*. Der Blick über die majestätisch dahinfließende Themse und den trutzigen *Tower of London* war dafür verantwortlich, dass sie sich augenblicklich in diese Stadt verliebte. Sie erkannte unzählige alte Gebäude, über die sie gelesen hatte, und entdeckte dabei viele weitere wunderschöne, über die sie noch nichts wusste. Sie konnte es kaum erwarten, diese Stadt zu erkunden.

Kurz nach der Ankunft startete das offizielle Programm. Die Stadtrundfahrt begeisterte Emily.

London Bridge, die erste Brücke über die Themse, *Trafalgar Square* mit seinen unzähligen Tauben und dem stolzen Admiral Nelson, die *Westminster Abbey*, letzte Ruhestätte von Charles Dickens oder Geoffrey Chaucer … als der Bus sie zwei Stunden später wieder vor ihrer Unterkunft ausspuckte, hatte Emily erst so richtig Appetit auf die Stadt bekommen.

Michael schritt unruhig auf und ab. Wut und Unsicherheit lieferten sich auf seinen Zügen eine Verfolgungsjagd.

»Auch du, Balthasar«, seufzte er mit einem gewissen Hang zu Melodramatik, blieb kurz über dem nächtlichen Lichterozean Londons stehen und trabte dann weiter durch den hohen Raum. Nachdem er die Änderung in seinem Testament vorgenommen hatte, hatte er versucht, sich mit einem Glas besonders feinen Blutes zu beruhigen. Vergeblich. Balthasar hatte sich gegen ihn gestellt. Er dürstete nach Macht, und alles andere hätte Michael auch nicht verstanden. Er hatte es einst genauso getan – mit dem Unterschied, dass er erfolgreich gewesen war.

Der letzte Rest der Flüssigkeit floss zäh in seinen Mund. Einen Moment lang schloss er genussvoll die Augen. Oh ja, Blut war wichtig. Es war das beste Rauschmittel, das man sich vorstellen konnte. Hätte er eine Seele gehabt, er hätte diejenigen bedauert, die es tatsächlich zum Überleben brauchten wie ein Fisch das Wasser. Die ihren Durst an Tieren, Kadavern und Kindern stillten. Untote – von Vampiren durch einen Biss und ein wenig von ihrem Blut zu seelenlosen Kreaturen gemacht. Es war Ironie des Schicksals, dass diese unwürdigen Kreaturen noch immer als Paradebeispiel für Vampire herhielten. Als er am Bücherregal vorbeilief, fiel sein Blick auf Bram Stokers *Dracula*. Auch ein Untoter. Michael selbst hatte den jungen Bram von seiner Kinderlähmung geheilt, als die Ärzte ihn schon aufgegeben hatten. Sie sprachen von einem Wunder, er bekam aus Dankbarkeit den bis heute wichtigsten Vampirroman.

Er hatte die Macht verdient. Die Welt würde sich sehr schnell an ihren neuen Herrscher gewöhnen, dessen war sich Michael sicher. Oder, um es mit den Worten des Kaisers Caligula zu sagen: »Oderint dum metuant«. Sollen sie mich hassen, solange sie mich fürchten.

»Radcliffe«, bellte er, als er den Raum verließ. »Bereite alles vor. Diese Nacht brütet Verrat aus.«

Balthasar mochte ihn hassen, ja. Doch schon sehr bald würde er ihn vor allem fürchten.

Er verschmolz mit der Nacht.

7

Emily schüttelte den Kopf über sich selbst. Dass sie auch nur für eine Sekunde ernsthaft überlegt hatte, nicht an diesem Ausflug teilzunehmen, erschien ihr längst unverständlich und albern.

Natürlich vermisste sie Jake. Sie vermisste ihn mit jeder Faser ihres Körpers und dachte praktisch ununterbrochen an ihn. Mindestens ebenso sehr freute sie sich aber darauf, ihm von ihren Erlebnissen zu erzählen. Ihr erster Besuch in der *St Paul's Cathedral*, das erste Glockengeläut des *Big Ben*, das endlose Grün des *Hyde Park* – mit jedem neuen Straßenzug wuchs ihre Begeisterung für diese Stadt. Schon am zweiten Tag fühlte sie sich so heimisch, als hätte sie hier schon mal gelebt. Für sie stand fest: Sie würde so schnell wie möglich mit Jake zurückkehren müssen.

»Okay, ein Museum noch, dann habt ihr es für heute geschafft«, verkündete Mr Beacon, als sich die U-Bahn-Türen von *Holborn* öffneten. Es war bereits später Nachmittag, und selbst Emily war nicht mehr allzu sehr für das *British Museum* zu begeistern. Erschöpft schleppte sie sich ihren Klassenkameraden hinterher, auf endlosen Wegen durch die verzweigten Tunnelsysteme von Londons Unterwelt.

Sophie lief weiter vorne bei ihren neuen Freundinnen Sarah und Lucy. Irgendetwas lenkte Emily ab. Einen kurzen

Moment lang blieb sie stehen, um sich verwirrt umzusehen. Schon war es passiert: Sie hatte ihre Gruppe aus den Augen verloren. Dann wurde ihr bewusst, was sie abgelenkt hatte: Beinahe unmerklich schlängelte sich eine Melodie durch die hektischen Schritte der Geschäftsleute und das angeregte Gemurmel der vorbeieilenden Pendler. Gebannt lauschte sie den klagenden Geigentönen, die auf zauberhafte Weise ihr Ohr erreichten. Wie bei ihrem ersten Kuss berührte die Musik sie auf eine Weise, die ihre Umwelt vollständig ausblendete. Sie lief los, suchte nach dem Ursprung dieser Musik. Die Melodie lockte sie an, sie konnte nichts dagegen tun.

Sie hastete durch das Labyrinth, passierte eine Kreuzung nach der anderen und hatte sich schon nach der dritten Biegung hoffnungslos verirrt.

Doch alles was zählte, war die Musik.

Immer klarer und lauter drangen die lang gezogenen Töne an ihr Ohr, während sie tiefer und tiefer in Londons Eingeweide vordrang. Sie bemerkte nicht, dass der Strom der an ihr vorbeihastenden Menschen stetig schmaler wurde und schließlich ganz versiegte. Schon eilte sie allein durch die endlosen hallenden Gänge, bemerkte gar nicht, dass vergilbte Plakate Konzerte ankündigten, die schon vor vielen Jahren stattgefunden hatten.

Plötzlich blieb sie stehen. Das dröhnende Echo ihrer Schritte hatte die Musik übertönt. Keuchend sah sie sich um, ratlos, wo sie sich befand. Das Licht war hier deutlich schwächer, weit und breit war niemand zu sehen.

Bevor sie einen klaren Gedanken fassen konnte, drang die Geigenmelodie wieder an ihr Ohr – diesmal aus unmittelbarer Nähe. Wer es auch war, der diese wunderschönen Töne durch diese unterirdische Welt schickte … er konnte nicht weit entfernt sein.

Ein kalter, modriger Wind schlug Emily entgegen, als sie um eine Ecke trat und in einen stockdunklen Korridor blickte. Die von unbeschreiblicher Trauer umspülte Melodie musste direkt aus der Dunkelheit vor ihr kommen. Unsichtbare Hände packten sie, lautlose Verlockungen trieben sie weiter in das lichtlose Nichts vor ihr.

Da geschah es.

Etwas packte sie am Arm und zog sie weg. Weg von der Musik, weg von der Finsternis.

Die wenigsten hatten das Mädchen gekannt, das einmal der Herbstbringer werden würde. Balthasar war einer von ihnen. Er wusste nicht, warum sie rebelliert hatte. Er wusste nur, was ihretwegen geschehen war.

Seit Jahrhunderten schon war er als Einzelgänger unterwegs und legte ein selbst für Vampire seines Standes erstaunlich kommunikationsscheues Verhalten an den Tag. Niemand wusste, wo er tatsächlich wohnte. Der Herbstbringer bedeutete für ihn eine Chance, die ihm vielleicht nie wieder zufallen würde. Er musste sie um jeden Preis vor allen anderen erwischen. Auch wenn das bedeutete, dass er sich mit diesem armseligen Opa und Schnüffler abgeben musste, der allem Anschein nach sogar große Stücke auf sich und seine Entdeckungen hielt.

Was man nicht alles auf sich nahm.

Die dunkle Limousine näherte sich Woods End geräuschlos wie ein Wolf, der sich an eine Schafherde heranpirscht.

»Vertrau mir. Nur wenn du mir vertraust, kann ich dein Leben retten«, hauchte eine dunkle Stimme dicht an Emilys Ohr. Dann wurde sie von starken Armen fortgezogen.

Später konnte sie nicht sagen, ob sie es sich eingebildet hatte oder nicht, doch die undurchdringliche Dunkelheit bewegte sich urplötzlich mit beunruhigender Geschwindigkeit auf sie zu, während die bis gerade eben noch betörende Musik in grobe, unschöne Töne voller Wut umschlug.

Wieso ließ sie sich jetzt auch noch willenlos fortschleifen, ohne auch nur das Geringste über die Gestalt zu wissen, die sie mit festem Griff durch die Gänge zog? Aus irgendeinem Grund vertraute sie dem hochgewachsenen Fremden. Immer wieder blickte er über seine Schulter und enthüllte Emily für einen kurzen Moment sein Gesicht. Es waren diese kurzen Augenblicke, die ihr Vertrauen begründeten: Sie sah keine Wut, keine Boshaftigkeit in seinen Zügen. Nur Sorge … und etwas, das sie nicht auf Anhieb deuten konnte. Etwas wie Ehrfurcht.

Nach endlosen Minuten und zahllosen Wegkreuzungen kamen ihnen endlich wieder Passanten entgegen. Langsam dämmerte ihr, wie weit sie sich tatsächlich in diese dunkle Welt vorgewagt hatte.

Schwer atmend lehnte sich der Fremde an die Tunnelwand und schloss für einen Moment die Augen, was Emily die Gelegenheit gab, sich ihn genauer anzusehen. Strähnige Haare fielen über ein ernstes Gesicht. Er trug einen dunkelgrünen, abgewetzten Trenchcoat, ausgewaschene Jeans und schwarze Turnschuhe. Erstaunt stellte sie fest, dass er höchstens ein paar Jahre älter sein konnte als sie.

»Danke«, sagte sie unsicher. Sie wusste ja nicht einmal, wofür sie sich bedankte.

Da blickte der Fremde sie das erste Mal direkt an. Es war,

als würden zwei Planeten kollidieren. Sie taumelte keuchend zurück. Emily wurde von kurz aufblitzenden Emotionen geflutet wie ein Stausee. Ein Gefühl von tiefer Trauer, durchmischt mit einer unendlichen Weite übermannte sie. Nur mit Mühe konnte sie den Blick abwenden.

Es kam ihr vor, als hätte sie sich eine halbe Ewigkeit in den Augen des Fremden verloren. Als wären sie für einen Augenblick aus diesem Tunnel verschwunden.

Was war nur geschehen?

Ein Schwächeanfall vielleicht, verursacht durch den Schock der chaotischen Ereignisse? Zaghaft hob sie den Blick, suchte seine Augen. Unverändert blickte die groß gewachsene Gestalt auf sie herab. Nein, da war es wieder. Jedes Mal, wenn ihre Blicke sich kreuzten, zuckte sie zusammen, fühlte etwas, das mit einem elektrischen Schlag zu vergleichen war. Und etwas Altes, Weises.

»Herbstbringer«, hauchte er ungläubig. Emily erstarrte. »Du bist nicht sicher hier«, fuhr er fort. Seine Stimme klang tief und selbstsicher, ließ ihn unweigerlich älter wirken.

»Sicher wovor?«, fragte sie verwirrt.

Er deutete mit dem Kopf in die Richtung, aus der sie gekommen waren. »Vor den Sirenen. Sie haben dich gespürt, Herbstbringer. Natürlich. So wie ich es getan habe – glücklicherweise.«

Es dauerte ein paar Sekunden, bis Emily endlich begriff, wie er sie genannt hatte.

Herbstbringer.

Tausend Fragen schossen ihr durch den Kopf. Warum ausgerechnet »Wer bist du?« das Rennen machte, konnte sie sich nicht erklären.

»Mein Name ist Elias.« Scheu senkte er den Kopf. »Dich zu retten ist eine große Ehre für mich. Aber das weißt du natürlich. Es ist nur merkwürdig, dich ausgerechnet hier zu finden.«

Emily nahm seine Worte überhaupt nicht auf.

Er hatte sie Herbstbringer genannt.

Ihr Atem ging stoßweise. Mittlerweile lag ihr nur noch eine Frage auf der Zunge. »Was weißt du über mich?«

»Alles«, raunte er ihr ins Ohr. »Wir können hier nicht reden. Du bist in großer Gefahr. Ich bin so froh, dass ich dich gefunden habe, Herbstbringer.«

Wieder zuckte sie bei diesem Namen zusammen. Er schien viele der zurückliegenden Ereignisse in sich zu bergen. Dabei war sie sicher, ihn noch nie gehört zu haben. Dennoch fühlte es sich so an, als ob es ihr Name sei. »Aber …«

»Komm heute Abend hierhin«, unterbrach er sie und drückte ihr einen gefalteten Zettel in die eiskalte Hand. »Es wird sehr voll werden, was bedeutet, dass wir sicher sind.« Er wandte sich zum Gehen. Dann drehte er sich abermals zu ihr um. »Halte dich von den U-Bahn-Schächten fern. Sie lauern überall.«

»Was … und wieso …«, stotterte Emily nur. Doch Elias verschwand wortlos in der Menge.

Es dauerte einen Augenblick, bis Emily klar wurde, wo sie sich befand. Langsam schob sich die Realität in ihr Blickfeld. Dann brandeten die Geräusche vorbeieilender Passanten wieder an ihr Ohr wie eine heraufziehende Flut.

Mit ihnen wurde jede Erinnerung an diese Begegnung weggewischt.

Emily blickte ungläubig auf den Zettel in ihrer Hand.

Nicht *jede* Erinnerung.

Barnard Graham wusste, dass er in großen Schwierigkeiten war. Und er war nicht allein damit. Nach allem, was er über die Legende des Herbstbringers wusste und von Balthasar hatte aufschnappen können, stand nur noch dieses Mädchen zwischen der Menschheit und einer schrecklichen Bedrohung.

Er wusste, was er zu tun hatte. Und mit ziemlicher Sicherheit würde sein Plan scheitern.

Woods End war nur noch wenige Meilen entfernt. Wenn er jetzt nicht handelte, würde er sich das nie verzeihen – ganz gleich, in welchem Jenseits er gleich zu sich kommen würde. So schnell es sein Alter zuließ, öffnete er die Tür, um sich aus dem fahrenden Wagen fallen zu lassen.

»Netter Versuch«, flüsterte ihm Balthasar zu. Selbst im Angesicht des sicheren Todes konnte Barnard Graham über die Schnelligkeit dieser Wesen nur staunen. Blitzschnell biss Balthasar zu.

»Wir haben die Fährte des Mädchens längst aufgenommen. Dein Tod war völlig umsonst.«

Barnard Graham starb ohne einen Laut.

Nachdem sich die Aufregung um Emilys Verschwinden gelegt hatte und sie zum hundertsten Mal erklären musste, wie sie nach Verlassen der U-Bahn falsch abgebogen war, ging es für die Klasse zurück in die Jugendherberge. Das *British Museum* wurde ihretwegen kurzerhand abgeblasen, Emily in den Augen ihrer Klasse zur eindeutigen Retterin des Tages deklariert.

Sie konnte sich nur bedingt darüber freuen. Nachdem sie den Zettel zunächst hastig in ihrer Manteltasche verstaut hatte, holte sie ihn erst wieder hervor, als sie nach dem Abendessen allein auf ihrem Zimmer war. Sophie und die anderen saßen noch im Aufenthaltsraum, sie hatte sich nach einigen lieblos heruntergewürgten Happen mit der Entschuldigung verabschiedet, durch den Schreck noch etwas schwach auf den Beinen zu sein. Sie konnte ein wenig Einsamkeit gebrauchen.

Nachdenklich blickte sie auf den zerknitterten Zettel auf ihren Knien. War das vorhin wirklich passiert? Obwohl dieser Fetzen Papier dafür sprach, erschien es ihr reichlich unglaubwürdig. Es gab nur eine Möglichkeit, das herauszufinden: Sie musste die Adresse aufsuchen, die auf dem Zettel vermerkt war – und sich dafür im Schutz der Dunkelheit aus der Jugendherberge schleichen.

Bevor Sophie und ihre neuen Freundinnen zurückkamen, hatte sie die Adresse mithilfe ihres Reiseführers ausfindig gemacht. Es war offensichtlich gar nicht weit von ihrer Unterkunft entfernt – und doch fühlte es sich an wie eine Reise in eine andere Welt, als sie sich irgendwann nach Mitternacht auf leisen Sohlen aus dem Haus schlich.

Aufgewirbelte Blätter folgten ihr auf ihrem einsamen Weg durch die Nacht. Ihre Gedanken wanderten zu Jake, während sie durch die Straßen Londons streifte. Was er wohl gerade trieb? Hörte er Musik in seinem Zimmer? Las er? Machte er vielleicht auch gerade einen Spaziergang durch die Nacht? Und was würde er davon halten, wenn er wüsste, dass sie gerade drauf und dran war, sich mitten in der Nacht irgendwo in London mit einem wildfremden Typen zu treffen?

Sie bog um eine Ecke. Und lief fast in das Ende einer langen Schlange ungeduldiger Menschen, die darauf warteten, in das Gebäude am Ende der Straße eingelassen zu werden. Das eine oder andere teure Auto vor dem Eingang, die rote Kordel mit dem massigen Türsteher und die elegante Abendgarderobe der Wartenden verrieten selbst einem Mädchen wie Emily, dass der vereinbarte Treffpunkt ein angesagter Nachtklub sein musste.

Na toll! Wie um alles in der Welt sollte sie, ein junges Mädchen in einer dunkelblauen Cordjacke und einer braunen Schlaghose, nach Mitternacht in diesen Laden kommen? Sie hatte wahrscheinlich nicht mal genug Geld, um den ohne Zweifel beachtlichen Eintrittspreis zu bezahlen.

Und doch hatte ihr jemand namens Elias diesen Ort für ihr Treffen vorgeschlagen. Zum tausendsten Mal schielte sie auf den zerknüllten Zettel in ihrer Hand. Kein Zweifel. Sie war bei der richtigen Adresse. Unsicher lief sie an der Schlange vorbei, immer darauf vorbereitet, wegzurennen, falls man sie fragte, was sie hier zu suchen habe. Doch nichts dergleichen geschah.

Stattdessen passierte etwas, das sie am wenigsten erwartet hätte: Sie wurde hereingelassen. Und nicht nur das. Der einschüchternd wirkende Riese mit dem Headset schien sie zu *erwarten*. Sehr zum Erstaunen der wartenden Gäste schenkte er Emily ein breites Lächeln, streckte ihr eine riesige Pranke entgegen und öffnete mit der anderen die Absperrung.

»Willkommen«, brummte er und schob sie durch die geöffnete Tür in eine andere Welt. Die ureigene Atmosphäre eines vollen Nachtklubs eilte Emily gleich doppelt zur Hilfe: Die Dunkelheit vertuschte erfolgreich ihren perplexen Gesichtsausdruck, die lauten Bässe überspülten das Genörgel der wartenden Menschen vor der Tür.

8

Ein Gerücht bahnte sich seinen Weg durch die Straßen und Gassen der Metropole. Wo es eine kurze Rast von den Mühen der Reise einlegte, stieß es auf gespitzte Ohren und begierige Zuhörer. Ein gutes Gerücht hat es immer leicht, sich Gehör zu verschaffen.

Vor vielen Jahrhunderten hatten die Menschen in den großen Städten das Sprichwort geprägt, nur ein Gerücht verbreite sich schneller als die Pest. Auch die vier Ersten der Vampirwelt hatten dieses Sprichwort nicht vergessen.

Das Gerücht hatte auch ihre Ohren erreicht.

Seltene Eintracht herrschte unter Michael, Gabriel, Uriel und Raphael. Ihnen gefiel nicht, was sie hörten. Nicht nur, weil sie nicht die Ersten gewesen waren, die davon Wind bekommen hatten. Ihnen gefiel es nicht, weil es nicht in ihren Plan passte. Und was den vier Ältesten nicht in den Plan passte, durfte eigentlich gar nicht existieren. Schließlich waren sie es, die am Anfang dieser Welt standen.

Unruhe breitete sich wie in konzentrischen Kreisen aus, wurde hastig weitergereicht wie eine zu heiße Schüssel. Ihr auf den Fersen befand sich das Gerücht, emsig darauf bedacht, auch den letzten Winkel der Stadt zu erreichen.

Man sagte, der Herbstbringer hielte sich in London auf. Und niemand wusste, wo.

Fast niemand. Es gab jemanden, der es vor allen anderen gewusst hatte. Auch wenn es Zufall gewesen war – Elias redete sich ein, das Mädchen instinktiv in den Tunneln gespürt zu haben.

Es war nur nicht wie bei anderen seiner Art gewesen. Nicht, dass ihm diese Beobachtung Kopfzerbrechen bereitet hätte. Nach allem, was dieses Mädchen getan hatte, wäre es wahrscheinlich enttäuschender gewesen, überhaupt nichts zu fühlen. Dass sie es war, bezweifelte er keine Sekunde. Diese Augen hatte er auch nach all den Jahren nicht vergessen. Es waren dieselben tiefen Ozeane, in die er zuletzt vor hundertachtzig Jahren geblickt hatte. Es war eine Ewigkeit her, und doch erinnerte er sich daran, als wäre es erst gestern gewesen. Ihre Schönheit war unvergänglich wie der Tod.

Als er sie orientierungslos neben der Tanzfläche entdeckte, konnte er noch immer nicht glauben, dass er sie tatsächlich gefunden hatte. Sie schien sich nicht an ihn zu erinnern, doch damit hatte er gerechnet. Er wusste, welche Auswirkungen diese Strafe auf den Verstand haben konnte – selbst bei einem außergewöhnlichen Fall wie ihr. All die Jahre unter der Erde … wahrscheinlich war es ein Wunder, dass sie überhaupt lebensfähig war.

Die Erinnerungslücken waren definitiv das geringste Problem. Er kannte Mittel und Wege, die Leere in ihrem Geist mit Wahrheit zu füllen. Nur eines bereitete ihm Unbehagen: Wie würde sie verkraften, was er ihr zu zeigen hatte?

Längst hatte Woods End die Bürgersteige hochgeklappt, als zwei dunkle Gestalten durch die Straßen streiften. Die meisten Bewohner des kleinen Städtchens schliefen bereits oder hielten sich in ihren kleinen gepflegten Häuschen hinter kleinen gepflegten Vorgärten auf. Die Straßen waren vom bleichen Licht vereinzelter Straßenlaternen erleuchtet.

»Scheußlich, wie langweilig und sauber es hier ist«, knurrte Aaron. Er rümpfte die Nase, als sie durch die überschaubare Ladenzeile marschierten, eine Geste, die Balthasar für ziemlich überzogen hielt. Wie so vieles an seinem Begleiter: Es fehlten lediglich mit Pomade nach hinten geschleimte Haare, um aus Aaron mit seiner verschlissenen Lederjacke den Charakter aus einem rebellischen James-Dean-Film der Fünfziger zu machen. Sogar das Kleinstadtszenario passte. Einfach lächerlich.

»Denn sie wissen nicht, was sie tun«, flüsterte er kopfschüttelnd.

»Wer weiß was nicht?«

»Vergiss es. Konntest du schon Witterung aufnehmen?«

»Das könnte kompliziert werden. Die ganze Stadt stinkt nach Herbst, als würde sie aus verfaulendem Laub bestehen.«

Balthasar blickte sich um. Für ihn stellte die Dunkelheit kein Hindernis dar. Wachsam glitt sein Blick durch die düsteren Straßen.

Aaron hatte recht. Schon auf ihrem Weg in dieses erbärmliche Kaff war ihm aufgefallen, dass der Herbst die Landschaft mehr und mehr unter seine Herrschaft gezwängt hatte. Hier in Woods End war kaum mehr ein grünes Blatt an den Bäumen, eine dicke Schicht toten Laubs bedeckte weite Teile der Wiesen und Plätze. Als wäre alles Leben vor diesen beiden Gestalten geflohen.

Und dann dieser säuselnde Wind. Ja, es gab keinen Zweifel: Sie hatten das Nest des Herbstbringers gefunden.

Die Spur des Mädchens zog sich als herbstlicher Hauch durch das Land und war in Richtung Woods End zunehmend stärker geworden. Nur deshalb duldete er Aaron an seiner Seite. Er war der beste Jäger, den er kannte, fähig sogar, die Spur des Herbstbringers als kaum erkennbare Nuance in einem Kosmos ungezählter Gerüche wahrzunehmen. Doch in Woods End musste sich sogar Aaron geschlagen geben. »Nein, keine Chance. Da hätte man meine Nase genauso gut in Blut tauchen können. Der Herbst gibt seine Geheimnisse nicht preis. Als wolle er sie schützen.« Er hielt inne. »Seltsam«, sagte er leise. »Wenn das mal nicht …« Dann verstummte er abrupt.

»Wenn das mal nicht was? Was witterst du?«

Aaron winkte ab. »Nichts, ich dachte nur, eine besonders frische Fährte ausgemacht zu haben. Hab mich wohl getäuscht.«

»Hm«, brummte Balthasar wenig überzeugt. Aaron täuschte sich eigentlich nie.

Aaron blickte ihn zornig an. »Verdammt, es ist unmöglich, hier eine neue Fährte aufzunehmen. Vielleicht willst du es ja mal versuchen?«

»Gemach, gemach. Was schlägst du vor?«

»Dass du die Klappe hältst und mich weiter meine Arbeit machen lässt«, knurrte er.

Balthasar lächelte nur. Diese Bemerkung würde ihm noch leidtun. Doch das musste warten: Er brauchte Aaron noch. Bis er das Mädchen hatte. Er durfte sie zwar weder töten noch entführen. Dagegen, dass er ihr einen Bluthund an die Fersen heftete, sprach sich der Kodex nicht aus. Sollte er etwa still herumsitzen und darauf hoffen, dass der

Herbstbringer ihm direkt in die Arme lief, wie Michael es tat?

»Das Miststück ist nicht hier«, raunte Aaron.

»Nicht hier? Bist du dir sicher?«

»Todsicher.«

»Okay. Ich denke nicht, dass wir uns die Mühe machen müssen, die Bibliothek nach Hinweisen auf ihr Zuhause zu durchstöbern. Nach Schreibtischarbeit steht mir heute Nacht nicht der Sinn.«

»Und mir nicht nach Büchern. Schlimm genug, dass ich diesem Bücherwurm im Norden nachspüren musste. Diese Bibliothek war noch trostloser als dieses Kaff hier.«

»Also, wo ist sie? Kannst du das sagen?«

»Zwei eindeutige Fährten führen aus Woods End hinaus. Die eine Richtung Norden, die andere Richtung Westen.« Er schloss die Augen und hob die Nase einige Sekunden in die Nacht. »Sieht ganz so aus, als wäre das Gör in Richtung London unterwegs gewesen.«

»London? Da ist sie womöglich immer noch!«

»Möglich. Diese Fährte ist jedenfalls die frischste. Sie sind beide sehr schwach, nur eine Ahnung. Aber ich bin mir sicher.«

»Ich werde mit dem Wagen nach London zurückkehren. Michael will mich sowieso sprechen. Du siehst zu, was du im Westen findest. Vergiss dabei nie, dass wir uns ihr weder zeigen noch dem Mädchen oder ihrer Familie etwas antun dürfen, wenn wir den Fluch nicht auf uns ziehen wollen.« Balthasar hatte Aaron dieses Gebot bereits dutzendfach eingebläut. »Wir können erst zuschlagen, wenn sie sich zu erkennen gibt.«

Ohne ein weiteres Wort verschmolz er mit der Nacht.

»Spielverderber«, murmelte Aaron, als Balthasar verschwunden war. Dann wandte er sich mit neuem Eifer der Spurensuche zu. Er war sich sicher: Unter dem aufdringlichen Odem der Vergänglichkeit, der den Herbstbringer umschwirrte, spürte er eindeutig etwas anderes, Schwärzeres, Böseres.

Sie waren nicht die ersten Vampire gewesen, die Woods End aufgesucht hatten. Es waren keine Angehörigen der oberen vier Clans gewesen, eher Vampire niederen Rangs oder gar Untote. Aber was sie auch waren: Es war höchstens ein paar Jahre her, dass sie in Woods End gewesen waren.

Bislang hatte Emily die Stimme in ihrem Kopf, die sie daran hindern wollte, diesem Wildfremden zu folgen, genauso erfolgreich ignoriert wie das Bild von Jake, das in ihrem Kopf herumspukte. Sie wusste selbst nicht, wie sie das anstellte. Alte Treppenhäuser folgten auf dunkle Flure und verlassene Räume, während die monoton wummernde Musik stetig leiser wurde und schließlich ganz verstummte.

Alles um sie herum wirkte verfallen. Decken waren eingebrochen, Türen hingen in den Angeln, den meisten Fenstern in den links des Flurs abgehenden Räumen fehlten die Scheiben. Der Boden war übersät von Laub, das auch jetzt durch die Fenster hereingeweht wurde. Stellenweise liefen sie über einen regelrechten Teppich aus vermoderten Blättern, über allem hing der würzige Geruch sterbender Bäume.

Elias schritt wortlos voran. Immer wieder war Emily versucht, stehen zu bleiben und ihn zur Rede zu stellen. Doch die beklemmende Stimmung dieser totenstillen Geisterwelt hinderte sie daran.

Unverhofft traten sie nach einer weiteren Biegung ins

Freie. Verwirrt blickte Emily sich um. Das rostrote Steingebäude, das sich hinter ihr in den Nachthimmel erhob, war ein völlig anderes als der Bau, den sie kurz zuvor betreten hatte. Dunkle Fensteröffnungen blickten stumm auf sie herab. Schwach reflektierten sie das Licht des Mondes und schienen mit ihrer Anwesenheit nicht glücklich zu sein.

»Wo sind wir?«, fragte Emily bemüht ruhig. Der Wind hatte aufgefrischt und heulte durch zersplitterte Fenster und offene Türen. Sie zitterte.

War das die dümmste Idee ihres Lebens gewesen?

»In Sicherheit.« Er reichte ihr seine Jacke. »Es ist kühl.«

Wortlos nahm Emily die Jacke entgegen, während er eine Laterne entzündete, die neben der Tür an der Wand befestigt war. Das Licht wirkte beruhigend und konnte die herankriechende Dunkelheit zumindest ein wenig im Zaum halten. Sie befanden sich in einem großen Innenhof, der von allen Seiten von hohen, alten und heruntergekommenen Gebäuden flankiert war.

An der gegenüberliegenden, fensterlosen Wand konnte Emily vage einen Tunnel ausmachen. Sie erkannte ihn nur, weil die halbrunde Öffnung noch dunkler war als der Rest der Wand.

»Ein Teil des alten U-Bahn-Netzes«, erklärte Elias. »Dieser Tunnel führt tief in die Stadt hinein, die Strecke ist aber seit Jahren stillgelegt. Vor etwa hundert Jahren hat man hier kaputte Züge gelagert – eine Art Friedhof, könnte man sagen. Auch das Gebäude, das wir gerade durchquert haben, steht seit Jahrzehnten leer, wenn nicht länger. Kaum einer weiß also von diesem Weg.« Er hielt kurz inne. »Oh, das dürfte jetzt wohl nicht gerade dazu beigetragen haben, dass es dir besser geht, oder?«

Sie lächelte und schüttelte den Kopf. Die Art, wie er mit

ihr umging, hatte etwas Beruhigendes, ja beinahe Bewunderndes, sodass ihre Unsicherheit zunehmend bröckelte.

Wie auf Befehl schaute er sie durchdringend an. Mit beschleunigendem Herzschlag fühlte sie den Blick seiner Augen, deren Farbe sie beim besten Willen nicht bestimmen konnte. Sich von ihnen zu lösen kam der Anstrengung gleich, zwei gegensätzlich gepolte Magnete voneinander zu trennen. »Du weißt nicht, was es mir bedeutet, dich gefunden zu haben. Noch nicht. Ich bin schon so lange auf der Suche nach dir, dass ich gar nicht mehr weiß, wie es ist, nicht auf der Suche zu sein. Und hier stehst du. So … unschuldig.«

Sein Blick schien zu sagen, dass er etwas gänzlich anderes erwartet hatte.

Endlich fand sie ihre Sprache wieder. »Wieso hast du mich gesucht?«

»Ich habe Antworten auf all diese Fragen. Und auch auf einige andere mehr. Aber bitte hab noch ein wenig Geduld. Dieser Moment ist bei Weitem zu kostbar, um jetzt irgendwas zu übereilen und damit alles nur noch schlimmer zu machen.«

»*Noch* schlimmer?« Emily konnte sich nicht daran erinnern, jemals unter einer solchen Anspannung gelitten zu haben. Sie pendelte zwischen atemloser Vorfreude und panischer Angst wie die bleiern hallende Eisenglocke eines Kirchturms.

»Ja.« Er schloss die Augen. »*Viel* schlimmer.«

Ein Geräusch aus Richtung des beunruhigend dunklen Tunnels ließ sie erschreckt herumfahren. Der Schock, dass sie sich erst vor wenigen Stunden in diesen Tunneln verirrt hatte, saß noch immer tief. Auch wenn sie nicht wusste, wovor er sie gerettet hatte.

»Das sind nur Ratten.« Er legte ihr beschwichtigend eine Hand auf den Arm. »Verständlich, dass dir diese unterirdischen Gänge Angst machen. Vor allem nach heute Nachmittag.«

»Ich sollte mich wohl bei dir bedanken. Ich weiß nur nicht, wofür. Was war denn da unten?«

»Die Legende scheint also der Wahrheit zu entsprechen«, sagte er wie zu sich selbst. Emilys Frage überhörte er. »Faszinierend … und verständlich, nach all den Jahren. Du kannst dich wirklich an überhaupt nichts erinnern?«

Sie schüttelte den Kopf. Jeder andere hätte sie mit dieser Frage mittlerweile hochgradig genervt. Bei Elias war es anders. Er stellte sie nicht aus Unglauben, sondern auf eine Art und Weise, die ihr verriet, dass er wusste, woran sie sich nicht mehr erinnern konnte.

»Das macht es um einiges kniffliger.« Er dachte nach. »Glaub mir, ich will dich nicht länger auf die Folter spannen als nötig«, ergänzte er schnell, als er Enttäuschung in ihren Zügen aufblitzen sah. »Du wirst es sehr bald verstehen, doch jetzt musst du mir vertrauen.«

Emily biss sich auf die Lippe und nickte tapfer. Was wusste er bloß über sie, das ihn so sehr auf der Hut sein ließ?

»Okay, versuchen wir es. Ist dir heute in den unterirdischen Gängen etwas Komisches passiert? Abgesehen von unserem Zusammentreffen, meine ich.«

»Nein«, antwortete sie nach kurzer Überlegung. »Bis auf die Musik eben. Ich dachte zuerst, dass niemand außer mir sie gehört hätte, weil keiner darauf reagiert hat. Aber du hast sie ja wohl auch gehört.«

Er lächelte schwach. »Ja, aber das ist ein anderes Thema. Und diese Musik, kam sie dir bekannt vor? Vertraut?«

»Nicht unbedingt«, sagte sie zögerlich. »Das heißt, anfangs dachte ich, dass sich die Melodie jeden Augenblick in etwas ändern müsste, das ich kenne. Das ist aber nicht passiert. Wieso hat das denn außer uns niemand gehört?«

»Auch das hat seine Gründe. In dem Fall ist es wohl ungefährlich zu sagen, dass du beinahe in eine tödliche Falle getappt wärst. Die Schächte und Tunnel dieser Stadt sind voll von Bösem, Albträumen und Wahnsinn. Sie haben dich gespürt und mit dieser Melodie angelockt. Deshalb hat sie auch kein anderer vernommen – sie wollten nur dich.«

»Wer sind *sie*?« Ihr wurde ganz anders.

»Man nennt sie die Sirenen. Doch glaub mir, mit der betörenden Form dieser mythologischen Kreaturen haben diese Dinger nichts gemein. Sie sind eine Schande für uns.«

»Für uns? Kannst du mir nicht endlich sagen, was du weißt?«

Elias atmete tief durch. »Nur, wenn du mir versprichst, nicht wegzulaufen.«

Emily schaute sich um. Sie wusste nicht mal den Weg durch das Gebäude zurück. Sollte sie vielleicht in den Tunnel rennen?

»Die Musik, die dich heute angelockt hat – sie wurde dir zu Ehren geschrieben. Zu deiner Geburt! Du bist kein Mensch, Herbstbringer. Du bist ein Vampir.«

Die Stille, die diesen Worten folgte, war nur oberflächlich. In Emilys Kopf brüllte, rauschte und tobte es so, dass sie nicht mehr klar denken konnte. Schemenhaft nahm sie wahr, wie Elias sie stützte, zur Hauswand führte und sanft auf den Boden gleiten ließ. Er ging neben ihr in die Hocke und blickte sie schweigend an. Unzählige Gedanken wirbelten in ihr durcheinander, entglitten ihr aber, bevor sie sie zu fassen bekam.

»Jakes Großvater hatte recht?« Das war nicht der wichtigste Gedanke. Es war nur der erste, den sie nach einigen Minuten artikulieren konnte.

Für Elias schien diese Äußerung alles andere als nebensächlich zu sein. »Jemand hat davon gewusst?«, fragte er mit gepresster Stimme. »Wer?«

Emily blickte ihn erstaunt an. »Wieso ist das so wichtig? Du hast es schließlich auch gewusst, oder?« Kleinlaut fügte sie hinzu: »Wenn es denn stimmt.«

»Du hast recht, verzeih mir. Ich erwarte natürlich nicht, dass du mir – oder sonst wem – so ohne Weiteres glaubst. Aber deine Reaktion zeigt mir, dass auch du bereits über diese Möglichkeit nachgedacht hast.«

»Ja.« Sie zögerte. »Irgendwann ist man sogar bereit dazu, den unwahrscheinlichsten Theorien etwas abzugewinnen.«

»So unwahrscheinlich wie die, dass du ein Vampir bist?«

Sie lächelte schwach. »Zum Beispiel.«

»Ich kann es dir beweisen. Hier und jetzt. Aber du musst dafür bereit sein.«

»Kann man für so was überhaupt bereit sein?«, fragte sie mit gesenktem Blick.

»Ich will ehrlich sein: Ich weiß es nicht.«

»Du sagst, dass du auch ein Vampir bist. Kannst du mir für den Anfang nicht das beweisen?«

Er blickte sie anerkennend an. »Auch an dieser Legende scheint etwas dran zu sein.«

Er streckte den linken Arm aus, holte mit einer verschwimmend schnellen Bewegung ein schlankes Messer aus seiner rechten Jackentasche und schnitt sich quer über die Handfläche.

»Nicht!« Emily sprang entsetzt auf und wich zurück.

»Schhhh«, machte Elias, »sieh her.«

Anfangs nur widerwillig, dann mit wachsender Faszination blickte Emily auf die Wunde, die sich vor ihren Augen schloss.

»Wie alt bist du?«, fragte Emily mit Bestimmtheit in der Stimme.

»Einhundertneunundneunzig Jahre, ein paar Monate hin oder her.«

Sie schluckte. »Und ich?«

»Hundertsechsundneunzig.«

»Beweise es mir.«

Wenige wussten, welch unaussprechlicher Schrecken in Londons stillgelegten U-Bahn-Tunneln hauste. Niemand in der Vampirwelt konnte mit Sicherheit sagen, wann oder wie die Sirenen aufgetaucht waren. Sie waren eines Tages einfach da gewesen, grausame Kreaturen von entsetzlicher Gestalt, die sogar von vielen Vampiren gefürchtet und von den meisten gemieden wurden.

In ihrer Form eher einem entstellten Raubvogel auf gekrümmten Beinen denn einem Menschen ähnelnd, führt eine der beliebtesten Legenden ihre Existenz auf die dämonischen Lamien zurück, die im antiken Griechenland viele Jahre für dezimierte Vampirzahlen und entvölkerte Landstriche gesorgt hatten. Michael als Anhänger dieser Theorie zu bezeichnen, wäre zwar nicht falsch, vielmehr jedoch untertrieben: Er war es gewesen, der diese Kreaturen mit eigenen Augen in Griechenland gesehen hatte. Und er war bis heute einer der wenigen, die eine direkte Begegnung mit ihren geifernden Mäulern und messerscharfen Klauen überlebt hatten.

Man muss kein Prophet sein, um sich auszumalen, wie viel er auf diese Heldentat gab.

Sehr zu seinem Bedauern war er für ihr Auftauchen in London trotz clever platzierter Andeutungen seinerseits nicht verantwortlich gewesen. Die Macht dieser Bestien, die ihre Opfer mit betörenden Melodien in ihr Verderben lockten, wollte er sich dennoch zunutze machen. Schon lange verfolgte er die Absicht, sie zu zähmen. Er hatte bereits mehr als einen Untergebenen an die Sirenen verfüttert, erst gestern hatte er diesem abstoßenden Ding, das im *Monument* hauste, Frischfleisch serviert. Frei Haus, quasi.

Auch wenn es geschmackloses Menschenfleisch gewesen war. Diese verdammten Kreaturen bevorzugten den Geschmack der Unsterblichkeit. Und wäre ihre Anzahl in Londons Unterwelt nicht so gering, würde das Kräftegleichgewicht gehörig in ihre Richtung schwanken.

Michael hatte vor, die Sirenen, wie viele von ihnen es in Londons Unterwelt auch immer geben mochte, auf der Suche nach dem Herbstbringer als wirkungsvolle Helfer an seiner Seite einzusetzen, und war gerne bereit, niedere Vampire dafür zu opfern. Sein Clan war trotz des verheerenden Geburtenrückgangs immer noch viel zu groß.

Doch er war nicht allein mit diesem Plan.

»Warte. Bevor du sagst, was du zu sagen hast: Wieso denkst du, dass etwas passieren könnte, wenn ich die Wahrheit erfahre?«

Emily wunderte sich über sich selbst. Sie hatte sich nach dieser Enthüllung erstaunlich schnell wieder gefasst und war nach dem kurzen Schockmoment beinahe erleichtert. Vielleicht weil sie es sowieso die ganze Zeit über geahnt hatte? Das könnte auch erklären, weshalb sie Elias' Worten selbst ohne einen einzigen Beweis Glauben schenkte.

»Du bist kein gewöhnlicher Vampir.« Trotz allem klang es absurd, wie selbstverständlich Elias dieses Wort benutzte. Als würde er sagen ›Du bist kein gewöhnliches Mädchen‹. »Du bist sogar ein derart ungewöhnlicher Vampir, dass sehr viele unserer Art daran interessiert sind, dich aufzuspüren. Du hast vor sehr langer Zeit etwas gemacht, das von vielen als Hochverrat, von anderen aber als Zeichen großen Mutes angesehen wird.« Seine Gestik ließ keinen Zweifel daran, zu welcher Gruppe er sich zählte.

»Und sie können mich aufspüren, wenn du mir die Wahrheit sagst? Ist es das, was du mir sagen willst?«

»Es kommt dem zumindest sehr nahe«, bestätigte Elias. »Du bist nicht ohne Grund unentdeckt geblieben – bis jetzt. Du kannst dich an nichts aus deinem früheren Leben erinnern. Das verhindert gleichzeitig, dass wir deine Gegenwart spüren, wie wir andere Vampire spüren.«

Erstmals blickte Emily ihn zweifelnd an. »Aber du hast mich gefunden. Und diese … diese Sirenendinger auch.«

»Gut erkannt, Herbstbringer.« Da war es wieder, sein kleines, entwaffnendes Lächeln. Sie konnte seinem stechenden Blick abermals nicht standhalten und nestelte an einer langen Haarsträhne herum. »Dass ich zur gleichen Zeit wie du in den Schatten unterwegs war, war purer Zufall. Als ich die Musik gehört habe, wusste ich, dass es Intuition gewesen sein muss, die meine Schritte gelenkt hat. Und was die Sirenen angeht, so machen sie keine Ausnahme, was ihr Interesse an dir angeht. Auch wenn sie es eher auf dein Fleisch abgesehen haben.«

Sie schluckte. »Oh.«

»Bevor du also der Höhepunkt auf ihrem Speiseplan

wirst, muss ich sicherstellen, dass du dich nicht an zu viel auf einmal erinnerst. Andernfalls würde sich sehr schnell ungebetener Besuch ankündigen.« Er deutete in Richtung des Tunnels. »Sie würden dich sofort spüren, selbst aus großer Entfernung. Gedanken sind etwas sehr Mächtiges – deine ganz besonders.«

»Wie willst du verhindern, dass sie das tun?« Sie fragte gar nicht erst, wieso sie sich dann ausgerechnet hier getroffen hatten, in der Abgeschiedenheit, direkt an einem Eingang zu Londons Untergrund. Derzeit war die Brisanz dieser Frage gegenüber anderen schlichtweg zu vernachlässigen. Sie wollte einfach nur noch Gewissheit haben. Ob sie dann immer noch so gut damit klarkommen würde?

»Ganz sicher bin ich nicht, aber ich glaube, eine gute Methode gefunden zu haben, das zu kontrollieren. Bist du bereit?«

Emily nickte nur. Ihr Mund war plötzlich staubtrocken.

»Okay, schließ die Augen und mach deine Hand auf.«

Elias legte ihr einen kalten Gegenstand in die Handfläche. »Öffne sie.«

Emily blickte auf einen Messinganhänger an einem Lederband. Es war eine kleine Voliere.

Der allgegenwärtige Herbstwind schwoll zu einem monotonen Rauschen an. Wie kleine Ameisen krabbelte von allen Seiten eine faserige Schwärze in ihr Sichtfeld, blendete den Innenhof und Elias nach und nach aus.

»Öffne sie.«

Sie blickte auf einen Anhänger an einer silbernen Kette. Es war eine kleine Voliere.

»Oh.« Es misslang ihr offensichtlich, die Enttäuschung aus ihrer Stimme zu verbannen.

Er sah sie verletzt an. »Ich hatte gehofft, er gefällt dir. Wenn nicht, dann …«

»Nein, das ist es nicht.« Sie suchte fieberhaft nach einer Ausrede. Wieso machte sie sich überhaupt die Mühe? »Weißt du, diese Voliere erinnert mich nur zu sehr daran, dass ich selbst nicht mehr bin als ein eingesperrtes Tier. Meine Eltern, oder sagen wir besser mein Vater hat schließlich sehr genaue Vorstellungen, wie mein Leben auszusehen hat.«

Elias blickte sich zu ihnen um. Sie standen etwas abseits und unterhielten sich angeregt mit diesen überkandidelten Cutberths. Wie sie diese offiziellen Empfänge hasste. Und die in Fonthill Abbey *ganz besonders! Die Gespräche hatten stets denselben Inhalt: Wer wie viele Menschen auf dem Gewissen hatte, wer die amüsanteste neue Jagdmethode entwickelt hatte, wer dubiose neue Reichtümer aufgetan hatte. Auf William Beckfords protzigem Anwesen ergänzt um endlose Darstellungen exzentrischer Lebensweise.*

»Ich finde deine Eltern bewundernswert.«

Sie schnaubte. »Das tun alle. Ich würde gerne mal etwas Originelles über sie hören. Zum Beispiel, dass mein Vater die meisten seiner sogenannten Vertrauten nicht ausstehen kann.«

Schon wieder dieser verletzte Blick. Insgeheim wusste sie, dass sie ihm absichtlich wehtat. »Meinst du, du kannst uns noch einen Wein holen? Vielleicht wird dieser Empfang dann etwas erträglicher.«

»Sehr gerne.« Wie eine geschäftige Biene hastete er davon.

Den dürfte sie für einige Minuten los sein. Sie wusste genau, was ihre Eltern bezweckt hatten, als sie mit Elias bekannt gemacht worden war. Gute Herkunft, ehrbares Elternhaus, beachtliches Vermögen. Ein klassischer Oberschichtvampir. Sie schüttelte verächtlich den Kopf. Diese Gesellschaft richtete ihr Leben nach einem Jane-Austen-Roman aus. Widerlich. Was hatte es für einen Sinn, mächtiger zu sein als die Menschen, wenn man sich dennoch in dieses viel zu enge Korsett zwängen musste?

Dann erspähte sie endlich jemanden in der Menge, der genauso dachte wie sie. Ein vieldeutiges Lächeln legte sich auf ihre Lippen. Unauffällig versuchte sie, näher an ihn heranzukommen. Er stand etwas abseits, offensichtlich gelangweilt von so viel honoriger Gesellschaft und gerade damit beschäftigt, eines der großen Fenster des Salons zu öffnen.

Ihre Blicke trafen sich nicht zum ersten Mal – und nicht zum ersten Mal wurde dieser Moment zerstört.

»Thomas Prest, was haben *Sie sich nur dabei gedacht?«*

Wie auf einen unsichtbaren Befehl ihrer Eltern hin rauschte Lady Cutberth in einem Albtraum aus Rosa heran. Dicht dahinter folgte der strenge Blick ihres Vaters. Ertappt! Den Rest des Abends würde er sie nicht mehr aus den Augen lassen.

»Lady Cutberth.« Mit einem gequälten Lächeln wandte er sich von ihr ab. Wie sie es hasste! »Was können Sie nur meinen, Teuerste? Diesen gewagten Mantel vielleicht? Ich versichere Ihnen, er ist aus Italien. Erst letzte Woche aus Mailand eingetroffen. Oder meinen Sie etwa meinen Versuch, für ein wenig frische Luft zu sorgen? Ich war der Ansicht, sie würde diesen trockenen Gesprächen guttun.«

Er lächelte süffisant. Was für ein Charmeur, dachte sie halb eifersüchtig, halb bewundernd. Außerdem sah er blendend aus in diesem langen Mantel. Sie wusste natürlich von den wilden Gerüchten, die ihn umgaben. Autor, Musiker, Verführer. Doch selbst wenn sie der Wahrheit entsprachen, wäre er immer noch ein Lamm unter Wölfen. Selbst sie hatte weit schlimmere Taten begangen, das wusste sie. Ihr Vater rief ihr das immer wieder ins Gedächtnis, als wolle er sie dadurch auf den richtigen Weg zurückführen. Dass sie sich jedes Mal nur weiter davon entfernte, wollte er nicht wahrhaben.

»Aber nein, ich meine natürlich die fürchterliche Geschichte, an der sie gerade schreiben. Varney the Vampire, *heißt sie nicht so? Sie stecken doch dahinter, nicht wahr? Sie und dieser verlumpte Schotte … Rymer. Ist es nicht so? Mir können Sie es doch sagen: Haben Sie ihn gebissen?«*

Rund um sie herum verstummten die Gespräche, als hätte die gesamte Gesellschaft geradezu darauf gewartet, endlich mehr über diese Sache zu erfahren. Schon rauschte ihr Vater heran – wie immer, wenn sich irgendwo ein Mittelpunkt auftat, in dem er sich platzieren konnte.

»Aber Elizabeth, wir wollen unsere sinnigen Gespräche nicht durch derlei geschmacklosen Unfug unterbrechen, nicht wahr?« Er formulierte den Satz nicht als Frage. Sein Vokabular bestand praktisch nur aus Befehlen.

»Komm.« Er warf Prest einen zutiefst verachtenden Blick zu und hakte Lady Cutberth bei sich ein. »Ich denke nicht, dass wir uns seine Märchen anhören sollten. Dieser Byron hat sich mit seinem sentimentalen Schauerkitsch schon lächerlich genug gemacht. Auf die literarischen Krämpfe zweier … abartiger Randerscheinungen können wir da sehr wohl verzichten.«

»Und damit nicht genug«, schaltete sich einer der unzähligen Untertänigen aus dem Gefolge ihres Vaters ein. Schon bei seinem nasalen Tonfall wurde ihr übel. »Wenn Polidori und Byron mit ihrem Vampyr tatsächlich Erfolg gehabt hätten, wären wir in den Augen der Welt längst ein Haufen parfümierter Schwächlinge!«

Affektiertes Gelächter gab dem Stiefellecker recht. Sie kochte vor Wut. Bei der nächsten Gelegenheit würde sie diesen Schleimer bei ihren Eltern anschwärzen. Einen Vorteil hatte dieser neue Kontrollwahn: Sie musste nur beiläufig erwähnen, von diesem oder jenem unsittlich angesehen worden zu sein, und schon sah man gewisse Männer nie wieder. Sie hatte nicht einmal Mit-

leid mit ihnen. Viel zu lange hatte sie genauso gelebt wie diese Tiere. Doch damit würde bald Schluss sein.

»Nun, darüber mache ich mir bei diesem Prest hier nicht die geringsten Sorgen.« Wieder ihr selbstgefälliger Vater. »Denn wer sollte dieser kruden Geschichte Glauben schenken? Selbst wenn sie veröffentlicht werden sollte, was angesichts des mittelmäßigen Stils mehr als fraglich ist, werden die Menschen sie als Ammenmärchen abtun. Ein Vampir, der am Galgen stirbt? Noch dazu einer, der diese wundervolle Gabe als Krankheit ansieht? Als ob sich dies in der Weltliteratur durchsetzen würde! Nein, die Menschheit muss in Angst und Schrecken versetzt werden. Konstant. Prests Lebensstil mag den willensschwachen Frauen zwar zuträglich sein, unserem Ruf ist es dies allerdings nicht. Ende der Debatte.«

Von allen Seiten hagelte es Zustimmung. »Dieser Prest ist die Pest« gehörte noch zu den kreativeren Wortmeldungen der hörigen Gefolgschaft. Sehnsüchtig sah sie Thomas nach, der ohne ein weiteres Wort aus dem Raum stürmte. Wenn sie nur mit ihm verschwinden könnte. Er sprach schon lange davon, England zu verlassen. Zu gern würde sie mit ihm reisen, ihr Leben hinter sich lassen. Manchmal wünschte sie sich, ihre Familie wäre so unbedeutend wie all die anderen.

Ihr Blick traf den ihrer Mutter. Schon wollte sie untertänig den Blick senken, wie man es ihr beigebracht hatte. Dann entdeckte sie etwas in den Augen ihrer Mutter. Es lag keine Strenge, keine Rüge darin. Sie sah Liebe in ihren Augen aufblitzen. Eine ganz und gar einzigartige Emotion in diesem Kosmos aus Stolz, Überheblichkeit und Menschenhass.

»Wohl gesprochen«, lobte Lord Richmond und hob sein Glas. »Auf die Lebenden – und ihren ewigen Tod.«

Ihr Vater bleckte zwei gefährlich blitzende Zähne. »Auf die Toten – und unser ewiges Leben.«

Sie prallte zurück. Ihr Atem drang rasselnd aus ihr hervor, als wäre er ein unruhiger Geist in einem verfallenen Schloss.

»Mutter!«

Wo war sie? Wo waren ihre Eltern? Sie blickte in Elias' besorgte Augen. Er sah so anders aus. Und was für seltsame Kleider er trug …

Dann bemerkte sie, wie herrlich frei sie atmen konnte.

Sie blickte an sich herab. Offene Haare, Cordjacke, Schlaghose, Turnschuhe … kein Korsett …

Erkenntnis dämmerte.

»Geht es dir gut?«

Was für eine Frage! Sie stützte sich auf seinen Arm und atmete tief durch. Sie war tatsächlich dort gewesen, inmitten einer Horde Vampire. Der Kleidung nach zu urteilen musste es verdammt lange her gewesen sein. Auch ohne die genaue Jahreszahl des Zeitungsartikels von Jakes Großvater im Kopf zu haben, wusste sie, dass er aus exakt dieser Zeit stammen musste. Und zweifellos von ihr handelte.

Sie hatte ihre Eltern gesehen! Auch wenn sie aus irgendeinem Grund den Zorn ihres Vaters auf sich gezogen hatte. Was sie nicht wunderte, war die Abneigung, die sie gegen die meisten der Personen in diesem Saal gespürt hatte.

Sie blickte in Elias' Augen. Interessant. Sie waren also nicht immer so dunkel gewesen wie jetzt.

Elias …

»Du und ich«, stammelte sie, »wir …«

»Schsch«, beruhigte Elias sie. »Ich weiß, aber das ist Vergangenheit. Nicht mehr als eine längst abgesetzte Theatervorführung.«

»Wieso hast du nichts gesagt?«

»Hättest du mir geglaubt? Ein fremder Kerl spricht dich mitten in London an und erzählt dir, dass du und er einst einander versprochen waren? Nein, Herbstbringer, ich wollte schließlich sichergehen, dass wir uns wiedersehen.«

»Okay.« Sie zwang sich zu Ruhe. Sie würde noch genügend Zeit haben, über das Geschehene nachzudenken. Es kostete sie alle Willensanstrengung, diese neuen Erkenntnisse für einen Moment aus ihren Gedanken zu verbannen.

Sie war mit ihrem Dasein nicht glücklich gewesen. Schon damals war sie eine Außenseiterin gewesen.

»Wieso nennst du mich so? Wieso sprichst du mich nicht mit meinem richtigen Namen an?«

Elias reagierte nicht. Er blickte konzentriert in Richtung des Tunneleingangs.

»Elias? Wieso …«

»Still«, unterbrach er sie zischend. Beunruhigt horchte Emily in die raunende Nacht.

»Ich hätte dich nicht hierherbringen dürfen.« Elias sah sie besorgt an. »Ich dachte, die vielen unterschiedlichen Gerüche und die laute Musik des Klubs würden deine Spur gründlich genug verwischen. Außerdem würden die Türsteher keine ungebetenen Gäste einlassen. Aber wie es aussieht, hat schon dieser kleine Erinnerungsfetzen ausgereicht, sie anzulocken.«

Er drängte sie eilig in Richtung der Tür, aus der sie gekommen waren. Es fiel ihr schwer, die Erinnerung abzuschütteln.

Die Augen ihrer Mutter.

»Sie? Du meinst doch nicht etwa …« Panik flockte in ihrer Stimme auf.

»Doch, ich fürchte schon. Schnell, du musst verschwinden.«

»Aber was soll ich denn jetzt tun?«

Er steckte ihr einen Geldschein zu. »Hier, nimm dir ein

Taxi. Auf der Straße bist du in Sicherheit – hoffe ich. Findest du den Weg allein zurück?«

Jetzt hörte sie es auch. Ein schabendes Kratzen, das von den Wänden widerhallte. Ihr lief es eiskalt den Rücken hinunter. »Nein, ich … keine Ahnung, wie wir hier gelandet sind«, rief sie verzweifelt.

»Na schön, komm!« Zusammen eilten sie den dunklen Gang zurück.

»Bin ich froh, dass ich nicht die andere Methode angewandt habe, um deine Erinnerungslücken zu schließen«, brachte er hervor. Das niemals enden wollende Wummern des Klubs drang schon wieder deutlich lauter an ihre Ohren.

»Welche wäre das? Mir meinen richtigen Namen zu sagen?«

»Nein.« Bizarre Schatten tanzten über sein Gesicht, als er sich zu einem der zersprungenen Fenster wandte und die Umgebung absuchte. »Dich zu küssen.«

Emily zog es vor, darauf nichts zu erwidern. Stumm eilten sie weiter. Ihre Gedanken wanderten zu Jake. Ein Kloß bildete sich in ihrem Hals.

Nichts würde so sein wie zuvor.

»Ab hier findest du den Weg allein, oder? Verlass den Klub auf direktem Weg, sprich mit niemandem über unser Treffen, und öffne vor allem dies hier nicht, bis du weit weg von hier bist.«

Er drückte ihr einen weißen Papierumschlag in die Hand. »Bitte versprich mir das!«

Sie nickte wie in Trance und steckte den Umschlag ein.

»Eins noch. Es mag sich blöd anhören, aber du darfst unter keinen Umständen Blut trinken!«

Emily wusste nicht, was sie darauf erwidern sollte.

Hinter ihnen ertönte ein kehliger Schrei. Emilys Magen zog sich zu einem Knoten purer Angst zusammen.

»Geh!«, sagte er gepresst. »Dir bleibt nicht viel Zeit.«

»Und was ist mit dir?«

Er wandte sich zum Gehen. »Ich werde versuchen, sie aufzuhalten.«

Trotz der Geräuschkulisse konnte Emily wieder das kratzende Geräusch hören. Es klang nach viel zu langen Krallen. Abermals wandte er sich zu ihr um. Er packte sie fest an den Schultern und sah sie eindringlich an. »Finde dich selbst und komm hierher zurück. Dann werde ich dich finden.«

»Wie soll ich mich denn finden?« Sie klang verzweifelt.

»Höre, was dir der Herbstwind zu sagen hat!« Dann erstarrte er. Ein lang gezogenes Ächzen, wie der rasselnde letzte Atemzug eines unsagbar alten Wesens, drang aus der Dunkelheit, die sie zurückgelassen hatten.

»Lauf!«, schrie Elias und schubste sie von sich weg.

Sie wandte sich ab und lief die letzten Schritte zu der Tür, die sie wieder in das Hinterzimmer des Klubs bringen würde.

Das Letzte, was Emily sah, war Elias' Silhouette, die langsam auf die Schatten zutrat.

Sie schloss die Tür – und ließ ihn allein zurück.

9

Sophie fand Emilys nächtlichen Ausflug gar nicht lustig. »Wir waren kurz davor, die Lehrer zu wecken!«, zischte sie erbost, als Emily weit nach Mitternacht wieder in ihrem Zimmer aufgetaucht war. »Dir hätte wer weiß was passiert sein können.«

»Mir geht es gut, keine Sorge«, entgegnete Emily schwach. Sie wunderte sich selbst darüber, wie leicht ihr diese Worte über die Lippen kamen. Seit sie Elias zurückgelassen hatte, stand sie neben sich, unfähig, einen klaren Gedanken zu fassen. Sie wusste nicht einmal mehr, wie sie wieder in die Jugendherberge gekommen war.

»Wo hast du denn überhaupt gesteckt?«

»Ich …«, begann Emily und merkte plötzlich, dass sie keinen blassen Schimmer hatte, wo sie gewesen war – geschweige denn, was sie erzählen sollte. »Ist doch egal, ich bin müde. Ich war eben noch ein bisschen an der frischen Luft, was ist schon dabei?«

Damit ließ sie ihre Zimmergenossinnen stehen und sah zu, dass sie ins Bett kam. Wenig später löschte jemand das Licht.

»Ich wette, sie hat sich mit einem Jungen getroffen«, wisperte Sarah laut genug, damit Emily es auch hören könnte.

Sie reagierte nicht darauf. Noch nie hatte sie sich so sehr

danach gesehnt, einzuschlafen, um am nächsten Morgen festzustellen, dass alles nur ein Traum gewesen war.

Die bittere Erkenntnis, dass es keiner gewesen war, ließ am nächsten Morgen selbst Sophies abweisende Art völlig nebensächlich erscheinen. Völlig in sich versunken packte sie ihre Sachen, saß appetitlos beim Frühstück und war die Erste, die in den Bus stieg, als die Abreise bevorstand.

Sie setzte sich alleine auf einen Fensterplatz und deponierte ihren Rucksack neben sich, damit auch niemand auf die Idee kam, sich zu ihr zu setzen.

London zog an ihren Augen vorbei, doch sie sah es gar nicht mehr.

Sie hatte einen Blick in ihre Vergangenheit geworfen – und hatte nun noch mehr Fragen als zuvor. Wer war sie? Wieso war sie, was sie war? Wieso bezweifelte sie es nicht? Und wie waren Vampire eigentlich wirklich?

Immer wieder kehrten ihre Gedanken zu ihrer Mutter zurück. Die Liebe, die sie in ihren Augen gesehen hatte, ließ sie nicht los. Ihre Mutter hatte sie geliebt. Dieses Gefühl war neu für sie.

Ihr Leben würde nie wieder dasselbe sein. Und nicht nur das: Was es erst richtig schlimm machte, war, dass sie nicht wusste, wie ihr Leben fortan aussehen würde. Sie hatte den Einzigen, der Antworten auf diese Fragen zu haben schien, allein mit diesem Ding zurückgelassen und wusste nicht, ob es ihm gut ging. Mit wem konnte sie sonst darüber reden?

Mit Jake?

Immer wieder schlich er sich in ihre Gedanken. Bislang konnte sie ihn erfolgreich verdrängen – es gab auch so schon mehr als genug Probleme. Doch insgeheim wusste sie, dass sie sich ihm anvertrauen musste.

Aaron durchquerte Landstriche, die mit Ausnahme vereinzelter rötlich-brauner Blätter noch in vollem Grün standen. Hier war die Gegenwart des Herbstbringers kaum wahrnehmbar. Mehr als einmal befürchtete er, vom Weg abgekommen zu sein, fand nach einigen angespannten Momenten der Neuorientierung aber immer wieder jene feine Spur, die sich kontinuierlich nach Westen zog.

Oh, wie er es liebte, wieder auf der Jagd zu sein. Sie erfüllte ihn zur Gänze, ergriff Besitz von ihm wie ein Rausch. Ein brillanter Jäger wurde man nicht ohne Grund. Ohne Grund wurde man nicht mal ein durchschnittlicher Jäger – obwohl es derer mehr als genug gab. Aaron war zweifellos einer der besten. Er lebte die Jagd, hatte sich ihr voll und ganz verschrieben. Für ihn war sie sein Schicksal, seine Bestimmung.

Wie ein böser Schatten eilte er durch die Nacht.

Der einzige Grund, weshalb er sich in all der Zeit nicht weiter auf der Leiter aus Einfluss und Gunst emporgearbeitet hatte, war der, dass er noch nie die geringste Lust dazu verspürt hatte. Er sah es nicht ein, jeden seiner Schritte sorgsam zu planen, um den bestmöglichen Eindruck bei den Oberen zu hinterlassen – nur um dann pausenlos fürchten zu müssen, jemand könnte ihm diese Position wieder streitig machen. Das sollten schön die anderen tun. Schon vor langer Zeit hatte er sich von jeglichen familiären Bündnissen losgesagt.

Er hielt sich nicht gerne an Regeln. Mit anderen Worten,

Aaron war schon ein Punk gewesen, als die Gitarre noch nicht mal erfunden war. Seine Lederjacke war da nur das letzte Tüpfelchen auf einem großen, grausamen und blutgetränkten I.

Amüsiert hatte er in den letzten Wochen Balthasars Ränkespiel beobachtet. Aaron wusste schon lange, dass Balthasar einen Putsch plante, hatte jedoch penibel darauf geachtet, sich aus jeglichen Plänen und Verschwörungen rauszuhalten. Noch länger wusste er nämlich, wie Michael auf solche Meutereiversuche zu reagieren pflegte. Und das aus nächster Nähe mitzuerleben, überließ er liebend gerne Balthasar.

Stattdessen wandte er sich, nun wieder allein unterwegs, seinen eigenen Interessen zu. Die Nacht verblich in einem kühlen Morgen. Er jagte weiter, obschon die Sonne längst aufgegangen war. Er war einer der wenigen, die dazu in der Lage waren. Zu seinen bevorzugten Anekdoten gehörte seit einigen Jahren, dass die Filmfigur »Daywalker« von ihm inspiriert worden war. Auch ihn hielt das Sonnenlicht nicht von der Jagd ab. Auch er hatte mehr als einen in Ungnade gefallenen Vampir zur Strecke gebracht. Diese Fähigkeit war ein Grund, weshalb er die Theorien um die angebliche Überlegenheit des Herbstbringers stets verspottet hatte. Für ihn war das Mädchen nicht besonders, nur weil sie nicht von allzu grellem Sonnenschein verzehrt wurde wie ein Eiswürfel. Aber so war das mit Legenden. Man glaubte viel zu viel, ohne es zu hinterfragen. Für ihn gab es nur das, was er mit eigenen Augen gesehen hatte. Und das war ein störrisches Mädchen, das zu schwach für seine Art war.

Hinter einer Anhöhe fand er, wonach er gesucht hatte. Auf den letzten Kilometern war die Spur wieder stärker geworden, hatte sich der würzige Geruch des Herbstes deutlicher in der von Feldern und kleinen Wäldern geprägten Landschaft niedergelassen. Er wusste, dass er am Ziel war.

Er blickte auf ein betagtes Anwesen, umgeben von ausladenden Bäumen. *Sheltering Tree* verkündete das Schild über dem Messingtor.

Kinder spielten in der tief stehenden Nachmittagssonne auf dem Rasen.

Vergiss dabei nie, dass wir uns ihr weder zeigen noch dem Mädchen oder ihrer Familie etwas antun dürfen, drang Balthasars Zurechtweisung in sein Bewusstsein. Ein Hochgefühl durchströmte ihn, das er immer dann verspürte, wenn er von dem Erfolg seiner Jagd überzeugt war.

Balthasar hatte nichts über Bekannte oder Freunde gesagt.

Emily war schon einige Stunden zu Hause in ihrem Zimmer, bis sie sich dazu überwand, Jake anzurufen. Der Briefumschlag lag verschlossen auf ihrem Schreibtisch. Von Zeit zu Zeit beäugte sie ihn wie eine giftige Spinne, machte aber keine Anstalten, ihn zu öffnen. Sie hatte Angst vor dem Inhalt.

Es dämmerte bereits, und schwindendes Licht hüllte die zunehmend kahlen Bäume im Vorgarten in zwielichte Schatten.

So viele Szenarien sie in ihrem Kopf auch durchgespielt hatte: Über kurz oder lang hatte sie sie alle wieder verworfen und beschlossen, sich keine weiteren Gedanken darüber zu machen, bis sie Jake persönlich gegenüberstehen würde.

Sie war immer noch hin- und hergerissen. Einerseits wollte sie am liebsten gleich mit ihm reden, andererseits würde sie gerne noch einen Tag länger so tun, als ob nichts passiert wäre. Den ganzen Tag war sie wirren Gedankengängen gefolgt, während ihr Verstand versucht hatte, das alles zu verarbeiten. Ohne Erfolg. Wie sollte man verarbeiten, dass man ein Vampir war? Selbst den Dracula-Roman hatte sie zur Hand genommen und nach wenigen Seiten resigniert weggelegt. Von dieser Seite war keine Hilfe zu erwarten.

Was hatte Elias gesagt? Viele würden sie für das, was sie getan hatte, als Verräterin bezeichnen. Und einige als Heldin. Was, bitte schön, konnte auch nach so langer Zeit noch aktuell sein? Was hatte sie nur getan?

»Dies ist der Anschluss der Grahams. Bitte hinterlassen Sie eine Nachricht, und lesen Sie ein Buch, bis wir Sie zurückrufen«, plärrte die Stimme von Jakes Großvater unnötig laut aus dem Hörer. War es nicht immer so, wenn man sich nach viel zu langem Hadern für etwas entschied?

Sie hasste es, auf Anrufbeantworter zu sprechen, und legte noch vor dem Piepton auf.

Als sie wenig später hellwach im Bett lag, grübelte sie immer noch über Jake nach. Beschämt stellte sie fest, dass sie seit ihrer Begegnung mit Elias nur in Zusammenhang mit einem schlechten Gewissen und dem bitteren Gefühl, ihn zu hintergehen, an ihn gedacht hatte.

Was würde nur aus ihnen werden?

Am nächsten Tag fehlte Jake in der Schule, und auch nachmittags begrüßte sie nur der Anrufbeantworter am Telefon.

Wo steckte er nur? War ihm etwa was passiert? Sie beschloss, bei ihm zu Hause vorbeizugehen.

Balthasar näherte sich dem Gebäude. Wie immer spürte Michael ihn schon lange, bevor er das Gebäude betrat. Er stand wieder am Fenster, tief in Gedanken versunken. Einen Vampir zu töten war eine komplizierte Angelegenheit. Es war zwar nicht prinzipiell unmöglich, aber doch so schwer, dass man sich nur dann zu solch einem Schritt entschloss, wenn es die wirklich letzte Möglichkeit war.

Michael war sich dessen bewusst. Er sah aber keinen anderen Weg. Dass Balthasar Machtgelüste hatte und nach seiner Position trachtete, war gar nicht das Verwerfliche. Im Gegenteil: Er wusste derartige Ränkespiele um Einfluss und Stellung durchaus zu schätzen. Nicht umsonst stand er an der Spitze eines der ältesten Vampirclans, der selbst die grausamsten Fehden überstanden hatte, ohne etwas von seiner Macht einzubüßen. Um diese Macht zu erhalten, hatte auch Michael mehr als eine Intrige spinnen, mehr als einen Verrat begehen müssen.

Nein, das Problem war anderer Natur: Balthasar wusste zu viel. Michaels Versuch, das Orakel zu manipulieren, der beschämende Gassenmord sowie die Kenntnis gewisser Kapitel aus Michaels Vergangenheit, machten ihn in Kombination mit seinem Streben nach Macht zu einem gefährlichen Kontrahenten. So kurz vor dem Ziel von einem Mitglied der eigenen Familie aus dem Weg geräumt zu werden, entsprach nicht Michaels Vorstellung von ewigem Ruhm und beinhaltete eindeutig zu viel römisch-antike Dramatik.

»Er hat die Eingangshalle betreten, Sir«, meldete Radcliffe. Michael und sein Diener Radcliffe blickten auf ein mehr als zweihundertjähriges Arbeitsverhältnis zurück. Mittlerweile war er fast so weit, den ergebenen Angestellten als nicht völlig wertlos zu betrachten. Obwohl er untot war.

Einen Vampir aus ihm zu machen, kam für Michael dennoch nicht infrage.

»Ich weiß. Ist alles bereit?«

»Nun ja, Sir. Ich habe sie gründlich eingewiesen. Sie sind auf ihren Plätzen und warten auf Ihr Zeichen.«

»Was danach mit ihnen geschieht, ist auch geklärt?«

Radcliffe deutete ein Nicken an. »Sie werden das Gebäude nicht wieder verlassen.«

»Zumindest nicht in einem Stück«, murmelte Michael und verließ das holzgetäfelte Arbeitszimmer. Dieser Leckerbissen sollte die Sirenen fügsam stimmen.

Er gestand sich ungern ein, dass er eine direkte Konfrontation mit Balthasar nicht zwangsläufig als Sieger überstehen würde. Denn es war weitaus mehr nötig als ein Holzpflock im Herzen, um einen Vampir unschädlich zu machen.

Der Aufzug riss ihn aus seinen Gedanken. Er konnte es nicht ausstehen, wenn das passierte. Seine Gedanken waren in letzter Zeit der einzige Ort, an dem er sich noch wohlfühlte.

»Was gibt es denn schon wieder?« Balthasar klang genervt, aber, wie Michael erfreut feststellte, auch ein wenig unsicher.

»Wie kann es sein, dass sich der Herbstbringer hier in London aufhält, es uns aber nur als Gerücht zu Ohren kommt?«, fragte Michael anstelle einer Begrüßung. »Das Mädchen könnte sich immer noch in der Stadt befinden, und dennoch stehen wir hier und unterhalten uns, anstatt uns um sie zu kümmern. Wieso, Balthasar?«

Balthasar hatte seinen langen Mantel abgelegt und sich an der Bar bedient. »Ich habe keine Ahnung«, sagte er nach einem bedächtigen Schluck Rotwein. Mit traumwandlerischer Sicherheit hatte er sich den teuersten Tropfen ausgesucht. Wie Michael diese aufgesetzte Dekadenz hasste.

»Wo warst du überhaupt?«

»Ich war auf der Suche nach ihr. Wo denn sonst?«

»Nun, anscheinend haben du und dieser schäbige Jäger keinen Erfolg gehabt«, erwiderte er abfällig. Seit Balthasars Ankunft hatte er ihn keines Blickes gewürdigt. Jetzt drehte er sich in einer fließenden Bewegung um und blickte ihn direkt an. »Wieso hat das Orakel keine Prophezeiung über ihren Aufenthaltsort ausgesprochen?«

»Im Gegensatz zu dir war ich lange nicht bei ihr.« Balthasar verengte die Augen. »Solltest du dir diese Frage nicht selbst beantworten können? Wer weiß, welche Lügen dir das Orakel in der Dunkelheit anvertraut hat.«

Da war er gewesen. Der letzte Beweis. Für einen kurzen Moment hatte Michael hinter Balthasars Fassade blicken können und die Wahrheit gesehen.

Balthasar wusste Bescheid.

Nun gab es kein Zurück mehr.

»Ah, interessant, dass du das sagst.« Jetzt schritt auch Michael an die Bar und griff zu einer Whiskeyflasche. »Nun, als Lügnerin ist das Orakel nicht gerade bekannt, nicht wahr?«

Balthasar reagierte nicht. Er schaute konzentriert aus dem Fenster. Michael konnte seine Gedanken beinahe rattern hören.

Getragene klassische Musik verlieh der Stille zusätzliche Schwere. Hätte Balthasar genauer hingehört, wäre er vielleicht Hals über Kopf geflohen. Michael entschied sich nie wahllos für Musik.

»Nein, ist sie nicht«, beantwortete Michael genüsslich seine eigene Frage. Er hatte das leise Klicken vernommen, als Radcliffe die schweren Flügeltüren von außen verriegelt hatte.

»Bisweilen ist es etwas schwierig, die Wahrheit aus ihren Aussagen herauszulesen. Gewiss, nach all den Jahren entwickelt man ein Gespür für ihre Weissagungen …«

Bemüht ruhig erwiderte Balthasar: »Und, was willst du mir damit sagen? Was ist schon dabei, dass es das Orakel nicht vorhergesagt hat? Vielleicht hast du ja auch nur ihre Prophezeiung falsch verstanden.«

»Oh, das ist durchaus möglich.« Michael trat näher an Balthasar heran und blickte ihm tief in die Augen. »Viel interessanter fand ich allerdings, was das Orakel über dich gesagt hat.«

Bemerkenswert schnell legte Balthasar einen Schalter um. Eine Sekunde lang wirkte er wie vom Blitz getroffen, dann hatte er sich wieder im Griff. »Und? Überrascht es dich etwa?«, zischte er. Er wusste genau, dass er sich jedes weitere Wort sparen konnte.

Michael deutete ein Kopfschütteln an und kräuselte seine schmalen Lippen. »Nein. In gewisser Weise macht es mich sogar stolz. Oder sagen wir besser: Es würde mich stolz machen, wenn du nicht versagt hättest.«

Dunkle Chöre schwollen an.

»Versagt!«, spuckte Balthasar aus. »Unsere Definition dieses Begriffes unterscheidet sich erheblich. Schäbige Gassenmorde sind in meinen Augen nicht gerade das, was einem Oberhaupt gut zu Gesicht steht.«

Ohne Michael aus den Augen zu lassen, leerte er sein Glas mit einem tiefen Zug.

»Und, wen hast du angeheuert?«, fragte er bemüht beiläufig. »So feige wie du bist, wirst du es doch niemals alleine tun. Geschweige denn schaffen …«

»Was für ein erbärmlicher Versuch, zynisch zu sein – wie immer.« Michael schnalzte mit der Zunge. »So mangelhaft wie dein Putschversuch. Und jetzt zeig mir, was du weißt.« Auf einmal war Michael ganz dicht bei Balthasar. In der grausamen Parodie einer liebevollen Geste strich er seinem regungslosen Gegenüber über die Wange. »Gib dein Wissen lieber freiwillig preis. Wo ich doch so schwach bin, habe ich bestimmt Verstärkung im Rücken, falls du dich als … unkooperativ erweisen solltest.«

Balthasar starrte ihn nur stumm an.

»Ganz der Märtyrer, was? Glaub mir, da habe ich schon ganz andere Kaliber gesehen.«

Ohne ein weiteres Wort packte er Balthasars Kopf mit seinen gepflegten Händen und blickte ihm tief in die Augen. »Ah ja, immerhin etwas«, sagte er wenig später. »Nun entschuldige mich. Du weißt, was jetzt kommt. Nicht sehr schön anzusehen.«

»Elender …« Weiter kam Balthasar nicht. Wie aus dem Nichts tauchten neben ihm zwei hünenhafte Gestalten aus den tiefen Schatten des Raumes auf.

»Und ich dachte wirklich, du würdest mich zu einem stolzen Vater machen«, sagte Michael leise. Dann verließ er den Raum durch eine verborgene Tür. Balthasars Flehen wurde unter dem stürmisch aufwallenden Klagen von Mozarts *Requiem* begraben.

Sie war nicht zu Jake gegangen. Stattdessen hatte sie sich in der Stadt rumgetrieben und war schließlich im Park gelandet.

Für kurze Zeit hatte sie versucht, dem Herbstwind zuzuhören. Aber sie kam sich dabei total lächerlich vor und hatte aufgehört, dem wehklagenden Pfeifen eine Bedeutung abzuringen.

Schon jetzt wirkten die Ereignisse in London wie ein surrealer Traum. Konnte sie überhaupt sicher sein, dass sie Elias wirklich begegnet war? So bereit sie auch war, Zweifel an seinen Enthüllungen zuzulassen: Sie hatte keine. Sie wusste, dass er die Wahrheit gesagt hatte. Sie wusste ebenso, dass sie bald durchdrehen würde, wenn sie mit all diesen Gedanken noch länger allein sein musste.

Bedächtigen Schrittes machte sie sich auf den Heimweg.

Ein Stück von ihrem Zuhause entfernt blieb sie stehen. Sie betrachtete das kleine Häuschen mit dem gepflegten Garten und den erhellten Zimmern, als wäre es das erste Mal. Es dämmerte ihr, dass sie nicht in Woods End bleiben konnte.

Der Klang eines Windspiels drang verloren durch die Nacht.

Kälte umfing sie. Doch es war nicht etwa der kühle Abend, der sie frösteln ließ. Erst jetzt, im Angesicht des Verlusts, realisierte sie, wie geborgen und sicher sie sich hier gefühlt hatte.

Sie fasste einen Entschluss. Eigentlich waren es sogar zwei. Wenn Jake morgen wieder nicht in der Schule auftauchte, würde sie zu ihm gehen. Großvater hin oder her.

Der zweite Entschluss kostete sie sogar noch mehr Überwindung.

»Sophie?« Sie klopfte leise an die Tür. »Bist du noch wach?«

Keine Reaktion. Dann, als Emily gerade aufgeben wollte, öffnete sich die Tür.

Sophie lugte heraus. »Jetzt wieder«, sagte sie und gähnte hemmungslos. »Was ist denn?«

»Kann ich reinkommen? Ich … wir … ich muss mit dir reden.«

Sophie machte ein Gesicht, das »Ach, jetzt auf einmal?« zu sagen schien, öffnete die Tür dann aber ganz und ließ sie herein.

Allem Anschein nach hatte Sophie die Klassenfahrt gutgetan. Sie hatte einige verwackelte Fotos von sich, Lucy und Sarah aufgehängt. Es sah ganz so aus, als hätte sie neue Freundinnen gefunden.

»Hör mal, ich weiß, dass ich mich in London ziemlich bescheuert verhalten habe, und das tut mir leid.«

Sophie schwieg.

»Jedenfalls«, fuhr Emily nach einiger Überwindung fort, »muss ich dir einiges erzählen, von dem ich nicht weiß, wie ich es ausdrücken soll.«

»Wenn das irgendwas mit Jake und deinem Date in London zu tun hat …«

»Was? Date?«, unterbrach Emily. »Nein! Zumindest nicht so, wie du denkst.« Zu spät merkte sie, dass dies genau die Art von Satz war, die man immer dann benutzt, wenn es *genau* so war, wie jemand dachte. Oder schlimmer.

»So, so«, säuselte Sophie mit einem wissenden Grinsen. »Da bin ich ja mal gespannt.«

Emily verdrehte die Augen. Typisch Sophie. »Sophie, bitte. Lass mich ausreden, okay?«

Sophie machte eine Geste, als würde sie ihren Mund verschließen.

»Okay.« Emily atmete tief durch. Noch wusste sie nicht, was oder wie viel sie Sophie erzählen sollte. Unruhig lief sie im Zimmer auf und ab. »Ich habe mich in London tatsächlich mit jemandem getroffen. Erinnerst du dich, als ich euch in der U-Bahn kurz verloren hatte? Dort bin ich auf jemanden gestoßen, der mich erkannt hat. Sophie, er wusste, wer ich bin! Jetzt weißt du, warum ich den Tag über so merkwürdig war … oder noch merkwürdiger«, hängte sie mit einem schwachen Lächeln an, als sie Sophies Gesichtsausdruck bemerkte. Erstaunlicherweise hielt sich ihre Schwester noch immer an ihr Schweigegelübde.

»Er hat mir einen Treffpunkt für abends genannt. Ich musste einfach herausfinden, was er über mich wusste. Also habe ich mich aus dem Zimmer geschlichen und mich in diesem Klub ein paar Straßen weiter mit ihm getroffen. Er konnte – oder wollte – mir nicht allzu viel über mich sagen, aber das, was er mir erzählt hat, ist eindeutig gewesen: Er kennt mich von früher!«

Mit einem Seufzer ließ sie sich auf das Bett fallen. Auch wenn sie während ihrer Erzählung spontan beschlossen hatte, Sophie ihre anderen Erkenntnisse zunächst vorzuenthalten, hatte es dennoch gutgetan, jemanden zumindest teilweise einzuweihen.

»Und jetzt?«, fragte Sophie nach einigen Momenten der Stille.

»Und jetzt was?«

»Na, was wirst du jetzt tun? Wirst du ihn wiedersehen? Und was hast du überhaupt herausgefunden?«

»Ich weiß nicht. Es ist kompliziert.« Was für eine Untertreibung, dachte sie bitter. »Ein Teil von mir brennt darauf, mehr über mich, über meine Familie herauszufinden. Ein anderer Teil weiß, dass meine Familie hier ist … bei euch.«

Das erste Mal seit Langem spürte Emily wieder Wärme und Zuneigung im Blick ihrer Schwester.

»Ich war so eine idiotische Egoistin!«, brach es aus Sophie heraus. »Die ganze Zeit habe ich nur an mich gedacht und mich von deinem Verhalten gestört gefühlt. Wie schwer es für dich sein muss, hier ein neues Leben anzufangen, ist mir nie in den Sinn gekommen.«

»Schon gut«, beruhigte Emily sie. »Darum ging es mir eigentlich gar nicht. Ich will nur, dass du verstehst, warum ich zurzeit so neben mir stehe.«

Sophie nahm sie als Antwort in die Arme. Auch das hatte sie sehr lange nicht mehr getan. Es fühlte sich gut an, wenigstens eine Verbündete im Kampf gegen die grauen Fluten der Vergangenheit an ihrer Seite zu wissen. Auch wenn sie es immer noch nicht wagte, Sophie die ganze Wahrheit zu erzählen. Erst musste sie mit Jake reden.

Jake.

Da war er wieder. Hartnäckig machte er es sich in ihrem Kopf bequem und verdrängte alle anderen Gedanken. Oder fast alle. Die, die spitze Zähne und rote Flüssigkeiten zum Inhalt hatten, ließen sich selbst von ihm nicht verscheuchen.

»Weißt du eigentlich, wo Jake steckt?«

»Nein, keine Ahnung.« Sie grinste. »In letzter Zeit warst du meine verlässlichste Quelle, was ihn angeht.«

»Hm«, machte Emily nur.

»Sag bloß, du hast noch nichts von ihm gehört, seit wir wieder da sind? Das sieht ihm aber gar nicht ähnlich. Ich meine, ich hätte erwartet, dass er bei uns vor der Haustür sitzt, wenn wir zurückkommen. Wie ein kleiner treuer Hund.«

Bei dieser Vorstellung musste selbst Emily grinsen. »Na ja, es geht niemand ans Telefon, in der Schule war er auch nicht.«

»Jetzt wo du es sagst: In der Bibliothek war heute nur eine Vertretung, nicht der alte Graham. Nicht, dass ich es bedauert hätte …«

»Ist es normal, dass Jake manchmal einfach verschwindet? Ich meine, sollten wir uns vielleicht Sorgen machen?«

»Ach, das glaube ich nicht. Sein Opa hat ihn wohl nur auf einen seiner seltsamen Ausflüge mitgenommen.«

Als sie sich später unruhig im Bett hin und her wälzte, hoffte sie, dass Sophies grenzenloser Optimismus diesmal gerechtfertigt war.

Wirre Bilder von Wesen aus verrottetem Blattwerk und Winden, die Worte vor sich hertrieben wie gefallenes Laub, begleiteten sie in unruhigen Halbschlaf.

Draußen hallte das Windspiel einsam durch die Nacht.

10

Michael war nicht gerade gesprächig. Wenn man seit so langer Zeit auf dieser Welt wandelte wie er, ganze Sprachkulturen kommen und gehen sehen und die Entwicklung der englischen Sprache von ihren ersten Ursprüngen vor weit mehr als tausend Jahren bis in die Gegenwart leibhaftig miterlebt hatte, redete man nur noch, wenn es sich wirklich lohnte. Was so gut wie nie der Fall war.

Es kam vor, dass er tagelang kein Wort von sich gab. Diese Tage genoss er ganz besonders. Dafür dachte er umso mehr nach, zog sich in den letzten Jahren immer öfter aus der Öffentlichkeit und in seine Gedankenwelt zurück. Viele alte Vampire kapselten sich auf diese Weise Stück für Stück von einer Welt ab, mit der sie nichts mehr zu tun haben wollten.

Niemand kann eine endlose Menge von Eindrücken und Erfahrungen speichern.

Noch nicht einmal Michael.

Schweigend strich er durch lange Korridore wie der immer länger werdende Schatten der vergehenden Sonne. Balthasars Schreie waren längst verstummt, Mozarts tragisches *Requiem* zu seinem tosenden Finale gekommen.

Er hatte das Antlitz dieser Welt länger terrorisiert als die meisten anderen Vampire. Er hatte gesehen, wie Weltreiche aufstiegen und zu Staub zerfielen, war bei der Krönung hochgelobter Könige anwesend gewesen, die bereits wenige Generationen später vor lauter Schande aus den Chroniken getilgt und dem Vergessen übereignet worden waren.

Er hatte Kriege gefochten, auf der Seite der Sieger wie auch der Verlierer. Er wusste mehr als jeder andere, dass Geschichte von Siegern geschrieben wurde. Von Mördern, Verrätern, Intriganten, Wahnsinnigen, Ehebrechern, Bösewichten; ebenjenen, die schon immer auf dem Thron der Welt saßen. Personen wie ihm.

Über all jene Zeitalter hinweg hatten Michael und andere seiner Art verhindert, dass die Vampire Eingang in die Chroniken, Nationalepen und Geschichtsbücher fanden. Dafür hatten sie die Albträume bevölkert.

Bis man sie auch aus ihnen verdrängt hatte.

Vieles war nicht nach Plan verlaufen. Noch immer führten sie eine Schattenexistenz, beschränkten die Kontakte zur Welt der Menschen schon lange auf einige wenige Aufgeklärte, unterdrückten ihren Jagdtrieb und bekriegten sich stattdessen gegenseitig. Wann die Menschen aufgehört hatten, an sie zu glauben, konnte er gar nicht mehr genau bestimmen.

Glauben … Michael schüttelte verbittert den Kopf. Man musste nicht an etwas glauben, das es gab. Es war eine typische Eigenschaft dieser armseligen Spezies Mensch: Glauben an die Wissenschaft, Glauben an das Gute, Glauben an Gott …

Oh ja, Gott. Es gab so viele offene Rechnungen, doch er entledigte sich lieber seines Nachwuchses. Nach allem, was er geopfert hatte, kam ihm das reichlich lächerlich vor. Sie hatten so viel aufgegeben, hatten sich immer in Sicherheit gewiegt, die Menschen jederzeit wieder unterdrücken zu können. Dann war *sie* aufgetaucht und hatte ihre Welt ins Wanken gebracht. Noch immer hatten die verhärteten Fronten der vier Familien regelmäßig Verluste zu beklagen. Der kleine Sandkastenstreit der Montagues und Capulets war nichts dagegen.

Er blieb vor einem beeindruckenden Porträt stehen. Es zeigte ihn vor einem dunklen Hintergrund, die Stirn in tiefe Falten gelegt. Der große Edward Burne-Jones hatte es, zunächst widerwillig, dann plötzlich überaus enthusiastisch vor über hundertfünfzig Jahren angefertigt – und doch hätte es auch letzte Woche entstanden sein können. Michael war keinen Deut gealtert. Der glorreiche Segen der Unsterblichkeit. Wirklich verstanden hatte er es immer noch nicht. Es gab Vampire, die einige Jahrhunderte jünger waren als er und dennoch nicht mehr als ein Schatten ihrer einstigen Gestalt. Erbärmliche Greise, die in einer sich stetig verändernden Umgebung stur gegen Hauswände liefen, weil es hier vor zweihundert Jahren noch einen Durchgang gegeben hatte. Er vermutete, dass es etwas mit Blut zu tun hatte, mit Willenskraft. Unsterblichkeit war nicht einfach. Sie hatten einen hohen Preis dafür bezahlt, als sie sich gegen ihren Herrscher gestellt hatten. Und doch schien das Pfand ihrer Seele ein verschwindend geringer Preis für die Hoheit über diese Welt bis ans Ende der Zeit. Gedankenverloren betrachtete er das Bild.

Nox nostra est stand in schweren Lettern darunter. Uns gehört die Nacht …

Er lachte. Ein heiseres, unnatürliches Geräusch, das sich selbst darüber wunderte, aus dieser Kehle gekrochen zu sein.

Die Zeiten hatten sich wirklich geändert. Wo waren sie hingekommen, dass er sich in einer dreckigen Gasse an ungenießbarem Blut gütlich tat wie ein feiger Meuchelmörder?

Das Lachen verstummte so abrupt, wie es begonnen hatte.

Er, Anführer der ersten Vier, in solch einem unwürdigen Zustand! Auch er hatte jenen verspottet, der vor endlosen Zeitaltern noch vor ihnen versucht hatte, den Fesseln zu entkommen. Wie hatten sie sich über seine eifersüchtige Rebellion amüsiert und ihm gegenüber ihren eigenen Plan verherrlicht. Sicher, er war verdammt worden und hatte seine gerechte Strafe erhalten.

Doch wo stand er jetzt? Und wo standen sie?

Er ballte die Hände zu Fäusten und eilte weiter.

Alpha und Omega hatte Michael schon immer sein wollen, hatte diese Grundmaxime stets auf offiziellen Dokumenten, seinem Testament und auf vielen Porträts verewigt.

Der Anfang und das Ende.

Und während er zweifellos am Anbeginn seiner Art stand, hing seine einzige Möglichkeit, auch ihr Ende zu sein, von dem Erfolg seines wohl wichtigsten Kampfes ab.

So konnte es nicht weitergehen. Direkt nach Schulschluss machte Emily sich zu Jake auf. Mittlerweile war es ihr sogar egal, ob sie seinem Großvater begegnen würde. Sie machte sich mittlerweile große Sorgen um ihn.

Sie klingelte, zur Hälfte darauf gefasst, Mr Graham gegenüberzustehen, zur anderen Hälfte in einer Welt aus Herzklopfen, stürmischen Umarmungen, Zuneigungsbekundungen. Sie würde ihm sagen, wie oft sie seine CDs in London gehört hatte, er würde erzählen, wie schrecklich es ohne sie in Woods End gewesen war …

Stattdessen passierte gar nichts.

Sie klingelte erneut, diesmal deutlich vehementer.

Hartnäckig ließ sie ihren Zeigefinger in kurzen Abständen auf den Klingelknopf prallen. Wenn, dann wollte sie wenigstens sichergehen, dass er *wirklich* nicht zu Hause war.

Die Tür öffnete sich.

»Hallo.« Jake sah schrecklich aus. Tiefe Augenringe durchfurchten sein Gesicht, die Haare hingen wirr an den Wangen herab. Er blinzelte in das schwache Licht des regnerischen Tages, als wäre es strahlender Sonnenschein.

Von Herzklopfen keine Spur.

Wer ist hier der Vampir?, dachte sie in einem Anflug von Galgenhumor. »Jake, um Himmels willen, was ist passiert?«, fragte sie dann. Das laute Geräusch schien ihn aufzurütteln. Gehetzt blickte er an Emily vorbei, zog sie dann in das diffuse Halbdunkel und ließ die Tür krachend ins Schloss fallen. Beunruhigt registrierte Emily, dass die schwere Tür gleich mehrere Schlösser aufwies und Jake alle verriegelte. Dann entspannte er sich ein wenig.

»Jake, sag doch was! Du machst mir Angst!«

Er lächelte schief. Das tat er immer, wenn es eigentlich nichts zu lachen gab. Emilys Körper quittierte es mit einer Gänsehaut. »Tut mir leid. Ich … ich bin froh, dass du hier bist. Gott, wie hast du mir gefehlt!« Mit diesen Worten nahm er sie in die Arme. Emily ließ sich für einen Moment fallen, gab sich der Vorstellung hin, dass sich nichts ändern würde.

»Wer fängt an?«, flüsterte sie dann, ohne sich von Jake zu lösen. Er atmete schwer, lockerte seine Umarmung und sah ihr ernst in die Augen. Dann küsste er sie lange und leidenschaftlich.

»Du«, sagte er mit belegter Stimme.

Sie atmete tief durch. In einem Moment wusste sie noch

nicht, wo sie anfangen sollte, im nächsten sprudelte es einfach aus ihr heraus.

Während ihrer Erzählung war Jake zunehmend blasser geworden – sofern das überhaupt noch möglich war. Er kauerte auf dem Sessel im Wohnzimmer und blickte starr geradeaus.

»Wer weiß noch davon?« Seine Stimme klang brüchig und müde.

»Niemand«, erwiderte Emily verwundert. Sie hätte eine andere Reaktion erwartet. »Ich habe Sophie nur erzählt, dass ich jemanden getroffen habe, der mich von früher kennt. Das ist alles.«

»Gut.« Da war es wieder, sein schiefes Lächeln. »Zumindest weiß ich jetzt, dass ich nicht verrückt geworden bin und mich die letzten Tage vor Spukgestalten versteckt habe, die nur in meinem Kopf existieren.« Deswegen also die geschlossenen Rollläden. »Puh«, machte er dann. »Ein ziemlicher Hammer, was?«

Sowenig ihr zum Lachen zumute war: Bei dieser Äußerung musste sie schmunzeln. »Das kann man wohl sagen. Das Verrückte ist, dass ich es noch nicht eine einzige Sekunde angezweifelt habe.«

»Ich auch nicht«, sagte Jake zu ihrem Erstaunen. »Seit du weg warst, ist hier eine Menge passiert, Emily. Mein Opa ist nicht wieder aufgetaucht. Er hätte schon vor Tagen zurück sein sollen und hat sich genauso lange nicht mehr gemeldet. Ich habe in der Bibliothek angerufen, und dort ist er wie geplant aufgebrochen. Sonst kommt er immer sofort nach Hause. Ich weiß, dass ihm was passiert ist. Und ich weiß auch, dass es etwas mit dem zu tun hat, hinter dem er her war.

Vor ein paar Tagen sind zwei sehr seltsame Männer um

das Haus rumgeschlichen. Wir haben draußen eine Kamera, die Großvater für solche Fälle angebracht hat. Das waren keine Menschen! Ich habe es ihnen angesehen. Diese Kerle haben mir gehörig Angst eingejagt. Die nächsten zwei Tage habe ich mich im Keller versteckt, in Opas Panikraum, den kann man nahezu hermetisch abriegeln. Ich habe mich das ganze Wochenende nicht vor die Tür getraut und muss irgendwann das Zeitgefühl verloren haben. Ich dachte bis vorhin, es wäre Sonntag.«

»Jake, das ist ja schrecklich! Und du bist sicher, dass es …«

Die Stille, die folgte, war erstmals unangenehm.

»… Vampire waren, ja«, vervollständigte Jake den Satz. »Das weiß ich spätestens jetzt. Hey, jetzt denk bloß nicht, ich würde dich auf eine Stufe mit denen stellen. Egal was passiert – du bist immer noch du.«

Emily war Jake dankbar für diese Worte. Aber war sie wirklich noch die Emily, die Jake kannte? Die, in die er sich verliebt hatte?

»Was machen wir jetzt?« Jake schaute sie beinahe hilflos an. Es war offensichtlich, dass er keinen Plan hatte, wenn seine beste Idee darin bestanden hatte, sich im Keller zu verstecken.

»Das«, sagte Emily seufzend, »ist eine ziemlich gute Frage!«

Eine Weile saßen sie ratlos im Wohnzimmer.

»Wir könnten mal die Rollläden öffnen«, schlug Emily mit gezwungenem Optimismus vor. »Ich glaube, dir tut ein wenig Licht gut.«

»Und das von einer Vampirin!«, stieg Jake in die vermeintlich gute Laune ein. Sie hatten zwar kein Problem aus der Welt geschafft; aber immerhin mussten sie ihre Sorgen nicht mehr allein durch die Welt tragen.

»Solltest du nicht zur Polizei gehen?«, fragte Emily, nachdem sie das Haus aus seinem deprimierenden Dämmerzustand befreit hatten und Jake kurz unter die Dusche gesprungen war.

»Eigentlich schon.« Jake rubbelte sich die Haare trocken. »Das Einzige, was mich davon abhält, ist, dass ich keine Beweise habe. Natürlich kann ich ihn als vermisst melden, doch hier in Woods End würde das kein Polizist ernst nehmen. Sie wissen doch alle, wer mein Großvater ist und welche verrückten Theorien er verbreitet hat.«

»Die verrückte Theorie über die Existenz von Vampiren zum Beispiel?«

Jake lachte bitter. »Genau. Ich wollte noch ein paar Tage abwarten und dann meinen Eltern Bescheid sagen.« Wirklich überzeugt klang er nicht. Wieder zwang er sich zu einem Lächeln. Diesmal gelang es ihm schon besser. »Tut mir leid, ich fürchte, in diesem ganzen Durcheinander ist irgendwie untergegangen, dass das Rätsel um deine Vergangenheit zumindest teilweise gelöst ist. Also bist du wirklich das Mädchen aus dem Zeitungsartikel.«

Sie nickte. Bei der Erinnerung an die seltsame Zeitungsmeldung wurde ihr klar, wie weit sie tatsächlich davon entfernt war, besagtes Rätsel zu lösen.

»Meine Freundin ist ein Vampir.« Er probierte den Satz, schmeckte ihn wie ein exotisches Lebensmittel. »Mann, ich weiß gar nicht, was ich abgefahrener finden soll: diese Tatsache oder dass ich nicht ausflippe.«

»Vielleicht ist es einfach zu viel?«

»Vielleicht. Ich hätte trotzdem nicht gedacht, dass man so eine Enthüllung einfach akzeptiert. Für dich ist es auch ganz schön viel, oder?«

»Tja. Es ist ein ziemlich komisches Gefühl, fast zweihundert Jahre alt zu sein. Vor allem, weil ich mich an nichts erinnern kann. Gut, knapp drei Jahre und diese paar Minuten, die ich in London nacherlebt habe. Das war surreal.«

»Ah. Ja. Äh …«, stotterte Jake. »Dieser … Typ …«

»Elias«, half Emily ihm.

»Gut, dieser Elias – er kannte dich also von früher? Das muss ein ziemlicher Zufall gewesen sein, in dieser riesigen Stadt genau auf ihn zu treffen.«

»Das kannst du laut sagen. Ich weiß nicht, ob ich heute hier wäre, wenn er nicht plötzlich aufgetaucht wäre.«

Jake presste die Lippen aufeinander. »Hmm«, brummte er. Ihm gefiel dieser Teil der Geschichte anscheinend nicht. »Und du hast ihm einfach geglaubt? Ich meine, er hätte sonst wer sein können.«

»Jake, Elias hat mich vor irgendetwas bewahrt, das in diesen Tunneln haust. Ich wollte nicht stehen bleiben, bis ich mit eigenen Augen sehen konnte, was es war!«

Er blickte betreten zu Boden. »Tut mir leid. Das war blöd von mir.«

»Das denke ich auch«, schnappte sie schärfer als beabsichtigt. Aus irgendeinem Grund ertrug sie es nicht, dass jemand etwas gegen Elias sagte. Er hatte sie schließlich gerettet, oder etwa nicht?

»Hör mal«, sagte sie dann deutlich versöhnlicher, »das mit deinem Großvater tut mir sehr leid. Aber ich bin froh, dass es dir gut geht. Lass uns heute Abend telefonieren, okay? Vielleicht können wir uns ja noch mal sehen.«

»Wo willst du denn hin?«, fragte Jake ehrlich erstaunt. Bis vor fünf Minuten hätte sich Emily dieselbe Frage gestellt. Die letzten Tage hatte sie stets nur eines gewollt: Jake. Sie wollte seine Nähe spüren, mit ihm über alles reden, sich einfach geborgen fühlen. Aber jetzt wollte sie einfach nur noch allein sein. Allein mit ihren Gedanken. Mit ihrer Vergangenheit. Das Gespräch mit Jake hatte ihr klargemacht, dass sie in dieser Sache auf sich allein gestellt war. Und plötzlich hatte sie keine Angst mehr davor.

»Ich … ich muss nachdenken. Alleine«, erwiderte sie. Er sah sie verletzt an.

»Ruf an, wenn irgendwas ist. Ich brauche jetzt einfach ein paar Stunden für mich.«

Jake nickte, langsam, als würde er versuchen, es zu verstehen. »Gut«, sagte er mit brüchiger Stimme.

Regen tauchte die Straße in schmutziges Grau. Als ihre Füße über matschiges Laub hinwegschritten, hatte sie nicht zum ersten Mal das Gefühl, zu dieser Jahreszeit zu gehören wie der Wind, der Regen und die frühe Dämmerung.

Mitten im Spiel hielten die Waisenkinder inne und blickten den Fremden verunsichert an. Es kam nicht oft vor, dass sich Männer auf das bewaldete Grundstück des *Sheltering Tree* verirrten. Und dieser Mann machte ihnen Angst. Er grinste wie der böse Wolf.

Bälle rollten ziellos ins Leere, zaghaft blickten Kinderaugen aus ihren Verstecken. Die, die direkt vor dem Neuankömmling standen, rückten enger zusammen und starrten ihn in stummer Eintracht an.

»Hallo, Kinder«, säuselte er. »Seid ihr auch immer schön brav gewesen?«

Nach anfänglichem Zögern wippten viele kleine Köpfe auf und ab. Wenn sie in ihrer trostlosen Zeit im Waisenhaus eines gelernt hatten, dann, dass es sich immer auszahlte, diese Frage zu bejahen. Selbst dieser gruselige Mann könnte Süßigkeiten in seiner Jacke versteckt haben.

»Oh, wenn das so ist, muss ich euch vielleicht gar nicht bestrafen. Aber das werde ich später entscheiden. Ich hoffe, ihr habt die Wahrheit gesagt.«

Mit langsamen Schritten ließ er die verunsicherten Gesichter hinter sich und betrat das Waisenhaus.

Die gurgelnden Schreie, die kurz darauf zu den Kindern auf die Wiese hinausdrangen, ließen alle Süßigkeitenträume zerplatzen wie buntschimmernde Seifenblasen. Panisch stoben die kleinen Bewohner in alle Richtungen davon, um möglichst viel Abstand zwischen sich und die erstickten Schreie zu bringen.

Keine halbe Stunde später hatte Aaron das Grundstück hinter sich gelassen und befand sich auf dem Weg zurück nach Woods End. Ein lang ersehntes Hochgefühl durchströmte ihn, als er an das Chaos, den Schrecken und all das Blut dachte, das er hinterlassen hatte. Natürlich hätte er nicht vier Menschen töten müssen, um an diese eine Information zu kommen.

Wie ein unheilvoller Wind ließ er das *Sheltering Tree* hinter sich zurück. Er wusste, was er jetzt zu tun hatte. Und er dachte nicht im Traum daran, Balthasar einzuweihen. Dessen Befehl, die nächsten Tage untätig auf der Lauer zu liegen und auf ihn zu warten, war das Einzige, was seine vortreffliche Laune nach diesem Festmahl ein wenig trübte. Mit jedem weiteren Meter, dem er sich Woods End wieder näherte, wuchs sein Unwille, sich an Gesetze zu halten, die er sowieso noch nie verstanden hatte.

Wäre da nicht dieser elende Fluch gewesen, dessen Existenz selbst Aaron nicht anzweifelte. Nur ein hoffnungsloser Tor würde ihn infrage stellen. Er war der wirkungsvollste Fluch, von dem er jemals gehört hatte. Ein Fluch, ausgesprochen von den vier Ältesten, war mächtiger und schwerer zu brechen als alle anderen Flüche der Vampirwelt zusammen. Mochten die Regeln auch noch so idiotisch klingen … es änderte nichts daran, dass auch er sich daran halten musste. Zumindest so lange, bis er entschieden hatte, ob es vorstellbar wäre, die Konsequenzen dieses Fluches auf sich zu nehmen.

Gleich, nachdem sie von ihrem Besuch bei Jake nach Hause gekommen war, hatte Emily sich in ihr Zimmer verzogen und hörte Tschaikowski. Sie musste herausfinden, wer sie war und was mit ihr passiert war.

Sie atmete tief durch. Dann öffnete sie den Umschlag, den ihr Elias bei ihrem Abschied in die Hand gedrückt hatte. Auf dem Zettel, den er enthielt, prangte nur ein Wort. Es war ihr Name.

Ihr richtiger Name.

Und diesmal war sie vorbereitet, als von allen Seiten Schwärze auf sie einstürmte.

»Levana!« Die melodische Stimme ihrer Mutter drang durch den Wald. Sie hörte nicht darauf. Blitzschnell kletterte sie auf einen Baum, wich spitzen Ästen und Zweigen mit überirdischer Schnelligkeit aus. Schon hatte sie die Baumkrone erreicht.

Sie jauchzte vor Vergnügen, hielt dann erschreckt inne. Sie wollte schließlich nicht, dass ihre Eltern sie vorschnell fanden. Sie wusste genau, dass sie diesem gähnend langweiligen Ball nicht entkommen würde, und wollte wenigstens in den Stunden davor ein wenig Spaß haben.

»Levana, komm auf der Stelle her!«, bellte ihr Vater. Sie musste

sich anstrengen, dem autoritären Tonfall nicht gedankenlos zu gehorchen. Wie alle anderen es taten.

Leichtfüßig wie eine Ballerina balancierte sie auf einem der obersten Äste. Die Brandung, die man unten nur hören konnte, war von hier oben sogar zu sehen. Es tat gut, wie der Wind durch ihre langen Haare fuhr. Er trug den salzigen Geruch des Meeres mit sich.

Sie schloss die Augen und breitete die Arme aus. Oft stellte sie sich vor, ein Vogel zu sein, der einfach davonfliegen konnte. Der dieses Leben einfach hinter sich lassen würde und sich in eine neue Welt aufmachte. Kein Benimmunterricht, keine Korsetts, keine Bestrafungen mehr. Und vor allem keine Morde mehr.

»Liebes, sei doch so gut und versteck dich nicht länger. Wir haben nicht mehr viel Zeit.«

Sie öffnete die Augen. Wie üblich kamen ihre Tagträume zu einem vorschnellen Ende, wenn sich ihre Mutter ins Geschehen einschaltete. Sie würde sie nie verlassen können. Jedenfalls noch nicht.

Geräuschlos wie eine Feder glitt sie den Baum hinunter. Gute fünf Meter über dem Boden machte sie es sich in einer Astgabel bequem. In einiger Entfernung sah sie ihre Eltern durch den Wald streifen. Sie verstand jedes Wort ihrer hitzigen Unterhaltung – ihrem Vater zufolge ein Privileg ihrer ach so überlegenen Art.

»Wehe, sie hat ihr neues Kleid verschmutzt. Ich lasse doch nicht umsonst die edelsten Stoffe einschiffen, damit dieses Balg sie im nächstbesten Wald durch den Schlamm zieht. Dieser Abend ist wichtig!«

Sie verdrehte die Augen. Ihrem Vater zufolge handelte es sich nur dann um eine elementare Veranstaltung, wenn sie ihm die Möglichkeit bot, sich in den Mittelpunkt zu drängen. Die letzten Monate waren eine einzige Abfolge solcher Bälle, Feste, Emp-

fänge und Aufwartungen gewesen. Eine langweiliger als die vorige, ein Gast unausstehlicher als der andere.

Ihr Blick glitt zweifelnd an ihrem Kleid hinab. »Das gibt Ärger!« Sie pfiff leise durch die Zähne, als sie gleich drei Risse, einen losen Saum und diverse tückische Grasflecken entdeckte. Ihr war die Strafe gleich. Sofern sich die Möglichkeit auftat, etwas anderes zu tragen als dieses grässliche weiße Rüschenmonstrum, würde sie jede Maßregelung auf sich nehmen.

»Wie wäre es, wenn du schon mal vorgehst und ich sie weitersuche? Wenn sie dich so hört, kommt sie bestimmt nicht freiwillig aus ihrem Versteck.«

»Ach, sind wir wieder bei dieser alten Leier? Du findest also, ich bin zu streng mit ihr?«

»Nein. So habe ich das nicht gemeint.« Ihre Kehle zog sich zusammen. Wie immer, wenn sie Furcht aus der Stimme ihrer Mutter heraushörte.

»Und wie hast du es gemeint?«, fragte er kalt.

»Du weißt doch, wie sie ist«, sagte sie deutlich kleinlauter. Levana hasste es, wenn sie ihre Mutter so reden hörte. »Es ist nur … Grundgütiger, sie ist noch ein Kind.«

»Sie ist fast zwölf. Als ich in ihrem Alter war, musste man mich zurückhalten, weil ich die Menschen sonst in Stücke gerissen hätte. Erzähl mir also nicht, dass sie noch ein Kind ist. Sie hat das zu sein, was ich von ihr erwarte. Und dafür hat sie sich in letzter Zeit herzlich dumm angestellt. Schwer zu glauben, dass sie wirklich meine Tochter sein soll. Man könnte meinen, sie verspüre keine Freude daran, diesem Abschaum das Leben zu rauben. Was sollen die anderen denn von mir denken?«

»So gib ihr doch Zeit.«

»Zeit!« Er schnaubte verächtlich. »Nur weil wir unsterblich sind, heißt das noch lange nicht, dass wir Zeit haben. Ihr seid in einer Stunde ausgehfertig. Ich warte nicht.«

Mit diesen Worten stob er davon. Levana konnte selbst aus ihrem Versteck hören, wie ihre Mutter aufatmete.

»Du kannst runterkommen. Er ist weg.«

»Aber von hier oben kann man das Meer sehen.«

»Ein andermal, ja? Bitte komme jetzt herunter.«

Sie wusste, dass das Spiel vorbei war. Mit einem grazilen Sprung überbrückte sie die fünf Meter zum Boden. Sie glaubte, ein anerkennendes Funkeln in den viel zu oft traurigen Augen ihrer Mutter zu erkennen, das sich bei einem Blick auf den desolaten Zustand ihres Kleides jedoch sofort verflüchtigte. »Das«, entfuhr ihr mit einem Seufzer, »ist eine Katastrophe.«

»Und wenn schon. Ich habe sowieso keine Lust auf diesen Ball. Wieso kann ich nicht einfach so lange spielen wie ich will?«

»Mein Herz, weil du kein normales Kind bist.«

»Normal!« Levana schmollte. »Vater benutzt dieses Wort, als wäre es etwas Schlechtes. Manchmal wäre ich gern normal. Dann hätte ich wenigstens Spielkameraden.«

Ihre Mutter riss die Augen auf. »Sag das niemals in Gegenwart deines Vaters! Nicht auszudenken, was passierte, wenn er das hören würde.«

Levana legte den Kopf schief, während ihre Mutter Äste und Laub aus ihrem Kleid zupfte. »Mutter?«

»Ja, mein Herz?«

»Warum bist du so …« Sie überlegte, wie sie es umschreiben sollte. »… so anders?«

Ihre Mutter lachte hell. Doch Levana erkannte mit einem Blick in ihre Augen, dass es nicht echt war. »Anders?«

»Du weißt schon. Du würdest mich nie bei Vater verraten. Und du beschützt mich.«

Ihre Mutter blickte sie ernst an. »Wenn ich es denn kann.«

Levana wusste nicht, was sie darauf erwidern sollte. »Und«, sagte sie deshalb schnell, um den Kloß aus ihrer Kehle zu ver-

treiben, »du … du tötest nicht gerne. Ich bin genauso wie du. Ich verstehe nur nicht, warum wir so anders sind.«

Ihre Mutter sah sie immer noch an. Ihr Blick war voller Wärme, voller Güte. »Dafür gibt es einen guten Grund, mein Herz. Nicht alle Vampire sind gleich. Immer wieder gibt es welche, die anders sind. Sanfter. Menschlicher«, wisperte sie. »Das liegt nur daran, dass …«

Schwärze stahl sich in Levanas Blickfeld, verschlang den dichten Wald und die vertrauten Augen ihrer Mutter. »Nein!«, schrie Emily aus Leibeskräften, doch sie konnte dem lichtlosen Mahlstrom nicht entrinnen, der sie fortriss und die Szenerie vor ihren Augen in fahles Dunkel verwandelte.

11

Aaron war entzückt. Woods End lag da wie ein schlafendes Kind. Still, friedlich und vollkommen schutzlos.

Zweimal hatte er bereits das Haus passiert, in dem die neue Familie des Mädchens wohnte. Die Adresse stimmte ohne jeden Zweifel: Nirgendwo war der Hauch des Herbstes so stark wie hier. Es wäre so einfach. In weniger als einer Minute hätte er das Leben dieser Märtyrerin auf ewig beendet. Den Legenden und Ammenmärchen zum Trotz war sie kein Gegner für ihn. Noch nicht. Zwar konnte auch er nur vermuten, welche Kräfte in dem Mädchen schlummerten, zweifelte aber nicht an ihrer Existenz.

Was nichts daran änderte, dass ihm diese Option verwehrt blieb. Zumindest, wenn er nicht demselben Schicksal ausgesetzt sein wollte wie der Herbstbringer selbst. Und auf unbestimmte Zeit lebendig begraben, verflucht und verstoßen zu werden, gehörte bei aller fehlenden Ambition eigentlich nicht zu Aarons Zielen. Ganz zu schweigen von diesem einschüchternden Fluch. Unruhig schlich er durch Woods End. Vielleicht gab es irgendwo eine andere Möglichkeit.

Aaron verschmolz mit der Nacht.

Es dauerte eine Weile, bis Emily begriff, dass sie sich nicht im Wald befand, sondern in ihrem Zimmer. Sie starrte auf das Stück Papier, als hielte sie es zum ersten Mal in ihrem Leben in den Händen.

Levana.

Abwesend stopfte sie das Zettelchen zurück in den Umschlag und ließ ihn aus kraftlosen Händen zu Boden segeln. In ihrem Innern stritten sich tausend Dinge um ihre Aufmerksamkeit – mit dem Ergebnis, dass sie keinen einzigen klaren Gedanken fassen konnte.

Sie löschte das Licht und kroch unter die Bettdecke. Es war ihr ein zunehmend unlösbares Rätsel, wie sie sich selbst finden sollte, wenn mit jeder weiteren Enthüllung über ihre Vergangenheit neue, unangenehmere Fragen aufgeworfen wurden.

Sie hatte nicht gern getötet. Ein kalter Schauer lief ihr über den Rücken. Bedeutete das etwa, dass sie getötet hatte?

Auch die Nacht hatte es nicht ändern können: Am nächsten Morgen gefiel ihr der Name Emily immer noch deutlich besser als Levana. Fürs Erste beschloss sie, bei Emily zu bleiben. Es gab nun wirklich wichtigere Dinge, um die sie sich kümmern musste.

»Ist auch wirklich alles in Ordnung, Emily?« Sie schluckte. Zum Beispiel das. Megan schaute sie besorgt an. Sie hatte sie wohl nicht das erste Mal angesprochen.

»Ja«, nuschelte sie. »Ich habe bei dem Sturm nur schlecht geschlafen.«

»Wem sagst du das!« Carter stürmte die Treppe hinunter, ungekämmt und mit aufgeknöpftem Hemd. In einem schmerzhaften Moment der Klarheit wurde ihr bewusst, wie gern sie diese Menschen hatte. Und welcher Gefahr sie allein durch ihre Anwesenheit ausgesetzt waren. »Und das ausgerechnet an meinem ersten Tag beim *Southern Telegraph*.«

»Du schaffst das schon, Dad!« Sophie lachte und reichte ihm einen Kaffee.

»Und nicht den Familienausflug vergessen. Der ist schon dieses Wochenende«, sagte er zwischen schlürfenden Schlucken, dann war er verschwunden.

In Englisch nahmen sie *King Lear* durch. Obwohl Emily das Stück noch nie gelesen hatte, wusste sie über den Inhalt Bescheid. Und zum ersten Mal wunderte sie sich nicht darüber. Sie hatte dieses Stück wahrscheinlich in einer Zeit gelesen, in der noch nicht einmal die Ururgroßeltern ihrer Mitschüler gelebt hatten. Wie sollte man sich da nicht fehl am Platz fühlen?

Was Fliegen sind
den müßigen Knaben, das sind wir den Göttern:
*Sie töten uns zum Spaß.**

Als ihre Augen über diese Stelle im vierten Akt glitten, hielt sie wie vom Donner gerührt inne. Kurzzeitig wurde ihr schwarz vor Augen, und sie machte sich bereits auf eine weitere Reise in ihre Vergangenheit gefasst. Dazu kam es diesmal nicht.

Dafür machte sich in ihr die Gewissheit breit, dass diese Stelle in ihrem früheren Leben eine große Bedeutung gehabt haben musste.

Was Fliegen sind
Den müßigen Knaben, das sind wir den Vampiren:
Sie töten uns zum Spaß.

Jetzt wusste sie es wieder. Mit dem Geschmack bitterer Galle in der Kehle entschuldigte sie sich und stürmte auf die Toilette. Kraftlos sank sie an der Wand der Kabine herab. Sie hatte diese Worte bereits früher gehört … viel früher. Jedoch nicht aus dem Munde eines Schauspielers, sondern eines Menschen. Sie sah die Bilder glasklar vor sich: Ein unschuldiger Mensch hatte diese Worte ausgestoßen, bevor sie ihm die Zähne in den Hals geschlagen hatte. Der Geschmack von Eisen füllte ihren Mund, und sie übergab sich. Die Gewissheit konnte sie jedoch nicht herunterspülen: Sie hatte getötet.

Als sie sich erholt und für den Rest des Tages krankgemeldet hatte, wusste sie, was sie brauchte. Respektvoll näherte sich Emily dem Eingangsbereich der Bibliothek. Obwohl sie mit grimmigem Scharfsinn festgestellt hatte, dass niemand das Gebäude fluchtartig oder mit einem Schimpfwort auf den Lippen verließ, und dies als untrügliches Zeichen für die Abwesenheit Mr Grahams wertete, beschlich sie beim Betreten der Bibliothek ein mulmiges Gefühl.

Seit er vor einigen Wochen so entsetzt von ihrem Anblick gewesen war, hatte sie sich selten hier hineingetraut. Es war einem mittelschweren Entzug gleichgekommen. Selbst nachdem sie von Jake erfahren hatte, dass sein Großvater noch immer nicht nach Woods End zurückgekehrt war, befürchtete sie, jeden Moment auf ihn zu treffen.

Wenige Augenblicke später atmete sie auf. Statt Graham thronte eine nicht minder unangenehm wirkende Frau hinter der Verleihstelle. Die bebrillten Augen musterten Emily misstrauisch, als müsse man bei jedem Schüler automatisch von einem lauten, rüpelhaften Langfinger ausgehen. Emily hätte es nicht gleichgültiger sein können. Für heute gab sie sich damit zufrieden, dass niemand vor ihr davonlief.

Erst als sie die Abteilung für viktorianische Literatur erreicht hatte, fiel ihr auf, dass sie überhaupt nicht wusste, was sie in die Bibliothek geführt hatte. Erstmals nahm sie die Regale genauer unter die Lupe, zu denen ihre Füße sie unbewusst geleitet hatten. Ihr Blick strich über die Gedichte-Abteilung mit Wordsworth und Coleridge, dann weiter zu den Romanen, von denen sie viele selbst gelesen hatte. Austen, Dickens, Thackeray … Auch heute fühlte sie jene Nähe, die sie schon immer zu den Werken dieser Epoche verspürt hatte.

Ein Schauer floss an ihr herab wie ein unverhofft kalter Duschstrahl. Hier, inmitten unzähliger Romane des 19. Jahrhunderts, realisierte Emily zum allerersten Mal, was es tatsächlich bedeutete, so alt zu sein.

Sie hatte zur selben Zeit gelebt wie viele dieser Autoren. Sie hatte ein Leben in der Welt geführt, die Charles Dickens in seinen unzähligen Büchern konserviert hatte, über die sich Jane Austens Gesellschaftsromane lustig gemacht hatten. Und abgesehen von vereinzelten Erinnerungsfetzen wusste sie rein gar nichts davon. Nicht, wer ihre Familie gewesen war, nicht, ob sie Freunde gehabt hatte oder auch mal glücklich gewesen war.

»Und da soll man nicht verrückt werden?«, murmelte sie und wanderte weiter. Ihr Blick fiel auf einen Emily-Brontë-Gedichtband. Irgendetwas brachte sie dazu, das Büchlein herauszunehmen und aufzuschlagen. Geboren 1818, gestorben 1848, las sie in der Einleitung. Vielleicht hatten sie sich gekannt? Sich darüber gefreut, den gleichen Namen zu tragen? Ach nein, damals hatte sie ja anders geheißen.

Dann fiel ihr etwas ein, das sie und Jake im Waisenhaus herausgefunden hatten. Sie blätterte durch die Seiten, bis sie gefunden hatte, wonach sie gesucht hatte. Es war ein Gedicht – und noch dazu ein wunderschönes.

The night is darkening round me,
The wild winds coldly blow;
But a tyrant spell has bound me,
And I cannot, cannot go.

The giant trees are bending
Their bare boughs weighed with snow;
The storm is fast descending,
And yet I cannot go.

Clouds beyond clouds above me,
Wastes beyond wastes below;
But nothing drear can move me:
*I will not, cannot go.**

Eine Weile stand sie einfach in dem beruhigenden Bücherozean und ließ die traurigen Worte auf sich wirken. Sie wusste, dass auf dem Stück Holz, das man bei ihr gefunden hatte, eine Zeile dieses Gedichts zu entziffern gewesen war. Sie wusste auch, dass das kein Zufall sein konnte. Die Worte berührten sie, schienen direkt an sie gerichtet. Aber warum? Eine weitere Frage, ein weiteres Rätsel um ihre Herkunft. Sie nahm den Band mit zur Ausleihe. Sie wollte den Nachmittag in einer anderen Zeit verbringen und machte sich zu Fuß auf den Nachhauseweg.

»Du wolltest dich doch melden.« Jake trat aus dem Schatten eines Baumes – *ihres* Baumes – hervor. Hier draußen im milchig-trüben Tageslicht sah er noch elender aus als gestern bei sich zu Hause.

»Jake.« Mehr fiel ihr nicht ein. Was sollte sie auch sagen? Sie hatte sich nicht bei ihm gemeldet, obwohl sie es versprochen hatte.

Zögerlich trat er auf sie zu. Immer, wenn sich ihre Blicke trafen, wandte er die Augen hastig ab. *Wie ein ängstliches Tier*, dachte Emily. Es tat ihm wirklich nicht gut, so lange allein zu sein.

»Hör mal«, begann Emily, ohne zu wissen, wie sie diesen Satz fortsetzen sollte. Sie musste es glücklicherweise nicht. Jake machte einen weiteren Schritt auf sie zu und nahm sie fest in die Arme. Zunächst ließ sie es geschehen. Sie drückte ihn fest an sich, atmete seinen Geruch tief ein, als wolle sie ihn sich einprägen. Dann, mit einiger Überwindung, schob sie ihn von sich weg.

»Jake«, begann sie wieder. »Es … es tut mir leid. Ich weiß einfach nicht, wie ich mit dieser Sache umgehen soll.«

Er schüttelte sanft den Kopf. »Du musst dich nicht entschuldigen. Ganz im Gegensatz zu mir. Du musst das erst mal verarbeiten.« Mit unendlicher Hingabe strich er ihr die widerspenstige Haarsträhne aus dem Gesicht. Sie ließ ein Lächeln aufflackern und schwieg. »Ich kann mir nicht mal im Entferntesten vorstellen, was du gerade fühlen musst«, fuhr er fort. Emily bemerkte, dass er wieder das viel zu große Sex-Pistols-Shirt trug. Wie an dem Tag, an dem sie sich kennengelernt hatten. Wieso hatten sie eigentlich schon Ende August einen Kürbis geschnitzt? Und wieso dachte sie jetzt an diese Nebensächlichkeit?

»Ich weiß ja selbst nicht, was ich fühle. Sollte ich Angst haben? Mich freuen? Mich verkriechen?« Ein gequälter Ausdruck schlich sich auf ihre Züge. »Ich weiß nicht, wer ich bin, Jake. Und ich hab das Gefühl, wahnsinnig zu werden, wenn ich nicht bald mehr herausfinde, oder …«

»Oder was?«

»Oder alles wieder vergessen könnte, was in den letzten

Tagen passiert ist«, sagte sie leise und sank kraftlos an einem Baumstamm herab.

Jake kniete sich vor sie. »Und wenn du die Wahl hättest?«

»Was würdest du wählen? Lieber weiter in Unwissenheit leben oder endlich erfahren, wer du eigentlich bist?«

Er nickte. »Ich würde dir so gern helfen«, sagte er ernst.

»Ich weiß.« Sie drückte seine Hand. »Aber das kannst du nicht.«

»Nicht, wenn du es nicht zulässt.«

»Das hat damit nichts zu tun. Ich bin eine Vampirin, Jake. Es geht hier nicht um Ärger mit den Eltern oder Ladendiebstahl.«

»Schon klar.« Er stand auf. »Für diese niederen Dienste wäre ich dir gut genug. Aber wenn es um was wirklich Wichtiges geht, vertraust du lieber einem wildfremden Kerl aus einem Tunnel!«

Emily starrte ihn fassungslos an. Er wandte sich demonstrativ ab.

»Das ist nicht fair, und das weißt du«, sagte sie beherrscht. Das Zittern in ihrer Stimme konnte sie nicht gänzlich verbergen. »Du solltest gehen, ehe du noch mehr sagst, was dir sehr bald leidtun wird.«

Er drehte sich zu ihr um, schwer atmend und mit flehenden Augen. »Das wollte ich nicht! Bitte schick mich nicht weg. Ich will dir beistehen.«

»Das kannst du am besten, wenn du mir Zeit gibst, allein zu sein. Verdammt, Jake!«, platzte sie auf einmal heraus. »Du kennst ja nicht mal meinen richtigen Namen!« Sie konnte sich nicht erklären, woher diese plötzliche Wut kam, doch da war sie, ein pulsierender Ball in ihrem Inneren. »Was weißt du denn schon über mich? Du … du denkst nur an dich, und es ist dir völlig egal, was in mir vorgeht!«

Jake war vor dem Ansturm von Emilys erhobener Stimme regelrecht zurückgewichen. »Das stimmt nicht«, flüsterte er. »Das stimmt einfach nicht.«

»Das spielt jetzt auch keine Rolle. Gib mir ein paar Tage Zeit, um mit mir selbst klarzukommen. Das ist alles, was ich verlange. Danach sehen wir weiter. Okay?«

Jake nickte. »Ich liebe dich«, sagte er leise, ohne sie anzusehen. Dann wandte er sich um und ging.

Sie blickte ihm stumm hinterher, bis er außer Hörweite war.

»Genau das macht mir Angst.«

Um Emily herum fielen die Blätter von den Bäumen. Sie hatte dieser gewöhnlichen Randerscheinung in einer annähernd vollständig herbstlichen Welt keinerlei Beachtung geschenkt, bis sie auf dem Nachhauseweg schließlich unter einem regelrechten Blätterregen dahinspaziert war.

Sie blickte in die Bäume, die rings um sie herum aufragten. Oft hatte sie sich gefragt, wieso dieser Ort Woods End hieß, wo er doch von allen Seiten von Wald umschlossen war. Ein schönes Fleckchen Erde, das vom Herbst rasch in Besitz genommen wurde. Zu rasch. Wieso wurde sie das Gefühl nicht los, dafür verantwortlich zu sein? Welchen Sinn ergab das?

Sie hatte sich niedergeschlagen nach Hause geschleppt und war müde neben Sophie auf dem Sofa zusammengesunken. Während sie ihren Gedanken nachhing und den fallenden Blättern vor dem Fenster zusah, wurde ihr plötzlich etwas klar. Die ganze Zeit hatte sie versucht sich einzureden, an Elias nur historisch bedingtes Interesse zu haben. Aber insgeheim war ihr längst klargeworden, dass dieser

Fremde eine starke Faszination auf sie ausübte. Sie dachte beunruhigend oft an ihn und an die Rolle, die er in ihrem früheren Leben gespielt hatte.

Das rasselnde Geräusch des Haustürschlüssels bot Emily einen willkommenen Fluchtweg aus ihren Gedanken. Ihre Eltern kamen nach Hause.

»Übrigens sitzt Jake auf der anderen Straßenseite«, bemerkte ihr Vater wenig später, während er Gemüse für das Abendessen putzte. »Seid ihr noch verabredet?«

»Ähm«, stammelte Emily. »Nein, eigentlich nicht …«

»Sie haben sich gestritten«, sagte Sophie, um ihr zu helfen. »Und sie will ihn gerade nicht sehen.«

»Aaah, verstehe.« Carter nickte wissend und widmete sich wieder seinen Tomaten. Dann überlegte er es sich anders und schenkte ihr ein aufmunterndes Lächeln. »Sag Bescheid, wenn ich ihn mit dem Küchenmesser verjagen soll, ja? Mit meinen Töchtern hat man sich nicht zu streiten.«

»Danke«, murmelte sie. Es kostete sie einige Kraft, bei diesen Worten nicht in Tränen auszubrechen.

Nachdem sie sich abends auf ihr Zimmer verkrümelt hatte, saß sie lange auf der Fensterbank und ließ sich den auffrischenden Wind um die Nase pusten. Jake hatte mittlerweile aufgegeben und war mit hängenden Schultern nach Hause gegangen. Es tat ihr weh, ihn gehen zu lassen.

Vereinzelte Regentropfen mischten sich unter die Blätter, die der Wind durch die unruhige Nacht trug. Die Wettervorhersage prophezeite für die nächsten Tage jene Art von Wetter, bei der man sich bevorzugt mit Büchern eindeckte und das Haus gar nicht erst verließ. Was unter anderen Umständen ein Anlass zur Freude für sie gewesen wäre, konnte ihr jetzt nicht die geringste Begeisterung entlocken.

Sie war dabei, den Menschen zu vergraulen, den sie liebte, die Familie im Stich zu lassen, die ihr ein Zuhause gegeben hatte, und einem Vampir nach London zu folgen, von dem sie nichts wusste.

Aber es war der einzige Weg.

Levana …

Sie hielt inne. Für einen kurzen Augenblick hatte sie den Eindruck gehabt, ihren Namen – ihren *richtigen* Namen – aus dem Wispern des Windes herauszuhören.

Unmöglich. Sie drehte wohl langsam durch.

Angespannt horchte sie in die Nacht.

Lockend fuhr der Wind durch die Bäume des nahen Waldes. Die Äste flüsterten sich durch die Dunkelheit geheime Botschaften zu, die von dem raschelnd über den Boden streichenden Laub aufgegriffen und weitergegeben wurden. Von Worten oder gar ihrem Namen war nichts mehr zu hören. Sie musste sich getäuscht haben. Wie sollte es auch anders sein?

Ein letztes Mal spitzte sie die Ohren, konnte der nächtlichen Geräuschkulisse des wie ausgestorbenen Städtchens aber keine weitere Bedeutung abringen.

12

Wenn Menschen mehrere Jahre keinen Kontakt zueinander haben und es darauf anlegen, sich aus dem Weg zu gehen, gibt es mit an Sicherheit grenzender Wahrscheinlichkeit gute Gründe dafür. In dieser Hinsicht ähnelt die Welt der Vampire der der Menschen – wenn auch in anderen Dimensionen. Michael hatte Uriel das letzte Mal vor gut hundertsiebzig Jahren zu Gesicht bekommen. Und es war kein Tag zu wenig gewesen.

Er wusste, dass es nur eine Frage der Zeit gewesen war, bis die anderen drei nach London zurückkehren würden. Dass ausgerechnet Uriel, Begründer jener Sippe, die den Herbstbringer zu verschulden hatte, um eine Unterredung bat, überraschte ihn. Seit dem Tag, an dem Uriels Familie wegen dem Verrat des Herbstbringers in die Verbannung geschickt worden war, hatte Michael fest damit gerechnet, dass sein einstiger Gefährte der Erniedrigung einer weiteren öffentlichen Begegnung aus dem Weg gehen würde. Die gemeinsamen Jahrtausende hatten in ihm die Überzeugung reifen lassen, die anderen drei zu kennen.

So konnte man sich täuschen.

Der Wagen näherte sich dem Treffpunkt. Michael war allein, wie es der Brauch dieser Treffen vorsah. Die Wahl des Treffpunktes war ebenso wenig Zufall. Stets waren es Orte, an denen sich die Zivilbevölkerung mit Sicherheitsbeamten oder Polizisten die Waage hielt. Keine Seite wollte ein noch so geringes Risiko eingehen.

»Sir?«

Der weiße Wagen war schon vor geraumer Zeit zum Stehen gekommen. Michael atmete tief durch. Dies würde selbst für ihn nicht einfach werden. Entschlossen stieg er aus, ein wohlhabend wirkender Mann ohne Begleitung, der zielstrebig das *Palm Beach Casino* in Mayfair betrat.

Es war noch kein Wort gesprochen worden. Seit sich die beiden Herren vor einer Stunde an einem reservierten Tisch im ruhigen hinteren Teil des kasinoeigenen Restaurants niedergelassen hatten, schwiegen sie sich an. Die Eiswürfel in den unberührten Drinks waren längst geschmolzen. Die Vampire nahmen keine Notiz davon.

Sie schwiegen. Doch sie kommunizierten.

Die Stadt ist noch hässlicher als einst.

Wieso bist du dann hier?

Auf rhetorische Fragen habe ich noch nie geantwortet.

Was willst du? Wozu dieses Treffen?

Du weißt, dass ich alles tun würde, um diesen Fehler vergessen zu machen. Ich werde mir zurückholen, was ihr mir genommen habt.

Was sie *dir genommen hat. Wir haben lediglich reagiert. Du hättest es nicht anders gemacht.*

Wahrlich. Dann weißt du auch, was jetzt kommt. Überlasse sie mir. Zeige etwas von deiner einstigen Größe, und gib mir die Möglichkeit, wieder zu euresgleichen aufzusteigen. Mehr verlange ich nicht. Das Gleichgewicht wäre wiederhergestellt. Wir könnten gemeinsam regieren. Wie einst, als wir Göttern gleich über den Menschen thronten.

Michael hatte es kommen sehen. Bedächtig nippte er an seinem Brandy. Uriel reagierte vollkommen nachvollziehbar. So bemitleidenswert es war, derart viel Macht auf einen Schlag zu verlieren, war es doch nur eine Regel, die sie befolgt hatten. Niemandem wäre es anders ergangen. Niemand hätte Gnade erfahren. Und dabei war Uriels Familie nicht einmal vollständig ausgelöscht worden.

Was hast du anzubieten? Michael fragte lediglich aus Interesse. Seine Antwort stand felsenfest in Stein gemeißelt.

Dasselbe, was ich den anderen beiden angeboten habe.

Du hast sie schon gefragt?

Rhetorische Frage …

Was haben sie gesagt? Michaels Anspannung wuchs. Sie konnten doch unmöglich eingewilligt haben? Schon in der Vergangenheit hatte es Uriel meisterlich verstanden, die Kontrolle einer Situation Stück für Stück zu seinen Gunsten zu verlagern.

Natürlich gebe ich das nicht preis.

Ich glaube dir nicht.

Musst du auch nicht. Wie lautet deine Antwort?

Du weißt, wie sie lautet. Wie könnte sie anders lauten?

Uriel seufzte. *Was ist aus der Ehre geworden?*

Es gab sie nie. Vor einer Handvoll Jahrhunderte hätte Michael über diese Bitte zumindest nachgedacht. Heute nicht mehr. Der Herbstbringer hatte alles verändert. Längst war es unvorstellbar geworden, dass die Vier wieder Seite an Seite über die Welt der Menschen herrschen würden. Der Krieg hatte zu tiefe Wunden hinterlassen. Gemeinsame Vergangenheit und alte Schwüre hin oder her.

Ich hätte mehr Scharfsicht von dir erwartet. Selbst wenn du siegen solltest: Glaubst du ernsthaft, der Krieg wäre urplötzlich vorbei? All die Verschwörungen, all die Komplotte, all die Opfer – einfach vergessen?

So steht es geschrieben.

So steht es geschrieben … Uriel machte sich nicht die Mühe, seinen angewiderten Gesichtsausdruck zu verbergen. *Es sind Dinge passiert, die nie vergessen, nie verziehen werden. Du weißt, wovon ich spreche, Michael. Kennedy, Lincoln, Lord Darnley … wir haben gewusst, was wir mit diesen Attentaten anrichten. Und haben sie dennoch ausgeführt. Oder ausführen lassen.*

Michael setzte ein unbeteiligtes Gesicht auf, als würde ihn all das nicht betreffen. *Das ist bedeutungslos. Der Herbstbringer ist der Schlüssel, ganz gleich, was in irgendeiner dunklen Vergangenheit vorgefallen ist. Hat sich der Herbstbringer erst zu erkennen gegeben, wird derjenige die Welt beherrschen, der den Kopf der Verräterin in den Händen hält.*

Hat dir das dein Orakel gesagt?

Michael reagierte nicht sofort darauf. Ein Fehler, wie er schon einen Augenblick später zerknirscht feststellte. Er hasste es, durchschaut zu werden. Auch all die Jahre im Exil hatten Uriels Fähigkeiten nicht einrosten lassen.

Mir scheint, du solltest die Aussagen dieser dahergelaufenen Wanderpriesterin sorgfältiger prüfen. Wenigstens über Nosophoros hat sie dich hoffentlich unterrichtet?

Nosophoros. Dieser Name bedeutete Unheil. Michael hätte nicht gedacht, ihn jemals wieder zu vernehmen. Noch unwahrscheinlicher war ihm nur die Möglichkeit erschienen, er könnte nicht der Erste sein, der von der Rückkehr dieses … Problems Wind bekam.

Diesmal ließ er sich nichts anmerken. *Ich habe wichtigere Dinge mit dem Orakel zu besprechen als die Gepflogenheiten dieses Abschaums. Er ist ein unbedeutendes Phantom, nichts weiter.*

Und doch ein Phantom, das im Geheimnis um den Herbstbringer nicht die unbedeutendste Rolle spielt.

Nach allem, was wir über ihn wissen, dürfte ihn diese Sache überhaupt nicht mehr interessieren.

»Dürfte …« Uriel sprach nun das erste Mal an diesem Abend. »Dennoch spricht einiges dafür, dass auch er nach England zurückgekehrt ist. Zufall?« Seine Stimme klang älter, gezeichneter als einstmals. Michael nahm dies zum Anlass, die Unterredung zu beenden. Achtlos schnippte er einen Schein neben sein fast volles Glas und erhob sich.

»Also wird es weiterhin Krieg geben«, sagte Uriel in sachlichem Tonfall milden Bedauerns, als würde er über eine schlechte Wettervorhersage sprechen.

Michael drehte sich nicht mehr um. »Du kannst jederzeit aufgeben.«

Diesmal wollte sie ganz sichergehen. Gleich nach dem Abendessen war sie auf ihr Zimmer gegangen, hatte das Fenster weit aufgerissen und sich auf die Fensterbank gesetzt. Ignorierte man einmal die offensichtliche Absurdität ihres Vorhabens, dem Herbstwind zuzuhören, erschien es durchaus plausibel, damit bis zum Einbruch der Nacht zu warten. Es fühlte sich richtiger an.

Wie genau sie es anstellen sollte, etwas zuzuhören, das nicht gerade für seine Gesprächigkeit bekannt war, hatte Elias nicht gesagt. Hatte er es symbolisch gemeint?

Höchstens als Symbol dafür, dass es verrückt wäre, daran zu glauben, dachte Emily, als sie ihren Blick über stille Häuser, verlassene Autos und leere Wege gleiten ließ.

Es war beinahe ganz dunkel. Längst hatte der Schein vereinzelter Straßenlaternen bleiche Lichtkugeln in die kühle Nacht gezeichnet. Hatte sie sich das gerade eingebildet, oder hatte der Wind tatsächlich aufgefrischt? Hier oben am Fenster konnte sie sich nicht sicher sein. Nachdem sie sich davon überzeugt hatte, dass außer ihr niemand mehr wach war, schlich sie die Treppe hinunter, zog sich ihren Mantel über und trat durch die Terrassentür ins Freie.

In den letzten Tagen war es deutlich kälter geworden. Den Blick auf den mittlerweile von einer undurchdringlichen Wolkenschicht verhüllten Himmel gerichtet, trat sie auf etwas, das mit einem metallischen Knirschen unter ihrem Schuh nachgab. Verwundert blickte sie auf eine leere Coladose hinab. Wie kam die in ihren Garten?

Schulterzuckend schlenderte sie weiter, ohne Ziel und Richtung. Die alte Schaukel am Ende der Wiese knarrte traurig vor sich hin. Emily setzte sich darauf und wippte sachte hin und her. Wenn man mit dem Rücken zum Haus auf der Schaukel saß, schien man direkt in den Wald hineinzusegeln, der an das Grundstück grenzte.

Kaum befand sie sich in Gegenwart der alten, rauschenden Bäume, fühlte sie sich geborgen. Wo andere die Vorstellung, allein in einem finsteren Wald zu stehen, gruselig fanden, genoss sie die beruhigende Geräuschkulisse und das Gefühl der Einsamkeit. Inmitten morscher Tannen und bemooster Stämme fand sie mehr Trost als in Gegenwart anderer, fühlte sich nicht so allein mit ihren Gedanken.

Dann merkte sie, dass sie tatsächlich nicht allein war. Wie zur Begrüßung strich der Wind durch ihr Haar.

Auf den Dächern Londons gab es endlos viele Terrassen. Dutzende Meter über den brummenden Straßen war mit Ankunft der ersten Wolkenkratzer vor einigen Jahrzehnten eine eigene Welt entstanden, eine unsichtbare Stadt über der Stadt. Brücken, Durchgänge oder Türen verbanden nicht selten ganze Straßenzüge, sodass man beachtliche Wegstrecken auf den Dächern zurücklegen konnte.

Wer das nötige Kleingeld besaß, konnte seine krummen Geschäfte verborgen vor den wachsamen Augen der schlaflosen Überwachungskameras bequem auf dem eigenen Dach abwickeln. Michael besaß es und hatte von diesen Vorzügen mehr als einmal Gebrauch gemacht, seit er sich dieses Gebäude angeeignet hatte.

Heute Nacht stand er allein auf dem Dach. Er kochte. Noch hatte er nicht entschieden, was seinen Zorn am meisten anfachte. Schon die Tatsache, dass es mehrere potenzielle Kandidaten dafür gab, machte es schlimm genug. Michael, der es als sein naturgegebenes Recht ansah, stets die Oberhand zu behalten, war nicht mehr Herr der Lage. Wie hatte das passieren können?

»Pythia«, zischte er in die Nacht. »Du undankbare Verräterin. Nach allem, was ich für dich getan habe.«

Was Nosophoros betraf, hatte Uriel nicht gelogen. Das herauszufinden war kinderleicht gewesen. Wie schnell er an diese Information gekommen war, machte es besonders schmerzlich. Dabei hätte er nicht gedacht, jemals derartige Fragen stellen zu müssen. Er, Michael, Anführer der ersten Vier, Träger des Flammenschwertes. Verraten, hintergangen, ausgespielt?

Die Zeiten hatten sich wirklich geändert. Auf was konnte er sich noch verlassen? Erst Balthasar, dann das Orakel … die ganze Stadt schien sich gegen ihn verschworen zu haben. Und jetzt tauchte urplötzlich Nosophoros auf. Sein Kommen verhieß nichts Gutes.

Er trat so nah an den Abgrund heran, dass die Spitzen seiner italienischen Designerschuhe bereits in der Leere schwebten. Wie Ameisen wuselten die bedeutungslosen Menschen dort unten herum. Er rang mit seiner regelrecht kultisch verehrten Contenance und gewann die Auseinandersetzung nach einigen besonders geschmacklosen Verwünschungen. Es musste viel passieren, bis Michael die Fassung verlor. Mittlerweile hatte er die Auswahl.

Er würde etwas unternehmen. Noch heute Nacht. Mit Uriels Rückkehr hatte er das letzte Stückchen Vorsprung verspielt, das ihm noch geblieben war. Er würde nicht tatenlos zusehen, wie sich die Dinge ohne sein Zutun entwickelten. Zu lange hatte er sich auf die Loyalität anderer verlassen. Vergeblich. Nun galt es zu handeln. An Nosophoros versuchte er gar nicht erst zu denken. Ein Problem nach dem anderen. Ruckartig wandte er sich von dem wabernden Lichtermeer unter sich ab.

Wenig später saß Michael in einem schwarzen Taxi zur Monument-Säule. Es würde das letzte Mal sein, dass er diesen Ort aufsuchte.

Der große Garten war der erste Ort gewesen, an dem sich Emily nach ihrer Ankunft bei den Lancehearts richtig heimisch gefühlt hatte.

Hohe Hecken, die alte, efeuberankte Vogeltränke, die angemessen knarzende Schaukel, verwitterte Baumstümpfe und natürlich der direkt an das Grundstück grenzende Wald.

Sie war barfuß. Behutsam trat sie einige Schritte unter die Bäume. Sie spürte, dass etwas anders war. Der Wind zerzauste ihr Haar und lockte sie in den Wald.

Bereitwillig ließ sie sich treiben, bis sie eine knorrige, verwitterte Eiche vor sich aufragen sah.

Sie wusste, dass sie nicht weitergehen musste. Erwartungsvoll stand sie in der Dunkelheit und wartete. Wartete auf etwas, das vielleicht nur in ihrer Fantasie existierte.

Dann hörte sie die Stimme.

Die Monument-Säule reckte sich starr in den Himmel wie der mahnend erhobene Zeigefinger eines versteinerten Riesen. Michael hatte sie nie gefallen. Bis heute hatte sie ihn immerhin an das herrliche Feuer erinnert – jetzt war sie lediglich ein Ort des Verrats.

Während er aus dem Taxi stieg und auf den Turm zuschritt, wurde ihm bewusst, wie oft er das unterirdische Gewölbe bereits betreten hatte. Die Momente, in denen ihm das Verrinnen der Zeit derart eindringlich vor Augen geführt wurde, waren selten geworden. Zeit war bedeutungslos. Er wusste, dass er schon viel zu lange auf dieser Welt wandelte. Und doch fragte er sich manchmal, wo die Zeit geblieben war.

Jahrhunderte, nachdem er das Kellergeschoss das erste Mal betreten hatte, stieg er ein letztes Mal die breiten Steintreppen in die Finsternis hinab. Das Orakel gab heute keine Audienz. Michael war es so egal wie nie. Er wusste, dass es nie wieder Besuchszeiten geben würde. Dieser Gedanke überraschte ihn. Nicht, weil er sich einer unschönen Sache derart sicher war, das passierte sehr häufig. Es überraschte ihn, weil in dieser Gewissheit ein Gefühl mitschwang, das er komplett vergessen hatte.

Wehmut.

Das Gefühl schmeckte fremd und zur selben Zeit vertraut, wie der charakteristische Geruch im Flur eines längst verlassenen Hauses. Nachdenklich blickte er die Monument-Säule empor. So schwach eine Gefühlsregung wie Wehmut auch sein mochte: Er empfand sie dem Anlass durchaus angemessen und kostete sie einige ungewohnte Augenblicke aus. Er hatte sich derartige Gefühle nicht absichtlich abgewöhnt. Sie vertrugen sich einfach nicht sonderlich gut mit Intrigen, Hetzjagden und Morden und hatten sich irgendwann einfach verabschiedet.

Bis jetzt.

Das Orakel war Michaels älteste Vertraute, ein Fels im ewigen Gezeitenwechsel. Von den Vampiren, die heute noch auf dieser Erde wandelten, reichte nur seine Beziehung zu den übrigen drei Ältesten weiter in die nebelumrankte Vergangenheit zurück.

Entschlossen betrat er das Denkmal.

Levana, rauschten die Bäume.

Sie rührte sich nicht.

Levana, wisperte der Wind.

Sie hielt den Atem an.

Levana, raschelte totes Laub über den Waldboden.

Ein tiefer Schauer durchdrang sie.

Der Wind strich sanft durch ihre Haare. Es fühlte sich an, als wolle er sie streicheln. Emily wagte nicht, sich zu bewegen. Nicht aus Angst. Sie wollte nur um jeden Preis verhindern, dass dieses wundersame Schauspiel plötzlich aufhörte. Oder sie erwachte.

Höre dem Herbstwind zu, hatte Elias gesagt. Doch was passierte als Nächstes? Was musste sie tun?

Zaghaft hob sie die Hand zum Gruß. Es erschien ihr angemessener als ein »Ja?« oder »Hallo?«.

Wie zur Reaktion schwoll der Wind an. Er umkreiste sie und ließ das gefallene Laub in einem andächtigen Reigen um sie herumtanzen. Passierte das gerade wirklich? Emily war derart gebannt von dem unwirklichen Schauspiel, dass sie die nächsten Worte zwischen dem säuselnden Wind und den tanzenden Blättern zunächst nicht als solche erkannte. Noch lange würde sie sich darüber wundern, wie sie diesem morschen Wispern überhaupt eine Bedeutung hatte abringen können.

Du bist zurückgekehrt.

Ohne die Augen von dem mittlerweile auf Brusthöhe kreisenden Blätterring abzuwenden, nickte sie langsam. »Was … wer bist du?«

Diesmal blieb der Wind die Antwort schuldig. Kraftlos sank das Herbstlaub um sie herum zu Boden. Verunsichert blickte sie umher. Hatte sie etwas falsch gemacht?

Nach angespannten Sekunden völliger Stille regte sich das Blattwerk auf dem Waldboden wieder. Diesmal war es nicht der Wind, der das tote Laub wie die Tänzer eines Totentanzes im Kreis marschieren ließ. Es war völlig windstill, als sich Formen unter den Blättern aufzeichneten, auftürmten und wieder in sich zusammenstürzten. Als kröchen merkwürdige Kreaturen über den Untergrund, beulte sich die Blätterdecke auf.

Dann standen sie plötzlich vor ihr. Und auch wenn Emily es noch immer nicht mit der Angst zu tun bekam, fühlte sie sich doch ein wenig unwohl. In einem Halbkreis um sie aufgereiht standen drei Wesen. Sie traute ihren Augen kaum, und doch konnte es keinen Zweifel geben: Diese Wesen bestanden gänzlich aus Herbstlaub.

Das mittlere der drei trat auf sie zu.

Michael betrat die Halle, seine nachdenklichen Züge waren längst wieder von strenger Entschlossenheit ersetzt worden. Er hatte keine andere Wahl. Dass die Tür in das verborgene Kellergeschoss nicht verschlossen war, überraschte ihn nicht. Immerhin war es das Orakel von Delphi, die älteste und gefährlichste Prophetin von allen, die in der Dunkelheit auf ihr Schicksal wartete. Sie wusste, dass er kommen würde.

»Ich hatte dich früher erwartet.« Ihre Stimme klang zeitlos wie immer. Zart, leise und doch von großer Macht geschliffen. Bedächtig stieg Michael die letzten Stufen hinunter und blieb stehen. Heute entzündeten sich die Kerzen nicht, die traditionell den Weg zu ihrem Altar beleuchteten. Nicht, dass Michael sie je benötigt hätte. Ihr Fehlen machte ihm deutlich, dass ihre Beziehung heute Nacht enden würde.

»Ich wurde aufgehalten.«

»Von dir selbst?«

Sie wusste, dass er ihr nicht widersprechen würde. »Erinnerungen«, sagte er leise, beinahe andächtig.

»Ah ja.« Ihre Stimme klang aus den Tiefen des Raums herüber. »Erinnerungen können der willkommenste Gast, wohl aber auch der größte Störenfried sein. Manchmal sind sie beides, wie der Vorfall in Kairo belegt.«

Michael lächelte. Sie wusste, weshalb er hier war, wusste, dass er keine andere Wahl hatte, und entschied sich für eine Anekdote, die ihre tiefe Verbundenheit meisterlich herausstellte. Sie tat es nicht aus Kalkül, nicht aus der Hoffnung heraus, ihn umzustimmen. Auch dafür kannte sie ihn zu gut. Sie tat es, weil sie ihm sagen wollte, dass ihr dieses Ende ebenso wenig gefiel wie ihm.

Er näherte sich ihr. Er spürte sie, auch ohne sie in ihrer derzeitigen Form zu sehen. »Warum?«

»Es war der einzige Weg.«

Er nahm ein kurzes Flackern hinter dem Altar wahr. »Den einzigen Weg gibt es nicht.«

»Es gibt ihn für dich.«

»Ja, und nur für mich. Auch ich hatte die Wahl. Vor langer Zeit.«

»Ich hatte noch nie die Wahl. Das weiß niemand besser als du. Ich habe das getan, was richtig war.«

»Und mich verraten?« Stück für Stück verabschiedeten sich Gelassenheit und Ruhe aus seiner Stimme. Er trat einen weiteren Schritt auf den schlichten Steinaltar zu. »Was war daran richtig?«

»Alles, Michael. Eure Zeit ist abgelaufen. *Deine* Zeit ist abgelaufen. Das weiß ich jetzt.«

»Dann irrst du dich.«

Stille. Als das Orakel danach wieder sprach, schwang eine dezente Note Belustigung in ihren Worten mit. »Wie wahrscheinlich wäre das?«

»Hier geht es nicht um Wahrscheinlichkeiten.« Michael behielt seine Stimme nur mit Mühe unter Kontrolle. Sie klang gehetzter, als er es jemals für möglich gehalten hatte. »Hier geht es um die Wahrheit. Um meine Bestimmung. Ich bin Alpha und Omega, der Anfang und das Ende.«

Wieder das Flackern, und nun konnte Michael das Gesicht einer Frau erkennen.

»Das wirst du auch sein. Es ist der Zeitpunkt des Omegas, in dem du irrst.«

Michael stockte. Weitere Fragen würden unbeantwortet bleiben, das wusste er ebenso gut wie die einfache, aber beunruhigende Tatsache, dass ihm die Antworten nicht gefallen würden.

»Nosophoros.« Er redete unbeirrt weiter und ignorierte ihre letzte Äußerung. »Wieso hast du mir sein Kommen verheimlicht?«

Pythias rätselhafte Augen blickten ihn an. Ein Wirbel pechschwarzer Krähenflügel, ein schattig-rauchiges Etwas umgab ihr Gesicht, hüllte ihre zierliche Gestalt ein. Niemand wurde aus ihrem Gesichtsausdruck schlau. Nicht einmal Michael. »Er spielt in der Zukunft des Herbstbringers eine große Rolle.«

Michael schnaubte ein verächtliches Lachen in die weihrauchschwangere Dunkelheit. »Allerdings. Wenn es nach ihm ginge, wohl auch die letzte. So wie bei vielen von uns.«

»Er wird maßgeblich dafür verantwortlich sein, dass aus dem Herbstbringer das wird, was ihr alle fürchtet.«

Die Worte sanken in Michaels Verstand wie Steine in flüssiges Kerzenwachs. »Was wir alle fürchten?«, wiederholte er heiser. Zum ersten Mal setzte ihm das penetrant süßliche Aroma des Weihrauchs zu. »Wir fürchten höchstens, dass sie einem der anderen zuerst in die Hände fällt. Hätte ich früher von Nosophoros gewusst, wäre diese Furcht um einiges erträglicher. Der beste Bluthund ist nichts gegen seinen hasserfüllten Spürsinn. Doch du hast mich verraten.«

»Nein, Michael, ich habe dich nicht verraten.« Der lebendige Schleier aus reinstem Schwarz war dem weißen

Priesterinnengewand gewichen, in dem Michael sie das erste Mal gesehen hatte. Sie drehte ihm den Rücken zu, um etwas auf den Altar zu legen. »Ich habe euch alle verraten. Ich wusste davon und habe doch nichts gesagt. Das Kommen von Nosophoros ist der Wendepunkt der Zeiten. So widersprüchlich das klingen mag. Er ist sehr wichtig.«

»Wofür?«

»Damit sie leben kann.«

Eine Weile – Emily konnte beim besten Willen nicht sagen, ob Sekunden oder Minuten verstrichen – passierte gar nichts. Dann ertönte ein Geräusch, als würde ein Baum sein gesamtes Blattwerk auf einmal abschütteln.

Du weißt, wer wir sind. Sonst würden wir es nicht wissen.

Ratlos blickte Emily zwischen den Laubwesen hin und her. Fortwährend änderten sie ihre Form, sahen im einen Moment fast menschlich, im nächsten wieder verzerrt und unförmig aus. Soweit Emily erkennen konnte, bestanden sie tatsächlich aus Laub, verwoben sich immer wieder ineinander und hüllten sie in sanfte Raschelgeräusche.

»Ihr habt etwas mit mir zu tun, richtig? Mit meiner Vergangenheit.«

Das Ausbleiben einer Reaktion wertete Emily als Ja. Es fiel ihr schwer, sich auf irgendetwas anderes zu konzentrieren als auf die unwirklich wabernden Laubgestalten.

»Ihr wisst, wer ich wirklich bin.« Es war keine Frage. Es war eine Feststellung.

Wie auf ein unsichtbares Kommando hin umringten sie die drei Wesen, schlossen sie vollständig in einer soliden Blätterwand ein.

Wir wissen nur, was du weißt. Unsere Gedanken sind deine Gedanken. Wir sind *deine Gedanken. Gedanken, an die du dich nicht mehr erinnern kannst. Gedanken, die du vergessen musstest, um zu überleben. Gedanken, die gefährlich sind. Gedanken, die wichtig sind.*

Längst war aus den drei Laubwesen wieder ein rotierender Kreisel langsam verrottender Blätter geworden. Die Worte kamen von allen Seiten.

»Wo wart ihr all die Jahre?«

In Sicherheit. Wir waren immer bei dir. Du warst es, die nicht bei uns war. Doch wir wussten, dass du uns finden würdest.

»Also seid ihr … ein Teil von mir?«

Wir sind deine Gedanken. Die letzten Gedanken des Septembers. Der letzte Sommersonnenstrahl. In uns wie auch in dir ruht der ewige Herbst. Wir sind deine Seele.

»Aber wieso seid ihr von mir getrennt worden?«

Weil es der einzige Weg war, dein Überleben zu sichern, als der Fluch ausgesprochen wurde. Weil du eine der wenigen deiner Art bist, die eine Seele besitzen. Du wirst verstehen, sobald wir wieder eins sind. Bist du bereit dafür?

Wie in Trance nickte Emily. Sie wusste, dass sie keine andere Wahl hatte.

Ohrenbetäubend laut pumpte ihr Herz Blut durch ihre Adern.

Laub stürzte von allen Seiten auf sie ein wie die sanft raschelnde Flut eines gebrochenen Damms.

Michael war überrumpelt. Bei aller Raffinesse, bei aller Geistesgegenwärtigkeit hätte er es niemals für möglich gehalten, dass jemand tatsächlich Interesse am Überleben des

Mädchens haben könnte. Es mochte diejenigen unter ihnen geben, die das Haupt der Rebellin nicht sofort auf ihre Standarten stecken wollten. Sie hatten andere Verwendung für sie. Doch was konnte Pythia an ihrem Leben liegen?

»Ich weiß, dass ich mich nicht verhört habe und dass du das Gesagte genau so gemeint hast. Beantworte mir nur eine Frage: Warum?«

Pythia drehte sich zu ihm um. Ihre Augen glänzten. »Weil sie eine Seele hat.«

Michael schüttelte unmerklich den Kopf. Er ließ seine Hand in die Manteltasche gleiten. »Und hier, am Ende unseres gemeinsamen Weges, irrst du dich zum ersten Mal. Keiner von uns hatte je eine Seele. Das war der Preis, den wir für diese Welt gezahlt haben.«

Die Klinge zerfetzte den Weihrauchdunst. Bedauern schoss durch sein Herz, als Pythia ohne ein Wimmern auf den groben Steinfliesen in sich zusammensank.

13

Sie hasste es, wenn ihre Eltern sich stritten. Und besonders schlimm war es, wenn sie sich ihretwegen stritten. Wie immer, wenn laute Stimmen sie geweckt hatten, kauerte sie auf der obersten Treppenstufe, gab keinen Laut von sich und hoffte, dass die Auseinandersetzung schnell vorüberging.

In letzter Zeit musste sie sehr oft und sehr lange auf der obersten Stufe sitzen. Mehr als einmal hatte eine besonders lange Diskussion dazu geführt, dass sie die Treppe zum Knarren gebracht und den geballten Zorn ihres Vaters auf sich gezogen hatte.

Heute bestand diese Gefahr nicht. Dafür war der Geräuschpegel bei Weitem zu hoch.

»Kannst du sie nicht einfach in Ruhe lassen? Siehst du nicht, dass sie sich durch deine Strafen nur noch weiter zurückzieht?«

»Meine Strafen? Wie du siehst, habe ich sie nicht hart genug bestraft. Sie zieht dieses alberne Spiel schon viel zu lange durch. Man redet bereits über mich, und das werde ich nicht länger dulden!«

»Aber musst du sie denn gleich zwingen, den Jungen umzubringen?«

Ihr Vater zischte abfällig. »Als wäre es das erste Leben, das sie rauben würde. Früher hat sich das Gör auch nicht so angestellt. Nein, ich habe entschieden. Sie muss ihn töten, um zu be-

weisen, dass unsere Familie nicht zu einem Hort der Schwäche verkommen ist. Willst du mir da widersprechen?«

»Natürlich nicht«, versicherte ihre Mutter unterwürfig. Levana ballte die Fäuste um die Streben des Treppengeländers, bis ihre Knöchel weiß hervortraten. Warum tat er das? Der Erniedrigung ihrer Mutter beiwohnen zu müssen war schwerer zu ertragen, als die Aussicht auf eine weitere harte Bestrafung für ihren Ungehorsam. Seit Wochen hatte sie keinen Menschen mehr getötet, kein Blut getrunken. Anfangs hatte sie sich ohne das Blut schwach gefühlt, hatte aber bald darauf festgestellt, dass es keinerlei praktischen Nutzen für sie hatte.

Ein weiteres Ammenmärchen ihres Vaters.

Der Sonnenschein war deutlich schwieriger gewesen. Ohne jemals Schmerzen empfunden zu haben, hatte sie das Haus in der glühenden Mittagssonne eines unbarmherzig heißen Augusttages verlassen. Sie war überzeugt gewesen, auf dem aufgeheizten Asphalt Londons zu sterben. Stattdessen hatte sie sich wenig später vor dem entrüsteten Familientribunal wiedergefunden.

Ihr Vater hatte daraufhin alles versucht, um sie auf den richtigen Weg zurückzuführen. Oder fast alles. Einzig väterliche Liebe hatte er in seinem Bestreben, sie wieder zu einer ehrbaren Vampirin zu machen, außen vor gelassen.

Und nun das. Sie wusste, was er vorhatte. Sie wusste, dass es die letzte Möglichkeit war, sein Gesicht zu wahren. Sie wusste auch, dass sie sich widersetzen würde.

Sie konnte nicht anders.

Alles in ihr widerstrebte dem, was sie war. Ihrer eigenen Art begegnete sie mit einer tiefen Abscheu, die sie nicht kontrollieren konnte. Ihr ganzes Sein drängte gegen die Gepflogenheiten, die Sitten und Gesetze, und ließ Scham und Übelkeit in ihr aufsteigen, wenn sie an ihre eigene Vergangenheit dachte.

Sie mochte die Vergangenheit nicht ändern können. Doch sie würde die Zukunft ändern. Ohne länger dem herrischen Organ ihres Vaters zuzuhören, eilte sie zurück in ihr Zimmer. Sie setzte sich an ihre Kommode und begann unter Tränen, sich ihre spitzen Schneidezähne abzufeilen.

Als wäre nichts gewesen, fand sie sich im Wald wieder. Die drei Blätterwesen standen ihr stumm gegenüber. Sie war fast ein wenig enttäuscht, nichts wirklich Neues erfahren zu haben.

»Ich wusste bereits, dass ich anders war. Bin. Ich weiß nur nicht, wieso.«

Die drei Kreaturen sprachen wie aus einem Mund. *Dieser Gedanke ist von größter Bedeutung. Wir haben ihn sicher verwahrt, um ihn beizeiten wieder seinem angestammten Platz zuführen zu können. Du wirst verstehen, sobald wir wieder eins sind.*

Emily nickte entschlossen. Diesmal war sie darauf gefasst, als sich die Blätterflut über ihr Haupt ergoss.

Seit Tagen hatte sie niemanden zu Gesicht bekommen. Ihr Vater hatte sie in eine fensterlose, feuchte Zelle im unbewohnten Teil des Anwesens gesperrt und jeglichen Kontakt zu ihr unter Todesstrafe gestellt.

Ihre Mutter hatte nicht einmal das abgehalten. »Mein Kind, wieso hast du das nur getan? Hättest du nicht dieses eine Mal nachgeben können?«, wisperte sie an der Tür. Aus dem Kommen ihrer Mutter schloss sie, dass es längst Nacht sein musste.

»Nein. Mutter, du weißt doch, dass ich so nicht leben kann. Ich musste es tun.«

Leises Schluchzen drang durch die massive Holztür. »Ich weiß.

Ich weiß, mein Engel, und ich bewundere dich zutiefst dafür. Du besitzt eine Kraft, die ich niemals hatte. Und doch wünschte ich, du hättest deinem Vater gehorcht. Schlimme Dinge sind passiert. Und noch schlimmere werden passieren.«

»Ich weiß. Sie werden mich töten, nicht wahr?«

Die lange Stille, die ihren Worten folgte, ließ sie bereits befürchten, dass sich ihre Mutter davongeschlichen hatte. Der plötzliche Ausbruch erschreckte sie zutiefst. »Oh Levana! Sie werden dich nicht töten. Damit käme dein Vater in der Gesellschaft niemals davon. Sie werden etwas viel Schlimmeres mit dir anstellen. Und ich weiß nicht, wie ich das verkraften soll.«

»Etwas Schlimmeres?« Ihre Stimme klang urplötzlich brüchig, ängstlich.

»Du hast eine unaussprechliche Tat begangen. Du bist eine Ausgestoßene, eine Rebellin. Dein Vater wird alles tun, um diese Schmach so gut es geht abzumildern. Er … er sieht dich nicht länger als seine Tochter. Der Rat spricht von einem Fluch, den du über dich und unsere Familie gebracht hast.«

»Was ist denn schlimmer als der Tod?« Jegliche Stärke war aus ihrer Stimme gewichen. Sie sank an der Zellenwand hinab.

»Es kommt jemand«, zischte ihre Mutter, ohne auf die Frage einzugehen, die wie ein unheilvolles Totem in ihrer Zelle loderte. »Ich liebe dich«, hauchte sie noch. Dann war sie wieder allein. Allein mit einer bohrenden Frage.

Was war schlimmer als der Tod?

Sie öffnete die Augen. Erleichtert blickte sie in die Kronen sachte wiegender Tannen, die sich dem Himmel entgegenreckten. Vereinzelt schafften es ferne Sterne, die Wolkendecke zu durchdringen.

Es war vorbei.

Wie konnte sie gerade eben noch enttäuscht darüber gewesen sein, keine neuen Schreckensnachrichten aus ihrem früheren Leben übermittelt bekommen zu haben?

Was war schlimmer als der Tod?

Diese Frage hallte dumpf in ihrem Inneren nach wie eine Totenglocke.

Das Schlimmste war das durchdringende Gefühl, etwas das erste Mal zu sehen und doch tief in sich zu spüren, es am eigenen Leib erfahren zu haben. Eine Art allumfassendes Déjà-vu, das sie nie mehr loslassen würde. Sie hatte diese Unterhaltung tatsächlich geführt. Sie war tatsächlich in dieser feuchten Zelle gefangen gewesen und hatte auf das Unausweichliche gewartet.

Sie richtete sich auf und blickte auf das immerzu seine Gestalt ändernde Trio vor sich. Genauso gut hätte sie versuchen können, aus einer Hecke schlau zu werden. Die Wesen machten keine Anstalten, das Wort zu ergreifen.

Es erschien ihr als das einzig Richtige, die nagende Frage auszusprechen, sie von ihrem früheren Leben ins Hier und Jetzt zu holen. »Was ist schlimmer als der Tod?«

Du weißt es bereits.

»Nein, weiß ich n…« Sie verstummte. Von allen Seiten stürmte Verständnis auf sie ein. Eine Strafe, schlimmer als der Tod. Ihr unerklärliches Auftauchen. Die Holzreste. Ihr merkwürdiges Wissen.

»Doch«, hauchte sie. »Sie haben mich lebendig begraben.«

Blätter umschwirrten sie wie besorgte Vögel. Als die Wesen wieder sprachen, klangen ihre Stimmen beruhigend. *Wir verließen dich und nahmen jegliche Erinnerung an dein altes Leben mit. Doch die Zeit kennt verborgene Wege. Sie lässt sich nicht gern aussperren. Wir waren machtlos, und doch wuss-*

ten wir, dass sich deine Vergangenheit deiner nicht sofort bemächtigen konnte.

»Ich weiß schon, dass meine Gedanken gefährlich sein sollen. Ich habe nur noch nicht begriffen, was sie so gefährlich macht.« Sie versuchte sich tapfer an einem Scherz. »Habt ihr da nicht auch ein kleines Filmchen für mich?«

Wir sind du, Levana. Deine Erinnerungen. Wir wissen nur das, was du erlebt hast. Alles, was darüber hinausgeht, sind Gerüchte und Möglichkeiten.

»Und wie sehen diese … Möglichkeiten aus?« Emily wollte unbedingt das Gespräch aufrechterhalten. Solange sie beschäftigt war, würde sie sich weder Gedanken darum machen müssen, was mit ihrem alten Ich passiert war, noch hinterfragen, ob sie gerade wirklich ein Gespräch mit ihren Gestalt gewordenen Gedanken führte. Mit ihrer Seele.

Du hast mit deiner Identität gebrochen. Du wurdest zu einer Verdammten, einer Ausgestoßenen, die dem Fluch des Herbstbringers schutzlos ausgeliefert war. Er traf dich mit voller Wucht, ergriff von jeder Faser deines Körpers Besitz. Und doch ist etwas passiert, das niemand vorhergesehen hat. Etwas in dir hat den Fluch abgeschwächt – und dieses Etwas war deine Seele. Sie konnte zwar nicht verhindern, dass du für immer in seinem langen Schatten wandeln wirst; doch es verhinderte das Schlimmste und hielt uns einen Fluchtweg offen, ja, es verlieh dir sogar neue Stärke. Wir sind die Gedanken, die dich wieder zu dem machen können, was du einst warst. Solltest du diesen Weg einschlagen, wird man auf dich aufmerksam werden. Du musst gut überlegen, ob du das willst.

Zum ersten Mal fiel Emily auf, wie kalt es geworden war. Sie zitterte. Sie dachte an Elias und das, was er zu ihr gesagt hatte. Jetzt wusste sie, was in ihrer Vergangenheit auf sie wartete. Sie verstand es nicht, verspürte aber dennoch eine tiefe Erleichterung. Allem Anschein nach war sie nicht das Monster, das sie sich in manch schlafloser Nacht ausgemalt hatte. »Wer soll denn auf mich aufmerksam werden? Meine Eltern?« Erst als sie es ausgesprochen hatte, wurde es ihr bewusst. War es möglich, dass ihre leiblichen Eltern noch am Leben waren? Nicht, dass sie ihrem Vater über den Weg laufen würde!

Alle, rauschte der einstimmige Chor. *Du bist der Schlüssel.*

»Für was?«

Für die endgültige Vorherrschaft. Seit vielen Jahrzehnten herrscht Einigkeit darüber, dass derjenige die Macht übernehmen wird, der den Herbstbringer zur Strecke bringt.

Emily schüttelte ungläubig den Kopf. »Das klingt ja fast nach einer Jagd.«

Die Blätter begannen, nervös zu zittern. *Genau das wird es sein. Eine Jagd.*

Erkenntnis blitzte in ihren Zügen auf. »Aber sie können mich nur jagen, wenn ich mich wieder zu dem bekenne, was ich einst war.«

Die Laubwesen drückten stumme Zustimmung aus.

»Habe ich das nicht längst getan? Ich meine, ich weiß nicht erst seit heute Nacht, dass ich eine ziemlich alte Vampirin bin.«

Auch Gedanken können gefährlich sein und aufmerksame Beobachter auf den Plan rufen. Entscheidend aber ist dein Wesen. Bekennst du dich zu deiner Art, kannst du dich nicht mehr verstecken.

Deshalb hatte Elias sie ausdrücklich darauf hingewiesen, unter keinen Umständen Blut zu trinken! So dankbar sie ihm für diese Warnung plötzlich war, so absurd erschien sie ihr. »Bleibt nur die Frage, warum ich das tun sollte. Ich halte es für eher unwahrscheinlich, plötzlich einen großen Blutdurst zu entwickeln.«

Man wird nichts unversucht lassen, um dich in eine Falle zu locken. Man weiß, dass du dich früher oder später entscheiden musst. Du bist der Herbstbringer – es ist dein Fluch, dich zu entscheiden.

»Ist es deshalb so früh Herbst geworden? Meinetwegen?«

Der Wind schien die Frage bereits zu beantworten. Blatt für Blatt trug er die letzten Gedanken des Septembers davon.

Ein Raunen wehte durch den nächtlichen Wald. *Du bist der Herbst …*

Emily wartete. Selbst wenn sie gewusst hätte, wie man sich für gewöhnlich von Laubwesen verabschiedete, war jetzt nicht der richtige Zeitpunkt dafür. Sanft, beinahe liebevoll strich ihr ein Windhauch über die Wange. Was immer es war, das durch den Herbstwind mit ihr kommunizierte: Es war jetzt ganz nah.

Fürchte dich vor den Engeln, wisperte es von allen Seiten, *denn sie bringen den Tod.*

Dann wurde es still im Wald. Und diesmal war es eine endgültige Stille. Jede Erinnerung an die Laubwesen war der Vergänglichkeit anheimgefallen.

Es war vorbei.

Wie ein Taucher, der nach einem ausgiebigen Tauchgang die Wasseroberfläche durchbricht, kam Emily zu sich. Als ihr bewusst wurde, wo sie sich befand, wurde ihr schlagartig kalt. Wie ferngesteuert setzte sie sich in Bewegung. Ohne den geringsten Gedanken an die Szenen zu verschwenden, die sich gerade abgespielt hatten, betrat sie die Wiese. Sie lenkte ihre nackten Füße über das feuchte Gras, hinein ins Wohnzimmer und über die Treppe in ihr Zimmer. Sie war noch nie so müde gewesen. Schlafen. Sie wollte einfach nur schlafen.

14

»Radcliffe?«, rief Michael in schneidendem Tonfall, während er sich schnellen Schrittes zum Salon aufmachte.

Weit über ein Jahrhundert hatte die Zeit stillgestanden – und plötzlich musste alles ganz schnell gehen. Michael hatte einige Stunden benötigt, um wieder einen klaren Gedanken fassen zu können. Nach diesem seltenen Moment der Schwäche war er nun wieder Herr seiner Sinne.

Noch war ihm niemand zuvorgekommen. Noch hatte sie sich nicht zu erkennen gegeben. Er wusste, welches große Wagnis dieses Spiel auf Zeit bislang dargestellt hatte. Ein Grund, es nicht unnötig zu verlängern.

»Sir?«

»Eine Flasche Brandy und die Chronik. Dann wünsche ich, nicht gestört zu werden.«

Der Butler deutete ein Nicken an. »Sehr wohl. Soll ich die beiden wartenden Damen wegschicken, Sir?«

Michael fletschte die Zähne. »Das wäre übereilt. Sie sollen warten.« Er verzog die Lippen zu einem humorlosen Grinsen. »Ich rufe nach ihnen, wenn mir danach ist.«

»Ganz wie Sie wünschen, Sir.« Lautlos verließ Radcliffe den Raum.

Wenig später war Michael bereits in die Chronik vertieft. Nicht, dass er nicht gewusst hatte, was in ihr geschrieben stand. Nach heute Nacht hatte er aber das erste Mal das Gefühl, etwas übersehen zu haben. Alles andere ergab keinen Sinn. Wie sollte das Orakel den Herbstbringer schützen, indem es ihm das Auftauchen dieses lästigen Nosophoros verheimlichte? Damit hatte sie lediglich die Chance erhöht, dass sie dieser Kreatur zuerst in die Hände fiel. Ihr, die die letzten Jahrzehnte an den verborgenen Rändern der Welt verbracht hatte, lauernd, wartend, voller Hass. Nosophoros war seit der Verhängung des Fluches vom Antlitz dieser Welt ebenso verschwunden wie aus den Geschichtsbüchern, ein Phantom, das nur durch Schreckensmeldungen auf allen Kontinenten verhinderte, gänzlich in Vergessenheit zu geraten.

Nosophoros, der Pestbringer. Nosferatu, wie er von den verängstigten Bauern bei seiner Ankunft in Rumänien genannt worden war. Michael hatte amüsiert beobachtet, wie Nosophoros unfreiwillig zu Weltruhm gelangte, weil dieser deutsche Regisseur Murnau einen Film über ihn gedreht hatte. Anschließend hatte er die Abgeschiedenheit der höchsten Gebirge oder das Herz des tiefsten Waldes bevorzugt und seine Rache gehegt und gepflegt wie ein neugeborenes Kind. Sein Auftauchen war kein Zufall. Eine Zeitenwende stand bevor. Die Offenbarung der Rebellin nahte.

Eines stand für ihn fest: Das Orakel hatte dem Herbstbringer keinen Gefallen damit getan, Michael diese Informationen vorzuenthalten. Und genau das machte ihn stutzig. Sie hätte doch wissen müssen, dass Nosophoros ein ebenso gefährlicher Faktor war.

Wieder und wieder las er die Berichte über sein Versprechen, den Herbstbringer mit seinen eigenen Händen zu töten. Er hatte es geschworen. Selbst ohne diese Schwurbindung konnte Michael ausschließen, dass ausgerechnet Nosophoros in der kargen Einsamkeit seine Meinung geändert hatte und der Rebellin nicht länger nach dem bisschen Leben trachtete, das ihr geblieben war.

Es gab nur einen Weg: Er musste Nosophoros aufspüren. Auch wenn das bedeutete, dass er seine eigene Anwesenheit preisgeben musste. Er musste alles auf eine Karte setzen. Wenn das Orakel wirklich die Wahrheit gesagt hatte, wusste er, wie er ihn finden würde. Oder besser gesagt, was er dafür tun musste.

»Radcliffe, ich gehe aus«, verkündete er, stürzte den Brandy hinunter und stürmte aus dem Saal.

Der Butler räusperte sich auf eine unaufdringliche Art, die jahrelanges Training voraussetzte. »Sir?«

»Ich weiß. Lass sie in die Docklands bringen. Du weißt, wohin.«

War das der Hauch eines Lächelns, der über die Züge des Dieners huschte? »Essen Sie auswärts, Sir?«

Michael schnaubte nur. Dann verschlang ihn der trübe Londoner Nebel.

»Hey, was hältst du davon, wenn wir Chemie heute schwänzen?«, fragte Emily, als sie am nächsten Morgen im Schulbus saßen.

Sophie machte ein schockiertes Gesicht. »Du und schwänzen? Emily, bist du das?«

»Ach.« Emily winkte ab. Sie war müde. »Ich habe einfach keine Lust. Außerdem muss ich mit dir über etwas reden.«

Die Albträume der letzten Nacht waren noch frisch.

Sie hatten sich nicht mit dem Morgentau verflüchtigt und ihr dunkle Ränder unter die Augen gezeichnet. Trotz des Schreckens, den die nächtlichen Erlebnisse ihr offenbart hatten, spürte sie, wie sie durch die Träume mehr über sich erfuhr, wie sich ihre alte Identität Stück für Stück ihr Bewusstsein zurückeroberte. Sie schaute aus dem Fenster. Es schien ihr, als würde der Wind mit dem Laub der Bäume ihr bisheriges Leben davontragen und sie mit dem zurücklassen, was sie zuvor gewesen war.

»In Ordnung. Ich kann mir aber sowieso schon denken, um was es geht. Oder um *wen.*«

Emily wusste nicht, was sie tun sollte. Sie wollte so schnell wie möglich zurück nach London. Gleichzeitig hatte sie riesige Angst vor dem, was sie noch alles erfahren würde. Über sich. Über ihre Vergangenheit. Über Elias …

»He, nicht so schnell«, keuchte Sophie, nachdem der Bus seine Fracht an der Schule abgeladen hatte. Schnellen Schrittes steuerte Emily das kleine Waldstück an, das nördlich an die Schule grenzte und selbst im Sommer immer nahezu menschenleer war. »Was rennst du denn so?«

Erst jetzt fiel Emily ihr hohes Tempo auf. Sie wartete, bis Sophie sie eingeholt hatte, und ging dann merklich langsamer weiter. Auch das war neu: Sie konnte sich auf einmal viel schneller bewegen und hatte das Gefühl, deutlich mehr aufnehmen zu können. Wenn das auch eine Folge ihrer wiederentdeckten Vergangenheit war, war wenigstens nicht alles an ihrem alten Leben schlecht gewesen.

»Tut mir leid. Ich will nur nicht, dass uns jemand sieht. Oder belauscht.«

»Du meine Güte, Emily, ich dachte, du willst mir nur was über diesen Typen aus London erzählen.«

Emily schluckte. Das würde schwer werden. »Ja, das will

ich. Aber nicht so, wie du jetzt denkst. Dieser Kerl … Elias … er weiß etwas über mich und meine Vergangenheit. Ich muss ihn wiedersehen. Deswegen muss ich nach London. Und das lieber gestern als heute.«

»Was weiß dieser Elias denn? So, wie du seit deiner Rückkehr drauf bist, muss es was ziemlich Verstörendes gewesen sein.«

Emily antwortete nicht. Sie ließ ihren Blick durch den Park schweifen. Obwohl die Bäume auch hier überwiegend ihr Herbstkleid trugen, waren noch vereinzelte grüne Blätter an ihnen auszumachen.

»Siehst du irgendwo ein grünes Blatt an den Bäumen?«

Sophie schaute sie perplex an. »Äh, ja?«

»Bring mal eins her.«

»Ein Blatt?« Sophies kritischer Tonfall machte klar, was sie von der Idee hielt. »Wolltest du mir nicht gerade noch was erzählen?«

»Ja doch«, seufzte Emily. »Du wirst sehen, dass es damit leichter geht. Zu leicht wahrscheinlich.«

Kopfschüttelnd schritt Sophie zum nächstgelegenen Baum, der noch das eine oder andere sommerliche Grün aufwies.

»Hier, bitte.« Sophie hielt ihr ein besonders großes Ahornblatt entgegen. Es war noch völlig grün. »Und jetzt?«

»Kannst du mir versprechen, weder zu schreien noch wegzurennen? Egal, was passiert?«

Unsicherheit breitete sich auf Sophies Zügen aus. »Ich … ich denke schon. Mann, ich will endlich wissen, was mit dir los ist!«

»Also gut«, sagte Emily leise. Dann nahm sie Sophie das Ahornblatt aus der Hand.

Einen Moment lang passierte gar nichts. Dann passierten zu viele Dinge gleichzeitig.

Der Wind schwoll an, konzentrierte sich dabei aber auf Emily. Er fuhr durch ihre offenen Haare und wirbelte die rundum verstreuten Blätter auf. Emilys Gesichtsausdruck veränderte sich. Sie wirkte älter und weiser, eher wie eine windumtoste Göttin, die von den Klippen auf die Brandung herabblickt, und nicht wie eine Schülerin.

Das Blatt in Emilys Händen veränderte seine Farbe. Erst wurde es dezent gelblich, dann wandelte es sich in immer kräftigere Rottöne und verkam schließlich zu einem braunen, vertrockneten Etwas.

Emily ließ das Blatt los. Augenblicklich trug der Wind es davon. Als würde er die Ernte einholen, wehte er von Baum zu Baum und befreite jeden in unnachgiebiger Entschlossenheit von seinen sterbenden Blättern. Fassungslos blickte Sophie umher, während unzählige Blätter sanft zu Boden segelten wie ein Regenschauer aus Laub.

Sophie blickte Emily ungläubig an. »Hab ich das gerade wirklich gesehen? Ich meine, WIRKLICH?«

»Was hast du denn gesehen?« Für Emily waren die letzten Augenblicke ein Wirbelsturm an Empfindungen, Gerüchen und Erinnerungen gewesen. Es war, als wäre ein weiteres Fenster zu ihrem früheren Leben geöffnet worden.

»Du warst nicht du. Also, du warst doch du, aber anders. Deine Augen – Emily, deine Augen sahen anders aus.«

»So habe ich mich auch gefühlt.«

Zweifelnde Augen ruhten auf ihr. »Aber jetzt geht's wieder?«

Emily nickte. »Immerhin bist du nicht weggerannt oder hast einen panischen Schreikrampf bekommen.«

»Was hat das alles zu bedeuten?«

»Ich weiß es nicht«, log Emily. Sie hielt es für das Beste, Sophie nicht sofort die ganze Wahrheit auf die Nase zu binden. *Ich bin ein Vampir, Schwesterherz.* Keine gute Idee.

»Ich bin jedenfalls nicht die, die ich zu sein glaubte. Elias kennt mich von früher, aber dieses Früher liegt deutlich länger zurück, als ich dachte. Und was immer ich damals war – ich habe mich dagegengestellt.« Sie gestikulierte wild. »Deswegen passiert das hier alles. Ich glaube, ich bin verflucht.«

»Verdammte Scheiße!«, platzte es aus Sophie heraus. »Gerade hatte ich mir diese Flausen von Jakes Großvater aus dem Kopf geschlagen, und dann kommst du und ziehst diese Horrorshow hier ab.«

»Und genau deshalb muss ich nach London. Elias ist meine einzige Hoffnung, Licht ins Dunkel zu bringen.«

»Aber was sagen wir Mom und Dad?«

Darüber hatte Emily bereits nachgedacht. »Wir können doch sagen, dass wir eigentlich gerne den Familienausflug machen würden, ich aber leider diese Hausarbeit für meine Kunstgeschichte-AG fertig machen muss.«

»Stimmt, dann lohnt sich diese Streberei sogar«, frotzelte Sophie, für einen kurzen Moment wieder ganz die Alte. Es verging schneller als das Blatt im Emilys Händen. »Emily?«, fragte sie ernst. »Was wird jetzt aus dir? Aus uns?«

Emily atmete schwer. »Wenn ich das wüsste.«

Ermutigt von Sophies Reaktion, nahm sie den nächsten Bus zurück nach Woods End, um mit Jake zu sprechen. Vielleicht würde er ähnlich gefasst reagieren.

Sie lag total daneben. »Ist das dein Ernst?«, ereiferte er sich, nachdem Emily ihm von der vergangenen Nacht erzählt und ihre Pläne offenbart hatte. »Du willst dich einem wildfremden Typen anvertrauen, der mit ziemlicher Sicherheit ein Vampir ist?«

»Ich habe keine andere Wahl. Wieso versuchst du nicht einmal, mich zu verstehen?«

»Weil es da nichts zu verstehen gibt!«, schimpfte er. Unruhig lief er in seinem Zimmer auf und ab. Im Hintergrund nahm Emily ziemlich aggressive und düstere Musik wahr. Was zu Jakes Erscheinungsbild passte: Er sah müde aus, hatte dicke Augenringe, das ungekämmte Haar stand wirr vom Kopf ab. Er trug Schwarz. Selbst jetzt war er noch süß. Süß und unglaublich stur.

»Hast du denn gar nicht zugehört? Ich bin in großer Gefahr. Und ihr seid das auch – meinetwegen. Ich tue das doch nicht nur für mich!«

Sein Bücherregal schien ihn plötzlich brennend zu interessieren. Er drehte Emily den Rücken zu. »Ich habe zugehört. Aber vielleicht hast du es ja nicht verstanden. Solange du nichts tust, wird dir auch nichts passieren. Das war doch die Essenz, oder? Wieso willst du dich denn dann auf Teufel komm raus tiefer in diese Sache verstricken? Ich dachte, du hast dich gegen die Vampire gestellt!«

Emily wusste nicht, ob er es wirklich nicht verstand oder nur nicht verstehen wollte.

»Du willst mich also hierbehalten, ohne zu wissen, welche Konsequenzen das hat?« Jetzt wurde auch Emily lauter. »Jake, das ist nicht nur egoistisch, sondern auch dumm.«

»Dann bin ich eben dumm. Ich denke nur, dass es am sichersten wäre, wenn du hierbleibst. Und dich nicht diesem dahergelaufenen Vampir an den Hals wirfst.« Er machte sich nicht die Mühe, Verachtung und Abfälligkeit aus seiner Stimme fernzuhalten. »Wieso vertraust du ihm nur? Er könnte dich in eine Falle locken!«

»Klar, nachdem er mir zweimal das Leben gerettet hat«, entgegnete sie scharf. »Denkst du nicht, dass ich bei so jemandem sicherer bin als …?«

»… als bei mir?«, vollendete er tonlos. Er drehte sich um. Ihre Worte hatten ihn sichtlich getroffen. Doch es musste sein.

»Sie werden mich suchen. Glaub mir, sie werden das nicht einfach auf sich beruhen lassen. Momentan mag ich hier vielleicht noch sicher sein. Aber erstens wird das bestimmt nicht so bleiben …«

»Und zweitens?«, fragte Jake kalt.

»Zweitens«, antwortete Emily mit bebender Stimme, »werde ich mich unter euch nie wirklich zu Hause fühlen. Was auch in meinem früheren Leben passiert ist – ich bin kein Mensch. Und ob ich noch ein richtiger Vampir bin, weiß ich auch nicht. Ich fühle mich nirgendwo zugehörig, Jake!«

Die Härte war aus seiner Miene gewichen. Er sah sie lange an. »Ich auch nicht.« Er machte einen zögerlichen Schritt auf sie zu und ergriff ihre Hand. »Nimm mich mit! Ich würde dich nie im Stich lassen.«

»Das weiß ich. Aber genau aus diesem Grund kann ich dich nicht mitnehmen. Das muss ich allein schaffen. Du musst mir glauben, dass ich anders entscheiden würde, wenn ich könnte. Ich muss weg aus Woods End. Wenn ich Vampire hierherlocken würde, würde ich mir das nie verzeihen.« Sie dachte an Jakes verschwundenen Großvater. »Vielleicht habe ich das sogar schon längst.«

»Kommst du wieder zurück? Ich weiß nicht, was ich ohne dich tun soll.« Er setzte sein unverwechselbar schiefes Lächeln auf. »Egal, wie schnulzig das jetzt klingt – du bist das Wichtigste in meinem Leben!«

In diesem Moment wäre Emily fast schwach geworden, wäre kurz davor gewesen, ihre Pläne über den Haufen zu werfen und bei Jake zu bleiben. Sie wünschte sich nichts sehnlicher als das.

Doch Jake ruinierte es mit dem Wundervollsten, was er ihr hätte sagen können. »Ich werde dich immer lieben.«

Immer. Das Wort dröhnte schwer wie eine Eisenglocke.

»Aber genau das kannst du nicht!«, sagte sie und machte sich nicht die Mühe, ihre Tränen zurückzuhalten. »Das kannst du nicht …«

Der Nebel kroch so dicht durch die nächtlichen Straßen Londons, dass sich Michaels Füße völlig darin verloren. Er mochte solche Nächte. Auch deshalb hatte er sich entschieden, heute zu Fuß zu gehen.

Es war feuchtkalt – die Menschen eilten mit gesenktem Kopf und tief in die Manteltaschen gerammten Händen ihrem Ziel entgegen. Blasse Straßenlaternen stachen aus dem Nebel hervor, als er seinen Weg vorbei an den grauen Fassaden alter Gebäude nahm, völlig versunken in der Zeitlosigkeit der Nacht.

Als er das Themseufer erreichte, hielt er eine Weile inne und betrachtete die Silhouetten der Gebäude auf der nassschwarz schimmernden Wasseroberfläche.

Er wandte sich nach Westen, immer am Fluss entlang. Leichter Nieselregen setzte ein und ließ ein monotones Rasseln auf dem nahen Fluss erklingen. Er war sich der langen Zeitspanne bewusst, die seit ihrem letzten Treffen vergangen war. Es gab dennoch keinen Grund für die Annahme, dass seinem Ruf nicht Folge geleistet werden würde.

Er ließ die Innenstadt hinter sich. Nach einigen Meilen sah er die *Hammersmith Bridge* vor sich aufragen.

Er verließ die Straße, schlug sich durch die Böschung und fand sich kurz darauf am Ufer wieder. Feuchte Kieselsteine knirschten unter seinen teuren Schuhen, als er ans Wasser trat. Auf der gegenüberliegenden Seite brannten vereinzelte Lichter in niedrigen Häusern, hier und da lagen glucksend Boote vor Anker.

Michael krempelte einen Ärmel hoch. Etwas glänzte im schwachen Licht der Brückenbeleuchtung, dann hatte er das kleine scharfe Messer auch schon wieder verschwinden lassen. Mit mildem Interesse betrachtete er den sauberen Schnitt in seiner Handfläche. Das Blut glänzte in diesem Licht fast schwarz. Eine Schande, dass er sich nicht daran berauschen konnte.

Die ersten Tropfen hatten sich noch nicht lange im dreckigen Uferwasser verflüchtigt, da wurde Michael einer Präsenz hinter sich gewahr. Zur selben Zeit verdunkelte sich die fahle Brückenbeleuchtung, als hätte jemand einen Dimmer betätigt.

»Ah«, raunte Michael, ohne sich umzudrehen, »es stimmt also.«

Das Etwas hinter ihm reagierte nicht. Dann spürte Michael, wie es näher kam. Und mit ihm kroch die Nacht heran.

»Wie lange ist es her, Nosophoros?«

Hinter ihm zischte etwas, dann war der Schatten ganz nah. Michael drehte sich nicht um. Um keinen Preis wollte er riskieren, Unsicherheit in seinen Augen aufblitzen zu lassen.

»Nicht lang genug«, raschelte eine verwelkte Stimme in sein Ohr. Sie klang wie brüchiges Pergament.

»In der Tat, in der Tat. Und doch kommt es mir vor, als sei es erst letztes Jahr gewesen. Die Zeit ist tückisch.«

Er hörte den rasselnden Atem des Wesens. Als das Etwas sprach, holte es alle paar Worte Luft. »Ich habe Berge erklommen … Täler durchschritten … Flüsse überquert … Wüsten hinter mir gelassen … und Gletscher bestiegen … Nein, mir kommt es nicht so vor … als sei es letztes Jahr gewesen.«

Michael ließ sich nicht von der scheinbar schlechten Verfassung dieser Kreatur täuschen. Nosophoros war bei Weitem nicht so alt wie er selbst. Wenn er auch klanglich den Eindruck eines ohne seinen Zauberring rapide gealterten Bilbos erweckte – Michael wusste dennoch um seine Stärke.

»Nun, es ist müßig, über etwas derart Unbedeutendes wie die Zeit nachzusinnen. Letztlich wissen wir beide, dass sie nicht mehr als ein von Menschenhand geschaffenes Trugbild ist.«

»Und doch wird mir … das Verstreichen … des alten Gesellen … bei meiner Rückkehr … in diese Stadt … stets besonders … bewusst.« Nosophoros schmatzte abfällig, ein Geräusch, das selbst Michael gern überhört hätte. »Berge verändern sich nicht … wir verändern uns nicht … aber London … London verändert sich ständig … Die Stadt … ist wie eine wuchernde Krankheit … die sich immer weiter ausbreitet … und dabei hässlicher, verkommener … und unerträglicher wird … Selbst das Morden … ist hier … zu einer … unangenehmen Notwendigkeit … geworden.« Er spuckte aus.

Michael war sich sicher, daraufhin ein giftiges Zischen in Bodennähe zu vernehmen. Instinktiv trat er einen Schritt zur Seite. »Ist das so?« Er hüstelte. »Dann müssen all die mysteriösen Todesfälle in den Docklands ja ziemlich unangenehm gewesen sein.«

»Mach dich … nicht lustig über mich … Wie ich hörte … lässt sich selbst der große Michael … zu einem stillosen Mord … auf offener Straße herab … Ich habe wenigstens den Anstand … keine Zeugen zu hinterlassen … und meine Opfer der Themse zu übergeben … So, wie wir es schon … vor Jahrhunderten getan haben.«

Trotz dieser Schelte widerstand Michael weiterhin dem Impuls, sich zu der Gestalt umzuwenden. »Du bist meinem Ruf gefolgt. Bedeutet das, du bist bereit zu verhandeln?«

Das grässliche Geräusch, das diesen Worten folgte, konnte Michael erst nach einigen Augenblicken als das erkennen, was es darstellen sollte: Gelächter. Es klang, als würden morsche Äste brechen und anschließend in fauligem Morast versinken. »Du kennst die Antwort … auf diese Frage … ebenso gut … wie ich. Und denke nicht … dass mich diese zwei … armseligen jungen Dinger umstimmen … die du in einem vergeblichen Anflug … von Kollegialität in die Docks … bringen ließest … Du weißt … was ich verlange.«

»Und du weißt, dass ich dem niemals zustimmen werde«, schnappte Michael. Die lange, einsame Zeit im Exil hatte Nosophoros' Sturheit anscheinend keinen Abbruch getan.

»Status quo«, ließ sich Nosophoros emotionslos vernehmen.

»Status quo.« Michael nickte. »Und doch bist du hier.«

»Der Herbst … kriecht wie eine lästige … Krankheit in die Bäume … und wird sie … nie wieder verlassen … Es wird nicht mehr … lange dauern … Und ich werde … bereit sein.«

Michael hob die Hände. »Gemeinsam könnten wir über diese Stadt, über die ganze Welt herrschen.«

Wieder zersplitterte totes Holz hinter ihm. »Das werde ich … auch ohne dich.«

Eiskalte Wut durchzuckte Michael.

»Du!«, donnerte er und fuhr herum. Doch er stand allein am Ufer.

15

Die Abreise kam schneller, als Emily lieb war. Wieder war sie mit dem Gefühl der Entfremdung aufgewacht, hatte eine Weile gebraucht, um in die Gegenwart zurückzufinden. Erinnern konnte sie sich an ihre Träume nicht. Ihr war vielmehr, als würde sie sich mehr und mehr von ihrem derzeitigen Leben entfernen und wieder die Person werden, die sie einst gewesen war.

Ohne vollständig ergründet zu haben, wer sie wirklich war, nahm sie unbewusst Abschied von dem Mädchen, dessen Leben sie bislang geführt hatte. Oder sie versuchte es zumindest. Da war zum Beispiel ihr wirklicher Name, der ihr nicht besonders gut gefiel. Sie würde bei Emily bleiben.

Ratlos stand sie in ihrem Zimmer. Was packt man ein, wenn man sein Leben verlässt?

Sie entschied sich, so gut wie alles zurückzulassen. Sie sah keinen großen Nutzen darin, schwer beladen auf eine Reise mit ungewissem Ausgang zu gehen. Sie wusste ja nicht einmal, ob sie Elias überhaupt finden würde. Elias unter Umständen noch heute Abend wiederzusehen, fühlte sich unwirklich an. Hastig machte sie die bevorstehenden Enthüllungen für ihren galoppierenden Herzschlag verantwortlich und versuchte, dieses gleichsam fremde und vertraute Gesicht aus ihren Gedanken zu verbannen.

Sie schnappte sich ihren Schulrucksack, schüttete den Inhalt achtlos in eine Ecke und stopfte ihren dunkelgrünen Parka, wahllos Kleidungsstücke, ein paar Bücher und die CD, die Jake ihr zusammengestellt hatte, hinein. Nach kurzer Überlegung steckte sie auch noch ihr Lieblingsfoto von Jake ein. Am Anfang war alles so klar gewesen. Jetzt war es ein großer Scherbenhaufen.

Hartnäckig drängte sich ein schlechtes Gewissen ihren Eltern und Sophie gegenüber, sowie Sorge um Jake in ihr Bewusstsein. Sie hatte ihm nicht gesagt, wie gern sie ihn an ihrer Seite gehabt hätte, wie gern sie einfach mit ihm abgehauen wäre.

Der nächste Bus in Richtung London fuhr in gut zehn Minuten. Sie wollte auf keinen Fall eine Stunde länger warten. Sie legte noch Briefe in Sophies Zimmer und ins Schlafzimmer ihrer Eltern, und mit dem bitteren Geschmack des Abschieds auf der Zunge atmete sie den Geruch des Hauses – *ihres* Zuhauses – ein letztes Mal ein. Sie schulterte den Rucksack, holte tief Luft, als würde sie sich auf einen Tauchgang vorbereiten, und öffnete die Tür.

Auf der anderen Straßenseite stand ein Typ. Emily blieb stocksteif stehen. Sie widerstand dem drängenden Impuls, die Tür wieder hinter sich zuzuschlagen und sich in ihrem Zimmer zu verbarrikadieren. Es gab kein Zurück mehr. Es gab *ihr Zimmer* nicht mehr. Es gab nur die Flucht nach vorn.

Noch sieben Minuten.

Sie schluckte ihre Angst hinunter und zwang sich zur Ruhe.

Erstaunlicherweise gelang es ihr, nicht in Panik zu geraten. Nach einiger Überwindung blickte sie dem Unbekannten in die Augen. Ein ziemlich unangenehmes Lächeln breitete sich auf seinem Gesicht aus. Wäre sie nicht so weit entfernt gewesen, hätte sie außerdem zwei spitze Zähne bemerkt. Sie spürte, dass er sie erkannte, dass er wusste, wer sie war. Es erstaunte sie, dass sie darauf eher zornig als ängstlich reagierte.

Entschlossen ging sie die Stufen vor der Haustür runter und auf den Mantelträger zu. Damit schien er nicht gerechnet zu haben: Sein Grinsen wackelte kurz, war jedoch sofort wieder an Ort und Stelle. Emily hatte es dennoch bemerkt. Der Wind frischte deutlich auf und forderte das rostfarbene Laub zu ihren Füßen sanft zum Tanz auf.

Noch sechs Minuten.

Sie wusste, was da auf der anderen Straßenseite auf sie wartete. Sie spürte, dass er ein Vampir war, als würde ein Teil von ihr aufschreien. Es konnte nur einen Grund geben, warum sie nicht schon bei Elias so reagiert hatte: Sie war ihrem wahren Wesenskern erst jetzt so nahgekommen, dass ihre alten Instinkte wieder zum Vorschein kamen. Wurde sie wieder zum Vampir? Zu dem, gegen das sie sich damals mit aller Macht gesträubt hatte? Sie schob den Gedanken beiseite und konzentrierte sich auf ihr Gegenüber, das betont langsam eine Getränkedose leerte und sie dann über die Schulter warf.

Trotz der offensichtlichen Gefahr konnte sie nicht anders: Sie musste grinsen. Sollte das etwa einschüchternd wirken?

Sie machte zwei weitere Schritte, ohne den Blick von den Augen des Vampirs zu lösen. Sie war zwar froh darum, dass sie derart gefasst blieb, fragte sich aber trotzdem, ob das, was gerade ihre Schritte lenkte, wirklich sie war.

Noch fünf Minuten.

Wie zur Begrüßung breitete der Fremde die Arme aus. Sein Grinsen wurde noch breiter. Jetzt entdeckte Emily die

Zähne. Die sehr spitzen, langen, grausamen Zähne. Zögernd blieb sie stehen, während der Wind mit ahnungsvollem Raunen durch die zunehmend kahlen Bäume der Straße strich. *Hab keine Angst*, schien er ihr zuzuflüstern. Emily begriff, dass sie nicht allein war. Obwohl etwas in ihr sie immer noch dazu drängte, ins Haus zurückzurennen, kam es nicht gegen die Stimme an, die sie zur Ruhe zwang und sie an ihren Zorn erinnerte.

Sie öffnete das Gartentor und trat auf den Bürgersteig. Nur die Straße trennte sie noch von dem Vampir. Er machte immer noch keine Anstalten, sie anzugreifen. Er stand einfach da, die Arme erhoben, den Mund zur Karikatur eines Grinsens verzogen, die Augen mörderisch kalt.

Und so etwas bist du auch, bahnte sich ein Gedanke seinen Weg. Trotzig presste Emily die Lippen aufeinander. Das stimmte nicht! Zum ersten Mal empfand sie etwas anderes als Verwirrung und Unsicherheit ihrer Vergangenheit gegenüber. Sie war die Rebellin. Sie war der Herbstbringer. Und er konnte ihr nichts antun. Noch nicht.

Noch drei Minuten.

In einem rauschhaften Moment verstand sie alles. Warum sie so war, wie sie war. Warum sie rebelliert hatte. Wieder erinnerte sie sich nicht an alle Einzelheiten oder Details aus ihrem früheren Leben, erlangte aber das überwältigende Gefühl zurück, das Richtige getan zu haben.

Sie würde es jederzeit wieder tun.

Diesmal erwartete sie die Reaktion des Herbstwindes wie die Antwort auf eine Frage. Er fegte durch die Straße, türmte das Laub zu regelrechten Wänden auf und schüttelte heulend an den Ästen.

Völlig unbeeindruckt von den Geschehnissen um sich herum trat sie auf die Straße, direkt auf den Vampir zu. Es erfüllte sie mit einer unglaublichen Genugtuung, Zweifel in seinem Gesicht aufflammen zu sehen. Der Wind legte sich schützend um sie wie ein Kleid aus Blättern, ließ rötlichbraunes Laub überall um sie herum durch die Luft trudeln und machte es dem Fremden schwer, den Überblick zu behalten.

Noch eine Minute.

Der Bus bog um die Ecke.

Jetzt oder nie. Emily rannte los, verfiel unbewusst in ein halsbrecherisch hohes Tempo. Sie musste dem Vampir den Rücken zukehren, immer darauf gefasst, jeden Moment seinen fauligen Atem in ihrem Nacken zu spüren.

Sie blickte nicht zurück.

Wenige Augenblicke später hatten sich die zischenden Bustüren hinter ihr geschlossen.

Aaron sah dem Bus lange nach. Neben Blutdurst, Mordlust und Gewissenlosigkeit blitze noch etwas anderes in seinen Zügen auf. Etwas, das ihm nicht gefiel, weil es die Dinge komplizierter machen könnte.

Respekt.

Unter der Stadt rührte sich etwas. Dort, wo sich schon seit Jahrhunderten vergessene Tunnel durch das Erdreich fraßen, wo die verfallenen Gebeine alter Säulen und Behausungen von einem London erzählten, das hier vor unzähligen Jahrhunderten gestanden hatte, ging ein Ruck spürbarer Erwartung durch das Gemäuer.

Aufgeregtes Kratzen erklang in den eingestürzten Katakomben, die tief unter den Fundamenten der Metropole den Restrukturierungsmaßnahmen der Moderne getrotzt hatten und in ihren verwitterten Steinsärgen noch immer die Asche längst vergessener Personen beherbergten. Schemen huschten durch die feuchte Dunkelheit, schreckten das brackige Wasser der stillgelegten Kanalisationsbecken auf und stoben einem gemeinsamen Ziel entgegen. Sie hatten den Ruf gehört.

Ihr Meister war zurückgekehrt.

London empfing sie von seiner besten Seite. Regen trommelte auf das Dach der *St Pancras Station* und lief an den großen Fenstern herunter. Emily stellte noch in der Bahnhofshalle fest, dass sie vergessen hatte, Regensachen einzupacken.

Verloren stand sie inmitten der Menschenmenge, die sich an diesem Freitagnachmittag von der Arbeit ins verdiente Wochenende schob. Sie war noch weit davon entfernt, zu realisieren, dass sie das einzige Zuhause, das sie je gekannt hatte, tatsächlich für immer hinter sich gelassen hatte. Dafür machte sich mehr und mehr die Gewissheit in ihr breit, nicht den blassesten Schimmer zu haben, was sie jetzt tun sollte. Eine leise, hoffnungslos romantische Stimme in ihr hatte zwar während der Zugfahrt gehofft, dass Elias vielleicht bereits am Gleis auf sie warten würde. Doch das tat er natürlich nicht.

Nach einigen weiteren Minuten, in denen sie herumgeschubst, ungeduldig angestarrt oder schlichtweg ignoriert wurde, fasste sie einen Entschluss. Sie würde sich erst mal ein stilles Plätzchen suchen, wo es etwas Warmes zu trinken gab, und ihre Gedanken ordnen.

Kaum war sie aus dem Bahnhofsgebäude getreten, stellte

sie zweierlei fest: Selbst hier draußen, unter dem zugegebenermaßen wunderschönen viktorianischen Eingangsbogen, war es keineswegs ruhiger. Dafür aber nasser. Innerhalb kürzester Zeit klebten ihr die langen Haare in losen Strähnen im Gesicht. Sie vergrub die Hände in den Manteltaschen und blickte ratlos umher. Schwarze Taxis bahnten sich hupend ihren Weg, Passanten verbargen sich unter grauen Regenschirmen oder behelfsmäßigen Zeitungen, sogar einer der roten Busse zwängte sich durch die vollen Straßen. Immerhin erblickte sie einen *WHSmith* unter den Geschäften. Buchläden beruhigten sie, und auch, wenn sie es nicht betrat, tat es ihr gut.

Wie sollte sie hier, inmitten dieser unübersichtlichen Masse an Leuten, Elias finden? Auf der anderen Straßenseite entdeckte sie ein kleines Café. Das musste für den Anfang reichen.

Nach einer wohltuenden Tasse Tee überdachte sie ihre Möglichkeiten. Bei ihrem ersten Treffen hatte Elias sie gefunden, nicht umgekehrt. Wie auch immer er das angestellt hatte: Er konnte es doch bestimmt wieder tun. Der Gedanke schien ihr logisch – besonders, nachdem sie selbst erst vor wenigen Stunden die Anwesenheit eines anderen Vampirs gespürt hatte.

Sie beobachtete die griesgrämig dreinblickenden Passanten, die vor dem gnadenlosen Londoner Regen flohen und das Café Madeira regelrecht belagerten. Die namensgebende Insel bot derzeit wohl deutlich angenehmeres Wetter.

Sie durchforstete ihren in aller Eile vollgestopften Rucksack. Bücher, knapp fünfzig Pfund Erspartes, eine Wasserflasche, ein paar Klamotten und ihre dunkelgrüne Strickmütze. Dankbar stopfte sie ihre nassen Haare darunter, ließ ein paar Münzen auf der Theke liegen und verließ das Café. Ohne Ziel, aber dafür mit einer wärmenden Portion neuen Mutes.

Sie war noch keine zehn Minuten auf der Pancras Road in Richtung *Camden* gelaufen, als der Regen nachließ. Mit ihm verflüchtigte sich auch die Trauerstimmung der Passanten um sie herum. Matt spiegelten sich Straßenlaternen auf der Straße und dem breiten Bürgersteig. Sie waren an diesem Morgen gar nicht erst gelöscht worden.

Gemächlich schlenderte sie durch den *Caledonian Park*, verweilte einige Minuten mit Blick auf den alten Uhrenturm, bevor sie ihren Weg fortsetzte. Immer wieder bedachte sie vorbeieilende Geschäftsmänner, Studenten, joggende Väter oder uniformierte Schulkinder mit aufmerksamen Blicken und fragte sich, ob sie grundsätzlich alle Vampire in ihrer Nähe spüren konnte. Nicht, dass sie besonders erpicht darauf war, es herauszufinden. Bei Elias hatte sie es nicht gespürt. Oder vielleicht nur noch nicht gewusst, was sie überhaupt spüren musste.

Sie bummelte an den kleinen Geschäften des Bezirks Islington vorbei, einer relativ ruhigen Gegend nördlich des trubeligen Zentrums. Dennoch war selbst hier weit mehr los als in Woods End. Es gab hier unglaublich viele Buchläden, die eine unverändert beruhigende Wirkung auf sie ausübten. Sie versuchte, nicht daran zu denken, dass sie Tage wie diese oft mit einem Buch verbracht hatte – im *Sheltering Tree* oder in Woods End.

Diese Tage würde es nie wieder geben.

Dass sie nicht nur Trauer bei diesen Gedanken empfand, führte sie darauf zurück, keine andere Wahl gehabt zu haben. Sie hatte ihre Familie und Jake nicht noch länger in Gefahr bringen dürfen. Auch wenn sie nicht sicher sein konnte, ob sie die Bedrohung durch ihre Flucht abgewendet hatte. Besser als nichts war es allemal.

Ein besonders schönes Buchgeschäft zog sie magisch an. Das große Schaufenster voller ledergebundener Schmuckstücke und Klassiker, die alte, quietschende Holztür, das verschnörkelte Schild über dem Eingang, das auf 1896 datiert war, und drinnen Bücher, nichts als Bücher. Bis gerade eben war Emily überzeugt gewesen, dass solche Läden nur in ebendiesen Büchern existierten, die hier im Schaufenster standen.

Er hatte noch geöffnet. Aufgeregt betrat sie den engen Laden, dessen Decke eindeutig für die Platzarmut entschädigte und sich hoch über ihr in schummriger Ferne verlor. Turmhohe Bücherregale reihten sich aneinander und wirkten, als würden sie den Neuankömmling kritisch beäugen. Stapel großer Folianten, kleiner Schmuckausgaben, goldgeprägter Bände und zerfledderter Taschenbücher standen neben und in den Regalen, auf dem Tisch mit der alten Registrierkasse und den kleinen Schemeln, die augenscheinlich für die Kunden gedacht waren. Kurz: Außer Büchern war in diesem Paradies kaum etwas auszumachen.

Kaum.

»Guten Abend, junge Dame«, ertönte unerwartet eine Stimme aus den Tiefen des Ladens. »Suchst du etwas Bestimmtes?«

»Oh, hallo«, sagte Emily in Richtung der schattigen Ecke, aus der die Stimme zu kommen schien. »Nein, ich wollte mich nur umsehen. Sie haben eine wirklich schöne Buchhandlung.« *Und eine, die wahrscheinlich erst achtzig Jahre nach meiner Geburt eröffnet wurde*, fügte sie in Gedanken hinzu.

Ein sehr alter Mann trat in den schwachen Lichtkegel einer altmodischen Deckenlampe. Die dicke Brille und der gebückte Gang wiesen ihn auch außerhalb seiner Literaturfundgrube als belesenen Bücherwurm alter Schule aus. »Das freut mich zu hören. Es passiert nicht oft, dass sich Menschen deines Alters in meinen Laden verirren.«

Wenn Sie wüssten, dachte sie.

Er musterte sie aufmerksam. »Hmmm«, machte er dann, »für was interessiert sich denn eine aufgeweckte junge Dame wie du?«

»Für nichts Bestimmtes«, erwiderte Emily, als ihr Blick auf einen Bildband vom *Highgate Cemetery* fiel. Etwas regte sich in ihr. War es, weil Jake von diesem Friedhof geschwärmt hatte?

»Ah, *Highgate*, die schönste Totenstadt der Welt. Gewiss einen Besuch wert. Wenn auch junge Damen wie du besser bis zum Morgen warten, wenn es hell ist.« Er räusperte sich. »Nun muss ich dich leider zur Tür begleiten – ich schließe jetzt. Die Geister meiner Vorgänger werden sonst sehr ungehalten.«

Noch bevor Emily sich verabschieden konnte, fand sie sich auf der regennassen Straße wieder. Wie zum Gruß stob ein Windstoß durch die kleine Gasse nahe des Ladens und wirbelte eine achtlos in den Randstein geworfene Zeitung auf. Emily schaute den umherflatternden Seiten hinterher. Irgendetwas über erschütternde Rentenkürzungen und augenscheinlich weniger erschütternde Vermisstenfälle in den Docklands hatten es auf den Titel geschafft.

Die Dämmerung zog rasch auf. Emily trottete weiter. Eine U-Bahn-Station mit dem Namen *Angel* weckte ihr Interesse. Irgendetwas klingelte bei diesem ungewöhnlichen Namen. Einen Moment lang dachte sie nach, doch sie kam nicht darauf und ließ den Namen wieder aus ihrem Gedächtnis rieseln. In einem kleinen Park unweit eines Pubs mit dem einladenden Namen *The Albion* setzte sie sich auf eine Bank und stöberte in der kleinen Broschüre der Buchhandlung. Immer wieder dachte sie an den Friedhof – auch wenn sie sich nicht erklären konnte, wieso sie so viele Gedanken daran verschwendete.

Sie verließ den Park und schlug, ohne nachzudenken, wieder den Weg in Richtung *Angel Station* ein. Irgendwo musste sie ja hin. Auf dem Vorplatz erregte ein Straßenmusiker ihre Aufmerksamkeit. Doch diesmal war es nicht die Musik, die ihre Schritte lenkte. Diesmal riss sie der Songtext aus ihren Gedanken. Wenige Meter vor dem jungen Kerl, der mit seiner schlecht gestimmten Akustikgitarre, Vollbart und zerbeultem Hut geradezu ein Bilderbuch-Straßenmusiker war, blieb sie stehen und lauschte. Es war sogar ein Lied, das sie kannte. Sie musste es wohl bei Jake gehört haben. Und dennoch hatte sie nie auf den Text geachtet. Bis heute. Still lauschte sie dem Sänger, hörte ihm andächtig zu, wie er von Londons Friedhöfen und vergessenen Geisterstädten sang.

Was geschah hier gerade? Wie hypnotisiert beobachtete sie den Musiker. Wenn er diesen Song hier für sie sang, ließ er es sich zumindest nicht anmerken: Mit geschlossenen Augen stand er einsam vor der *Angel Station*, völlig in die Musik versunken und losgelöst von dem geschäftigen Treiben um sich herum. Als wäre er gar nicht wirklich hier …

Ein Hupen riss sie jäh aus ihrem Bann. Sie konnte gerade noch zur Seite springen, bevor ein zu allem entschlossener Busfahrer sein rotes Gefährt halsbrecherisch an ihr vorbeilenkte. Sie hatte gar nicht gemerkt, dass sie mitten auf der Straße gestanden hatte.

Mit schreckgeweiteten Augen und klopfendem Herzen

blickte sie dem zweistöckigen Bus hinterher. Sie glaubte, die Nummer vierundzwanzig und diverse Haltestellen wie *Liverpool Road* oder *Archway* auf der Tafel im Rückfenster entziffern zu können. Ganz sicher war sie sich nur bei dem Ziel.

Highgate Hill.

Gänsehaut krabbelte an ihr empor, während der Straßenmusiker hinter ihr seine traurige Ode an die Stadt beendete.

There's no light over London today …

Ohne sich ein weiteres Mal zu dem Musiker umzudrehen, lief sie entschlossen zur Bushaltestelle.

Die Schatten in Londons Straßen wurden tiefer. Unbemerkt von den Menschen hatte sich ein kaum wahrnehmbarer Pesthauch über die Stadt gelegt.

Nosophoros wusste, dass seine Rückkehr nicht ohne Folgen bleiben würde. An die Menschen verschwendete er dabei genauso wenig Gedanken wie ein Autofahrer an die Fliegen, die ihre Existenz an seiner Windschutzscheibe aushauchen. Er bedauerte höchstens, dass die menschlichen Bewohner dieser Stadt nicht mehr von seiner Gegenwart mitbekommen würden als den einen oder anderen Hustenanfall oder unerklärliche Kopfschmerzen.

Auch das würde sich ändern. Aus diesem Grund war es umso wichtiger, dass er im Verborgenen agierte. Eine allzu offene Demonstration seiner Fähigkeiten hätte selbst die begriffsstutzigsten Vampire dazu gebracht, die Zeichen richtig zu deuten. Dass selbst Michael erst auf ihn aufmerksam geworden war, als es ihm sein untreues Orakel verraten hatte, beruhigte ihn. Vielleicht hätte er die Werftarbeiter in den

Docklands gar nicht derart zerfleischen müssen, dass sie sich auf dem Grund der Themse als gleichmäßige Schicht verteilten. Für die Fische war jedenfalls nicht viel übrig geblieben.

Sei's drum. Er konnte nicht vorsichtig genug sein. Und bislang lief alles nach Plan.

Schon beim ersten Hauch des Wetterumschwungs hatte er gewusst, dass die Rückkehr des Herbstbringers nah war. Er hatte sich nicht geirrt. Derart lodernder Hass konnte einfach nicht falschliegen. Das erste Mal seit vielen Jahren hatte er wieder den verhassten englischen Boden betreten – wenn er sich auch anfangs aus London ferngehalten hatte. Dieser Herbst würde nicht vergehen.

Die Stadt hatte ihn willkommen geheißen wie einen alten Freier. Man hatte keine Liebe von ihm zu erwarten und war seinen Wünschen völlig ausgeliefert. Im Gegenzug hielt er die Stadt am Leben und ernährte sie, wenn sie hungerte. Zumindest gewisse Teile von ihr.

Umgeben vom klagenden Gesang des Herbstwindes ließ der Pestbringer das London der Oberfläche zurück und stieg auf versteckten Wegen in die Unterwelt hinab.

Es war längst dunkel, als Emily den Friedhof im Norden der Stadt erreichte. Die Busfahrt hatte nicht lange gedauert, doch es hatte einige Überwindung gekostet, einfach in einen der Busse zu steigen. Während der Fahrt hatte sie sich dauernd gefragt, was sie dort eigentlich zu finden hoffte.

Jetzt stand sie an dem schmiedeeisernen Tor und stellte sich immer noch dieselbe Frage. Zwar hatte sie Elias' damalige Warnung beherzigt und keine U-Bahn genommen, auch wenn die wesentlich schneller gewesen wäre. Mitten in der Nacht auf einem Friedhof herumzugeistern schien ihr trotzdem keine besonders gute Idee zu sein. Und das lag nun wirklich nicht daran, dass Emily Angst im Dunkeln oder vor Friedhöfen hatte. Beides war nicht der Fall. Im Gegenteil: Sie hatte die stille Friedlichkeit dieser Orte immer gemocht – und der unvernünftige Teil in ihr brannte darauf, diese berühmte Ruhestätte kennenzulernen.

Sie trat auf das hohe Tor zu und rüttelte an den kalten Eisenstäben. Nichts. Der Friedhof war verschlossen. Nicht sehr verwunderlich um diese Uhrzeit, befand sie.

Hätte ihr Verstand die Oberhand gehabt, wäre sie wahrscheinlich mit dem nächsten Bus in die Stadt zurückgefahren. In dieser Nacht schloss Emily ihn jedoch hartnäckig von jeglichen Entscheidungen aus. Zurück auf der Swain's Lane, die am Friedhof entlangführte, schlenderte sie betont langsam die Umzäunung entlang. Sie konnte trauernde Engel, prunkvolle Gruften und bleich schimmernde Grabkreuze ausmachen. Der dezente Bodennebel, der sich in einer sanften Umarmung um alte Bäume und verwitterte Grabsteine legte, vervollständigte eine fast gespenstische Szenerie.

Ein paar hundert Meter weiter war Emily allein. Prüfend blickte sie den gut drei Meter hohen Zaun hinauf. An seiner Spitze konnte sie lanzenartige Verengungen erkennen.

»Mal sehen, was du so draufhast«, murmelte sie, blickte sich ein letztes Mal um und schwang sich mit erstaunlicher Leichtigkeit an den Zaun.

Keine fünf Sekunden später war sie federnd und schmerzfrei auf der anderen Seite gelandet. Und sie war nicht mal aus der Puste.

»Wow«, bemerkte sie beeindruckt. Es hatte scheinbar doch Vorteile, vampirischer Abstammung zu sein.

Etwas hatte sie an diesen Ort geführt. Dieses Etwas würde sie auch jetzt nicht im Stich lassen. Langsam setzte sie ihren Weg fort. Ohne zu wissen, was sie suchte, lenkte sie ihre Schritte ziellos zwischen den Gräbern umher. Immer wieder blieb sie stehen, um ein besonders eindrucksvolles Grabmal oder eine Inschrift auszumachen. Hier lag Charles Dickens' unglückliche Ehefrau Catherine (1815–1879), dort William Michael Rossetti, Mitbegründer des Künstlerverbands der Präraffaeliten (1829–1919), woanders der blinde Abenteurer James Holman (1786–1857). Von all diesen Toten hatte Emily bereits gelesen. Bei dem Gedanken, dass die meisten der hier begrabenen viktorianischen Größen etwa so alt wären wie sie – wenn sie noch leben würden –, schauderte ihr. Gleichzeitig wurde ihr bewusst, dass sie längst auch hier liegen würde, wäre sie ein normaler Mensch. Es war alles andere als einfach, sich an ein Konzept wie Unsterblichkeit zu gewöhnen. Wie hatte sie das in ihrem früheren Leben bloß ausgehalten? War es etwas anderes, wenn man nur die Unsterblichkeit kannte? An einem vor Vergänglichkeit geradezu überquellenden Ort mit der eigenen Unsterblichkeit konfrontiert zu werden, gehörte für Emily ab sofort zu den am wenigsten erstrebenswerten Erlebnissen überhaupt.

Die endlosen Gräberreihen lagen in tiefer Dunkelheit. Für Emily war es ein graues Zwielicht, als hätte man die Farbe aus einem Sonnenuntergang genommen. Die Kreuze, Engelsstatuen und verkrüppelten Bäume erhoben sich mahnend zum bewölkten Himmel, die Gräber waren von Laub bedeckt, das sich in ebenso zahlreichen Verfallstadien befand wie die Leichen unter Emilys Füßen.

Sie erreichte eine Ecke, in der deutlich weniger Gräber, dafür umso mehr ausladende Bäume standen. Das Gefühl, das sie beim Lied des Straßenmusikers durchströmt hatte, wurde hier wieder stärker.

Der Wind stimmte ein gedankenverlorenes Lied an. Blätter raschelten über Gräber, schwebten geradezu erwartungsvoll über den Weg und wurden sachte davongetragen.

Dann sah Emily es.

Zaghaft, wie ein scheues Reh, pirschte sie sich Schritt für Schritt an ein Grabmal heran, das im Schatten eines mächtigen Baumes lag. Sein dicker Stamm wuchs in einem Bogen in die Höhe, ausladende Äste reichten zu allen Seiten bis auf den Boden.

Ein grob gehauener Steinquader, einem Altar nicht unähnlich, ragte schief aus der Erde empor. Darauf die liegende Statue eines Engels mit gebrochenen Flügeln. Der Engel lag mit dem Rücken zu Emily. Schwer atmend umrundete sie das Grab, Schritt für Schritt. Bis sie das Gesicht der Statue sehen konnte.

Es war das Gesicht ihrer Mutter.

Statt Trauer überkam Emily ein überwältigendes Gefühl von Ruhe und Friedlichkeit. Hier, inmitten der Überreste unzähliger Verstorbener, fühlte sie sich das erste Mal zu Hause.

Gefasst setzte sie sich in das nasse Gras.

Das Grabmal war verwittert. Risse durchzogen das Fundament, und Efeu hatte sich überall ausgebreitet. Laub bedeckte die Flügel und den Rücken des gefallenen Engels.

Emily machte keine Anstalten, die Grabstätte zu säubern oder freizulegen. Sie fand es wunderschön so. Behutsam berührte sie die Seite des Steinquaders. Die hastige Abfolge urplötzlich aufzuckender Bilder ließ sie ihre Hand instinktiv wegziehen. Erschrocken starrte sie den Stein an. Für einen kurzen Augenblick hatte sie einen Blick auf etwas erhascht, ein gleißender Moment, von dem sie jetzt schon wusste, dass er sich für immer in ihr Gedächtnis einbrennen würde.

Sie hatte durch die Augen einer anderen Person auf einen groben Holzsarg geblickt, der gerade in die Erde gelassen wurde.

Emily beschlich eine üble Vorahnung. Was hatte sie gerade gesehen? Sie musste es herausfinden. Sie schloss die Augen und legte ihre Hand auf das Grab.

… und blickte direkt in die ausdruckslosen Augen ihres Vaters. Neben ihm hatte sich die Stiefelleckergarde aufgereiht wie Orgelpfeifen, von der gedrungenen Form des Lüstlings Eustace über die hagere Sensenmanngestalt des hakennasigen Arthur waren alle vertreten. Ihr Vater erwiderte ihren Blick mit einem angedeuteten Nicken, dann konzentrierte er sich wieder auf die aktuellen Geschehnisse. Zwei Totengräber kletterten gerade aus der Grube und blickten ihn fragend an. Mit einem letzten Blick in ihre Richtung wandte er sich ihnen zu und gab den Befehl, das Grab zu schließen.

Große Schaufeln gruben sich in die zu beiden Seiten des Loches aufgehäufte Erde. Mit einem dumpfen Platschen prasselte sie auf den Holzsarg. Für einen flüchtigen Moment glaubte sie, Worte auf dem Sargdeckel zu erkennen, dann wurden sie unter feuchtem Erdreich begraben.

Die versammelte Gemeinde wohnte den Vorgängen emotions- und kommentarlos bei. Kein Schluchzen, keine Träne. Nur schwarze Kleidung. Doch dies hatte unter ihresgleichen nichts zu bedeuten. Die Geräuschkulisse bestand einzig aus dem feuchten Aufklatschen der Erde und der nahen Brandung.

»Komm, wir haben hier nichts verloren«, sagte ihr Vater und nahm sie bei der Hand.

Als wäre sie im Traum in ein tiefes Loch gestürzt, schreckte Emily in die Wirklichkeit zurück. Sie zitterte am ganzen Leib. Ob es von der Kälte kam, konnte sie unmöglich sagen. Sie konnte keinen klaren Gedanken fassen.

Sie blickte sich um. War dieser Ort schon zuvor so düster gewesen? Langsam, aber sicher, fragte sie sich, ob dieser Ausflug nicht bis zum Tageslicht Zeit gehabt hätte. Was, wenn andere Vampire oder womöglich gar eines dieser grässlichen Viecher aus den Tunneln unter der Stadt in der Nähe waren?

Angestrengt horchte sie in die Nacht. Hier und da raschelte es, aber wahrscheinlich waren es nur Mäuse oder Ratten. Ansonsten fühlte sie nichts, was auf andere ihrer Art hindeutete. Und doch war da etwas – eine Empfindung, die undefinierbar über ihren Eindrücken schwebte.

Die Zeit gefror.

»The night is darkening round me, the wild winds coldly blow ...«

Emily wagte es nicht, zu atmen oder sich umzuwenden. Die Stimme war ihr nicht fremd. Während sie noch fieberhaft überlegte, was sie tun sollte, spürte sie, wie sich jemand näherte. Jemand – oder etwas. Nach sekundenlanger Schockstarre, kurz bevor der Unbekannte sie erreichte, sprang sie in einer einzigen instinktgetriebenen Bewegung auf, schnellte herum und riss einen Arm in die Höhe, um sich gegen das zu verteidigen, was auch immer sie mit viktorianischer Poesie angreifen wollte. Ein Griff, hart wie Eisen, packte ihr Handgelenk, zog sie näher und erstickte ihre blitzschnelle Bewegung im Keim.

Dann blickte sie in die Augen von Elias.

»But a tyrant spell has bound me, and I cannot, cannot go«, vollendete er die Strophe mit einer Seelenruhe, als befände er sich gerade bei einer Lesung. Die Zeilen Emily

Brontës brannten sich in ihren Gehörgang. Dabei ließ weder sein Arm ihr Handgelenk noch sein stechender Blick ihre Augen los. Sie konnte seinen Atem auf ihrer Wange spüren. Später versuchte sie sich einzureden, dass ihre Knie dabei einzig und allein aufgrund des Schocks zu Pudding geworden waren. Doch sie war ein lausiger Lügner. Sie konnte nicht mal sich selbst belügen.

Emily riss sich los und trat zwei Schritte zurück. »Wer sind die Engel?«, blaffte sie ihn in ihrem besten Befehlston an. Ohne zu wissen warum, fühlte sie plötzlich eine Wut in sich hochkochen, die Elias nicht unbedingt verdient zu spüren bekam, aber er war eben da. Außerdem hatte er kein Recht, sie hier zu stören. Hier, an *ihrem* Ort.

Er schaute bedeutungsvoll von ihr zu der Engelsstatue und wieder zu ihr. »Wenn du das meinst, was ich denke, ist das womöglich der schlechteste Einstieg in dieses Gespräch.«

Sie funkelte ihn an. »Dich anzuschleichen und mich zu Tode zu erschrecken ist deiner Meinung nach also besser?«

»Das wollte ich nicht. Ich dachte, du hättest mich sowieso gespürt. Sonst wärst du doch gar nicht hier.«

»Das habe ich auch«, zischte Emily. »Wie du siehst, habe ich gerade das Grab meiner Mutter gefunden, was erwartest du?«

»Du hast recht, bitte entschuldige. Ich hätte mir denken können, dass du mit deinen Gedanken woanders bist. Ich habe mich nur so gefreut, dass du tatsächlich hier bist.«

»Dann hättest du deine Freude doch etwas früher ankündigen können, anstatt mich so zu überrumpeln«, grummelte sie, hatte aber die Schärfe aus ihrer Stimme genommen und blickte verlegen zu Boden.

Für Elias war die Sache damit geregelt. Er blickte zum Grab. »Es ist schön, nicht?«

Emily sagte nichts. Sie mochte durch sein Auftauchen zwar einen Anflug von Erleichterung verspüren; dass er über das Grab ihrer Mutter sprechen wollte, die erste und einzige Verbindung, die sie zu ihr gefunden hatte, war ihr trotzdem eindeutig zu privat.

»Was hast du da gerade eben zitiert?«, erwiderte sie, um die Frage zu übergehen. »Ich kenne dieses Gedicht. Emily Brontë, nicht?«

»Ja, die erste Strophe.« Er trat auf das Grab ihrer Mutter zu und wischte das Laub von der Steinplatte. Noch bevor Emily wieder zornig wurde, bat er sie zu sich heran. »Hier.« Er deutete auf den freigelegten Stein. »Sieh dir das an.«

Zögerlich beugte sie sich über das Grab. Sie wollte es in Elias' Gegenwart um jeden Preis vermeiden, den Stein zu berühren. Das ging ihn nun wirklich nichts an. Sein aufmerksamer Seitenblick bei dieser Aktion entging ihr.

»Aber – das ist ja dasselbe Gedicht«, sagte sie perplex.

»Ganz recht«, sagte er leise und fixierte sie wieder mit einem dieser Blicke, die Emily kurzzeitig vergessen ließen, wo oben und wo unten war. Durften Augenbrauen überhaupt so verdammt vorteilhaft auf ein Gesicht wirken? Und überhaupt: Hatte er bei ihrem ersten Treffen nicht ein wenig abgerissen gewirkt? Heute sah er ordentlicher aus, anziehender. Sie entsann sich, wo sie sich befand, und schob die Gedanken beiseite.

Hastig trat sie wieder einen Schritt zurück. Elias gab vor, nichts bemerkt zu haben, doch Emily entging der Anflug eines kleinen Schmunzelns nicht. Zu ihrer Bestürzung machte es sie nicht wütend, es beunruhigte sie nur. Wie als Reaktion auf ihre Verwirrung fuhr der Wind merklich stärker durch das morsche Geäst und ließ die trockenen Blätter über die umliegenden Gräber rascheln.

»Ah«, machte Elias. Er schloss die Augen und lauschte dem Raunen. »Der Herbstwind, er hat zu dir gesprochen.« Sie sagte nichts darauf. Es hatte sowieso nach einer Feststellung geklungen. »Ist es dir schwergefallen?«

Das hatte sich Emily auch schon gefragt. »Nein«, erwiderte sie. »Das heißt, es fällt mir unglaublich schwer, aber ich kann aus irgendeinem Grund sehr gut damit umgehen.«

Elias nickte, als wisse er ganz genau, was sie damit meinte. Und vielleicht tat er das ja auch. »Es bedeutet mir sehr viel, dass du zurückgekommen bist, Levana.«

Emily zuckte zusammen. »Nenn mich bitte nicht so. Ich heiße jetzt Emily.«

»Entschuldige. Also, Emily, kommst du mit? Ich möchte dir etwas zeigen.«

Sie blickte auf das Grabmal. »Werde ich wiederkommen?«

»Aber natürlich. Wenn du willst, schon morgen, oder besser gesagt heute. Es wird bald hell. Komm, wir müssen uns beeilen.«

Zögerlich trottete sie Elias hinterher, der mit strammem Schritt in dem Gebüsch zwischen zwei heruntergekommenen Gruften verschwand. Langsam sickerten seine letzten Worte in ihren Verstand. *Es wird bald hell.* Was sollte das heißen? Sie hatte das Gefühl, es seien erst ein paar Minuten vergangen. Und doch konnte sie schon den ersten hellen Schimmer am Himmel ausmachen.

Sie musste mehrere Stunden am Grab ihrer Mutter verbracht haben.

»Elias, warte!«, rief sie so laut wie sie sich traute und beeilte sich, ihn einzuholen. Sie wurde nicht schlau aus ihm.

Beziehungsweise, sie wurde nicht schlau aus ihrer Meinung über ihn. Vertraute sie ihm? Nüchtern betrachtet musste man wohl davon ausgehen – immerhin folgte sie ihm gerade querfeldein in die Tiefen eines Friedhofs.

Er wartete vor einer Mauer. Vor ihm hing ein rostiges Tor schief, aber dennoch gründlich verschlossen in den Angeln. Eine massive Eisenkette sorgte dafür, dass es das auch blieb. Elias lächelte sie an und zog einen langen Schlüssel aus der Tasche.

»Woher hast du den?«, fragte sie interessiert. Sie war sich ziemlich sicher, dass das, was hinter dieser Mauer lag, aus gutem Grund eingeschlossen bleiben sollte.

»Ach weißt du …« Er zuckte beinahe entschuldigend mit den Schultern. Es war eine entwaffnende Geste. »Wenn man so lange in *Highgate* ein und aus geht wie ich, kommt man nicht umhin, die eine oder andere Bekanntschaft zu machen.«

Emily zog es vor, die Natur dieser Bekanntschaft nicht näher zu hinterfragen, und sah zu, wie er den Schlüssel quietschend im Schloss herumdrehte und das metallisch wehklagende Tor ein Stück aufschob. »Das sollte reichen«, meinte er, steckte den Schlüssel in seine Hosentasche und blickte sie an. »Kommst du? Das solltest du dir wirklich ansehen.«

Sie rührte sich nicht. »Ist es nicht gefährlich, dass wir uns hier rumtreiben? Immerhin waren wir gerade am Grab meiner Mutter. Was, wenn es bewacht wird?«

Elias nickte. »Guter Gedanke, Le… äh, Emily. Aber in diesem Fall kannst du unbesorgt sein. Wir Vampire sind nicht besonders sentimental. Dass du das Grab deiner Mutter aufsuchst, würden die meisten für unwahrscheinlich halten.«

»Und was ist mit den Engeln?« Die Frage war schneller gestellt, als sie nachgedacht hatte.

Er schüttelte den Kopf. »Nicht jetzt. Nicht hier. *Bitte!*«

»Schon gut.« Doch Emily gab sich noch nicht zufrieden. »Aber was ist mit dir? Woher wusstest du, dass ich kommen würde? Dass ich das Grab überhaupt finden würde?«

»Weil du anders bist. Weil ich anders bin.« Er blickte sie ermutigend an. »Begleitest du mich jetzt?«

Ächzend schloss sich das Tor hinter ihnen.

16

»Und, was sagst du?«

Die Hände locker in den Hosentaschen, stand Elias zwischen zwei überdimensionalen gotischen Kreuzen. Eines war schon vor vielen Jahren umgestürzt und mittlerweile vollständig von Moos und Ranken überwuchert, das andere steckte brüchig und windschief in der Erde.

»Was sage ich zu was? Ich sehe nichts.«

Am Himmel glomm mittlerweile etwas mehr Licht. Die letzte Viertelstunde waren sie immer tiefer in den alten Teil des Friedhofs vorgedrungen, wo schon lange niemand mehr beerdigt worden war. Mit roter Farbe auf Wände oder Grabsteine geschmierte Pentagramme verrieten, dass Hobbysatanisten und gelangweilte Teenager diesen Friedhofsteil gelegentlich für ihre schwarzen Messen nutzten.

Die Natur hatte diesen Bereich längst zurückerobert. Die Büsche wucherten, und verkrüppelte Eichen standen eng aneinander. Dazwischen einst prächtige, mittlerweile aber verfallene Gruften längst vergangener Nobilität, über denen eine Aura der Einsamkeit lag.

»Du musst ja auch auf den Boden schauen.« Er deutete ins Dickicht neben dem umgestürzten Kreuz.

Emily konnte eine völlig überwucherte Steinplatte unter dem Gestrüpp ausmachen. »Das da?«, fragte sie.

Nach seinem ermutigenden Nicken ging sie in die Knie und entfernte Flechten, Dornen und Efeu von dem unscheinbaren Stein. Zunächst dachte Emily, es mit einem ganz gewöhnlichen Mauerstein zu tun zu haben, der mit gekonnten Meißelarbeiten verschönert worden war.

Dann erkannte sie das Muster.

Ein Laubornament aus einzelnen, aneinandergereihten Blättern zog sich über den gesamten Stein. Sie kannte es. Es war identisch mit dem, das auf dem Holzstück eingebrannt gewesen war, das der Bauer damals bei ihrem leblosen Körper gefunden hatte.

»Was … was ist das?«, fragte sie mit zitternder Stimme.

Er ging neben ihr in die Hocke. »Das, Herbstbringer, ist etwas, das es eigentlich gar nicht geben dürfte.«

»Was meinst du damit?«

Zur Antwort legte Elias den Stein komplett frei. Eine Inschrift schälte sich Stück für Stück aus dem Unkraut hervor, jahrzehntelang verborgene Worte kamen wieder zum Vorschein.

The giant trees are bending
Their bare boughs weighed with snow;
The storm is fast descending,
And yet I cannot go.

»Kommt dir das bekannt vor?«, fragte er, als er die letzten Ranken von dem Stein gezupft hatte.

Es kam Emily bekannt vor. Und das nicht nur, weil sie gerade erst auf dem Grab ihrer Mutter die erste Strophe dieses Gedichts gelesen hatte. Auch das Holzstück, das der Bauer bei ihr gefunden hatte, trug Verse dieses Gedichts. Fragend blickte sie ihn an.

»Ganz recht. Wieder Emily Brontë. Dieser Stein wurde dir zu Ehren hier aufgestellt – weit abseits vom Grab deiner Mutter, wo niemand herumschnüffelt. Das Gedicht wurde dir zu Ehren geschrieben.«

Fassungslos blickte Emily zwischen dem Stein und Elias hin und her. Das Gedicht handelte gar nicht vom nahenden Tod der kranken Dichterin. Sie hatte es für Emily geschrieben – und griff darin ihre Einkerkerung unter der Erde auf. »Wer hat das angelegt?«, fragte sie mit trockenem Mund.

»Das weiß ich nicht. Es ist alles im Geheimen geschehen.«

Emily schluckte. Mühsam hielt sie Tränen zurück. »Das Gedicht …« Sie zwang sich, an etwas anderes zu denken. »… es ist unvollständig.«

Elias nickte. »Ja und nein. Die dritte Strophe befand sich auf …«, er zögerte, »… auf deinem Sarg. Ich weiß nicht, was das zu bedeuten hat, aber ich war mir sicher, dass du es sehen wolltest.«

Der Holzsarg in der Erde, den sie durch die Augen ihrer Mutter gesehen hatte, war ihrer gewesen!

»Gehen wir?« Elias' Stimme durchdrang ihr Gedankendickicht. »Es wird bald zu hell. Es ist schließlich nicht jeder so wie du.«

»Kannst du etwa nicht bei Tageslicht draußen sein?«, fragte Emily ehrlich erstaunt, dankbar, das Thema endlich wechseln zu können.

»Das können die wenigsten. Morgens und abends ist es noch einigermaßen auszuhalten, aber in den Mittagsstunden sind die Schmerzen unerträglich. Auch mit Sonnenbrille.« Er grinste, als sie weitergingen.

»Okay, aber warum kann ich es dann?«, hakte Emily nach. Wenn sich Elias schon mal zu etwas äußerte, wollte sie auch so viel wie möglich erfahren.

»Das ist eines der Mysterien, die dich seit jeher umgeben, Herbstbringer. Viele sagen, es ist ein Zeichen deiner Macht. Andere sagen, es ist der Preis für deine Annäherung an die Menschen.«

»Und was meinst du?«

Elias lächelte nur. »Das tut nichts zur Sache. Komm!« Er griff nach ihrer Hand. »Ich kenne da eine gute Bar, in der wir uns aufwärmen können. Außerdem möchte ich dir einige Freunde vorstellen.«

»Welche Bar hat denn jetzt schon geöffnet?«

»Schon?« Elias lachte. Der helle Laut stand in krassem Widerspruch zu der durchdringenden Stille des frühen Morgens. »Du stellst vielleicht Fragen.«

Er führte sie durch den wabernden Nebel in den frühmorgendlichen Straßen Londons. Währenddessen erzählte er ihr, was damals geschehen war. Er berichtete Emily von der Macht ihrer Familie und ihrem herrschsüchtigen Vater; von den vier einzigen Vampirfamilien und wie sie seit Menschengedenken die Geschicke der Welt mitbeeinflussten; von dem Aufruhr, den die Vampirwelt im Zuge ihrer Rebellion durchlebt hatte und von der sie sich bis heute nicht erholt hatte; von der strengen Hierarchie in den Familien und deren bedingungslosem Machtstreben; vom Machtverlust ihrer Familie und den daraufhin ausbrechenden Ständekämpfen, die ohne eindeutigen Sieger blieben und den Herbstbringer zu der entscheidenden Jagdtrophäe in einem seit dem viktorianischen Zeitalter schwelenden Bürgerkrieg gemacht hatten.

»Wer mich tötet, kommt also an die Macht?« Emily war selbst erstaunt, wie gefasst und sachlich ihr diese Worte über die Lippen kamen.

Elias nickte langsam. »So ist es.«

»Und wieso willst du das unbedingt verhindern?« Sie

hatte nicht beabsichtigt, dass diese Worte so misstrauisch klangen. Sie konnte es sich einfach nicht erklären, weshalb Elias anders denken sollte als all die anderen Vampire. »Entschuldige, ich …«

»Nein, schon in Ordnung«, wiegelte er ab. Doch Emily war der kurzzeitig aufflackernde Schmerz in seinen Augen nicht entgangen. Sie biss sich verärgert auf die Lippen. Sie wollte nicht auch noch den augenscheinlich einzigen Typen vergraulen, der ihr helfen wollte.

»Es ist gut, dass du misstrauisch bist. Sehr gut sogar. Und du kannst mir glauben, wenn ich sage, dass es mir selbst nicht klar ist.« Sein Blick schweifte ab, schien den dämmrigen Himmel über ihnen abzusuchen. »Vielleicht ist es, weil ich dich schon so lange kenne, vielleicht, weil ich davon überzeugt bin, dass du eine solche Strafe nicht verdient hast. Niemand hat das.«

Die letzten Worte hatte er gemurmelt.

Eine Weile liefen sie schweigend nebeneinanderher.

»Erzähl mir mehr! Warum bin ich so wichtig für alle?«, fragte Emily weiter.

»Ach, Herbstbringer!« Er seufzte. »Keine Gnade für mich, was?«

Mit bedächtigen Worten berichtete Elias, was damals passiert war. Sie erfuhr von ihrer Gefangenschaft, von der Zusammenkunft der vier Familienoberhäupter, um Gericht zu halten; von der Verkündung des denkbar härtesten Urteils; von der gewaltigen Schande, die sie nach Ansicht der Vampire über ihre Familie gebracht hatte, und der unausweichlichen Urteilsvollstreckung, die von ihrem Vater unterstützt worden war und als Exempel dienen sollte. Und natürlich von dem Fluch, der über sie verhängt wurde, der letzten in Eintracht vollbrachten Tat der vier Oberhäupter.

Mit einer Mischung aus Abscheu und Interesse sog sie alles, was Elias von sich gab, gierig in sich auf, ganz gleich, ob ihr übel davon werden würde oder nicht.

Sie konnte regelrecht spüren, wie die Informationen in ihr Bewusstsein flossen, leere Plätze füllten und weitere Erinnerungen freilegten. Elias' Worte bewegten etwas in ihr, ihr wurde immer klarer, wer sie war und wo sie hingehörte. Sie musste Jake vergessen. Sie musste Woods End vergessen. Nur so konnte sie weitermachen.

Als Elias seinen Bericht beendet hatte, war der Morgen endgültig angebrochen. Ein weiterer feuchtkalter Tag, der frühmorgens ebenso trüb sein würde wie mittags und nachmittags. Als wäre die Zeit urplötzlich bedeutungslos geworden. Und das, stellte Emily fest, entsprach tatsächlich der Wahrheit.

»Aber wieso der Herbst? Wieso Herbstbringer?«, fragte Emily. Es war natürlich nicht die einzige Frage, die ihr unter den Nägeln brannte. Aber es war die, die sie sich bereits seit ihren ersten Entdeckungen stellte.

Elias nickte, als hätte er darauf gewartet. Dieses Thema schien ihm weniger schwerzufallen. »Wann bist du geboren?«, fragte er sie.

»Laut deiner Aussage 1816«, erwiderte sie wie aus der Pistole geschossen. Dann merkte sie, dass sie sich noch überhaupt keine genauen Gedanken über ihr richtiges Geburtsdatum gemacht hatte. Bislang hatte sie sich damit zufriedengegeben, deutlich älter zu sein, als sie bisher angenommen hatte. »Äh, stimmt das denn wirklich?«

»Ja, das stimmt. Genauer gesagt am 30. August 1816. Herzlichen Glückwunsch nachträglich übrigens, ist ja noch gar nicht so lange her.«

Auch das war eine Neuigkeit, die erst mal verdaut werden

wollte. Nach ihrer Adoption hatten die Lancehearts einhellig beschlossen, den Tag ihrer Ankunft in Woods End als Geburtstag ihrer neuen Tochter zu wählen, und sie auch dementsprechend beschenkt.

»Danke?«, sagte sie testweise und stellte dabei fest, dass ihr noch nie zum Geburtstag gratuliert worden war. Zumindest konnte sie sich nicht daran erinnern.

»Nichts zu danken. Worauf ich hinauswill, ist aber etwas anderes: Weißt du, unter welchem Namen das Jahr 1816 in die Geschichte eingegangen ist?«

Sie schüttelte den Kopf. Zu gern hätte sie Elias mit geschichtlichem Detailwissen beeindruckt, wurde diesmal aber von ihrem historischen Interesse im Stich gelassen.

»Man nennt es noch immer Achtzehnhunderttotgefroren.«

»Achtzehnhunderttotgefroren?«, murmelte Emily fragend. Dann fiel ihr ein, irgendwo darüber gelesen zu haben. »Das Jahr ohne Sommer!«

»Das Jahr ohne Sommer. Genau. Der feuchtkalte Frühling ging direkt in den ungewöhnlich kalten Herbst über. Ich erinnere mich noch, dass es selten richtig hell wurde, es Missernten gab und Nachtfrost im Juli nicht ungewöhnlich war.« Er blieb stehen und schaute sie an. »In diesem Jahr bist du geboren.«

»Das Jahr ohne Sommer – Herbstbringer«, wiederholte sie murmelnd. War sie damals schon dafür verantwortlich gewesen?

»Keine Sorge«, beruhigte Elias sie, während sie ihren Weg fortsetzten. »Daran bist du nicht schuld. Sage ich zumindest. Damals war man sich allerdings einig, dass deine Geburt und das Auftreten dieses Phänomens untrennbar miteinander verbunden seien. Viele sahen den ausbleibenden Sommer als Vorgeschmack auf die Rolle, die du wenige Jahre später ja tatsächlich gespielt hast. Ein böses Omen sozusagen. Von Anfang an ruhten aller Augen auf dir, Herbstbringer. Auch, weil Nachwuchs in unserer Welt sehr selten ist. Man hätte eben nur niemals gedacht, dass du dich tatsächlich für diesen Weg entscheiden würdest.«

»Wenn ich nicht dafür verantwortlich war – wieso folgt mir der Herbst dann mit jedem Schritt?«

»Nicht so ungeduldig«, rügte er sie spielerisch. »Du musst noch einiges über Vampire lernen, fürchte ich. Wir können es beispielsweise überhaupt nicht leiden, unterbrochen zu werden.« Mit einem sanften Lächeln fuhr er fort: »Dein Aufbegehren war das schlimmste Vergehen seit unserer Zeitrechnung, ein Vergehen, das selbst mit der schlimmsten uns zur Verfügung stehenden Bestrafung nach Ansicht der Familienoberhäupter nicht ausreichend gesühnt werden würde. Deshalb wurdest du verflucht.«

»Ich wurde verflucht?« Emily machte ein skeptisches Gesicht. »Du meinst, wie im Märchen?«

»Mal abgesehen davon, dass Märchen meist tatsächliche Begebenheiten zum Inhalt haben: ja, wie im Märchen. Ich weiß, wie sich das für dich anhören muss. Jemanden zu verfluchen klingt irgendwie albern. Aber glaub mir, Emily: Es ist ganz und gar nicht lustig. Du wurdest mit einem ungemein wirkungsvollen Fluch belegt, wie ihn nur die vier Ältesten mit vereinten Kräften aussprechen können.«

»Und solange dieser Fluch auf mir liegt, wird mir der Herbst nicht von der Seite weichen?«

»Ich fürchte, ja. Wo immer du auch sein magst – er wird dir auf Schritt und Tritt folgen.«

Emily dachte an die Laubwesen und das Gefühl von Stärke, das ihr der Herbstwind vor ihrer Flucht aus Woods

End verliehen hatte. Wenn sie darüber nachdachte, hatte sie überhaupt nichts dagegen, den Herbst auf ihrer Seite zu wissen.

»Aber nun erst mal genug davon«, unterbrach Elias ihre Gedanken. »Für den Anfang habe ich dir wohl genug offenbart. Außerdem sind wir da.« Er deutete auf ein gedrungenes, heruntergekommenes Haus an der nächsten Straßenecke. Einige Betrunkene liefen mit müden Augen daran vorüber. Für sie war es offensichtlich Zeit für den Heimweg. »Zeit, etwas Warmes zu trinken.«

Früher hatte Michael die ältesten Familienmitglieder regelmäßig einberufen und mit ihnen gemeinsam Entscheidungen gefällt, Pläne geschmiedet und über die Ausweitung ihrer Macht nachgedacht. Früher. Längst traf er alle Entscheidungen allein, führte die Familie mit eiserner Hand und skrupelloser Unnachgiebigkeit.

Heute dachte er nur noch über die Ausweitung *seiner* Macht nach. Die letzte Versammlung lag entsprechend lange zurück.

Der Erfolg gab ihm recht: Nach dem Sturz Uriels hatte es keine fünf Jahre gedauert, bis Michael im Kampf um die absolute Macht die Oberhand hatte. Dass er sich bislang nicht dauerhaft hatte durchsetzen können, war ja nicht sein Verschulden.

Man konnte sich seine Familie eben nicht aussuchen. Das musste er einmal mehr feststellen, als er in die versammelte Runde blickte. Während er in den letzten Jahrhunderten nur unmerklich gealtert war, konnte man mehr als einem Ratsmitglied den körperlichen Verfall mittlerweile überdeutlich ansehen. Jeremias zum Beispiel, der ihm gegenüber an dem langen Holztisch saß und mit matten Augen ausdruckslos auf einen Punkt an der Wand irgendwo hinter Michael starrte. Dabei war er keine fünfhundert Jahre alt! Noch schlimmer war es um Hesekiel bestellt. Das war zwar nichts Neues – immerhin hatte der gekrümmt auf seinem Platz hockende Greis, dessen Haare alten Spinnweben glichen, mehr als tausend Jahre auf dieser Erde zugebracht und gehörte damit zu den ältesten noch lebenden Familienmitgliedern. Michael empfand den Zustand vieler einst mächtiger Vampire deswegen nicht als weniger beschämend.

Er schaffte es doch auch, der Unsterblichkeit zu trotzen und angesichts dieser Bestrafung nicht nach und nach dem Wahnsinn zu verfallen. Man musste kämpfen, musste stark sein, dann konnte einem der Schrecken der Zeit nichts anhaben. Und doch erkannte er bei vielen aus seiner Sippe untrügliche Zeichen der Selbstaufgabe. Hesekiel und Jeremias mochten die schlimmsten Fälle sein. Die einzigen waren es selbst in dieser Runde nicht.

Michael war es einerlei, ob es seine Schuld war, dass die Würdenträger seit seiner verfügten Alleinherrschaft rapide abbauten. Es zwang sie ja niemand, ihre Tage wie Mumien in einer Pyramide verstreichen zu lassen, leblos, antriebslos und leer in hohen Hallen einstiger Größe vor sich hin zu vegetieren.

Da half es herzlich wenig, dass sie genau genommen nicht unsterblich waren, sondern lediglich sehr viel langsamer alterten als Menschen. Ließ der Lebenswille nach, machte sich das automatisch körperlich bemerkbar – was nicht bedeutete, dass ein Vampir tatsächlich an Altersschwäche sterben konnte. Zumindest hatte Michael noch nie davon gehört. Und er musste es schließlich wissen. Er war der Älteste seiner Sippe. Alpha und Omega.

»Nosophoros ist aufgetaucht«, bellte er anstelle einer Begrüßung. Es war ihm noch immer ein Rätsel, wieso er seine Rückkehr nicht gespürt hatte. Er hatte sich darauf verlassen, war fest davon ausgegangen, dass er es sofort fühlen würde, wenn dieser vampirgewordene Pesthauch in der Stadt auftauchte. Ausgerechnet jetzt hatte sein Instinkt versagt. Wer wusste, wie lange sich Nosophoros schon in London aufhielt?

Zumindest sorgte diese Neuigkeit bei den weniger senilen Ratsmitgliedern für den gewünschten Effekt: Sofort verstummten die Gespräche, und eine angespannte Stille legte sich über den Raum, dessen große Fenster verdunkelt worden waren. Draußen herrschte längst lichter Tag.

»Was weiß er?«, fragte Isaak, irgendein unbedeutender Sohn irgendeines unbedeutenden Neffen. Michael hatte noch nie viel für die äußeren Linien seines Stammbaums übriggehabt. Für ihn zählte einzig und allein der dicke Stamm. Und selbst bei diesem setzte er gern die Axt an.

»Genug, um nach London zurückzukommen.« Was für eine blöde Frage. Als würde Nosophoros sein Wissen preisgeben. »Ihr wisst, was sein Kommen bedeutet.« Er stand auf. Wie bei einem missmutigen Feldwebel wanderte sein Blick drohend von Gesicht zu Gesicht. »Wir müssen vorbereitet sein. Es könnte jeden Moment so weit sein. Ich dulde nicht den kleinsten Fehler. Wenn einer von euch den Herbstbringer zu mir bringt, bevor die Wandlung vollzogen ist, wird das denjenigen teuer zu stehen kommen.«

Hesekiel ließ ein kratziges Murmeln vernehmen. Na toll.

»Was gibt es, Hesekiel?«, fragte Michael genervt.

Es vergingen einige Sekunden, in denen sich der Greis

hingebungsvoll einer Mischung aus krächzenden Atemgeräuschen und unverständlichem Gemurmel hingab. Dann endlich erklangen mehr oder weniger verständliche Worte. »Der Herbstbringer ...«, er quälte sich von Silbe zu Silbe wie ein altersschwacher Athlet beim Hürdenlauf, »... sie ... sie hat ... uns alle verraten ... Sie hat ... Schande über uns ... gebracht ... über uns alle ...«

Michaels Lippen waren ein pfeilgerader Strich. Hesekiel konnte froh sein, dass seine glanzlosen Augen noch immer auf einem Punkt mitten im Nirgendwo ruhten. »Das ist nichts Neues, Hesekiel. Darf ich fort...«

»Elendes Gör«, keuchte der alte Vampir aufgebracht, bevor Michael den Satz beenden konnte. »W-w-wieso konnte ... sie das ... Niemand ist ... stark genug ... um sich ... gegen die ... Überlegenheit ... unserer Art ... zu stellen ... Und doch ... hat sie es ... getan ... Das ist ... nicht richtig, ... nicht richtig ...« Die letzten Worte wimmerte der völlig entkräftete Greis. Dann sank er leblos in seinem Stuhl zusammen, nicht mehr als ein Häufchen Elend in einem alten, abgewetzten Anzug.

Michael bedachte ihn mit demselben mitleidlosen Blick, mit dem man ein totes Insekt von der Fensterbank wischt. »War das alles?«, fragte er kühl und richtete seine schlechte Laune wieder auf das versammelte Kollektiv vor ihm. »Ihr wisst, was man ihr nachsagt. Sie ist die letzte geborene Vampirin. Und ihre Mutter überlebte die Niederkunft. Möglich, dass ihre Stärke auf ihre Tochter übergegangen ist und sie deswegen fähig war, sich derart verabscheuenswürdig gegen ihre Natur zu stemmen.«

»Wie können wir sicher sein, wann sie ihre Stärke erkennt?« Wieder meldete sich Isaak zu Wort, ein Neuling, der nicht viel älter war als die Rebellin selbst.

»Oh, das werdet ihr spüren.« In Michaels Augen loderte ein Feuer auf. »Und wie ihr es spüren werdet. Mit jeder Faser eurer verdammten gottlosen Körper!«, zischte er. Wie sehr er darauf wartete, ihre Anwesenheit zu spüren. Wie das Verlangen in ihm brannte, sie mit bloßen Händen zu töten. Wann, wann würde es endlich so weit sein?

»Wann kommt Balthasar zurück?«, quäkte die näselnde Stimme des notorischen Klugscheißers Samuel aus dem leisen Hintergrundgetuschel. »Wollte er den Herbstbringer nicht aufspüren und …« Michaels kalter Blick schien Samuels Stimmbänder zusammenzuquetschen. Er wurde sofort mucksmäuschenstill.

»Wie ich schon Balthasar gesagt habe: Ich dulde keine Fehler. Und jetzt …«

Ein Klopfen unterbrach ihn, gefolgt von dem würdevoll ergrauten Haupt des ewigen Dieners Radcliffe. Gelassen erwiderte er den stechenden Blick seines Herrn.

»Was gibt es, Radcliffe?«, fragte Michael nach einigen wortlosen Sekunden betont ruhig.

»Er ließ sich nicht davon abhalten, mir zu folgen, Sir.«

»Wer?«

Als Antwort stolzierte Aaron in den Raum.

»Aaron«, sagte Michael tonlos und setzte sich wieder. »Dir kommt die Welt bei Tag also immer noch nicht gewöhnlich genug vor.«

»Sagt jemand, der sie noch nie erlebt hat«, konterte der Jäger und ließ sich in einen Stuhl fallen. Betont lässig betrachtete er seine Fingernägel. Dezent angewidert stellte Michael fest, dass sie voller Erde waren.

»Was willst du hier?«, fuhr Isaak den Neuankömmling mit einem überraschend giftigen Blick an. »Du bist hier nicht willkommen.«

Normalerweise hätte Michael Isaak für diese unerlaubte Wortmeldung eine Lektion erteilt. Heute war er sogar froh, sich verbal nicht mehr als nötig mit Aaron befassen zu müssen.

»Als ob ich das nicht wüsste. Keine Sorge, ich fühle mich hier nicht zu Hause und werde gleich wieder verschwinden. Gleich, nachdem ich euch mitgeteilt habe, was ich über den Herbstbringer weiß.«

Das Getuschel verstärkte sich. Fragende Blicke wurden zu Michael geworfen. »Und das wäre?«, fragte Michael, um Desinteresse bemüht. Manchmal war selbst ihm diese ganze Show zu viel. Einlenken würde er dennoch nie, auch wenn er diese Scharade bis zum bitteren Ende spielen musste.

»Ich habe sie gesehen.« Das aufgeregte Gemurmel platzierte ein raubtierhaftes Lächeln auf seinem Gesicht. Michael brachte die Ratsmitglieder mit einem strengen Blick zum Schweigen. Ebenso gut wie Aaron wusste er, was diese Aussage bedeutete: Wenn dieser ehrlose Hund die Wahrheit sagte, war er auch in der Lage, ihre Fährte aufzunehmen. Und wenn sie frisch war, würde er sie auch anderen offenbaren können. Ihm. »Ich weiß, wohin sie unterwegs war. Und was sie dort gefunden hat.«

»Was willst du dafür?«, fragte Michael nun drängend. Er wollte Aaron keinesfalls die Genugtuung geben, sich länger als nötig auf diesem Triumph auszuruhen. Bei dessen siegessicherem Grinsen wurde ihm übel.

»Der übliche Tarif, würde ich sagen.« Aarons gönnerhafter Blick verschwand. »Allerdings als jährliche Zahlung.«

Derart viele am Tisch zogen derart schockiert die Luft ein, dass sich Michael nicht gewundert hätte, wenn plötzlich ein Vakuum im Raum entstanden wäre. »Abgemacht«, sagte er, ohne zu zögern. Er gab Radcliffe einen Wink, der sich daraufhin entfernte. »Du weißt, wo du es findest. Und jetzt darf ich dich bitten, zum Punkt zu kommen. Wie Isaak bereits sagte: Du bist hier nicht willkommen.«

»Also gut: Ich habe sie in Woods End aufgespürt. Wir standen uns gegenüber. Ich konnte ja nichts tun und musste zusehen, wie sie in einen Bus gestiegen ist. In einen Bus nach London.«

»Sie ist hier?«, fragte Michael scharf. »Du weißt, was dir blüht, wenn du lügst.« Er ließ sich die Erleichterung nicht anmerken. Wenn sie tatsächlich hier war, hatte sie sich noch nicht verwandelt. Dies zumindest wäre ihm sicherlich nicht entgangen. Oder?

»Ja, sie ist hier. Ich bin ihr bis an die Tore *Highgates* gefolgt und …«

»… hast dich natürlich nicht reingetraut«, warf Isaak spöttisch ein. »Keine Lust auf einen Leichenschmaus gehabt?«

»Ruhe!«, rief Michael, konnte sich jedoch ein süffisantes Grinsen nicht verkneifen. Jeder wusste von Aarons zwiespältiger Beziehung zum *Highgate Cemetery*, und es tat erstaunlich gut, es diesem selbstgefälligen Störenfried unter die Nase zu reiben. Er hasste es, von Aaron abhängig zu sein. Die Entlohnung des Jägers war dabei noch seine geringste Sorge. Vor ihm und allen zuzugeben, auf Aarons Hilfe angewiesen zu sein, schmeckte ihm nicht. »Wann war das?«

»Gestern Abend, gegen zehn.«

Dann war die Fährte frisch genug, dass auch weniger geschulte Vampire sie aufnehmen konnten.

»Wer weiß noch davon?«

»Jeder, der sie gesehen hat, was denkst du denn? Die Göre hat nicht besonders viel Wert darauf gelegt, unauffällig zu sein. Wurde fast von einem Bus überfahren. Das hätte wohl ganz schön Aufsehen erregt.« Er meckerte ein gänzlich humorfreies Lachen.

»War sie allein?«

»Ja.« Aaron zögerte. »Kann natürlich sein, dass sie sich mit jemandem getroffen hat.«

»Mit dem Geist ihrer verfluchten Mutter, oder was? Oder hatte sie ein Stelldichein mit Karl Marx?« Diesmal war Josua für die verbale Entgleisung verantwortlich. Zu gern hätte Michael jetzt gleich ein Exempel an ihm statuiert, um derartige Frechheiten endgültig zu unterbinden. So angebracht sie auch waren – es stand ihm nicht zu, diese Dreistigkeit an den Tag zu legen. Leider konnte er es sich nicht erlauben, seine sowieso schon überschaubare Familie noch weiter zu dezimieren. Er brauchte jetzt jeden einzelnen Schwächling von ihnen.

Aaron ignorierte auch diesen Affront und lächelte sein wölfisches Lächeln, als wären er und Michael allein im Raum. »Du solltest dankbar sein. Ich hätte genauso gut zu einem der anderen gehen können.«

»Ich hatte mir schon gedacht, dass du seit unserem letzten Treffen noch tiefer gesunken bist. Dank hast du von mir nicht zu erwarten – außer in materieller Hinsicht, versteht sich. Es macht sich doch immer wieder bezahlt, von korrupten Halsabschneidern umgeben zu sein. Und jetzt beenden wir diese Farce. Isaak, Josua, ihr begleitet Aaron. Ich erwarte eure unverzügliche Rückkehr, sobald ihr die Spur des Herbstbringers aufgenommen habt. Wagt nicht, mir zu widersprechen«, kommentierte er ihre schockierten Gesichter grollend. »Ich weiß, dass es längst Tag ist. Das ist nicht mein Problem. Findet eine Lösung und kommt nicht wieder, ehe ihr die Fährte aufgenommen habt. Die anderen verziehen sich unverzüglich auf ihre Posten!«, befahl er. Dann glitt sein Blick über die starren Gesichter von Hesekiel und Jeremias. »Oder eben dorthin, wo ihr niemandem im Weg seid.«

Familie. Die nächste würde er sich besser aussuchen. Aber immerhin hatte es endlich begonnen. Er beschloss, sich später darüber zu freuen, und stürmte wortlos aus der Tür.

Aaron stellte sich ihm in den Weg. »Da wäre noch was.«

Michael durchbohrte ihn mit einem finsteren Blick, der allerdings ohne Wirkung blieb. Der Jäger schien sich seiner Sache sehr sicher. »Die Rebellin hat einen kleinen Freund in Woods End. Ein Junge, der sich auf den Weg nach London gemacht hat, um sie zu suchen.«

Michael sagte nichts.

»Ich habe ihn natürlich längst aufgespürt und könnte ihn dir, sagen wir, so gut wie lebendig überlassen.«

»Was willst du dafür?«, fragte Michael kalt. Er hoffte, seine Maske des Gleichgültigkeit aufrechterhalten zu können. Darunter brannte er darauf, den Jungen in seine Gewalt zu bekommen.

»Oh, ich bin sicher, dass wir uns einig werden. Ich will gar nichts dafür – nur dein Versprechen, dass du mir Nosophoros überlässt, wenn diese Jagd zu Ende ist. Also was ist, altes Haus: Sind wir im Geschäft?«

17

The World's End prangte in großen, goldenen Lettern über der Eingangstür. Etwas melodramatisch vielleicht, und dennoch waberte hier etwas durch die Luft, das Emily das Gefühl gab, es mit einem alles andere als zufällig gewählten Namen zu tun zu haben.

»Scheint geschlossen zu sein.« Sie blickte Elias fragend an.

Er lächelte. »Scheint so, ja.«

Dann klopfte er dreimal gegen die braune Holztür. Kurz darauf ertönten hastige Schritte, gefolgt von einem Klicken. »Das ist Camden«, raunte er ihr verschwörerisch zu, als er die Klinke runterdrückte. »Hier ist nichts, wie es scheint. Vor allem nicht am Ende der Welt.«

Nach dieser Ankündigung war Emily beinahe enttäuscht, als sie den Laden betrat. Bei all diesem geheimnisvollen Vorgeplänkel hätte sie zumindest eine zu gleichen Teilen verruchte wie verrauchte Kaschemme erwartet, in der finstere Typen in finsteren Ecken hockten, dubiose Geschäfte getätigt wurden und man sich keinesfalls an den Erdnüssen in den Schälchen bedienen sollte. Wenigstens im letzten Punkt wurde sie nicht enttäuscht: Die Erdnüsse auf dem Tresen schwammen tatsächlich in etwas, das aussah wie Bier. Zumindest hoffte Emily, dass es Bier war.

Der Rest des Pubs entpuppte sich als erstaunlich normaler, sorgsam nostalgisch eingerichteter Laden. Statt dunkler Ecken führte eine rostrote Wendeltreppe zu einer Empore hinauf, die für eine offene, beinahe freundliche Atmosphäre sorgte. Hier und da saßen schweigsame Gestalten einsam an Tischen, die ihr Kommen gar nicht bemerkten oder mit einem beiläufigen Blick bedachten. Auf den ersten Blick war hier nichts Außergewöhnliches zu entdecken.

Elias führte sie zu einem Tisch. »Ich hole uns etwas zu trinken«, sagte er und verschwand in Richtung Bar. Dass kein Barkeeper in Sicht war, schien ihn nicht zu stören. Im Gegenteil: Seelenruhig spazierte er hinter die Theke und hantierte geschäftig an einigen Apparaturen herum. Es hatte nicht den Anschein, dass er das zum ersten Mal machte.

Emily blickte sich ein zweites Mal um. Und irgendwie erschien ihr das *World's End* mit einem Mal gar nicht mehr so gewöhnlich. Zunächst fiel ihr auf, dass die Fenster allesamt von innen abgedunkelt waren. Dann wurde sie des Gemurmels gewahr, das um sie herumwaberte. Verwundert blickte sie zu den Tischen. Wo sie auch hinsah, konnte sie lediglich einzelne Gestalten auf Stühlen und Barhockern ausmachen. Wenn diese Leute also nicht ausnahmslos Selbstgespräche führten, ging hier irgendetwas Merkwürdiges vor sich. Dass die Uhr um kurz nach zwölf stehen geblieben war, fiel dabei gar nicht mehr auf.

Elias kam zurück und stellte zwei dampfende Gläser vor ihr auf dem Tisch ab. »Gegen die Kälte. Und die Gedanken.« Dann musterte er sie. »Dir ist es aufgefallen, nicht wahr?«

»Was willst du damit sagen?«, fragte sie.

»Was du zu hören meinst, spürst du in Wirklichkeit. Du spürst die anderen Vampire.«

»Ich spüre ihre Gedanken?«

»Nicht direkt. Es ist kompliziert, aber die Erklärung, dass du die Gedanken *ihres Blutes* spürst, kommt schon ganz gut hin.«

Man konnte sich scheinbar an alles gewöhnen. Anders war es für Emily nicht zu erklären, dass sie selbst dieser Kommentar nicht mehr wesentlich verunsicherte. »Ist das bei allen Vampiren so?«

»Im Grunde genommen ja. Wir spüren die Gegenwart anderer Vampire, aber nicht immer äußert sich das in Gemurmel. Ein Ziehen im Hinterkopf, ein Kribbeln in den Fingerspitzen, ein flaues Gefühl im Magen – irgendetwas in der Größenordnung. Nicht immer ist alles, was dir merkwürdig vorkommt, das Anzeichen für einen Vampir, und nicht immer löst die Gegenwart eines Vampirs ein untrügliches Körpergefühl aus. Jeder Vampir reagiert anders, und jeder Vampir sendet andere Signale aus. Es kommt …«

»… immer darauf an«, vollendete Emily den Satz frotzelnd. »Das habe ich mittlerweile kapiert. Und? Was machen wir jetzt?«

Aus dem Glas stieg ihr ein würziger Duft in die Nase.

»Was wir immer tun«, ertönte eine Stimme hinter ihr, dicht gefolgt von einer zweiten. »Wir trinken!«

Perplex blickte Emily in die strahlenden Gesichter zweier Personen, die selbst in einem Charles-Dickens-Roman zu konstruiert gewirkt hätten. Mit schwarzen Hosenträgern, Fliege oder Krawatte, sonderbar aufgeblähten Hosen und einem übertriebenen Cockney-Slang schoben sich die beiden Neuankömmlinge zwischen sie und Elias, der mit einem entschuldigenden Kopfschütteln mitansehen musste, wie der Größere des seltsamen Paares Emilys Glas nahm, es in einem Zug leerte und es mit zufriedenem Schmatzen auf den Tisch knallte.

»Das ist besser«, brummte er und fuhr sich mit der Zunge über die Lippen, um auch den letzten Tropfen dieses seltsamen Getränks zu schmecken. Für einen kurzen Moment sah Emily zwei spitze Zähne aufblitzen. »Sie müssen wissen, werte Dame, in Gegenwart des anderen Geschlechts bin ich für gewöhnlich etwas schüchtern und behalte es mir vor, einen kräftigen Schluck zu mir zu nehmen, wenn ich auf die Damenwelt treffe. Lockert die Zunge, Sie verstehen?«

»Die letzten sieben Gläser haben deine Zunge also noch nicht gelockert, altes Haus?«, rügte ihn der Kleinere in gespielter Entrüstung und stemmte die Fäuste in die Hüften. Dann warf er einen Blick auf die Uhr und fügte missbilligend an: »Dabei ist es doch erst kurz nach zwölf.«

Die beiden brachen in kindisches Gelächter aus. Emily warf Elias einen fragenden Blick zu, was dieser mit einem resignierten Schulterzucken quittierte. »Manieren, meine Herren!«

»Oh, ja, oh«, entfuhr es den beiden, und für einen Moment verfielen sie in betretenes Schweigen. Unbeholfen zogen sie die Hüte von ihren Köpfen und knautschten sie verlegen zwischen ihren Fingern. »Verzeihung, Miss«, murmelte der Große. »Wir sind nur so aufgeregt, weil der feine Herr Elias bereits so viel von Ihnen erzählt hat.«

»Ja, und von früher«, vervollständigte sein Kumpan, der wie eine etwas zu kurz geratene Version des anderen wirkte: Beide hatten sorgsam gekämmte Seitenscheitel, furchtbar veraltete Filzhüte und trugen viel zu kurze Westen. Obwohl sich Emily nicht vorstellen konnte, dass die beiden hier kein Spiel mit ihr spielten, war es fast unmöglich, sie trotz aller Aufdringlichkeit *nicht* zu mögen.

Der Hagere räusperte sich. »Rufus nennt man mich«, sagte er förmlich und deutete eine Verbeugung an. »Ich werde heute Nacht als Mundschenk fungieren.« Damit verschwand er in Richtung Bar.

»W-Willie«, brachte die kleine Rufus-Variante fast ohne Stottern raus. Seine Verbeugung gipfelte darin, dass sein Hut vor ihm auf dem Boden landete, was in einer Slapstick-Nummer endete, in der er seinen urplötzlich zum Leben erwachten Hut durch den Pub jagte. »Zu ihren Diensten«, brachte er atemlos hervor, nachdem er die Jagd erfolgreich zu Ende geführt und Rufus bereits vier neue Gläser auf dem Tisch abgestellt hatte.

Sie schauten sich an. Wie auf Kommando sprachen beide gleichzeitig. »Und wir sind die Verlorenen Jungs.«

Elias klatschte zweimal in die Hände. Unsicher, was sie jetzt tun sollte, stimmte Emily ein. Es schien das Richtige zu sein: Die beiden zu groß geratenen Kinder strahlten und klopften sich begeistert auf die Schultern.

Rufus hob sein Glas. »Auf das Ende der Welt«, verkündete er dramatisch. Zaghaft probierte Emily die heiße Flüssigkeit. Sofort wurde sie von einer würzigen Wärme geflutet, die sich gezielt in ihrem Körper ausbreitete. Es schmeckte fruchtig und scharf. »Dieser Trinkspruch klappt erheblich besser als damals. Früher hieß dieser Pub *Mother Red Cap*. Nach dem einen oder anderen Drink ging das ganz schön schwer über die Lippen.«

»Wohl wahr. Vor allem nach dem besten Glühwein von ganz London!« Willie lächelte selig in sein fast leeres Glas hinein. Das Duo schien für den Moment besänftigt.

Emily nahm einen weiteren vorsichtigen Schluck. Sie

hatte zuvor noch nie Alkohol getrunken – oder zumindest nicht, seit sie gefunden worden war. Mit fast zweihundert Jahren auf dem Buckel war sie aber wohl kaum zu jung, um damit anzufangen. »Die Verlorenen Jungs – das ist aus *Peter Pan*, richtig?«

»Sehr wohl, Miss«, bestätigte Rufus zwischen zwei tiefen Schlucken. Auch sein Glas war schon wieder leer. »Ist so eine Masche von uns.«

»Ich habe es bislang nicht eingesehen, mich zu Peter Pan degradieren zu lassen«, raunte Elias ihr zu. »Nicht, dass sie Rücksicht darauf nehmen würden.«

»Aber es passt doch«, protestierte Rufus. »Du bist unser Anführer, todesmutig, und richtig erwachsen wirst du auch nicht. Außerdem ist da noch …«

»Genug«, fiel ihm Elias ins Wort. »Ihr langweilt unseren Gast.«

»Nein, im Gegenteil. Gibt es auch Glöckchen? Und das tickende Krokodil? Das finde ich eigentlich am besten.«

»Nun«, begann Rufus zögerlich und warf einen unsicheren Seitenblick auf Elias. »Könnte man so sagen, ja. Wobei wir uns um die Zeit nicht allzu viele Gedanken machen müssen.«

»Und das hier ist dann Nimmerland?«

»Nimmerland ist abgebrannt«, brummelte Willie. Ein finsterer Schleier legte sich über sein Gesicht. Dann hellte es unvermittelt auf. »Aber was will man auch erwarten, wenn man am Ende der Welt angekommen ist.«

»Rufus und Willie sind alte Freunde«, erklärte Elias jetzt Emily. »Wir kennen uns schon sehr lange und haben viel zusammen durchgemacht.«

»Und ob!«, bestätigten die beiden wie aus einem Mund. »Oh, Miss, wir können Geschichten erzählen …« Rufus geriet ins Schwärmen und bekam gleich von Willie Verstärkung. »Oh ja, Geschichten, Miss, solche haben Sie gewiss noch nicht gehört!«

»Später vielleicht«, fuhr Elias gereizt dazwischen. Dieser Ausbruch überraschte Emily. »Neben diesen beiden Klatschweibern gibt es noch Ambrose. Aber der ist nicht halb so gesprächig.«

»Ha!«, platzte aus Rufus heraus. »Der alte Ambrose ist nicht mal halb so gesprächig wie ein Körper, nachdem ihn ein Beil von seinem geliebten Kopf getrennt hat – wenn Sie die Ausdrucksweise verzeihen, meine Liebe. Dafür ist er schnell im Denken, und ohne ihn wären die Verlorenen Jungs wohl noch verlorener.«

Willie nickte ernst.

»Wie dem auch sei«, sagte Elias. »Ich habe dir diese Rabauken vorgestellt, damit du weißt, wer künftig auf dich aufpassen wird. Lass dich nicht von äußeren Eindrücken täuschen«, ergänzte er, als er ihren zweifelnden Blick sah. »Wenn es darauf ankommt, sind die Verlorenen Jungs der beste Schutz, den du dir wünschen kannst. Niemand kennt sich in den Labyrinthen unter der Stadt besser aus als diese beiden.«

»Man dankt«, ließ sich Rufus vernehmen und ergriff Emilys Hand. Seine Finger waren eiskalt. »Werte Dame, Sie können sich auf uns verlassen. Wenn es darauf ankommt – und das wird wohl sehr bald der Fall sein –, werden wir zur Stelle sein. Wir krochen schon durch die Tunnel und Gänge, als die Nächte noch von Gaslicht erleuchtet wurden.«

»Die Nächte werden nicht mehr von Gaslicht erleuchtet?«, fragte Willie verwundert. Er kratzte sich am Kopf, was seinen Hut abermals zu Boden trudeln ließ. »Na, sieh mal einer an. Und ich dachte, es wäre immer noch fünf nach zwölf.«

»Ist es auch.« Rufus tätschelte beruhigend Willies Arm, während er Emily einen wissenden Blick zuwarf. »Ist es auch.«

Emily bezweifelte, dass ihre neue Leibgarde sonderlich viel bringen würde. Aber für den Moment war es besser, als allein durch diese Stadt zu irren. »Vielen Dank«, sagte sie zögernd. »Das ist sehr zuvorkommend.«

Beide machten abwinkende Gesten. »Selbstverständlich, selbstverständlich«, versicherte Rufus und verabschiedete sich erneut zur Theke. Willie trottete hinterher.

»Was hältst du von ihnen?«, fragte Elias vorsichtig.

»Sie sind ungewöhnlich«, befand Emily und nahm einen weiteren Schluck Glühwein. »Wo hast du die beiden denn aufgegabelt?«

»Das ist eine lange Geschichte, die Rufus bestimmt viel besser erzählen kann. Aber sag mir zunächst: Ist dir etwas Besonderes an ihnen aufgefallen?«

»Du meinst, außer *allem*?«

Elias lächelte. »Ich meine nicht ihr Äußeres oder ihr Gebaren, das zugegebenermaßen wirkt wie aus einem drittklassigen viktorianischen Theaterstück. Und mit drittklassigen viktorianischen Theaterstücken kennen sie sich aus, sie waren früher schließlich Schauspieler! Nein, ich meine eher ein Gefühl.«

Emily bedachte die beiden schrägen Vögel mit einem langen, nachdenklichen Blick. Gerade versteckte Rufus Willies krumpligen Hut auf einem der hohen Spirituosenregale, was den kleineren Willie zu beherzten Sprüngen animierte. Schauspieler. Sie lächelte kopfschüttelnd. Wo war sie nun wieder hineingeraten? »Nein«, sagte sie nach einer Weile. »Nicht, dass ich wüsste.«

»Du hörst also auch Gemurmel von ihnen ausgehen?«

»Das nicht«, sagte Emily nach einigen konzentrierten Augenblicken des Lauschens. Dann fiel ihr auf, dass sie überhaupt kein Gemurmel mehr hörte. Mit Ausnahme von ihr, Elias und dem seltsamen Paar war der Pub leer. »Wo sind die anderen? Und wieso höre ich nichts mehr?«

»Sie sind fort, um die erste Frage zu beantworten. Es ist schließlich schon spät.«

»Früh«, warf Rufus ein, der mit Willie und neuen Getränken zu ihnen an den Tisch zurückgekehrt war. »Die zweite Frage ist etwas komplizierter. Jungs?«

»Nun, Miss«, wandte sich Willie in feierlichem Tonfall an sie. »Bei uns haben Sie es wahrlich mit etwas Sonderbarem zu tun.«

»Wahrlich sonderbar«, pflichtete Rufus nickend bei.

»Denn, sehen Sie, bei uns handelt es sich gar nicht um Vampire, oh nein.«

»Oh nein!«, stimmte Rufus ein.

»Oh nein. Aber wir wären gern welche, stimmt's, Rufus?«

»Stimmt ganz genau, mein Herr. Seit dem Augenblick, als wir hinter dem *Britannia Theater* angefallen worden sind, wären wir nichts lieber als das.« Er rieb sich das Kinn. »Obwohl wir an diesem Abend bei Weitem nicht so schlecht waren wie in der furchtbaren Spielzeit 1844/45.«

»Aber wenn ihr keine Vampire seid«, fragte Emily nach, »wieso seid ihr dann hier? Wieso habt ihr spitze Zähne? Seid ihr etwa nicht tot?«

Rufus seufzte. »Mausetot sogar, was, Willie?«

»Nicht das geringste Quäntchen Leben in uns, nein, Madame, bedaure.«

Irritiert blickte Emily zu Elias. »Ich fürchte, das gehört zu ihrer Show«, raunte Elias ihr zu und lehnte sich zurück.

Wie um das eben Gesagte zu unterstreichen, packte Willie ihre Hand und presste sie sich an die Brust. Er blickte sie erwartungsvoll an. »Nichts zu spüren, was?«

»Na, kein Wunder, so kalt wie unsere Hände sind, müsste da schon Eiswasser durchfließen.«

»Goldrichtig, alter Knabe«, gluckste Willie. »Wie dem auch sei: Einst waren wir Untote, gepeinigte Seelen in Erwartung des ewigen Höllenfeuers. Obwohl ich Rufus zustimmen muss, dass wir das nicht verdient hatten. Unser Ensemble mag nicht das beste gewesen sein, aber das konnte man von *The Rivals* auch nicht sagen. Ein langweiliges Stück. Kein Wunder, dass das Theater 1900 abgebrannt ist. Die Inszenierungen waren schlichtweg beschämend.«

Rufus übernahm Willies pathetischen Tonfall. »Und dann kam Elias. Er befreite uns aus den lichtlosen Tiefen der Stadt unter der Stadt und gab uns Hoffnung.«

»Das kannst du laut sagen! Fortan waren wir Aufsteiger, und eines Tages werden wir Vampire sein.«

»Vampire!«, wiederholte Rufus mit glänzenden Augen.

»Moment mal!« Emily hob die Hände und unterbrach erfolgreich den konstanten Wortstrom. Fragend richtete sie sich an Elias. »Was sind Aufsteiger?«

»Untote, die nach besonderen Diensten in unseren Kreis aufgenommen werden. Lass mich erklären: Neben uns Vampiren gab es immer auch Untote. Wesen, die nicht von Natur aus vampirischer Abstammung sind, so wie es bei uns der Fall ist, sondern erst durch einen Zwischenfall von ihrer menschlichen Existenz ablassen. Während wir einen Herzschlag und Blut in den Adern haben, wie du zweifellos bereits festgestellt hast, handelt es sich bei ihnen um tatsächliche Untote, die dem Vampirbild der Legenden am nächsten kommen. Ein Biss unserer Art und ein Schluck von unserem Blut hat sie zu dem gemacht, was sie sind. Sie hingegen können Menschen mit ihren Bissen nicht verwandeln.«

»Wohl können wir das. Bei uns beschränkt es sich allerdings auf eine Verwandlung von lebendig in tot«, stellte Rufus fest.

»Außerdem haben wir nichts gegen Knoblauch«, kicherte Willie.

»Und warum wollt ihr unbedingt Vampire werden?«, fragte sie die beiden, die während Elias' Vortrag zustimmend genickt hatten.

»Verständliche Frage«, antwortete Rufus. »Vor allem von Ihnen, werte Dame. Bei Ihrer Vergangenheit …«

»Haargenau. Und berechtigt noch dazu. Sie haben allen Grund, schlecht über Vampire zu denken. Wir Untoten sind jedoch ein noch schlimmerer Haufen. Gefürchtet von den Menschen, verachtet von den meisten Vampiren, verdammt zu einem Leben als Abschaum in den Katakomben der Stadt. Und dann dieser Durst. Glauben Sie mir: Ich weiß, wie der Wunsch, ein Vampir zu werden, auf Sie wirken muss. Doch ich versichere Ihnen, dass sich die Dinge in den Jahren nach Ihrer mutigen Tat gewaltig geändert haben. Und das ist Ihnen zu verdanken.«

»Wem sagst du das.« Emily weigerte sich weiterhin, diesen Kerl ebenfalls zu siezen. Mittlerweile war sie sicher, dass die beiden nur eine – immerhin amüsante – Show für sie abzogen. »Meinetwegen herrscht Krieg. Und die ganze Vampirwelt verfolgt mich. Ganz toll.«

»Nun, das ist bedauerlicherweise wahr.« Rufus übernahm wieder das Zepter. »Und auch wieder nicht: Es ist nicht wahr, dass die ganze Vampirwelt Sie verfolgt. Schauen Sie sich doch hier nur um: Herr Elias, Willie, ich – wir alle sind hier mit Ihnen. Und wir sind nicht die Einzigen.«

»Genau deswegen habe ich dich hergebracht«, ergriff Elias wieder das Wort. »Es mag riskant sein, dass du dich direkt in London aufhältst. Aber hier bist du wenigstens nicht allein. Wir werden dich beschützen.«

Willie und Rufus nickten entschlossen.

Emily räusperte sich. »Das … das bedeutet mir wirklich sehr viel. Es tut gut zu wissen, dass es dort draußen mehr gibt als Menschen, die mich nicht verstehen, und Vampire, die mich bis aufs Blut hassen. Aber bitte nehmt es mir nicht übel, wenn ich euch fragen muss, wie genau ihr mich beschützen wollt. Ich meine, was haben wir jetzt vor?«

»Was denn, reicht das, was wir gerade tun, nicht?«, fragte Willie verwundert und tauschte ihr leeres Glas dezent gegen ein volles.

Elias bedachte den Untoten mit einem stechenden Blick. Der senkte beschämt den Kopf. »Draußen ist der Tag angebrochen. Das verringert die Gefahr für die nächsten Stunden. Es sind die Nächte, die uns Sorgen machen. Wir treffen uns bei Sonnenuntergang wieder hier. Bis dahin habe ich mir etwas überlegt. Schaffst du das allein?«

Emily versuchte sich an einem selbstsicheren Nicken. »Ich gehe in ein Museum, oder in eine Bibliothek.«

Ihre beiden neuen Bekannten erhoben sich. Willie blickte traurig in sein leeres Glas. »Eine ausgezeichnete Wahl«, bemerkte Rufus anerkennend und signalisierte seinem Kumpan, dass es Zeit war, zu gehen. Er deutete eine Verbeugung an. »Hat uns außerordentlich gefreut, Ihre Bekanntschaft zu machen. Wir verabschieden uns jetzt vom Antlitz dieser Welt.«

Willie fiel hektisch in die Verbeugung ein und ergänzte: »Und erwarten Sie zum Anbeginn der Nacht in unserer bescheidenen Hütte.«

Emily sah den beiden gackernden und kichernden Kerlen nach, die rumblödelten wie Schuljungen in der großen Pause. Irgendwo hinter der Theke öffneten sie eine bislang verborgene Tür. Aus dem dunkel klaffenden Loch drangen stampfende Beats und dröhnendes Scheppern. Sie zog eine Augenbraue hoch und fixierte Elias mit einem Blick.

»Das ist tatsächlich unser Nachhauseweg«, sagte er.

»Und wo ist dieses Zuhause?«

»Das kann ich dir beim besten Willen nicht sagen. Es wäre zu gefährlich. Ich habe dir doch bereits gesagt, dass Gedanken eine furchtbare Macht innewohnt.«

»Und meinen ganz besonders, ich weiß«, seufzte Emily. Es war sehr unbefriedigend, so viel zu wissen und doch so wenig zu begreifen. »Und deshalb lässt du mich jetzt den ganzen Tag allein?«

»Ich weiß, dass das alles sehr fremd und frustrierend für dich sein muss.« Elias ergriff zaghaft ihre Hand. Sie widerstand dem ersten Impuls und zuckte nicht zurück. Nach den eiskalten Fingern von Rufus und Willie tat es gut, etwas Wärme zu spüren. »Und glaub mir: Ich bewundere dich zutiefst. Allein, dass du nach London gekommen bist, hat großen Mut erfordert.«

»Oder große Dummheit«, sagte Emily leise.

Elias hörte es nicht. Er stand auf und schaute sie bedächtig an. »Dir wird bei Tag nichts passieren. Nicht, wenn du dich unter Menschen aufhältst und kein Blut trinkst. Doch ich nehme an, dass du eh nicht auf diesen Gedanken kommen wirst.«

»Nicht unbedingt, nein.«

»Warte hier auf mich. Und wundere dich nicht, wenn dieser Ort heute Abend anders ist.« Er schritt in Richtung Bar, überlegte es sich dann anders und kehrte noch mal um.

Große Anspannung war tief in sein Gesicht gegraben. »Du musst eines über Vampire wissen«, zischte er leise, nachdem er sich umgesehen hatte, ob sie auch wirklich allein waren. »Sie kennen keine Liebe. Sie sind unfähig, Mitleid zu empfinden. Und mögen sie auch noch nicht wissen, wer du bist, wissen sie doch, dass du irgendwo bist. Sie liegen auf der Lauer, Emily, und warten auf einen Fehler.«

»Einen Fehler wie, dass ich plötzlich doch Blutdurst entwickele?«

Elias nickte ernst. »Das mag sich für dich absurd anhören. Aber du musst bedenken, dass Vampire nicht so denken wie du. Sie kämen nicht im Traum auf die Idee, dass man nicht so sein will wie sie. Sie gehen fest davon aus, dass du wieder zu dem werden wirst, was du einmal warst.«

»Obwohl ich mich dagegengestellt habe?«

Für einen verschwindend kurzen Moment glitt Schmerz über seine Züge. Dann hatte er sich wieder gefangen. »Ja. Es herrscht Einigkeit darüber, dass du dem Ruf des Blutes nicht widerstehen wirst. Nicht, weil du es zum Überleben brauchst, wie es bei Untoten der Fall ist. Sondern weil es in deiner Natur liegt.«

Er bemerkte ihren entsetzten Blick und seufzte. »Ganz recht. Rufus und Willie sind auf Blut angewiesen. Aber keine Sorge: Sie pflegen Menschen nicht zu töten.«

Emily zog es vor, dies nicht zu kommentieren. »Und warum sollten diese Kräfte in mir schlummern?«

»Weil so etwas vor dir noch niemals passiert ist. Man entscheidet sich nicht einfach so gegen sein Dasein als Vampir. Welche Kräfte auch immer in dir schlummern mögen und auf ihre Freisetzung warten, ist aber zunächst zweitrangig. Solange sie nicht zum Vorschein kommen, bist du nicht so sehr in Gefahr. Doch Vampire sind ebenso verschlagen wie eingebildet: Sie werden alles tun, um dich in eine Falle tappen zu lassen. Und was immer dein Geheimnis ist: Sie sind entschlossen, es dir zu entlocken. Pass also gut auf dich auf.« Damit küsste er sie sanft auf die Stirn und war mit schnellen Schritten durch die Geheimtür hinter der Theke verschwunden. Die eine Frage, die Emily während Elias' flammendem Plädoyer über die Vampire die ganze Zeit auf der Zunge gelegen hatte, blieb somit weiter unbeantwortet.

Warum bist du so anders?

Das Arbeitszimmer roch nach Rauch und verbranntem Fleisch. Vor Michaels ausladendem Schreibtisch hatten sich zwei derart kümmerliche Gestalten eingefunden, dass er nicht wusste, ob er amüsiert oder angewidert sein sollte.

Isaak sah besonders übel aus. Josua hatte sich allem Anschein nach in einen schlabbrigen Kapuzenpulli gehüllt, doch Isaak sah man die Auswirkungen des Tageslichts an. Fasziniert stellte Michael fest, dass er noch qualmte. Große Teile seines Gesichts waren stark verbrannt, seine Hände warfen blutige Blasen. Es bereitete ihm allem Anschein nach große Schwierigkeiten, aufrecht zu stehen.

»Wo ist er jetzt?«, fragte er streng, nachdem Josua kurz und knapp dargelegt hatte, wo Aaron ihnen die Fährte offenbart hatte. Er zeigte es nicht, war aber sehr erleichtert darüber, dass Isaak und Josua die Spur des Herbstbringers hatten aufnehmen können. Schon als sie sein Arbeitszimmer betreten hatten, hatte er gespürt, dass sie die richtige Spur hatten. Endlich ein konkreter Hinweis.

»Das wissen wir nicht«, murmelte Josua unsicher und blickte Isaak an. Der offensichtlich völlig entkräftete Vampir machte nicht den Anschein, als würde er überhaupt merken, was um ihn herum geschah. »Er blieb einfach vor dem Friedhof sitzen und wartete, bis wir es nicht mehr aushielten.«

Michael zog die Augenbrauen in die Höhe. »Nicht sehr ehrenhaft«, sagte er nachdenklich. Es war zwar immer von Vorteil, zu wissen, wo sich dieser Halunke gerade aufhielt, für den Moment war es jedoch egal.

»Du hast vorhin gesagt, dass sie nicht alleine war. Was macht dich da so sicher? In *Highgate* dürfte es unzählige Vampirfährten geben, nicht zuletzt wohl immer noch den üblen Geruch dieses unsäglichen Hochstaplers, der sich vor ein paar Jahren als *Highgate*-Vampir ausgegeben hat.«

»Diese war anders – frischer, und selbst für uns deutlich wahrzunehmen. Sie war immer neben der Spur des Herbstbringers und führte auch zum Grab der Mutter.«

Michael verzog die Lippen. »Diese Hexe. Wäre sie doch nur bei der Geburt ebenso qualvoll verendet wie all die anderen.«

»Viele sagen, dass gerade diese Stärke die Rebellion erst möglich gemacht hat. Zweifelst du an dieser Stärke?«

Michael bedachte Josua mit einem eisigen Blick. Was bildete sich dieser Typ ein? »Meine Zweifel sind meine Sache. Oder muss ich an deinem Nutzen zweifeln?«

Das aufkommende Gestammel genügte Michael als Antwort. »Genug jetzt.« Er winkte ungeduldig ab. »Zurück zum Wesentlichen. Ihr habt die Spur doch hoffentlich weiterverfolgt?«

»Ja, das haben wir, trotz der Schmerzen, die uns das Tageslicht bereitete.« Er legte eine Kunstpause ein, um Michael die Gelegenheit zu geben, eine anerkennende Bemerkung zu machen. Als sie nicht kam, fuhr er hastig fort.

»Wir konnten beide Fährten bis zu einem Pub namens *The World's End* verfolgen. Dort verloren sie sich, die des Herbstbringers führte aber wieder heraus.«

Michael kannte diesen Laden. Er kannte auch die Leute, die sich dort herumtrieben. Abtrünnige Vampire, Untote, Selbstmörder auf der Suche nach dem letzten Kick, kurz gesagt: Abschaum. Abschaum und einige wenige, die um den Geheimgang hinter der Bar wussten. In der Nähe dieser Spelunke gab es wenige Ausgänge aus dem Tunnelsystem. Merkwürdig war nur, dass nicht beide Spuren wieder hinausgeführt hatten.

Es war davon auszugehen, dass der Herbstbringer tatsächlich nicht alleine unterwegs war – und sich noch dazu in Gesellschaft eines zumindest ansatzweise einflussreichen Vampirs befand oder befunden hatte.

Interessant. Und zugleich unerklärlich. Es wurde Zeit, dass er dieses Versteckspiel beendete.

»Schaff Isaak hier raus!«, befahl er mit einem angeekelten Seitenblick auf die verkohlte Gesichtshaut des Vampirs. »Nicht, dass er noch auf meinen Teppich ascht. Und zieh dir was anderes an. Du siehst erbärmlich aus. Das Endspiel steht bevor, und ich möchte mich nicht mehr als nötig für meine Familie schämen müssen.«

Das Licht des Morgens durchdrang Camden. Als Emily aus dem Pub trat, musste sie nach dem diffusen Zwielicht der Kerzen und den gedämpften Kronleuchtern trotz der bleiernen Wolken unweigerlich die Augen zusammenkneifen.

Sie klaubte die vielen neuen Informationen zusammen und wurde das Gefühl nicht los, immer mehr über sich und die Vampire zu erfahren und trotzdem nicht schlau daraus zu werden. Vielleicht hielt Elias gewisse Informationen absichtlich zurück, um sie zu schützen. Auch wenn sie diese Vorstellung rührend fand: Freude wollte sich deswegen nicht einstellen.

Für den Moment wusste sie allerdings genug. Man war hinter ihr her. Und man wartete auf den Moment, an dem sie wieder mit Blut in Berührung kommen würde. Sie wusste zwar nicht, was dann passierte, war sich aber sicher, dass ihr Leben dann nur noch komplizierter werden würde. Noch wichtiger war allerdings, was sie auf dem Friedhof erlebt hatte – auch wenn es im Trubel der folgenden Ereignisse untergegangen war. Sie hatte das Grab ihrer leiblichen Mutter gefunden. Und nicht nur das: Alles deutete darauf hin, dass nicht alle Vampire herzlose Bestien waren. Ihre Mutter hatte sie geliebt. Das wusste sie einfach. Und was war mit Elias? Sie würde bei der nächsten Gelegenheit auf den Friedhof zurückkehren.

Ziellos strich sie durch leere Straßen. Es war Samstagmorgen, eine Zeit, in der Camdens unzählige Nachtschwärmer die Straßen längst geräumt hatten, die Touristen aber noch selig in ihren warmen Hotelbetten lagen. Normalerweise hätte sie sich über die Ruhe und Stille des Morgens gefreut. Jetzt machte es ihr umso schmerzhafter klar, wie allein sie war.

Zwar mochte sie die letzten Stunden in der Gesellschaft eines Fremden, der mehr über sie wusste, als er preisgeben wollte, und zwei untoten Theaterschauspielern zugebracht haben – aber immerhin war sie nicht allein gewesen. Sie hatte Personen um sich gehabt, die wussten, was es bedeutete, sie zu sein. Erst jetzt merkte sie, wie gut das getan hatte.

Missmutig bummelte sie weiter. Sie verstand nicht, weshalb Elias sie nicht sofort mitgenommen hatte und dass er sich erst derart um ihre Sicherheit sorgte, um sie dann den lieben langen Tag alleine in London herumspazieren zu lassen.

Je weiter sie in Richtung Innenstadt vordrang, desto belebter wurden die Straßen. Gackernde Mädchen, Reiseführer in Begleitung internationaler Touristengruppen, Shopaholics und Geschäftsmänner mit Handy am Ohr kamen ihr immer öfter in die Quere. Entnervt bog sie in ruhigere Seitenstraßen ab. Das hatte sie nicht gemeint, als sie sich gewünscht hatte, nicht länger allein zu sein.

Es war seltsam: Noch immer gab es große Lücken in ihrer Vergangenheit, und doch fühlte sie sich ihrem früheren Leben näher als dem Trubel dieser Zeit. Sie wollte um jeden Preis verhindern, dass sie ihre Zeit in Woods End vergaß oder sie unter Erinnerungen an ein unerwünschtes Leben unter viktorianischen Zwängen begrub.

Als sie an einem großen Comicladen vorbeikam, wusste sie, was sie dafür tun musste.

In dem gewaltigen, schrillbunten Schaufenster hatte sie etwas entdeckt, das die Erinnerung an Jake, an ihre gemeinsamen Stunden, wie einen Sturzbach über sie hereinbrechen ließ. Zwischen Postern, T-Shirts und den neuesten Comic-Kreationen aus aller Welt blickte ihr eine kleine Armada Nightmare-Before-Christmas-Figuren entgegen – die Helden jenes Films, den sie vor einer gefühlten Ewigkeit an Jakes Seite gesehen hatte.

Sie spürte, wie ihr Tränen in die Augen stiegen. Wie hatte das alles nur passieren können?

Lange stand sie einfach nur da und betrachtete die Figuren. Dann beschloss sie, eine davon zu kaufen – ganz gleich, wie sehr sie mit ihrem Geld haushalten musste.

Gerade als sie sich umdrehen und den Laden betreten wollte, bemerkte sie eine Bewegung. Gespiegelt im Schaufenster, tauchte aus dem Nichts das Gesicht des Vampirs auf, der ihr in Woods End aufgelauert hatte. Er grinste anstößig und entblößte zwei gelbe Fangzähne.

Sie schrie erschreckt auf und fuhr herum.

Bis auf eine gebrechliche Dame, die sich auf der anderen Straßenseite von ihrem bulligen Hund spazieren führen ließ, war Emily allein.

Sie atmete schwer. Es war so realistisch gewesen, so glaubhaft! Und sie hatte nichts gespürt. Aber wer gab ihr die Sicherheit, dass sie es jedes Mal spüren würde, wenn sich ein Vampir näherte? Sie beeilte sich, in den Laden zu kommen, kaufte mit klopfendem Herzen eine kleine Jack-Skellington-Figur und steuerte danach schnell wieder belebtere Straßen an. Die Menschenmassen in Londons Innenstadt wusste sie plötzlich deutlich mehr zu schätzen.

Die nächsten Stunden brachte sie damit zu, die Enten im *Regents Park* zu beobachten, sich tunlichst von sämtlichen U-Bahn-Stationen fernzuhalten, hin und wieder ein Stückchen mit einem Doppeldeckerbus zu fahren, sich die spartanischen Schaufenstern der Oxford Street anzusehen und wahllos von Buchladen zu Buchladen zu schlendern.

Obwohl sie keinerlei Vorstellung davon hatte, was Elias vorhatte, war sie ruhig und entspannt, als sie nach über einer Stunde den praktisch nur aus Büchern bestehenden *London Review Bookshop* unweit des *British Museum* verließ. Zum zweiten Mal in zwei Tagen hatte sie sich in einen Buchladen verliebt.

Mit einsetzender Dämmerung wandte sie sich wieder in Richtung *Camden*. Hinter einer Straßenecke lief sie fast in die Arme einer wild gestikulierenden Stadtführerin, die einer buntgemischten und leidlich interessierten Schar gerade die Bedeutung der *All Saints Church* in *Camden* erklärte. Sie hatte die Gruppe bereits hinter sich gelassen, als die Worte der jungen Stadtführerin mit der übertrieben großen Brille in ihr Bewusstsein drangen.

»... Legende nach ist der Keller unter der Kirche über einen Geheimgang mit dem *Highgate Cemetery* verbunden, an dem wir unsere Tour passend bei Einbruch der Dunkelheit beenden.« Sie setzte ein Lächeln auf. »Natürlich nur, wenn Ihre Nerven stark genug sind.«

Unauffällig bückte Emily sich, um ihre Schuhe zu binden. Dabei hörte sie weiter gespannt zu.

»Aber sagten Sie nicht, dies sei eine griechisch-orthodoxe Kirche?«, meldete sich ein beleibter Mann mit schütterem Haar zu Wort, dessen breiter Akzent nach Südstaaten klang.

»Gut aufgepasst«, lobte sie bemüht neckisch, »allerdings erst seit 1948. Davor unterstand sie der *Church of England*. Viele Kellerräume sind heute versiegelt und einsturzgefährdet. Man hat den Geheimgang nie gefunden«, sagte sie in dem Bemühen, die Spannung nach dieser Unterbrechung wiederherzustellen. »Diverse Aufzeichnungen über merkwürdige Vorkommnisse unter der Kirche und unerklärliche Geräusche von Schritten sprechen aber eine andere Sprache. Manch Geistlicher hat in der Vergangenheit aufgrund dessen seine Versetzung in eine andere Kirche beantragt.«

»Geister?«, fragte ein offensichtlich gelangweilter Junge, ohne die Augen von seinem Handy zu nehmen. Emily war aufgestanden und lehnte sich locker an den Zaun, als würde sie auf jemanden warten.

»Wer weiß«, raunte ihm die Reiseführerin verschwörerisch zu. »Fest steht, dass es auch unter *Highgate* jede Menge Gänge, Höhlen und Tunnel gibt, über die früher so manche Leiche auf den Friedhof geschmuggelt wurde. Sie müssen wissen, damals durfte man auf den meisten Friedhöfen nur als Mitglied der *Church of England* begraben werden. Und manchmal reichte nicht mal das. Gegen Ende des 19. Jahrhunderts waren die Friedhöfe so hoffnungslos überfüllt, dass viele Hinterbliebene ihre Toten heimlich auf die Friedhöfe schafften, um sie der Gnade der Kirche zu übereignen. Auch hier wurden die verborgenen Untergrundwege genutzt, die *Highgate* mit dem riesigen Tunnelsystem unter der Stadt verbinden, das Straßenkindern, Obdachlosen und gesuchten Verbrechern bis in die viktorianische Zeit hinein Obdach und Versteck bot.«

Emily lauschte gebannt. Sie erinnerte sich an das, was Elias über Willie und Rufus gesagt hatte. *Niemand kennt sich in den Labyrinthen unter der Stadt besser aus als diese beiden.*

Hieß das etwa, dass Elias plante, sie tief in die Eingeweide dieser Stadt zu bringen? In diese stille Dunkelheit der Katakomben und toten Gedanken? Es schüttelte sie bei dieser Vorstellung.

»Und nun zurück zum Bus«, verkündete die Stadtführerin mit nie versiegendem Optimismus. »Nächster Stopp: *Highgate*.«

Nachdenklich ging Emily weiter. Jetzt, wo das Wiedersehen mit Elias unmittelbar bevorstand, wurde ihr mulmig. Die Gedanken, die sie den ganzen Tag erfolgreich verdrängt hatte, schoben sich in den Vordergrund – und wurden zwei Straßen weiter erfolgreich unter einer Flut von Eindrücken begraben. Die Camden High Street brummte. Wohin Emily auch blickte, sah sie kleine Läden, übersät mit allen erdenklichen Schuhen, Klamotten und Schmuck, schrill gestylte

Leute und Straßenkünstler, die die Menge bespaßten. Obwohl hier ähnlich viel Betrieb herrschte wie in Londons Innenstadt, empfand sie diesen Trubel keineswegs als Belästigung. Fasziniert ließ sie sich durch diesen Mikrokosmos ungewohnter Farben, Musik und Gerüche treiben und bemerkte gar nicht, dass links und rechts von ihr zwei Gestalten neben ihr herschlenderten.

»Wohin des Wegs, junges Fräulein?« Die Stimme ganz dicht an ihrem Ohr ließ sie zusammenzucken. Starke Hände packten sie an den Oberarmen. Dann schoben sich zwei Gesichter in ihr Sichtfeld, die ihr vertraut waren.

»Dürften wir Sie begleiten?«, flötete Rufus in bester Kavaliersmanier. »Wir haben Sie schon vermisst.«

»Aber es ist doch noch gar nicht ganz dunkel!«, erwiderte Emily verwundert und ohne sich etwas anmerken zu lassen.

Rufus winkte ab. »Dunkel genug, was, Willie?«

»Absolut ausreichend für unsere Ansprüche. Wir mögen nur das Tageslicht nicht zu sehr.«

Mochten ihre beiden ungewöhnlichen Begleiter anderswo noch so auffallen: Hier passten sie sehr gut ins Bild und erregten nicht das geringste Aufsehen. Und das, obwohl sie sich beide jede Menge schwarzer Theaterschminke um die Augen geschmiert hatten, was im Kontrast zu ihrer bleichen Haut durchaus erschreckend wirken konnte.

Rufus bemerkte ihren Blick. »Schön, was? Wir haben uns extra herausgeputzt. Kommt nicht alle Tage vor, dass wir uns so früh hier herumtreiben.« Er ließ den Blick schweifen. »Ziemlich viel los.«

»Der reinste Hexenkessel«, ließ sich Willie nickend vernehmen. »Früher war das nicht so.«

»Nein, nein.«

Einen Moment schienen die beiden in Gedanken versunken, dann erhellte sich Willies Gesicht wieder. »Kann's losgehen?«, fragte er Emily.

»Ich denke, ja«, erwiderte sie. Sie hätte viel darum gegeben, zu wissen, was sie erwartete.

»Na prima, dann nichts wie raus aus diesem Irrenhaus. Das ist mir alles nicht geheuer hier. Ich bin überzeugt davon, sehr tolerant zu sein, doch wenn es nach mir ginge, würde ich manche Haarfarbe verbieten«, kommentierte Rufus naserümpfend die eindrucksvoll neongrüne Stachelfrisur einer jungen Frau, die ihm zur Antwort einen angesäuerten Blick zuwarf. Kaum fünf Minuten in Gesellschaft dieser hoffnungslos veralteten Querköpfe, und schon musste sie schmunzeln.

Sie nahmen Emily in ihre Mitte und steuerten das *World's End* an. Dabei schnatterten sie derart ungezügelt drauflos, dass Emily sich unweigerlich fragte, ob die beiden sonst nie redeten und sich diese Chance jetzt keinesfalls entgehen lassen wollten. Sie hatte Mühe, den sprudelnden Worten zu folgen.

»Hatten Sie einen schönen Tag?«, fragte Willie nach einer Weile, und für einen Moment war der Redefluss gnädigerweise unterbrochen.

»Er war okay«, erwiderte sie. Sollte sie ihnen von ihrer Vision vor dem Comicladen erzählen? Sie entschied sich dagegen. »Und ihr?«, fragte sie stattdessen. »Was macht ihr den ganzen Tag?« Sie bereute die Frage augenblicklich. Wollte sie wirklich wissen, womit Untote ihre Tage zubrachten? Elias hatte zwar beteuert, dass sie keine Menschen töteten. Das hieß aber nicht, dass sie nicht ihr Blut tranken.

»Oh, jede Menge, wertes Fräulein.«

»Kein Tag gleicht dem anderen.«

»Es gibt immer etwas zu tun.«

»Ich habe heute schon in einem Buch gelesen *und* eine Tasse Tee zubereitet«, erzählte Willie stolz.

»Willie übertreibt gerne, müssen Sie wissen. Er eifert gerne dem Vater dieses kleinen Görs Alice nach, der ja bekanntlich schon vor dem Frühstück an sechs unmögliche Dinge zu denken pflegte. Nein, nein, das ist nichts für mich«, beteuerte Rufus. »Ich für meinen Teil gehe es gerne weniger hektisch an. Heute habe ich Zeitung gelesen. Kaum zu glauben, was in dieser Welt alles passiert.«

Emily zog es vor, Rufus nicht darauf hinzuweisen, wie seltsam so eine Bemerkung aus dem Mund eines seit hundertfünfzig Jahren toten Schauspielers klang.

Vor dem *World's End* hatte sich bereits eine beachtliche Schlange gebildet. »Irgendein seltsames Konzert in dieser teuflischen Örtlichkeit nebenan. Das reinste Affentheater«, bemerkte Willie mit gespitzten Lippen, als sie die Schlange passierten. Auch hier bestimmten extreme Outfits, wirr gestylte Haare und eine Menge Gesichtsschmuck das Bild. »Elias hält es für besser, wenn wir den Hintereingang nehmen.«

»Wo ist Elias eigentlich?«, fragte sie, als sie um das Gebäude herumliefen. Die quirlige Art ihrer beiden Begleiter hatte sie vorübergehend vergessen lassen, dass sie fest mit seinem Auftauchen gerechnet hatte.

Willie schlug sich gegen die Stirn. »Wie unhöflich von uns. Da waren wir wohl etwas zu aufgeregt.«

»Zweifellos. Etwas zu aufgeregt«, stimmte Rufus weise nickend zu.

»Elias lässt sich entschuldigen. Er hat noch etwas Dringendes zu erledigen und tut sein Möglichstes, so schnell wie möglich zu uns zu stoßen.«

Vor dem Hintereingang in einer engen Nebengasse drehte

sich Rufus zu ihr um und setzte ein betretenes Gesicht auf. »Bis dahin müssen Sie wohl mit uns vorliebnehmen, fürchte ich. Mögen Sie Bridge? Wir lieben Bridge!«

Bevor Emily erwidern konnte, dass sie keinen blassen Schimmer hatte, was Bridge eigentlich war, klopfte er dreimal kurz und fest gegen die Metalltür. Emily zuckte zusammen. Das hatte schmerzhaft geklungen. »Keine Sorge«, beruhigte er sie lächelnd, »es hat nicht nur Nachteile, tot zu sein.«

Der Pub hatte sich tatsächlich verändert. Wo ihr zuvor das sonore Murmeln der Vampire ans Ohr gedrungen war, flutete jetzt hyperaktiver Irish Folk den Raum, das schummrige Licht war durch jede Menge heller Strahler, die schweigsamen Einzelgänger an den Tischen durch wirr durcheinanderquasselnde Menschenmassen ersetzt worden. Nur die Erdnussschalen hatten sich nicht verändert.

Es war stickig. Die Luft roch nach schalem Bier, Schweiß und schiefgelaufenen Anbaggersprüchen.

Emily blickte sich zweifelnd um. »Ist das wirklich derselbe Laden?«

»Fragen wir uns auch jedes Mal«, seufzte Rufus mit einem resignierten Blick durch das *World's End*. Diesmal hatte sogar ein Barkeeper hinter dem Tresen Stellung bezogen und zapfte dunkles Bier in große Gläser. Wie ein Vampir sah er nicht aus, außerdem spürte Emily nicht das Geringste.

Leicht genervt wandte sie sich an ihre Begleiter. »Und was machen wir dann hier?«

»Ganz einfach«, sagte Willie, nachdem er sich genüsslich die Schaumkrone von den Lippen geleckt hatte, die das Bier in seinem Gesicht hinterlassen hatte. Emily hatte nicht einmal bemerkt, dass er zur Theke gegangen war. »Wir warten hier ein Weilchen und bringen Sie dann zu uns.«

»Aber wieso ausgerechnet hier?«

»Nun, das ist schnell erklärt«, ließ sich Rufus vernehmen, der ebenso plötzlich ein Bier in der Hand hielt wie sein Kollege und ein Stückchen näher an Emily heranrückte. Im hinteren Teil des Pubs rief sich jemand lautstark zum Dart-Weltmeister aus. »Wir mischen uns unter die Leute, um unsere Fährte zu verwischen.«

»Fährte?« Emily wusste nicht, ob Rufus scherzte oder nicht. Das Bild einer Herde Bluthunde formte sich vor ihrem inneren Auge. Nein, entschied sie, er musste es ernst meinen.

»Ja, Fährte«, fuhr er fort. »Geübten Vampiren fällt es leicht, andere Vampire oder Untote aufzuspüren. Also begeben wir uns dorthin, wo es ein, sagen wir, intensives Geruchspanorama gibt. Dies wird etwaige Verfolger zwar nicht abschütteln, es ihnen aber immerhin schwerer machen, uns zu folgen. Ihnen zu folgen, junge Dame.«

Jetzt begriff Emily auch, weshalb Elias das erste Treffen in einen vollen Klub gelegt hatte.

»Und wann geht's weiter?« Ihr hatte das *World's End* am Morgen eindeutig besser gefallen.

Synchron leerten die beiden ihre Gläser. »Nach genau einem Bier«, sagten sie wie aus einem Mund, nahmen sie jeder an eine Hand und traten hinter die Theke. Emily rechnete jeden Moment damit, Ärger mit dem Barkeeper zu bekommen. Was, wenn er nach ihrem Ausweis fragte?

Der füllige Kerl mit der beginnenden Glatze und dem unsauber gestutzten Schnurrbart würdigte das merkwürdige Trio keines Blickes. Selbst als Willie ihm kumpelhaft auf die Schulter klopfte, eine Flasche aus dem vollen Spirituosenregal hinter ihm stibitzte und schließlich die verborgene Tür rechts neben den Biergläsern öffnete, wischte er abwesend über seine Theke, als wäre nichts geschehen.

»Der gute Sean«, meinte Rufus glückselig, als er auf die Flasche in Willies Hand blickte. Emily glaubte, es als Whisky identifizieren zu können. »Für seine Freunde nur das Beste.«

Emily blickte zu Sean zurück. »Freunde? Das sah aber nicht gerade herzlich aus.«

»Natürlich nicht. Alter Trick. Wenn der Barkeeper nichts ungewöhnlich findet, tun es die Gäste auch nicht. Obschon Menschen sowieso gerne dazu tendieren, uns lieber gar nicht wahrzunehmen, als sich mit dem auseinanderzusetzen, was sie tatsächlich gesehen haben.«

»Ach, Rufus«, stöhnte Willie. »Du und deine langen Sätze. Sie müssen eigentlich nur eines wissen, meine Dame: Elias ist der Besitzer dieses Ladens.«

Rufus nickte. »Unter anderem.«

Mit diesen Worten zückte er ein schwarzes Tuch. »Und nun muss ich Sie bitten, sich von mir die Augen verbinden zu lassen. In diesem Punkt duldet Elias keinen Widerspruch. Außerdem müssen Sie zugeben, dass es ziemlich dramatisch wirkt. Und wir mögen Dramatik. Wir sind schließlich Schauspieler!«

18

Ihr schon unter normalen Umständen alles andere als ausgeprägter Orientierungssinn ließ sie schon wenige Schritte hinter dem Geheimgang im Stich. Beinahe blind wurde sie von Willie und Rufus durch die Dunkelheit geführt. Sie versuchte, den fehlenden Sinn durch eine besondere Konzentration auf die übrigen auszugleichen.

Nach einigen Biegungen und Stolperstellen im unebenen Boden stellte sie fest, dass ihr Gehör und ihr Geruchssinn tatsächlich besser wurden. So gut sogar, dass sie es rasch bereute. Überall in der Dunkelheit um sie herum erklangen Geräusche, die sie nicht genau einordnen konnte, für ihren Geschmack aber viel zu sehr nach Krabbeln, Rascheln und Wuseln klangen. Immer wieder ertönten hektische Pumpgeräusche, die rasch wieder in der Ferne verschwanden. Sie wollte gerade danach fragen, als das dumpfe Schlagen von einem kaum hörbaren Piepsen begleitet wurde.

Ratten. Sie konnte den Herzschlag vorbeilaufender Ratten hören. Fasziniert lauschte sie, während Rufus und Willie sie weiter durch das Nichts führten.

Irgendwo tropfte es, entfernt hörte sie fließendes Wasser, hin und wieder drang dumpfe Musik durch die Wände, augenscheinlich wenn ihr Weg unter der Oberfläche entlangführte. Ganz nah bei sich hörte sie das aufgeregte

Wummern ihres eigenen Herzens, nicht aber die ihrer ungewohnt schweigsamen Gefährten.

Wo kein Blut war, konnte auch kein Herz schlagen.

Ihr lief es kalt den Rücken hinunter. Wie fühlte es sich wohl an, tot und doch am Leben zu sein? Sie schob diese Gedanken beiseite. Die Dunkelheit und ihre Wanderung durch diesen feuchtkalten Untergrund waren auch so schon beunruhigend genug.

Auch ihr Geruchssinn war deutlich geschärft und – im wahrsten Sinne des Wortes – unmenschlich gut. Warum war ihr das noch nie aufgefallen? Sie nahm den kräftigen Erdgeruch wahr, roch die typisch stickige Luft der U-Bahn und rümpfte in Kanalisationsnähe mehr als einmal angewidert die Nase.

Mal ging es bergauf, mal bergab, steinerne Stufen wechselten mit bröckeligem, weichem Untergrund. Wie weit reichten diese Tunnelsysteme unter der Stadt nur?

Ihr war nicht wohl bei dem Gedanken, so tief unter der Stadt umherzuirren. Sie fühlte sich isoliert und ausgegrenzt, konnte aber nicht genau bestimmen, was dieses Unbehagen in ihr auslöste. Dann wurde es ihr klar: Der Wind fehlte ihr. Er war unbewusst zu einem treuen Begleiter geworden, in dessen Gegenwart sie sich stark, geborgen und sicher fühlte. Oder sicherer.

»Jetzt überqueren wir den Styx«, wisperte Rufus, als sie eine Brücke überquerten, unter der übelriechendes Wasser dahinfloss. Irgendwann ging es nur noch bergauf. Bald sagte Rufus: »Wir sind gleich da.«

Mit klopfendem Herzen hörte sie, wie eine Tür quietschend geöffnet wurde, dann spürten ihre Füße Holzstufen unter sich. Kurz darauf nahmen sie ihr die Augenbinde ab, und sie blickte in Rufus' muntere Augen. »Wir haben die

Unterwelt erfolgreich durchwandert«, verkündete er feierlich.

Emily blickte sich um. Feierlich wurde ihr dabei nicht gerade zumute. Sie befanden sich in einem grob verputzten Keller, dessen einzige Auffälligkeit neben der geöffneten Falltür, durch die sie soeben geklettert waren, eine grell leuchtende Glühbirne in einer herunterbaumelnden Fassung war. Geräuschvoll klappte Willie die Falltür zu und verriegelte sie sorgsam. Den Schlüssel ließ er in seine Westentasche gleiten.

»Wo sind wir hier?«, fragte sie.

Die beiden tauschten zweifelnde Blicke. Rufus biss sich auf die Lippen. »Das dürfen wir Ihnen nicht sagen, fürchte ich.«

»Bedaure, das dürfen wir wirklich nicht. Zu riskant.«

»Ach, kommt schon.« Emily schüttelte entnervt den Kopf. »Ihr könnt mich doch nicht durch die halbe Londoner Unterwelt schleifen, mich in einen Keller bringen und mir dann nicht sagen, wo ich bin. Das klingt für mich fast nach Entführung.« Sie staunte selbst über die Bestimmtheit in ihrer Stimme.

»Also gut.« Willie gab sofort nach. »Sie haben recht. Unsere Pflicht ist schließlich, dass Sie sich wohl und sicher bei uns fühlen.«

»Wohl und sicher«, pflichtete ihm Rufus ernst bei.

»Und wo kämen wir hin, wenn wir das schon gleich zu Beginn vermasseln, was? Das wäre Elias bestimmt alles andere als recht.«

»Meine Rede, Willie, meine Rede. Sehen Sie, werte Lady, wie Elias Ihnen gewiss verraten hat, will er möglichst lange verhindern, dass sie aufgespürt werden. Seiner Meinung nach lässt sich dies am ehesten garantieren, wenn Sie so wenig wie möglich über Ihren Aufenthaltsort und unsere Pläne wissen. Gedanken …«

»Ich weiß, ich weiß«, wiegelte Emily ab, bevor sie sich diese Erklärung noch ein weiteres Mal anhören musste.

»Nun, ich denke, wir können Ihnen zumindest verraten, was es mit diesem Haus auf sich hat, meinst du nicht auch, Willie?«

»Mhm«, brummte dieser. »Ich hätte aber zunächst gern etwas zu trinken. Außerdem wollen wir doch nicht länger als nötig in diesem Keller herumstehen, nicht wahr?«

Dem konnte Emily uneingeschränkt zustimmen. Dieser Keller deprimierte sie.

Das übrige Haus war zwar nicht viel besser, aber immerhin etwas wohnlicher. Wenn man es als wohnlich bezeichnen wollte, dass es seine besten Jahre wohl schon vor fünfzig Jahren glanzlos hinter sich gelassen hatte. Ohne Ausnahme waren alle Türen und Fenster sehr gewissenhaft mit Brettern vernagelt worden, in den Räumen, in denen sich die Tapete nicht von den Wänden schälte, kroch Schimmel frei umher. Nach einem überfüllten und stickigen Pub, der geruchsintensiven und allzu lebendigen Londoner Unterwelt und einem Keller wie aus einem Horrorfilm gab sich Emily aber gerne damit zufrieden – zumal der Architekt entweder wahnsinnig oder genial gewesen sein musste.

Mehr als ein Gang stieg hinter einer Biegung stark an oder verjüngte sich zu einem schmalen Spalt, hinter Türen verbargen sich verputzte Wände oder weitere Türen. Es gab seltsame Tapetenmuster, geometrisch unsinnige Fensteröffnungen und Schlüssellöcher ohne Türen. Und so desolat der Zustand des Hauses auch sein mochte, übte die Schönheit des Verfalls doch eine gewisse Faszination auf Emily aus, als sie das mehrstöckige Gebäude erkundete.

Das Wohnzimmer wirkte in seinem gepflegten Zustand dagegen beinahe ernüchternd altmodisch. Unter einer feinen Staubschicht fristeten dunkle Ölgemälde an der Wand und auf dem Boden ihr Dasein, ein alter Kamin war mit zerfledderten Büchern vollgestopft, Vorhänge verbargen die krumm und schief angebrachten Bretter, die bei Emily den Eindruck erweckten, in großer Eile an die Fenster genagelt worden zu sein.

Erst auf den zweiten Blick stellte sie fest, dass die altmodische Sitzgarnitur nicht leer war. Unter einer schwach glimmenden Stehlampe saß irgendjemand oder irgendetwas, den *Evening Standard* wie ein Schild vor sich emporgereckt.

»Oh, hallo …«, stotterte Emily unbeholfen. Von wegen Selbstbewusstsein. »Ich hätte dich fast übersehen.«

Die Zeitung raschelte anklagend. Mehr gab der Unbekannte nicht von sich.

»Ah, wie ich sehe, haben Sie schon Bekanntschaft mit Ambrose gemacht«, bemerkte Willie, der gerade hereinkam, in jeder Hand eine dampfende Tasse. An Durst schien es Untoten nicht zu mangeln. »Wenn er seine Zeitung liest, könnte um ihn herum die Welt untergehen, und er würde es nicht merken. Ich weiß, wovon ich spreche: Einmal war es beinahe so weit, doch Ambrose zog es vor, den Kulturteil weiterzulesen. Hier, für Sie.«

»Was ist das?« Misstrauisch beäugte Emily das Getränk, von dem ein zwar verlockender, aber zweifellos alkoholischer Duft ausging.

»Och, nur ein kleiner Knochenwärmer gegen die Kälte. Hausrezept sozusagen.«

Zögerlich nahm sie die Tasse entgegen und nippte an der heißen Flüssigkeit. Sie schmeckte besorgniserregend gut und war ziemlich stark. Wieder ließ sie ihren Blick durch den stillen Raum schweifen. Sehr zentral konnte das Haus nicht liegen. Keinerlei Geräusche drangen von draußen herein. »Also, wo sind wir hier?«

»Setzen wir uns, dann erzähle ich es Ihnen.«

Als sie Platz genommen hatten, stellte Emily verwundert fest, dass Ambrose in eine Zeitung aus dem Jahr 1978 versunken war, als wäre sie ein hochspannender Krimi.

»Dieses Haus«, begann Willie, nachdem Rufus sich zu ihnen gesellt hatte und ebenfalls an einer dampfenden Tasse nippte, »gehört eigentlich Ambrose.«

»Aber das war nicht immer so, nicht wahr, Willie?«

»Oh nein, mitnichten. Werte Dame, sagt Ihnen der Name Sean Manchester etwas?«

Emily dachte einen Augenblick nach. Dann schüttelte sie den Kopf. »Nein, nicht, dass ich wüsste.«

»Aber die Geschichte des *Highgate*-Vampirs ist Ihnen doch gewiss geläufig?«

Sie schüttelte den Kopf.

Die Zeitung raschelte nervös, dann kam dahinter ein dunkelhaariger Kopf zum Vorschein. Monokel, sorgsam getrimmter Oberlippen- und Kinnbart, schnittiger Dandy-Seitenscheitel – in Sachen altmodisches Erscheinungsbild übertraf Ambrose die beiden Schauspieler um Längen. »Du kennst die Geschichte des *Highgate*-Vampirs nicht«, rügte er sie in strengem Tonfall. Es war keine Frage. »Dann kennst du meine Geschichte nicht!«

Willie und Rufus warfen sich befriedigte Blicke zu. Emily begriff, dass sie es die ganze Zeit darauf angelegt hatten, Ambrose aus der Reserve zu locken. Beide lehnten sich genüsslich zurück.

Ambrose faltete die Zeitung sorgsam zusammen, nahm sein Monokel ab, machte seine Pfeife an, warf ihr einen weiteren strengen Blick zu und stand schließlich auf. »Meine Geschichte«, begann er in gewichtigem Tonfall und legte den Tonabnehmer eines alten Grammofons behutsam auf eine Platte, »beginnt in den Siebzigerjahren des vergangenen Jahrhunderts. Es war eine gute Zeit für Musik, Aktivismus und Rauschmittel, aber eine denkbar schlechte Zeit für Vampire.«

Es kratzte und knisterte aus dem alten Gerät. Klassische Musik setzte ein, dann erzählte Ambrose weiter. Gebannt lauschte Emily. Schnell stellte sie fest, dass auch er keinen Herzschlag hatte.

Ambrose erzählte ihr, wie er in den Kriegsjahren des letzten Jahrhunderts durch einen unglücklichen Zusammenstoß in einem französischen Schützengraben zu einem Untoten geworden war, der es mit Müh und Not zurück nach London geschafft hatte, um dort die nächsten Jahre größtenteils damit zuzubringen, die Ungerechtigkeit seiner Situation zu beklagen und sich von Ratten, Tauben und Würmern zu ernähren. Lapidar erzählte er, dass er es damals noch nicht fertiggebracht hatte, Menschenblut zu trinken, weshalb er auf tierische Alternativen zurückgegriffen hatte. Emily versuchte nicht darüber nachzudenken, was das für seine heutigen Ernährungsgewohnheiten zu bedeuten hatte.

Irgendwann in den Sechzigern, erzählte er, war er nach *Highgate* gekommen, um in den abgelegenen Teilen des Friedhofs in Ruhe vor sich hin zu vegetieren. Längst hatte er die Bekanntschaft anderer Untoter gemacht. Diese waren ihm allerdings zu rüpelhaft und bestialisch, weshalb er ihnen rasch den Rücken gekehrt hatte. Er hatte es vorgezogen, seine Tage allein zu verbringen, bis er am Weihnachtsabend 1969 von einem Menschen entdeckt worden war.

»Dieser verdammte David Farrant hat alles vermasselt«, schimpfte Ambrose. »Zunächst blieb alles ruhig. Ich dachte schon, er hätte seinen eigenen Augen nicht getraut, bis der Zirkus losging. Seit dem Frühling des verfluchten Jahres 1970 hatte ich kaum eine ruhige Nacht mehr in *Highgate*.« Er redete sich mehr und mehr in Rage. »Gaffer, Reporter, Fernsehkameras, Hobbysatanisten – der Friedhof war der reinste Rummelplatz! Und alles nur wegen dieses dämlichen Farrant, der mit seiner Entdeckung ja unbedingt an die Öffentlichkeit gehen musste. Ich hätte ihn in dieser Nacht einfach töten sollen, dann wäre mir viel erspart geblieben.«

Er schnaufte schwer und hielt inne. Gedankenverloren zog er an seiner Pfeife.

Rufus beugte sich vor. »Aber das hast du nicht, nicht wahr, Ambrose?«

»Nein. Farrant schien irgendwann einzusehen, dass er durch seine unvorsichtigen Aussagen einen Medienrummel heraufbeschworen hatte, den er selbst nicht länger kontrollieren konnte. Hier kommt Sean Manchester ins Spiel. An einem Freitag, den 13., ich glaube, es war im März 1970, rief Manchester zu einer Vampirjagd auf, an der sich Dutzende beschränkte Bürger beteiligten. Natürlich blieb diese Hetzjagd, wie man sie zuletzt wohl zu Zeiten der Inquisition erlebt hat, erfolglos. Manchester und ein paar seiner dummdreisten Gefolgsleute gaben sich allerdings nicht zufrieden und verschafften sich eines Nachts Zutritt zu der Gruft, in der ich zu ruhen pflegte. Manchester ließ ich entkommen. An seinem Gefolge jedoch statuierte ich ein Exempel. Ich bestrafte sie für ihre Neugier und ihren Versuch, mich zu vernichten. Oh ja, die Polizei tat gut daran, das alles zu vertuschen. Es hätte durchaus eine Massenpanik auslösen können. Tagelang waren sie damit beschäftigt, das Blut von den Wänden zu waschen.«

»Geschah ihnen ganz recht«, kommentierte Willie. »Eine Schande, dass wir uns erst wenig später kennengelernt haben.« Er wandte sich an Emily. »Genau genommen sind wir erst durch diesen Vorfall auf Ambrose aufmerksam geworden. Wir waren sofort beeindruckt von ihm und ließen Elias eine Botschaft zukommen. Sie müssen wissen, Elias ist oft unterwegs und lässt sich nur selten in London blicken. Geschäfte, Sie verstehen? Als er Wind davon bekam, wollte er ihn bald darauf für seine Mission gewinnen. Seither ist er ein Verlorener Junge, genau wie wir. Doch erzähl weiter, mein alter Freund. Davongekommen ist Sean Manchester aber dennoch nicht, habe ich recht?«

»Das wäre ja auch noch schöner gewesen«, entgegnete Ambrose und nahm den Faden wieder auf. »Ich habe ihn heimgesucht. Das mag vielleicht etwas kitschig klingen, aber ich habe ihn nach allen Regeln der Kunst in den Wahnsinn getrieben. Habe ihm aufgelauert, bin vor seinem Fenster aufgetaucht, habe mir Zutritt zu seinem Haus – diesem Haus – verschafft. Irgendwann ist er übergeschnappt und hat mir in einem Moment geistiger Umnachtung dieses Haus vermacht. Alle denken, er hätte dieses Haus nur aufgegeben, weil es ihn aufs Land gezogen hat. Man stelle sich aber nur mal diese Überschrift vor: ›Vampirjäger vermacht Haus einem Untoten!‹ Welche Ironie.« Rufus und Willie kicherten pflichtbewusst. »In den Folgejahren hat er jede Menge Theorien über mich in Umlauf gebracht, die natürlich größtenteils wahr waren. Geglaubt hat ihm aber kaum jemand. Ach, ich liebe die Menschen und ihr aufgeklärtes Denken. Eine graue Figur, die zwischen den Gräbern schwebt? Tote Eichhörnchen als Beweis für die Existenz von

Vampiren?« Er lachte leise. »Natürlich alles grober Unfug, nicht wahr? In den kommenden Jahren achtete ich dennoch darauf, nicht zu sehr aufzufallen, weil das Medieninteresse noch immer groß war.« Er nahm die alte Zeitung zur Hand und deutete auf einen großen Artikel unter der reißerischen Überschrift ›Blutsauger in *Highgate*‹. »Meine fünf Minuten Ruhm«, sagte er mit einem Schmunzeln. »Ich zog mich also in dieses Haus zurück und stellte irgendwann eher zufällig fest, dass einer der endlosen Irrwege des Londoner Untergrunds nahe an meinem Keller vorbeiführte. Seither kann ich mich unterirdisch völlig frei bewegen und sogar meine alte Gruft in *Highgate* aufsuchen, wann es mir beliebt. Man glaubt es kaum, aber hin und wieder platzieren einige Witzbolde immer noch Knoblauch zwischen den Särgen.«

»Diese Tunnel, sie führen also wirklich überallhin?«, fragte Emily neugierig.

»Zweifellos«, erwiderte er, ohne sie anzusehen. Höflichkeit schien nicht zu seinen Stärken zu gehören. »Unter unseren Füßen liegt ein vergessenes Totenreich, das bis in römische Zeiten zurückreicht. Es geht hinab, sehr tief hinab in lichtlose Welten, die sich kein Städtebauer vorstellen kann. Gräber, ganze Städte voller Gräber.«

Mit diesen Worten setzte er sich und verschwand wieder hinter seiner Zeitung.

»Und bewohnt ist die Unterwelt auch, Miss«, schaltete sich Rufus an Ambroses Stelle ein. »Wir selbst haben Jahrzehnte in Londons Untiefen zugebracht, haben Tisch und Bett mit dem Unrat der Welt geteilt. Wenn man das so sagen kann, denn wir schlafen ja nicht und essen nicht gerade von Tischen.«

»Äh, ja, was das angeht, hätte ich auch noch eine Frage. Von was ernährt ihr euch?«

Willie sah sie verwundert an. »Von Blut natürlich.«

»Und wie macht ihr … also, ich meine, müsst ihr dafür … oder«, stammelte Emily und spürte, wie ihr das Thema das Blut ins Gesicht trieb.

Willie zuckte lapidar mit den Schultern. »Nun, wir sind gewiss keine Heiligen, vermeiden es aber so oft es geht, Mensch oder Tier zu töten. Meistens reichen kleinere Mengen, zum Beispiel aus rohem Fleisch. Hin und wieder stehlen wir eine Blutkonserve oder bedienen uns bei einem schlafenden Obdachlosen. Nur zwei, drei tiefe Schlucke, versteht sich. Macht einfach viel weniger Ärger.«

»Stolz sind wir natürlich nicht darauf«, ergänzte Rufus, als er Emilys große Augen sah. »Doch was bleibt uns anderes übrig? Haben es uns ja nicht ausgesucht. Aber sehen Sie: Wären wir erst Vampire, müssten wir uns darüber keine Sorgen mehr machen.«

»Weil wir kein Blut trinken?«

»Sagen wir es so«, meldete sich Ambrose wieder zu Wort und blickte sie über den Rand der vergilbten Zeitung hinweg an. »Weil Vampire nicht qualvoll sterben, wenn sie kein Blut zu sich nehmen.«

Ein entschlossenes Rascheln erklang, dann war er wieder verschwunden.

»Aha«, machte Emily. »Wie es aussieht, habe ich noch viel zu lernen.«

»Ach, das gibt sich.« Willie tätschelte beruhigend ihre Schulter. Dann zog er seine Hand beschämt zurück und nestelte konzentriert an seinen Westenknöpfen herum.

Rufus warf einen kritischen Blick auf Emilys beinahe vollen Becher, stand schulterzuckend auf und kehrte wenig später mit gefüllten Tassen für sich und Willie zurück. »Wenn Ihnen selbst diese Geschichte unbekannt war, wird uns der Gesprächsstoff gewiss nicht ausgehen«, stellte er fest.

Sie seufzte. »Das kommt wohl davon, wenn man mehr als hundertachtzig Jahre unter der Erde gelegen hat.«

Erregtes Gemurmel drang aus dem Untergeschoss ins Wohnzimmer hinauf. Es wurde lauter und lauter, bis schließlich ein Knall ertönte, der Willie und Rufus erschreckt aufspringen ließ. Dann wurde die Tür mit solcher Wucht aufgestoßen, dass sie fast aus den Angeln flog.

Kochend vor Wut stürmte ein blondes Mädchen in den Raum. Dass sie selbst in diesem Zustand körperlicher Anspannung völlig blass blieb, machte Emily sofort klar, dass sie auch eine Untote war. Dicht hinter ihr folgte Elias.

»Es ist mir verflucht noch mal egal, wer sie ist!«, schrie das Mädchen. »Ich weiß, was sie ist, und das reicht mir. Seid ihr denn völlig übergeschnappt, sie hierherzubringen? Da könnt ihr ja gleich bei den Engeln anklopfen.«

»Erzähl mir nichts von Risiken!«, donnerte Elias. »Es war damals auch ein Risiko, dich aus den Fängen dieser blutrünstigen Bestien zu befreien. Und doch warst du froh, dass es jemand für dich eingegangen ist.«

»Als könnte man das vergleichen«, schnappte sie. Sie würdigte Emily keines Blickes. »Bei mir stand wohl etwas weniger auf dem Spiel als das Ende der Welt.«

»Aber genau darum geht es doch!«

Emily machte sich auf dem Sofa so klein wie möglich.

»Wieso siehst du nicht ein, dass wir die Möglichkeit haben, dieses ganze Theater zu beenden? Du solltest froh sein, dass ich sie gefunden habe, auch um deiner selbst willen!«

Sie hätte nicht gedacht, dass Elias so explodieren konnte. Er schäumte vor Wut.

»Pah!«, spuckte das Mädchen aus. »Ich verzichte. Ich schlag mich lieber allein durch, als diesen Fluch auf mir zu haben!«

»Du …« Elias rang nach Worten. »Du undankbares Ding!«

»Wir werden ja sehen, wer recht hatte«, sagte sie mit einer Kälte in der Stimme, die bestimmt ganze Kontinente einfrieren konnte. Dann warf sie Emily einen vor Verachtung geradezu berstenden Blick zu und stürmte die Treppe hinauf.

»Das«, sagte Willie leise, als Elias ohne weiteren Kommentar das Wohnzimmer verlassen hatte, »ist Glöckchen.«

Obwohl sie sich nicht länger unter der Erde befand, hatte Emily das Gefühl, eine große Last auf sich zu spüren. Nicht genug damit, dass sie die meistgesuchte Vampirin dieser Welt und Ursache eines Krieges ohne eindeutigen Sieger war. Jetzt hatte sie auch noch Ärger und Zwietracht unter denen gesät, die ihr eigentlich helfen wollten. Unabsichtlich natürlich, doch das tröstete sie wenig. Sie hatte Woods End verlassen, um das Leben jener, die sich um sie sorgten, nicht zu gefährden. Nun hatte sie genau dies bei ihren wohl einzigen Vertrauten in dieser Stadt getan.

Die nächsten Stunden verbrachte sie grübelnd auf dem Sofa. Glöckchen ließ sich ebenso wenig blicken wie Elias, was ihr im Moment sogar recht war. Irgendwann beschlossen Rufus und Willie, sich anderweitig nach Unterhaltung umzusehen und die Nacht nicht neben Ambrose und Emily zu verbringen, die gemeinsam eine solide Mauer des Schweigens bildeten.

Unerwartet senkte Ambrose die Zeitung. »Aah«, seufzte er erleichtert und holte sich ein Buch aus dem zweckentfremdeten Kamin. Verwundert blickte Emily auf den Einband – es war *Beowulf* – und dann in Ambroses Gesicht. »Schauspieler in allen Ehren, aber wenn du so viel Zeit in ihrer Gesellschaft verbringen müsstest wie ich, würdest du auch automatische Schutzmechanismen entwickeln. Versuche mal, ein Werk wie dieses hier in ihrer Gegenwart ungestört zu lesen.«

»Oje«, sagte Emily mitfühlend. »Ich kann es mir lebhaft vorstellen. Überflüssige Zwischenkommentare …«

»… unqualifizierte Fragen, improvisierte Theaterdarstellungen der Handlung und lautstarkes Debattieren über die angeblichen Schwächen eines sowieso nicht existenten Drehbuchs, genau«, vollendete Ambrose den Satz augenrollend.

»Und doch lebst du hier mit ihnen seit …«

»Seit etwa vierzig Jahren. Ja, ich weiß. Was man nicht alles tut.«

»Du bist also auch ein Aufsteiger?«

Er nickte. Weiter schien er auf dieses Thema nicht eingehen zu wollen.

»Und Glöckchen?«

Ambrose lächelte, doch seine Züge zeigten keine Belustigung. »Nomen est omen«, sagte er leise.

Das sah Emily genauso. Es war gruselig, wie gut ihr erster Eindruck auf die tückische Fee Glöckchen und ihr Verhalten gegenüber Wendy passte. Sponn man diese Geschichte konsequent weiter, blieb tatsächlich nur Elias als möglicher Peter Pan übrig. Emily überlegte. Konnte es sein, dass dieses wutentbrannte Mädchen nur eifersüchtig war und die anderen Gründe lediglich vorgeschoben hatte? Aber worauf?

Zunächst schien sich das Problem von selbst zu lösen. Niemand ließ sich blicken. Mehr als genug Zeit, um nachzudenken.

Viel zu viel Zeit, wie sie noch vor dem Morgengrauen zerknirscht feststellte.

Als das graue Licht eines weiteren nebligen Herbsttages durch die Ritzen in den vernagelten Fenstern fiel, wurde sie zunehmend unruhig. Wo steckte Elias nur? Wollte er ihr nicht längst gesagt haben, was als Nächstes passieren würde? Mal ganz abgesehen davon, dass er mehr als einer Frage ausgewichen war.

Seinetwegen steckte sie jetzt hier fest, allein und ratlos, in einem vernagelten Haus irgendwo in London. Draußen suchte man sie, in den Gewölben unter der Stadt trieb ein unvorstellbares Grauen sein Unwesen, und ihre Anwesenheit in diesem heruntergekommenen Versteck hatte den Hausfrieden gehörig in Schieflage gebracht.

Das erste Mal seit ihrer Flucht aus Woods End fragte sie sich, ob sie tatsächlich das Richtige getan hatte.

Als Elias am Nachmittag endlich wieder auftauchte, hatte sie noch immer keine Antwort auf diese Frage gefunden. Erschreckt stellte sie fest, dass es draußen bereits wieder dämmerte. Der letzte Tag war wie ein kaum wahrnehmbarer Augenblick an ihr vorübergezogen. Fühlte sich so die Unsterblichkeit an?

»Es tut mir leid«, begann Elias einen holprigen Entschuldigungsversuch. Es war offensichtlich, wie schwer es ihm fiel. Er hatte sich betont locker im Türrahmen postiert, blickte sie jedoch unsicher an. Ambrose war beim ersten Anzeichen auf einen Neuankömmling wieder hinter seiner Zeitung verschwunden. »Ich hätte dich einweihen sollen.«

Ihrer Meinung nach kam diese Einsicht reichlich spät. »Was machen wir jetzt?«, fragte sie bestimmt. Diesmal würde sie sich nicht kleinkriegen lassen. Sie hatte ein Recht auf Antworten und würde sich nicht länger hinhalten lassen.

Ambrose raschelte auf eine Weise mit seiner Zeitung, die man mit viel Fantasie als Gutheißen interpretieren konnte.

Elias rieb sich mit beiden Händen über das Gesicht. Er sah müde und abgekämpft aus. »Also gut«, begann er. »Ich weiß es nicht. Lass mich bitte ausreden«, beeilte er sich anzufügen, als er Emilys Gesichtsausdruck sah. »Ich habe mir größtenteils nur darum Gedanken gemacht, dich zu finden und zu verstecken, bevor es die anderen tun. Ich brüte seit Wochen über irgendwelchen Plänen, nur um sie immer wieder zu verwerfen. Es ist nicht so, dass wir keine Möglichkeiten haben, es ist lediglich so, dass es schwerfällt, eine der anderen vorzuziehen.« Er stockte. Langsam hoben und senkten sich seine Schultern. »Von dieser Entscheidung hängt so ungemein viel ab! Soll ich dich hier versteckt halten? Sollen wir fliehen? Sollen wir kämpfen?«

»Um zu kämpfen, müsste ich zunächst wissen, gegen was ich antreten würde.« Sie blickte Elias durchdringend an. »Wer sind die Engel?«

»Die Engel ...« Elias ließ die Worte in der Luft hängen wie verzweifelte Gedanken. »Sie sind der Anfang unserer Art. Sie stehen am Anbeginn der Vampire und sind bis heute die unumstrittenen Anführer der vier Vampirfamilien. Wenn sich um jemanden mehr Legenden ranken als um den Herbstbringer, dann um diese vier Vampirväter. Niemand weiß, wie lange sie schon leben, niemand weiß, woher sie kommen. Unsere Mythologie ist ebenso voll von Theorien wie unsere Historie – manche sagen, es sind Hochstapler, die zur richtigen Zeit vor den richtigen Morden nicht zurückgeschreckt sind, andere sagen, es sind die ersten Menschen, die ihre Seele verwirkt haben und seither als Vampire auf dieser Welt wandeln. Wieder andere sind überzeugt davon, dass es sich bei ihnen um die vier Erzengel handelt.«

Die vier Erzengel. Michael, Gabriel, Raphael und Uriel, wenn sich Emily richtig erinnerte. Wie konnte das möglich sein?

»Daher der Name.«

»Daher der Name.« Elias nickte. »Wahrheit oder nicht, ihre Namen stimmen zumindest mit denen aus der Bibel überein. Spinnt man diesen Faden weiter, befindet sich mit Michael der mächtigste der Erzengel hier unter uns in London. ›Wer ist wie Gott?‹, lautet die Übersetzung seines Namens – und in der Tat stellt er sich diese Frage, denn für ihn ist klar, wer an der Spitze der Vampire stehen sollte. Kein Wunder, dass er so versessen darauf ist, dich zu fassen zu kriegen. Wie die anderen drei auch, versteht sich, allerdings gilt er als der besessenste. Diese vier Familien führen Krieg gegeneinander, seit du rebelliert hast. Den Rest kennst du ja.« Er schaute sie ausdruckslos an. »Noch was?«, fragte er dann mit verschränkten Armen.

»Ja.« Emily überspielte den Stich, den seine ablehnende Haltung bewirkte. Von dem anziehenden und freundlichen Vampir, dem sie nach London gefolgt war, fehlte jede Spur. »Zu welcher Familie gehöre ich?«

»Du bist Uriels Spross. Seine Familie ist lange Zeit die mächtigste gewesen, wurde durch deine Rebellion aber in ihren Grundfesten erschüttert.«

Uriels Spross. Sie wusste zu wenig über die Mythologie der Erzengel, um dieser Aussage eine Bedeutung beizumessen. Die Vorstellung, dass ausgerechnet die vier Erzengel zu den Urvätern der Vampire geworden sein sollten, fand sie ziemlich seltsam. Und das nicht nur, weil sie selbst nicht an Gott glaubte.

»Wo sind diese Familien jetzt?«, fragte sie.

»Verstreut«, antwortete Elias lapidar. Er machte sich zunehmend weniger Mühe, seinen Überdruss zu verbergen. Es war offensichtlich, dass er nicht die geringste Lust auf dieses Gespräch hatte. »Nur Michaels Familie ist hier in London ansässig. Er ist es, wegen dem wir uns am meisten sorgen müssen.«

»Ich frage mich, wie wir es mit vier Vampirfamilien gleichzeitig aufnehmen sollen.«

Wut blitzte in Elias' sonst sehr beherrschten Zügen auf. »Genau diese Frage versuche ich doch die ganze Zeit zu beantworten!«, rief er mit immer lauter werdender Stimme. »Es fällt mir nur schwer, klar zu denken, wenn ich ständig von irgendjemandem unterbrochen werde.«

Was war nur los mit ihm? Sie hatte es sich doch nicht ausgesucht, hier zu sein. »Wenn es zu viel verlangt ist, über einige Dinge aufgeklärt zu werden, kann ich auch gehen.«

Das schien Wirkung zu zeigen. Einen weiteren Moment verweilte der Zorn auf seinen markanten Zügen, dann wurde er von einer raschen Abfolge an Emotionen verscheucht, die in Entsetzen und Bedauern mündeten. Die Bewunderung, die sie bei ihren ersten Begegnungen in seinen Zügen erblickt hatte, war längst verschwunden. Und damit auch seine unschuldige, beruhigende Aura.

»Nein, so habe ich das nicht gemeint«, sagte er schnell. »Es ist nur …«

Emily ließ ihn nicht ausreden. »Dann solltest du dir genauer überlegen, was du andeutest.« Sie stand auf und ging auf ihn zu. »Wenn du mir helfen willst, solltest du mir keinen Vorwurf daraus machen, dass ich Bescheid wissen möchte.«

Ohne eine Antwort abzuwarten, ließ sie Elias stehen.

»Wohin gehst du?«, brachte er hervor, als sie schon an ihm vorbei war.

»Dorthin, wo ich schon vor langer Zeit hätte hingehen sollen«, sagte sie dramatisch. »Unter die Dusche!«

19

Michael betrachtete das Schwert. Es war schön gearbeitet, sah auch nach Jahrhunderten noch aus, als wäre es erst gestern geschmiedet worden. Sein Finger strich über die Klinge. Sie war noch immer scharf. Er dachte an all die Darstellungen, die es von ihm und diesem Schwert gab. Sie waren ausnahmslos falsch, verzerrten die Wirklichkeit wie jede einzelne Niederschrift über seine Taten. Oh, er hatte mit diesem Schwert gerichtet, keine Frage. Es waren nur keine Bestien oder Dämonen gewesen, die er damit zu Fall gebracht hatte.

Das waren noch Zeiten gewesen.

Er verstaute das Schwert wieder neben den seligen Erinnerungen. Michael war beileibe kein Nostalgiker. Die wachsende Nähe zu seinen einstigen Brüdern machte es ihm jedoch unmöglich, nicht in die Vergangenheit abzutauchen. Natürlich war es ganz nach Michaels Geschmack, dass niemand um seine wahre Herkunft wusste. Es würde keinen Unterschied machen, wenn die Welt die Wahrheit wüsste – wie die anderen liebte es aber auch Michael, Geheimnisse zu haben. Liebte es, den verhassten Menschen als jemand anderes gegenüberzutreten.

Es stimmte. Er war einer der vier Erzengel, war mit Gabriel, Raphael und Uriel schon lange vor der Ankunft der ersten Menschen auf der Erde gewesen. Er hatte Zivilisationen kommen und – oftmals mit seiner Hilfe – gehen, hatte Weltreiche fallen und Armeen sterben sehen. Er war der Albtraum ganzer Zeitalter gewesen, der Schatten, Liebe und Freundschaft verdunkelte.

Die Jahrtausende strichen bedeutungslos an ihm und seinen drei Gefährten vorbei. Mehr als genug Zeit, um Gedanken zu verpesten, um Herzen verrotten zu lassen, um Milde, Gnade, Moral und Gerechtigkeit verkümmern zu lassen wie Blumen in dunklen Räumen.

Ihnen hatte die Welt gehört. Der Preis war seine Seele gewesen – Michael war das als guter Preis erschienen. Für viele Zeitalter hatten sie über die Erde geherrscht, vier grausame Tyrannen, aus purer Langeweile zu Mord und Totschlag getrieben. Sie standen am Anfang ihrer Art, durch sie kamen die Vampire in die Welt. Dass die Bibel das ganz anders sah, war Michael einerlei. Es war nur eine von vielen Unwahrheiten auf diesen Seiten. Er hatte schließlich weder Flügel, noch hatte er es mit dem Teufel aufgenommen. Daran war ihm nicht gelegen. Ihm ging es einzig und allein um Macht. Für ihn stand außer Frage, dass sie diese Schreckensherrschaft wiederaufnehmen würden – wenn auch diesmal nur unter der Führung eines, des mächtigsten Erzengels.

Ihm.

Der Morgen graute. Michael wusste, dass es keinen weiteren mehr für den Herbstbringer geben würde.

Emily genoss es, einfach nur unter dem warmen Wasserstrahl zu stehen. Sie hatte kurzzeitig befürchtet, dass es in diesem Haus weder eine Dusche noch warmes Wasser geben und die Wirkung ihres Auftritts verpuffen würde.

Auch wenn Elias keinen genauen Plan hatte, wollte sie seine Gesellschaft und seinen Schutz nicht missen. Zwar hatte sie nur geblufft, als sie Elias damit gedroht hatte, abzuhauen, völlig ausschließen konnte sie es aber dennoch nicht. Sie war ihm zwar dankbar, dass er sie beschützen wollte, hatte jedoch mittlerweile den Eindruck, dass es ihm vor allem darum ging, sie von den anderen fernzuhalten.

Bei Jake wäre das ganz anders gewesen. Doch sie hatte nicht bei ihm bleiben können. Und hier war sie nicht willkommen. Wenn sich daran nicht bald etwas änderte, würde sie nicht bei Elias und seinen Verlorenen Jungs bleiben.

Das Quietschen einer alten Tür riss sie aus ihren Gedanken.

Hastig drehte sie das Wasser ab, verweilte aber im Schutz des blickdichten Duschvorhangs. »Ist da jemand?«, fragte sie unsicher. Nichts.

Unbeholfen angelte sie sich ihr Handtuch und wickelte sich darin ein. Als sie den Vorhang zur Seite zog, war das Bad leer.

Dann sah sie es.

Dafür wirst du bezahlen, stand auf dem Spiegel.

Man musste kein Privatdetektiv sein, um den Urheber dieser Botschaft zu ermitteln.

Wie als Beweis drangen laute Stimmen durch die Badezimmertür. Möglichst leise zog Emily die verräterisch knarrende Tür auf und schlich behutsam in den Flur.

»Warum machst du so einen Aufstand ihretwegen?« Elias' Stimme schnitt wie eine Waffe durch die Luft.

Sie lachte höhnisch. »Das Gleiche sollte ich dich fragen. Was findest du nur an ihr? Sie ist ein kleines, schüchternes, nutzloses Ding …«

»Ach, darum geht es dir also?« Jetzt war es Elias, der herablassend klang. »Hätte ich mir ja denken können!«

»Was soll das heißen?«, schnappte sie. Emily spürte förmlich, wie Glöckchen die Fäuste ballte. »Das hat damit überhaupt nichts zu tun. Und selbst wenn, wäre es mein gutes Recht. Sie gehört nicht hierhin, das hast du selbst gesagt. Und sie ist eine Gefahr für uns alle. Denk nicht, ich hätte es nicht gemerkt. Selbst mir ist aufgefallen, wie stürmisch es draußen geworden ist – rein zufällig nur in dieser Gegend. Verdammt, Elias, wir werden von Piranhas gejagt, und du schleppst einen blutenden Kadaver an!«

»Wie oft soll ich dir noch erklären, dass mir das alles bewusst ist?« Jetzt klang Elias wieder wie ein Lehrer, der einem besonders begriffsstutzigen Kind zum hundertsten Mal das Einmaleins beibringen muss. »Aber was hätte ich tun sollen? Sie in Woods End lassen, bis sie sich selbst verrät? Sie allein in London rumlaufen lassen, bis sie Michael in die Arme läuft? Ich weiß, wie riskant ihre Anwesenheit für uns ist, doch ich hatte keine andere Wahl. Bis die anderen kommen, müssen wir hier ausharren.«

»Die anderen«, spuckte sie ihm die Worte förmlich vor die Füße. »Wie lange redest du schon von diesen anderen? Und selbst wenn sie kommen: Wie viele werden tatsächlich auf unserer Seite stehen, wenn sie begreifen, dass sie es mit vier Vampirclans aufnehmen müssen?«

»Wie kannst du es wagen?«, grollte Elias. »Bilde dir nicht ein, dass du meine Pläne durchschaust oder das Recht hast, über unsere Vorgehensweise zu entscheiden. Wenn ich mich nicht irre, willst du etwas von mir, nicht umgekehrt!«

»Denkst du, du bist der Einzige, der mir das in Aussicht gestellt hat?«

Eine Tür knallte ins Schloss.

Emily huschte ins Badezimmer zurück. Viel länger als nötig kämmte sie sich die Haare. Es tauchten immer mehr Rätsel auf, und sie beschloss, sich deswegen nicht länger verrückt zu machen. Was auch immer sie über sich, ihre Vergangenheit oder ihre Tat erfuhr, hatte ausnahmslos zu derart vielen weiteren Fragen, Problemen und Unklarheiten geführt, dass sie es schlicht und ergreifend satthatte, sich darüber den Kopf zu zerbrechen.

Das sollten ruhig andere tun.

Außerdem erzählte ihr Elias augenscheinlich sowieso nur das, was er preisgeben wollte. Und darauf musste sie sich nicht einlassen.

Bis auf Weiteres würde sie sich darauf beschränken, diesen Engeln aus dem Weg zu gehen, kein Blut zu trinken und Glöckchen nicht in die Quere zu kommen. Sie musste trotz allem grinsen, als sie sich vorstellte, wie sie diese drei Überlebensregeln auf einem Zettel notierte:

1. Engeln aus dem Weg gehen
2. Kein Blut trinken
3. Glöckchen meiden

Wenigstens klang es nach einem abenteuerlichen Leben. Die Realität hier in diesem zugenagelten Käfig mit Unterweltanbindung sah aber ganz anders aus.

Seufzend verließ sie das Bad. Auf der Treppe begegnete sie Elias. Für einen kurzen Moment trafen sich ihre Augen, dann blickte er zu Boden und beeilte sich, an ihr vorbeizukommen.

Na wunderbar.

Klagend strich der Wind um das alte Haus. Er schien sie

zu sich zu rufen, wollte wieder mit ihr vereint werden. Emily fühlte ähnlich.

Nach dem Duschen hatte sie bei einem weiteren Erkundungsgang festgestellt, dass viele der Türen verschlossen waren, in staubige, leere Zimmer führten oder eine grobe Ziegelsteinmauer zum Vorschein brachten. Hier gab es nichts Spannendes zu entdecken.

An diesem Punkt merkte Emily endgültig, dass sie belogen worden war – von jedem Buch, jedem Märchen, jeder Erzählung und jeder Legende, in denen es um Leute ging, die die wildesten Abenteuer erlebten. Das wirkliche Leben war kein Abenteuer. In keinem ihr bekannten Abenteuer saß man selbst im Eifer des Gefechts tagelang nur herum, fand nur verschlossene oder zugemauerte Türen, wurde nicht eingeweiht oder fühlte sich unentwegt fehl am Platz, lästig und unerwünscht. Und wenn es doch mal Geheimgänge, dramatische Fluchtszenen und üble Schurken gab, bedeutete es allerhöchstens, dass ihr Leben in Gefahr war.

Sollte sie jemals ein Buch schreiben, beschloss sie im Morgengrauen mit grimmiger Bestimmtheit, würde sie ein Abenteuer als das beschreiben, was es wirklich war: total langweilig. Aber ob das jemand lesen würde?

Irgendwann am Morgen kehrten Rufus und Willie zurück. Ihre aufgedrehte Stimmung nicht. Halbherzig begrüßten sie Emily, lungerten eine Weile unentschlossen im Wohnzimmer herum, um sich wenig später ins obere Stockwerk zu verkrümeln. Vorher hatten sie ihr einen zweifelnden, fast enttäuschten Blick zugeworfen, der das angespannte Grundgefühl seit Glöckchens Auftauchen genau wiedergab.

Erwarteten sie etwas von ihr? Waren alle enttäuscht von ihr, weil sie nichts tat, außer hier herumzusitzen und die Stimmung zu ruinieren?

Sie musste weg. Aber wohin? Wahrscheinlich war alles besser, als weiter hier herumzusitzen. Blieb nur das Problem, dass Elias sie ziemlich sicher nicht gehen lassen würde. Sie war eine Gefangene unter dem Deckmantel ihrer persönlichen Sicherheit.

Sie hatte Chaucers mittelalterliche Dichtung zur Hälfte durch, als Elias abrupt aufstand, einen Schritt auf sie zumachte, etwas sagen wollte und dann doch auf dem Absatz herumwirbelte. In der Tür blieb er stehen. »Vertrau mir einfach, okay?«, sagte er tonlos, dann stürmte er aus dem Raum. Das Knallen der Falltür drang ins Wohnzimmer, dann wurde es wieder still.

»Wo geht er hin?«, fragte Emily. »Es ist doch längst hell.«

»Elias kennt viele Wege, um dem Tageslicht aus dem Weg zu gehen«, murmelte Ambrose, ohne von seinem Buch aufzublicken. Nachdem ihn die kurzzeitige Anwesenheit der beiden Schauspieler dazu gezwungen hatte, seine Zeitungstarnung zu aktivieren, hatte er sich wieder einer offensichtlich spannenden Stelle in *Beowulf* zugewandt.

»Und du? Warum bist du immer nur hier?«

Jetzt blickte er doch auf. »Da draußen gibt es nichts mehr, das mich interessiert. Die Welt ist ein seltsamer Ort geworden. Ah, wieder dieser Blick«, bemerkte er auf ihre fragende Miene hin. »Ich weiß, wie es sich anhören muss. Ich bin doch erst seit ein paar Jahrzehnten das, was ich bin. Hätte Elias mit seinen zahlreichen Jahrhunderten nicht viel eher das Recht auf eine solche Aussage?«

»Nein, so habe ich das nicht gem…« Emily stutzte. »Was? Zahlreiche Jahrhunderte?«

»Aber ja, seine Geschichte reicht mindestens bis ins vierzehnte Jahrhundert zurück. Man munkelt, er habe die Pest nach Europa gebracht. Aber du weißt ja, wie das mit Gerüchten ist«, fügte er nach ihrem entsetzten Blick schnell hinzu. »Andere sagen, dass er damals an der Seite der Bauern entschlossen gegen die Unterdrückung durch die Mächtigen gekämpft hat. Elias redet nicht über diese Zeit, also sind diese Gerüchte alles, was wir haben. Was auch immer wahr sein mag – sechshundert Jahre hat er locker auf dem Buckel.«

Emily wusste nicht, was sie sagen sollte. Sie kam sich vor wie ein dummes Kind, das einer albernen Lügengeschichte aufgesessen war. Wieso hatte er behauptet, er sei kaum älter als sie? Wie sollte diese Lüge sie schützen? Sie zweifelte immer mehr an ihm. Wollte er am Ende nicht sie, sondern sich selbst schützen?

»Ich werde gehen«, sagte sie unvermittelt. Wenn er nicht nach den Regeln spielte, würde sie das auch nicht länger tun.

»Gehen?« Echte Verwunderung kroch über Ambroses Züge.

»Ich kann nicht anders. Ich habe das Gefühl, dass mir die Decke auf den Kopf fällt oder ich ersticke, wenn ich noch einen weiteren Tag hier in diesem Raum verbringen muss.« Er erwiderte nichts, was sie stillschweigend als Verständnis interpretierte. »Hier habe ich die ganze Zeit das Gefühl, im Weg zu sein oder irgendwelche Erwartungen nicht zu erfüllen, von denen ich nicht mal weiß, dass man sie an mich gestellt hat. Das macht mich wahnsinnig!«

Ambrose nickte nur. Das Buch lag aufgeklappt in seinem Schoß. Emily hatte das Gefühl, dass er wusste, wovon sie sprach.

Sie bemühte sich, ihre Stimme möglichst überzeugend klingen zu lassen. »Entweder du bringst mich durch einen der Tunnel an die Oberfläche, oder ich suche mir selbst einen Weg.«

Nach diesem Worten tanzte die Ahnung eines Lächelns auf Ambroses schmalen Lippen, und für einen Moment war Emily überzeugt davon, dass sie es allein mit der Totenwelt unter der Stadt aufnehmen musste. Dann stand er auf und zog sich einen alten Stoffmantel über. »Was mich angeht«, sagte er ernst, als sie in den Keller hinabstiegen, »hast du meine Erwartungen mehr als erfüllt, Herbstbringer. Sowohl die guten als auch die schlechten.«

Luft. Frische, herrliche, kalte Luft. Emily sog sie gierig ein.

Sie fand sich am Rande einer gewaltigen Grünanlage wieder, den selbst sie als *Regent's Park* erkannte.

Der Wind auf ihrem Gesicht fühlte sich wunderbar an. Sie genoss es, wie er mit ihren Haaren spielte und sie buchstäblich in die Arme schloss. Augenblicklich beruhigte sie sich. Die innere Anspannung, die sie seit ihrer ersten Reise durch die Unterwelt ergriffen hatte, legte sich spürbar. Sie fühlte sich wieder vollständig. Vollständig und stärker.

Ambrose hatte sie auf anderen Pfaden durch das Dunkel geführt als Rufus und Willie – das hatte sie auch mit Augenbinde bemerkt. Die meiste Zeit war das Brummen und Dröhnen der U-Bahnen besorgniserregend nah gewesen, auf dem letzten Stück hatte sie sogar die eiligen Schritte großer Menschenmassen vernehmen können. Sie mussten unmittelbar neben einer der U-Bahn-Stationen durch das Dunkel geeilt sein.

Erst wenige Meter vor einer massiven Metalltür hatte er ihr das Tuch von den Augen genommen.

Entsetzt hatte sie festgestellt, dass sie recht gehabt hatte, was ihre vermutete Position anging. »Keine Sorge«, hatte Ambrose sie sogleich beschwichtigt, »die Sirenen meiden diesen Bereich. Sei bei Einbruch der Nacht zurück. Ich werde nicht nach dir suchen, wenn du nicht da bist.« Dann hatte ihn die Dunkelheit verschluckt.

Zwei Stunden später stand sie vor dem prunkvollen Eingangstor des *Highgate Cemetery*. Wenn niemand ihre Fragen beantworten wollte, musste sie eben auf eigene Faust suchen. Trotz ihrer übereilten Flucht aus der *Regent's Park Station* war sie noch kurz in einen Kiosk gestürmt, um einen Blick auf eine der aktuellen Tageszeitungen zu werfen. Den plakativ getitelten Überschriften von weiteren rätselhaften Vorkommnissen in den Docklands hatte sie abermals keine Beachtung geschenkt – sie wollte schlicht und ergreifend herausfinden, welcher Wochentag eigentlich war. Montag. Sie war erst seit vier Tagen in der Stadt! Es fühlte sich an wie Wochen.

Entschlossen ging Emily auf den Friedhof und schritt durch die grabgesäumten Alleen. Wenn sie irgendwo Antworten finden würde, dann am Grab ihrer Mutter.

Trotz Elias' Warnung musste sie das Risiko eingehen, das ihre Erinnerungen darstellten. Vielleicht war sie dabei, eine gewaltige Dummheit zu machen. Vielleicht hatte er ihr aber auch etwas verschwiegen.

Es wäre nicht das erste Mal gewesen.

Die blasse Sonne zeichnete ein fleckiges Muster auf die geschlossene Laubdecke, als sie das Grab erreichte. Noch immer hingen einige Blätter an den Bäumen ringsum und hielten den heftigen Böen überraschenderweise stand.

Als warteten sie auf etwas. Oder jemanden.

Emily hatte fast vergessen, wie schön gefallenes Herbstlaub im Sonnenlicht aussah. Einen Augenblick lang saß sie einfach auf dem Boden neben dem Grabmal und genoss das warme Licht.

Erneut las sie die in Stein gemeißelte erste Strophe des Gedichts, dessen weitere Strophen auf ihrem Gedenkstein und dem Holzsarg verewigt worden waren. All diese Mühe und diese offensichtliche Zuneigung ihrer Mutter wollten nicht in das Bild der erbarmungslosen Vampire passen, das Elias gezeichnet hatte. Oder sah sie nur etwas, das sie sehen wollte?

Sie schlang die Arme um die angezogenen Knie und betrachtete die Engelsstatue auf dem Stein. Für unbeteiligte Betrachter mochten die gebrochenen Flügel der Figur das Resultat altersbedingter Verwitterung sein. Sie wusste es besser.

Ringsum raschelte es. Emily war dankbar dafür, dass sich das Grab in einem eher abgelegenen Teil des Friedhofs befand, an dem allem Anschein nach nur selten jemand vorbeikam. Sie atmete tief durch, bereitete sich auf einen weiteren Sturz in ihre Vergangenheit vor – und legte ihre Hand auf den kalten Stein.

Nichts.

Verwirrt hielt sie inne und versuchte es an einer anderen Stelle, dann an der Figur des gefallenen Engels.

Immer noch nichts.

Sie runzelte die Stirn. Sie hatte keinen Zweifel daran gehabt, dass es funktionieren würde.

Irritiert wischte sie mit der Handfläche über den rauen Stein und beseitigte das frisch gefallene Laub.

Ein kurzer Stich ließ sie zurückzucken.

Fasziniert beobachtete sie, wie aus ihrem rechten Zeigefinger ein kleines Blutströpfchen hervorquoll. Sie konnte sich nicht daran erinnern, dass Blut ihr Interesse jemals zuvor so sehr geweckt hatte.

Unnatürlich laut hallte ihr Herzschlag durch ihren Kopf. Elias' Warnung konnte sich doch wohl kaum auf ihr eigenes Blut bezogen haben. Langsam, wie in Trance, bewegte sie den Finger auf ihren geöffneten Mund zu.

Wie ihr Blut wohl schmeckte?

Ein Impuls, der wie ein tonloser Schrei durch ihren Körper jagte, brachte den Finger wenige Zentimeter vor ihrer Zungenspitze zum Stillstand.

Keuchend atmete sie aus.

Was war das?

Von unsichtbarer Hand geleitet, berührte sie das Grab mit dem verletzten Finger erneut – und schon wurde der Friedhof von einer Welle aus Dunkelheit verschlungen.

Ihr Gesicht fühlte sich an, als wäre es in eine warme und feuchte Decke gewickelt. Ein betörend süßer Duft durchdrang ihr Innerstes und stachelte einen ebenso euphorisierenden wie verzehrenden Hunger an.

Sie wusste, was sie zu tun hatte, um ihm nachzugeben. Sie wusste nur nicht, ob sich dieser Hunger jemals stillen ließ.

Gierig saugte sie an etwas Weichem, das mit jedem Atemzug mehr von der berauschenden Flüssigkeit in ihre Kehle fließen ließ. Süß, köstlich und dickflüssig wie feinster Honig, und dabei so voller Leben, voller Verheißungen und Versprechen.

»Blut ist Leben«, hatte ihr Vater oft gesagt. Zum ersten Mal verstand sie seine Worte.

Sie öffnete ihre Augen erst, als die alles verschlingende Gier ein wenig abgeebbt war. Wie lange sie dem Hunger die Kontrolle überlassen hatte, konnte sie nicht sagen. Zeit war sowieso bedeutungslos.

Die Augen schreckensstarr aufgerissen, rollte ein erschlaffter Frauenkörper reglos auf die Seite. Aus der zerfetzten Kehle sickerte noch immer ein dünnes rotes Rinnsal, das hellblaue Kleid war so sehr von tiefrotem Blut getränkt, dass man es auswringen konnte.

Bei diesem Anblick gehorchten ihre Sinne langsam wieder an-

deren Befehlen. Sie hob die blutverschmierten Hände vor ihr Gesicht und betrachtete sie, als wären es nicht ihre eigenen. Das Blut um ihren Mund fühlte sich klebrig an und roch urplötzlich gar nicht mehr verlockend.

Auch sie war über und über mit Blut besudelt. Es troff aus ihren Haaren, sammelte sich in ihrem Schoß und sickerte zu ihren Füßen in das nasse Gras.

Was hatte sie getan?

Die Augen der fremden Toten blickten sie in stummer Anklage an. Sie schienen dasselbe zu fragen. Entsetzt wandte sie den Blick ab und nahm ihre Umgebung wieder wahr.

Dämmerung kroch zwischen den Bäumen empor. Wie Finger schlangen sich fahle Nebelschwaden um knorrige Wurzeln und die Büsche am Waldrand.

Da, unter der Kiefer, standen Vater und Mutter. Mutter blickte zu Boden, eine Hand am Mund. Vater blickte sie direkt an. Wie immer lag in seinem Blick nichts als jene kühle Härte, die sie schon so oft zu durchbrechen versucht hatte.

Hatte sie es ihm wenigstens diesmal recht gemacht?

»Wurde auch Zeit«, knurrte er und stürmte ohne ein weiteres Wort an ihr vorbei.

Erst als sie eine Tür ins Schloss fallen hörte, wagte sie es, ihrer Mutter einen flehenden Blick zuzuwerfen.

»Was habe ich getan?«

Bei diesen Worten schien die Starre von ihrer Mutter abzufallen. Sie eilte zu ihrer Tochter und schloss sie in die Arme, als wollte sie sie beschützen.

Aber vor was? Vor sich selbst?

»Levana, mein Kind«, sagte sie mit zitternder Stimme. Levana war bestürzt, Tränen in den Augen ihrer Mutter glitzern zu sehen. »Du hast getan, was du tun musstest.«

Sie presste sich fest an ihre Mutter und weinte hemmungslos.

Ihr war speiübel. Sie ekelte sich vor sich selbst, vor all dem Blut, vor der toten Frau im Gras, die sie noch nie zuvor gesehen hatte.

»Aber wieso?«, brachte sie zwischen schmerzhaften Krämpfen hervor.

»Weil es keinen anderen Weg gibt. Gräme dich nicht wegen dem, was geschehen ist. Uns bleibt keine Wahl.«

Unter den beruhigenden Gesten ihrer Mutter kam sie langsam zur Ruhe. Zögerlich kehrte die Erinnerung zurück. Ihr Vater hatte sie schon lange dazu gedrängt, endlich ihre Taufe zu vollziehen – ihren ersten Mord zu begehen und das Blut eines Menschen zu trinken. Anfangs hatte es ihre Mutter erfolgreich hinauszögern und ihre charakterliche Erziehung in den Vordergrund stellen können, doch schon vor einigen Monaten war sich Levana sicher gewesen, dass er nicht viel länger warten würde.

Als es schließlich so weit war, wurde sie dennoch davon überrumpelt.

»Sie ist wertlos, solange sie kein richtiger Vampir ist«, hatte sie ihren Vater oft keifen hören, wenn ihre Mutter die Taufe hinauszögern wollte.

Nicht unbedingt das, was eine Tochter gern von ihrem Vater hört.

Ihre Hoffnung, dass er sie nach dieser Bluttaufe endlich wie eine Tochter behandeln würde, hatte sich soeben zerschlagen.

Sie war getauft. Doch für ihren Vater nach wie vor Luft.

»Nun komm, wir gehen dich waschen«, sagte ihre Mutter sanft und half ihr auf die Füße. Das Blut gerann langsam, ihre Bluse klebte feucht und kalt an ihrem Körper. Übelkeit brandete in Wellen durch sie hindurch, auf dem kurzen Weg zurück in das große Haus musste sie sich mehrmals übergeben.

»Das wird gleich vorüber sein«, sprach die Mutter ihr Mut zu, als sie ihr die breite Treppe zum Eingang hinaufhalf. Dabei war die Übelkeit gar nicht das Schlimmste. Auch das Blut konnte sie

verdrängen. Schon jetzt wusste sie aber, dass sie auf ewig von diesen schreckerstarrten Augen verfolgt werden würde.

Ihre Mutter führte sie in eines der Badezimmer. »Ich habe ein Bad bereiten lassen«, murmelte sie ihr zu. Levana nickte nur, zog sich aus und kauerte sich in der freistehenden Wanne zusammen. Während ihre Mutter sanft das Blut von ihrem Körper wusch, summte sie ein Lied, von dem Levana wusste, dass es zu Ehren ihrer Geburt geschrieben worden war.

Ihr ganzes Leben hatte man ihr gesagt, wie wichtig und besonders sie sei, und doch fühlte sie eine tiefe Scham für sich und ihresgleichen. Fünfzehn Jahre lang hatte man gewartet, bis ihrer Unschuld ein Ende gesetzt wurde. Wie sollte sie nur ein weiteres Jahr mit dieser Scham, diesem Ekel vor sich selbst leben können?

»Wie alt warst du, Mutter?«

Sie spürte, wie ihre Mutter mit dem Waschen innehielt. Eine Zeit lang schwieg sie, und gerade, als Levana sich für diese Frage entschuldigen wollte, antwortete sie doch. »Ich war siebzehn. Es war ein junger Mann, den ich zuvor ein oder zwei Mal im Dorf gesehen hatte.«

»Denkst du noch daran?«

»Ja«, hauchte ihre Mutter nach einer weiteren langen Pause. »Jeden einzelnen Tag.«

Levana drehte sich um. Für sie war ihre Mutter stets die schönste Frau gewesen, die sie jemals gesehen hatte. Sie wusste, dass die Taufe ihrer Mutter bereits viele Jahrhunderte zurücklag, und dennoch hatte das Alter bislang einen großen Bogen um sie gemacht.

Das würde es ab sofort auch bei ihr tun.

Dabei war das, was die Vampire überheblich als Unsterblichkeit anpriesen, in Wirklichkeit ein unnatürlich verlangsamter Alterungsprozess, der noch dazu davon abhängig war, wie gut man mit der scheinbar endlosen Zeit zurechtkam.

»Und ohne Taufe sind wir sterblich wie Menschen?«

»Sch«, machte ihre Mutter hastig und schloss die Tür. »Wir sind niemals wie Menschen, hörst du? Wenn das dein Vater hört. Abgesehen davon will es die Legende so, ja. Erst durch die Taufe gewinnen wir unsere Unsterblichkeit. Und unsere Stärke.«

Wie konnte man sich nur wünschen, unsterblich zu sein? Schon jetzt schreckte Levana bei dem Gedanken an ein Leben zurück, das einfach nicht enden würde. Wie sollte sie nur mit dieser Schuld umgehen, wenn die Last der Jahrhunderte auf ihre Schultern drückte?

Diese starren Augen …

»Unsere Stärke«, murmelte Levana abfällig. »Was soll stark daran sein, Wesen zu töten, die schwächer sind als wir?«

»Levana, bitte«, flehte ihre Mutter sie an. »Sie dürfen uns nicht hören!«

»Ich denke, ich bin etwas Besonderes. Wieso merke ich davon nichts? Sollte man da nicht ein wenig Respekt vor mir haben? Sollte … sollte Vater nicht stolz auf mich sein?«

»Ich bin mir sicher, dass er das ist. Er zeigt es nur nicht.« Es brannte, als ihre Mutter ihre verklebten Haare von dem Blut befreien wollte. »Ich könnte nicht stolzer auf dich sein, Levana. Du bist alles, was ich habe. Verstehst du denn nicht? Deshalb bist du hier – deshalb bin ich hier.«

Levana schüttelte den Kopf. »Nein, ich verstehe es wirklich nicht.«

Zärtlich strich ihre Mutter über ihre nassen Haare. »Du weißt, weshalb es so wenig Nachwuchs unter Vampiren gibt.«

»Ja«, sagte sie knapp. Sie verspürte wenig Lust, ein weiteres Mal die Schilderungen von grausam zugerichteten Vampirinnen zu hören, die noch während ihrer Schwangerschaft qualvoll verendet waren. Bei lebendigem Leib von innen heraus aufgefressen von der Saat, die sie in sich trugen.

»Du weißt auch, dass seit deiner Geburt kein Vampir mehr geboren wurde.«

»Ja doch, Mutter«, sagte sie irritiert. »Deshalb machen doch alle diesen Aufstand um mich. Was ich nur nicht verstehe, ist: Weshalb sollte mir dieselbe Gabe gegeben sein, die dich überleben ließ? Und wie äußert sich diese Gabe überhaupt? Alle sagen, dass ich eine besondere Kraft in mir trage, doch wie spüre ich sie?«

»Du spürst sie schon längst«, sagte ihre Mutter leise. »Hör mir zu, mein Kind: Die Welt, in die ich dich geboren habe, ist grausam und kalt. Der Stärkste gewinnt, der Schwächste wird unterdrückt. Das ist der Lauf der Dinge. Wir können von Glück sagen, zu den Starken zu gehören, auch wenn dir dies nun gerade nicht sonderlich klar sein mag. Ich weiß, was ich dir gerade angetan habe.«

Sie hielt inne, und für einen kurzen Moment bemächtigte sich tiefer Kummer ihrer Züge. »Ich habe es aber auch getan, um dich zu schützen. Alle werden denken, dass die Kräfte, die in dir schlummern, nun freigesetzt werden. Für sie besteht kein Zweifel, dass du ein besonders mächtiger und skrupelloser Vampir sein wirst, der den Fortbestand unserer Art sichern wird. Wie es die Legende besagt. Das wird dir einerseits Respekt innerhalb, andererseits Feinde außerhalb dieser Familie verschaffen. Doch was immer auch passiert: Du musst sie in dem Glauben lassen, diese Kräfte wirklich zu besitzen.«

»Also habe ich diese Kräfte gar nicht?«, fragte Levana verwundert, während sie ihre Haare auswrang. Vergeblich versuchte sie, das rote Badewasser zu ignorieren.

»Oh doch.« Ihre Mutter küsste ihre Schläfe. »Aber nicht die, die alle in dir vermuten. Was ich dir jetzt sage, mein Herz, darf niemand auf dieser Welt erfahren. Hast du das verstanden?«

Levana nickte. Sie wagte es nicht, zu atmen.

»Dieselbe Stärke, die mich deine Geburt überleben ließ, schlummert in dir.« Ihre Miene verfinsterte sich. »Obschon unsere Art sie als verachtenswerte Schwäche ansehen würde.«

»Welche Stärke, Mutter?«

»Ich habe die Geburt nur aus einem einzigen Grund überlebt. Ein Grund, den die anderen weder verstehen werden noch jemals erfahren dürfen. Weil ich meine Seele nicht verloren habe.«

Auf dem Rückweg zur *Regent's Park Station* spürte Emily, dass etwas nicht stimmte.

Den Großteil des Weges hatte sie in einer Art Trance verbracht, aus der sie nun erst wieder zu sich kam. Etwas hatte sie aus ihren Gedanken gerissen, hatte sie derart abgelenkt, dass die Worte ihrer Mutter und die Szenen, an die sie sich erinnert hatte, in den Hintergrund traten und ihre Umwelt einblendeten.

Es war später Nachmittag. Nach langen Überlegungen hatte sie sich dazu entschieden, doch zu Elias zurückzukehren. Noch immer sah sie keine wirkliche Alternative, auch wenn ihr Vertrauen zu ihm erschüttert war. Von ihrem Ausflug würde sie ihm deswegen nichts erzählen. Für den Moment gab sie sich damit zufrieden, dass sie nun das Geheimnis ihrer Stärke kannte.

Wer hätte das gedacht.

Sie blieb stehen. Möglichst unauffällig blickte sie sich um. Es fiel ihr schwer zu spüren, ob jemand in der Menge um sie herum ihre Aufmerksamkeit erregt hatte. Ein wenig fühlte sie sich noch immer, als hätte sie etwas aus dem Schlaf gerissen.

Nein, ihr war wohl kein Vampir gefolgt.

Unsicher setzte sie ihren Weg fort. Das Gefühl der Anspannung verstärkte sich mit jedem weiteren Schritt, den sie in Richtung der Haltestelle machte. In Sichtweite der Treppen, die sie unter die Erde führten, war das Gefühl der Anspannung zu panischer Angst geworden, die in ihrem Magen festsaß und ihre Schritte lähmte.

So etwas hatte sie noch nie zuvor gespürt.

Sie blickte die Stufen hinab. Der Gedanke, dort hinunterzumüssen, widerstrebte ihr zutiefst. Etwas in ihr schrie, sie sollte sofort abhauen.

Diesmal nicht! Sie war schon zu oft weggelaufen.

Beherzt ging sie die ersten drei Stufen hinab, die linke Hand fest an das Geländer geklammert. Es war eiskalt.

Hier, an einem der kleineren Seitenausgänge, herrschte nicht allzu viel Betrieb. Ein quengelnder Junge an der Hand seiner Mutter, ein Touristenpärchen mit Harrods-Tüten und Koffern, ein Alter, der mit Hut, Mantel und Gehstock direkt aus dem letzten Jahrhundert ins verblassende Tageslicht emporzusteigen schien – keiner von ihnen kam Emily verdächtig vor.

Wieder nahm sie vier Stufen.

Noch drei weitere, dann um die Ecke, und schon würde sie vor der unscheinbaren, mit Konzertplakaten vollgeklebten Tür stehen, aus der sie am Morgen gekommen war.

Noch eine Stufe.

Dann spürte sie es.

Schwarzer Nebel stieg an den Rändern ihrer Wahrnehmung auf, verschluckte alle Geräusche und tauchte die Umgebung in tiefste Nacht.

Sie konnte sich nicht mehr rühren.

Wie angewurzelt stand sie da, die linke Hand noch immer um das Geländer geklammert, und sah, wie sich etwas aus dem Schwarz vor ihr herausschälte, das noch dunkler war als die Schatten selbst.

Und dann wusste wie, was ihr gegenüberstand.

Zweimal schon war sie diesen Kreaturen begegnet. Beide Male hatte Elias sie vor ihnen gerettet. Und sie wusste noch immer nicht, weshalb.

Doch diesmal war sie auf sich allein gestellt. Mit aller Kraft konzentrierte sie sich auf die Schatten. Es war eindeutig das gleiche Gefühl, das sie bei ihrem Schulausflug in London und bei ihrem nächtlichen Treffen mit Elias gespürt hatte.

Sie würde sich nicht in die Knie zwingen lassen. Vielleicht konnte sie ihnen noch nichts entgegensetzen. Aus eigener Kraft zu fliehen und ihnen den Festschmaus zu verderben, würde für den Anfang jedoch genügen.

Sie machte auf dem Absatz kehrt und rannte die Stufen hinauf, ohne sich umzublicken. War das ein zorniges Zischen? Griff einer der tentakelartigen Schattenarme nach ihr? Sie drehte sich nicht um, um nachzusehen, schoss die Treppe hinauf in die Dämmerung und hörte nicht auf zu rennen, bis sie die belebten Straßen Camdens erreicht hatte.

Ohne darauf zu achten, wohin ihre hastigen Schritte sie geführt hatten, fand sie sich unvermittelt vor dem *World's End* wieder. Wie sollte sie jetzt zurück zu Elias finden?

Zeit zum Verschnaufen blieb ihr nicht. Eine Hand packte sie an der Schulter, dann wurde sie von einer vermummten Gestalt ins Innere des schummrigen Pubs gezogen. Zu verdutzt, um Widerstand zu leisten, wurde sie vorbei an der Bar und hinein in diesen verhassten Geheimgang geschleift, den sie eigentlich nie wieder hatte betreten wollen.

Hasserfüllt verließ Nosophoros die *Regent's Park Station* und zog sich in die verschütteten Katakomben tief unter der Erde zurück. Es erstaunte ihn, dass ihn der Herbstbringer derart früh gewittert hatte. Noch mehr erstaunte ihn allerdings, dass sich das Mädchen als widerstandsfähig genug erwiesen hatte, um einfach wegzulaufen.

Feige zwar, dennoch stärker als vermutet.

Welche Stärke auch immer den Herbstbringer die Rebellion hatte überstehen lassen, sie floss nach wie vor durch die Venen dieser verfluchten Kreatur.

Nosophoros durchquerte eingestürzte Gänge, passierte stillgelegte Schienen und durchwatete unterirdische Bäche voller Unrat, während sich ein beunruhigender Gedanke in seinem vergifteten Verstand formte.

Der Herbstbringer wurde stärker.

Unter tropfenden Rohren, vor fliehenden Ratten, durch längst vergessene Stollen eilte Nosophoros seinem Ziel entgegen. Er durfte nicht länger warten.

»Lass mich los!« Emily stemmte sich gegen den eisernen Griff der verhüllten Gestalt. Zwecklos. Wer immer sie durch die staubigen Korridore dieser längst vergessenen Unterwelt führte, hatte weitaus mehr Kraft, als es seine schmale Figur vermuten ließ.

»Dafür haben wir keine Zeit, werte Dame«, zischte eine vertraute Stimme gehetzt, ohne langsamer zu werden.

»Verdammt, Willie«, keuchte sie. Erleichterung flutete sie, dicht gefolgt von Empörung. »Was soll das? Du hast mir einen riesigen Schrecken eingejagt.«

Endlich verlangsamte der Untote sein halsbrecherisches Tempo. Dem Geruch nach mussten sie sich wieder nahe des unterirdischen Stroms befinden. »Elias schickt mich. Auch er hat sich auf die Suche nach Ihnen gemacht. Bei den Gebeinen des Theaters, etwas rührt sich in der Dunkelheit. Etwas, das hinter Ihnen her ist – hinter uns! Elias geht davon aus, dass man Ihre Fährte aufgenommen hat.« Er drehte sich um, und erstmals entdeckte Emily etwas anderes als Amüsement und Unbeschwertheit in seinen Zügen. Willie hatte Todesangst. »Elias, er … er ist wütend. Sehr wütend. Der arme Ambrose wird sich einiges anhören müssen. Er hat geschrien, Lady, laut geschrien und unsere Zukunft infrage gestellt. So wütend habe ich ihn nicht mehr erlebt seit …« Er hielt einen Moment inne. »Nein, so wütend habe ich ihn eigentlich noch nie erlebt.«

War Ambrose etwa ihretwegen in Schwierigkeiten?

»Das wollte ich nicht«, hauchte sie.

Doch für ein schlechtes Gewissen blieb ihr keine Zeit. Schon trieb Willie sie weiter, immer darauf bedacht, seinen überraschend starken Griff um ihren Arm nicht zu lockern.

»Natürlich wollten Sie das nicht. Doch nun kommen Sie. Wir müssen Sie aus diesen Tunneln rausbringen. Sie sind nicht mehr sicher hier.«

»Ich weiß wirklich nicht, ob wir da hochsollten«, meinte sie zweifelnd, als sie vor der Steintreppe ankamen. Aufgebrachte Stimmen drangen durch die geschlossene Falltür zu ihnen hinunter. Emily wollte Elias in diesem Zustand wirklich nicht gegenübertreten.

»Sie sollten sich nicht länger als unbedingt nötig hier unten aufhalten«, entgegnete Willie mit einem prüfenden Blick in die hinter ihnen liegende Dunkelheit. Emily tat es ihm gleich. Obwohl er ihr in der Eile die Augen nicht verbunden hatte, hatte sie auf dem Weg nicht viel erkennen können.

»Diese Tunnel«, sagte sie nachdenklich. »Wo führen die hin?«

Willie hatte schon mit dem Aufstieg begonnen und machte sich am Schloss der Falltür zu schaffen. »Überallhin, werte Lady. Das ist ja das Problem.«

20

Emily sah sofort, dass Willie nicht übertrieben hatte. Wie ein erzürnter Rachegeist thronte Elias über Ambrose, der mit eingezogenen Schultern in seinem Sessel saß, sein Buch wie zum Schutz gegen diesen Sturm emporgereckt.

Als sie das Wohnzimmer betreten wollte, hielt Willie sie zurück. »Das würde ich nicht tun«, flüsterte er. »So leid mir Ambrose auch tut, würde ich jetzt dennoch nicht dazwischengehen.«

»Ja, schon gut«, gab Emily zurück.

»Levana!« Elias' befehlende Stimme ließ sie verharren. Sie zuckte bei ihrem richtigen Namen zusammen, schluckte die scharfe Bemerkung angesichts der Umstände aber lieber herunter. »Wir müssen reden.«

Willie huschte an ihr vorbei, gefolgt von einem sichtlich eingeschüchterten Ambrose, der ihr im Vorbeigehen einen schwer zu deutenden Blick zuwarf.

Emily war erleichtert, keine Anklage darin zu erkennen, atmete tief durch, nahm die Schultern zurück und betrat das Wohnzimmer. Hartnäckig versuchte sie sich einzureden, dass sie sich nichts vorzuwerfen hatte. Er hatte nicht das Recht, sich so aufzuspielen.

»Ich muss also erst gegen deine Regeln verstoßen, bevor du endlich mit mir redest?«, fragte sie betont kühl, als sie die Tür hinter sich geschlossen hatte. Sie sah es nicht ein, die Schuldige zu spielen.

»Regeln«, erwiderte Elias jetzt mit leiser, fast entschuldigender Stimme. »Niemand hat je irgendwelche Regeln erwähnt. Ich war schlicht und ergreifend krank vor Sorge. Die Tunnel sind nicht sicher, und auch in der Welt da draußen lauern zu viele Gefahren. Selbst bei Tag, das weiß ich jetzt, Levana.« Er blickte sie ernst an.

»Bitte«, sagte sie mit einem unmerklichen Zittern, »nenn mich nicht so.«

»Und doch ist das dein Name.« Er atmete schwer. »Aber meinetwegen. Emily, es war nie mein Bestreben, dich hier festzuhalten. Doch ich weiß, dass du alleine schutzlos bist. Vor allem nach dem, was ich heute herausgefunden habe.«

»Aber genau das ist doch das Problem! Warum sagst du mir nicht einfach, was du weißt!«

Elias nickte nur, als sei er zu einem ähnlichen Schluss gekommen. »Ein Vampir namens Aaron hat deine Spur in London aufgenommen. Er ist ein Jäger, der es auch tagsüber im Freien aushält. So wie du. Und das bedeutet mit ziemlicher Sicherheit, dass dir Michael auf den Fersen ist. Dafür muss nur der Preis stimmen.«

»Hat er eines dieser Viecher auf mich gehetzt? Mir ist heute eines in der U-Bahn-Station begegnet.«

Elias blickte sie durchdringend an. »Viecher??« Sein Gesicht hellte sich auf. »Du meinst die Sirenen? An einer U-Bahn-Station?« Er dachte nach. »Nein«, fuhr er kurz darauf fort. »Die Sirenen gehorchen ihm nicht. Auch sie spüren deine Gegenwart und setzen alles daran, dich zu fassen zu kriegen. Und das will ich um jeden Preis verhindern.«

»Und wieso willst du das?«, fragte Emily. Sie wollte endlich Gewissheit. »Wieso hilfst du mir überhaupt?«

Elias presste die Lippen zusammen. »Weil es das Richtige ist. Ohne dich gibt es nur Tod und Verderben. Du allein machst den Unterschied.«

Emily wusste nicht, ob sie es mögen oder hassen sollte, dass Elias sie so einfach mit schlagkräftigen Argumenten außer Gefecht setzen konnte. Zweifel blieben dennoch zurück. »Für wen mache ich den Unterschied? Für diese Welt oder … für dich?«

»Ist das nicht gleichbedeutend?«

Nein, nicht für mich, dachte Emily, behielt es aber für sich. Es war nicht der richtige Zeitpunkt, auf persönliche Zuneigung zu bestehen, wenn die Welt am Abgrund stand. »Also habe ich vier Vampirfamilien und diese Bestien gegen mich«, sagte sie, um das Thema zu wechseln. »Klingt nicht so, als hätte ich gute Karten.«

»Nüchtern betrachtet nicht unbedingt«, gab Elias sehr zu ihrem Erstaunen zu.

»Was ist mit den anderen? Meintest du nicht, dass noch mehr auf meiner Seite sind?«

»So ist es. Doch sie sind fern und verstreut. Sie dazu zu bewegen, nach London zu kommen, ist schwieriger, als ich dachte – was ihnen keiner verübeln kann, wenn man mal darüber nachdenkt.«

»Na toll, also sind wir auf uns allein gestellt?«

»Das kommt darauf an, wie man es sieht.« Plötzlich stand Elias direkt vor Emily. Sie musste sich beherrschen, um nicht zurückzuschrecken. Wie schnell hatte er sich gerade bewegt? »Noch gibt es einen Trumpf, den wir nicht ausgespielt haben.«

Emily blickte ihn fragend an.

»Deine Stärke«, verkündete Elias beinahe feierlich. »Noch weiß niemand um dein Geheimnis. Mich eingeschlossen.

Das hat dir mehr Respekt eingebracht, als du dir vorstellen kannst.«

Ihre Stärke. Schon war sie in Gedanken wieder bei dem Gespräch mit ihrer Mutter. Oh ja, sie wusste, was ihre Stärke war. Nutzlos im Kampf, und dennoch wertvoller als alles andere. Dass sie noch eine Seele hatte, war das Einzige, das sie nicht verzweifeln ließ. Das Einzige, wofür das alles lohnte.

»Was genau soll uns das bringen?«, fragte sie betont beiläufig und versuchte verzweifelt, den Argwohn aus ihrer Stimme fernzuhalten. Sie hatte nicht vor, Elias einzuweihen. Noch nicht.

»Nun«, Elias bedachte sie mit einem suchenden Blick. Ahnte er etwas? »Niemand weiß, welche Kräfte wirklich in dir schlummern. Deine Mutter hat deine Geburt überlebt. Es ist davon auszugehen, dass du dieselbe Stärke besitzt, die sie diese Tortur überstehen ließ. Genau deswegen bist du so bedeutend.« Er senkte die Stimme. »Oder warst es …«

»Wer setzt unter diesen Umständen überhaupt Kinder in die Welt?«

»Niemand, solange es sich vermeiden lässt. Und doch will jeder seine Familie stärken, seine Machtposition sichern. Vampire können sehr überzeugend sein, wenn sie etwas wirklich wollen.«

»Und ich«, begann sie vorsichtig, »ich habe all das überstanden?«

Elias' Augen funkelten für ihren Geschmack etwas zu sehr. »Ja! Wenn wir nur wüssten, was es ist, wie wir es nutzen können!« Fragend, beinahe hungrig blickte Elias sie an.

Emily wich instinktiv zurück. »Selbst wenn ich irgendeine wundersame Stärke besitze, weiß ich nicht, wie ich sie freisetzen kann. Abgesehen davon, dass ich besser sehen, hören und fühlen kann, hat sich eigentlich nichts verändert.«

»Ah ja, natürlich.« Er nickte langsam, die Augenbrauen hochgezogen. »Und dennoch: Alle sind sich einig, dass du sie besitzt.«

»Selbst wenn man außer Acht lässt, dass ich dafür scheinbar erst in direkten Kontakt mit Blut kommen muss und in naher Zukunft nicht beabsichtige, das zu tun, habe ich keine Ahnung, wie ich mir diese Stärke vorzustellen habe.« Sie bedachte ihn mit einem forschenden Blick. »Werde ich zu einer Art Superheldin, oder was?«

»Nun, das ist ja gerade das Spannende, findest du nicht?« Sein aufmunterndes Lächeln wollte ihm nicht recht glücken. »Niemand weiß, was in dir schlummert. Manche gehen sogar so weit zu sagen, dass du unbesiegbar wirst, sobald deine Lippen mit fremdem Blut in Berührung kommen, während sich andere hartnäckig weigern, dir überhaupt irgendeine Stärke außer unglaublicher Dickköpfigkeit zuzuschreiben. Wie so oft liegt die Wahrheit wohl irgendwo dazwischen.«

»Und was, wenn nicht? Was, wenn ich überhaupt keine Stärke besitze und du auf etwas baust, das gar nicht existiert?«

»Das glaube ich nicht.« Er machte eine Pause, als würde er über etwas nachdenken. Als er wieder sprach, wusste Emily sofort, dass er schon die ganze Zeit darauf hinausgewollt hatte. »Hmmm … wir könnten es natürlich herausfinden.«

Die Worte hingen in der Luft wie eine unsichtbare Wand.

»Herausfinden?« Emily wurde langsam unbehaglich zumute. »Was meinst du damit?«

»Nun, diese Idee geistert mir schon länger im Kopf herum. Fakt ist: Auch wenn du dem Ruf des Blutes auf wundersame Weise widerstehst, wird der Tag kommen, an dem du dazu nicht mehr in der Lage sein wirst. Jeder einzelne Vampir da draußen wird versuchen, diesen Prozess zu beschleunigen, indem er dich dazu bringt, Blut zu trinken.«

»Und was sollen wir dagegen tun?«, fragte Emily misstrauisch.

Elias setzte sich auf die Sofakante und verschränkte die Arme vor der Brust. Emily stand noch immer reglos im Türrahmen. »Ließe ich dich von meinem Blut trinken«, fuhr er beiläufig fort, sodass bei Emily sämtliche Alarmglocken schrillten, »wäre sichergestellt, dass dich die anderen nicht zuerst in die Finger bekommen. Denn sollte das geschehen, wird dir nur tatsächliche Unbesiegbarkeit helfen.«

Sie brauchte einige Sekunden, um das halbwegs zu verdauen. »Moment mal«, begann sie und hob abwehrend die Hände. »Du schlägst also vor, dass ich genau das tun soll, wovor du mich von Anfang an gewarnt hast?«

»Du klingst misstrauisch, und das ist gut so. Der einzige Grund, weshalb ich es dir nicht gleich bei unserem zweiten Aufeinandertreffen vorgeschlagen habe, war, dass ich dich nicht überfordern wollte. Du wärst wohl kaum begeistert gewesen, wenn ich dir gleich als Erstes vorgeschlagen hätte, deine Zähne in meinen Hals zu graben, oder?«

Er ließ ein überraschend ehrliches Lächeln aufblitzen, und für einen kurzen Moment stand sie wieder jenem Elias gegenüber, zu dem sie ursprünglich Vertrauen gefasst hatte. Außerdem musste sie ihm recht geben. Sie wäre wohl panisch in ihre Jugendherberge zurückgerannt, wenn er ihr dieses Angebot unterbreitet hätte.

War ihr übertriebenes Misstrauen am Ende unbegründet?

»Vielleicht schon, ja.« Sie spürte, wie sich ihre Anspannung ein wenig lockerte. »Aber ich dachte, es würde alle Vampire Englands wie magnetisch anziehen, wenn ich Blut trinke? Ist das nicht eine ziemlich dumme Idee? Immerhin haben wir nicht gerade eine Armee, mit der wir uns verteidigen könnten.«

»Damit hast du natürlich nicht ganz unrecht. Dennoch ist es in meinem Fall etwas anderes. Weißt du nicht mehr: Einst waren wir einander versprochen. Dieser Bund wurde niemals offiziell gelöst. Wenn du von meinem Blut trinkst, wird deine Stärke auf mich übergehen. Und das wäre in Sachen wirkungsvoller Verteidigung schon mal ein guter Anfang.«

»Ich weiß nicht.« Emily war nicht sicher, was sie von diesem Vorschlag halten sollte.

Elias hob beschwichtigend die Hände. »Ich sage ja gar nicht, dass wir diesen Schritt jetzt sofort gehen müssen. Es wäre nur gut, eine Art Notfallplan in der Hinterhand zu haben, falls wir in Schwierigkeiten geraten. Und außerdem …«

Weiter kam Elias nicht. Hinter Emily hatten Willie und Rufus im Türrahmen Stellung bezogen. Sie sahen besorgt aus.

»Meine Herren? Ich wollte nicht gestört werden.«

»Wissen wir, wissen wir«, begann Rufus, nachdem die beiden versucht hatten, den jeweils anderen zum Reden zu bringen. »Wir würden auch nicht stören, wenn wir nicht davon überzeugt wären, dass es sich hierbei um eine Angelegenheit von höchster Dringlichkeit handelt, die …«

»Spuck es schon aus!«, ging Elias schroff dazwischen. Schon war unnahbare Härte in sein Wesen zurückgekehrt.

»Glöckchen, sie … sie ist weg.«

Elias verengte die Augen. »Was soll das heißen, sie ist weg?« Er machte einige Schritte auf die beiden eingeschüchterten Gestalten in der Tür zu. »Kannst du dich bitte klar und deutlich ausdrücken?«

»Ich, das kann ich, ja, aber …«, stotterte Rufus mit Panik in den Augen.

»Was Rufus sagen will, ist, dass sie nicht zur vereinbarten Zeit am vereinbarten Ort aufgetaucht ist.«

Rufus nickte dankbar. »Ich habe deutlich länger gewartet und auch die anderen Treffpunkte abgesucht. Nichts. Sie ist weg. Verschwunden.«

Elias stand wie versteinert im Wohnzimmer. Eine Weile herrschte Stille.

»Was ist daran so schlimm?«, fragte Emily zaghaft, als die Ruhe unangenehm zu werden begann.

»Und du bist dir sicher, dass ihr diesen Treffpunkt ausgemacht hattet?« Elias überhörte ihre Frage. »Und ich meine *wirklich* sicher?«

»Ich fürchte, daran gibt es keinen Zweifel.«

»Dann ist geschehen, was ich befürchtet habe. Uns bleibt keine Zeit mehr.« Er eilte in den Flur. »Ambrose!«, brüllte er ins obere Stockwerk hinauf, stürzte gleich darauf ins Wohnzimmer zurück und schnappte sich seinen Mantel vom Sofa. Auch Rufus und Willie waren in hektisches Gewusel verfallen.

»Wir müssen verschwinden. Schnell, pack deine Sachen!«

Emily kam nicht mehr mit. Perplex stand sie da, ihr Gesicht ein einziges großes Fragezeichen. »Kann mir mal jemand erklären, was hier los ist?«

»Dafür ist jetzt keine Zeit«, sagte Elias nur, während er die zugenagelten Fenster prüfte.

Das sah Emily ganz anders. »Dafür *muss* Zeit sein«, sagte sie schneidend und legte alle verfügbare Schärfe in ihre Stimme. »Ich werde nirgendwo hingehen, bevor du mir nicht gesagt hast, warum du all das wirklich auf dich nimmst.«

Einen Moment lang schien es, als würde Elias nicht antworten. Dann drehte er sich langsam zu ihr um. »Weil du mich am Leben gelassen hast, Herbstbringer!« Er trat auf sie zu, wollte ihre Hände ergreifen. Dann überlegte er es sich anders und rammte sie in seine Hosentaschen. »Deinetwegen bin ich noch am Leben, weißt du nicht mehr?«

Wieder rieselten vage Erinnerungen in ihren Verstand.

Die kleine Voliere, die Elias ihr geschenkt hatte. Der Empfang, bei dem ihre Heirat beschlossen worden war. Ihre offene Rebellion – und, klarer denn je, ihre Weigerung, Elias zum Zeichen ihrer Familientreue, als letzte Rettung ihrer Ehre, zu töten. Der Tropfen, der das Fass ihres Ungehorsams unwiederbringlich zum Überlaufen gebracht hatte.

Elias senkte die Stimme. »Du solltest mich töten. Als Zeichen deiner Familientreue. Als Stärkebeweis, den dein Vater von dir verlangt hatte. Wir waren einander versprochen, und dein Mord an jemandem, der dir nahestehen sollte, hätte vielleicht ausgereicht, den Rat milde zu stimmen. Nicht sehr romantisch, das gebe ich zu. Aber effektiv. Vampirfamilien ist nichts heiliger als ihre Ehre. Genau genommen ist ihnen zwar gar nichts heilig, doch ihre Ehre nimmt den höchsten Stellenwert ein. Eine Tat wie diese hätte bewiesen, wie stolz deine Familie ist, wenn eine von ihnen selbst eine solche Tat begeht, um die Ehre zu erhalten. Verdammt, andere haben ihre eigenen Kinder oder Mütter getötet, um die Ehre sicherzustellen.«

Glasklar sah sie es vor sich. Ein Schauer kroch ihr mit

eisigen Fingern über den Rücken. Sie hatte sich geweigert, ihn zu töten. Sich erneut dem Rat, ihrer Familie und insbesondere ihrem tryannischen Vater widersetzt. Die Folge war der Fluch gewesen. Und die bestialische Strafe.

»Deswegen hast du mich gerettet.«

Elias antwortete nicht.

21

Eingehend betrachtete er das Haus von der anderen Straßenseite. Das Haus, in dem sich der Herbstbringer aufhielt. Eine Flut unterschiedlicher Emotionen spülte durch seinen Körper, als er daran dachte, dass das Versteckspiel sehr bald vorüber sein würde.

Das Ende hatte begonnen.

Er kam nicht umhin festzustellen, dass tatsächlich auch ein bisschen Glück an der Entwicklung der Ereignisse beteiligt gewesen war. Wer hätte gedacht, dass er in Form des Jungen so einfach an ein Druckmittel kommen würde, um die Rebellin sozusagen vogelfrei werden zu lassen. Er war ihr gefolgt wie ein Welpe seinem Herrchen, war rastlos durch Londons Straßen geirrt – und zufällig Aaron in die Arme gelaufen.

Unruhig strich der Wind durch die leere Straße. Das nasse Laub glänzte matt und ölig im Schein der trüben Laternen, übersäte alles wie ein unangenehmer Ausschlag.

Lange stand er einfach nur da, den Blick fest auf das baufällige Anwesen gerichtet. Der verwilderte Garten, der eingefallene Schornstein, die morschen Fensterläden, der abbröckelnde Putz, all das erschien Michael fast ein wenig ungebührlich. Die Mauern dieses Hauses wussten nicht, welchen Gast sie beherbergten. Und schon bald würden sie ihn ausspucken wie eine Fliege, die man versehentlich in den Hals bekommt.

Sie mussten jeden Moment hier sein. Es wurde Zeit, dass er Stellung bezog. Für ihn gab es keinen Zweifel, auf welchen Wegen der Herbstbringer durch die Tunnel und Gänge geführt werden würde.

Lautlos verschwand er in der Nacht.

Emily stellte keine weiteren Zwischenfragen, als sie mit Elias, Willie und Rufus in die Tunnel unter dem Keller hinabstieg. Sie hatte kaum genug Zeit gehabt, ihre Habseligkeiten zusammenzupacken, bevor Elias sie alle durch die Falltür gescheucht hatte. Mit einem dumpfen Knall fiel sie hinter ihnen ins Schloss und hüllte sie in modrige Dunkelheit.

»Kein Wort, bis wir einen Ausgang erreicht haben«, mahnte Elias.

»Welchen Ausgang denn?«, fragte Emily besorgt.

»Den, durch den sie uns entkommen lassen«, raunte er schroff und marschierte ohne ein weiteres Wort voran. Tuschelnd schlossen Rufus und Willie zu dem Vampir auf.

»He!«, rief sie dann, »wo ist Ambrose?«

Elias blieb stehen. Als er sprach, drehte er sich nicht zu ihr um. »Er hat seine Wahl getroffen, als er dich unbeaufsichtigt gehen ließ. Er wusste, was auf dem Spiel stand. Ambrose bleibt zurück und wird den Eingang zu den Tunneln verteidigen. Und jetzt beeilt euch. Er wird sie nicht ewig aufhalten können.«

Erschüttert stolperte Emily hinter den drei Gestalten her. Er blieb ihretwegen zurück! Und sie hatte sich nicht einmal von ihm verabschiedet. Selbst Elias schien sehr besorgt – und das beunruhigte sie am meisten.

Eine vorbeidonnernde U-Bahn brachte den schmalen Gang zum Erzittern. Panisch presste sich Emily an die feuchte Wand und wartete, bis das Grollen vorübergezogen war.

»Die *Northern Line* nach *Archway*«, rief Willie über die Schulter. Emily musste sich beeilen, um mit den anderen Schritt zu halten.

Weiter, immer weiter, ging es durch die Gänge. Längst hatte Emily die Orientierung verloren. Blind folgte sie Elias, von der Angst getrieben, hier unten in der Finsternis allein zurückgelassen zu werden.

Ihr Schuh verfing sich in etwas Weichem. Mit einem schmatzenden Geräusch zog sie ihn heraus, stolperte sofort weiter, ohne genauer hinzusehen. Nur nicht zurückbleiben. Nur nicht den Anschluss verlieren.

In unregelmäßigen Abständen blieb Elias stehen und horchte angestrengt. In diesen Momenten hielt Emily immer den Atem an. Sie war fest davon überzeugt, dass man ihren wild pochenden Herzschlag meilenweit hören konnte.

Bis auf das Rascheln der Mäuse und das Gluckern der nahen Abwasserströme blieb bislang alles still.

»Noch haben wir einen Vorsprung«, raunte Elias nach einer weiteren dieser Pausen. »Der nächste Ausstieg ist nicht mehr weit. Obwohl ich nicht weiß, ob er sicher ist.«

»Welcher denn?«, fragten Willie und Rufus wie aus einem Mund.

»*Highgate*«, erwiderte er knapp.

Die beiden untoten Schauspieler zogen scharf die Luft ein. »Oh …«, sagte Willie.

»… weh«, vollendete Rufus.

Weit hinter ihnen hallte etwas durch die Gänge. Ein Schrei? Elias' Blick nach zu urteilen, ja. »Los, weiter!«, rief er.

Noch während Elias' Worte verhallten, prallte Emily zurück. Etwas anderes war an ihr Ohr gedrungen.

Eine Geigenmelodie.

Wie angewurzelt blieb sie stehen. Auch Elias hielt an. Die Hand erhoben, blickte er alarmiert auf einen Punkt im schummrigen Dunkel vor sich.

»Sirenen«, wisperte er nach schier endlosen Momenten angespannter Stille. »Sie sind hier.«

Dem ersten Impuls, einfach in die entgegengesetzte Richtung wegzurennen, widerstand Emily nur, weil Elias urplötzlich ganz dicht bei ihr stand und ihre Hand drückte. »Ruhig, ganz ruhig. Wenn du wegrennst, tust du ihnen nur einen Gefallen.«

»Und wenn wir weitergehen, etwa nicht?«, flüsterte sie atemlos zurück.

»Rufus, Willie, ihr wisst, was zu tun ist«, wandte sich Elias an die beiden schlotternden Untoten, die besorgte Blicke tauschten und unruhig von einem Fuß auf den anderen traten. Sein Ton ließ erkennen, dass er keinen Widerspruch duldete. »Ihr übernehmt die Führung.«

Die Panik in ihren Gesichtern würde Emily nie vergessen. Einen Moment lang sah es aus, als würden die beiden desertieren und die Beine in die Hand nehmen. Wie zwei in die Enge getriebene Ratten sahen sie sich verzweifelt nach einem Ausweg um, bis ihr Blick auf Elias' verhärtete Züge fiel. »Wir haben eine Abmachung«, sagte er gefährlich ruhig. Mehr brauchte es nicht, um jegliche Fluchtversuche der beiden erschlaffen zu lassen. Emily hörte, wie sie schluckten.

Vor ihnen schwoll die Geigenmelodie an. Jetzt, da sie

wusste, was sie verursachte, konnte sie nichts Schönes mehr in diesen klagenden Tönen entdecken. Das Stück, das zu Ehren ihrer Geburt komponiert worden war, klang wie ihr eigener Totenmarsch.

»Es sind mindestens zwei«, zischelte Rufus mit starrem Blick. »An denen kommen wir niemals unbeschadet vorbei.«

Zu Emilys Entsetzen legte sich ein grausames Lächeln auf Elias' Lippen. »Zumindest nicht alle.«

Emily wurde es sofort klar: Er würde auch Rufus und Willie opfern. Nur deshalb waren sie mit hier unten. Elias war doch nicht anders als die anderen Vampire.

Ängstlich gingen die beiden Schauspieler voran, in einigem Abstand gefolgt von Elias und Emily. Die Töne schienen jetzt von allen Seiten zu kommen, hallten von den Wänden wider, änderten unentwegt Form und Intensität.

Als würden sie leben, dachte Emily.

Der Anblick, der sich hinter der nächsten Wegbiegung bot, war mit nichts zu vergleichen, was sie je gesehen hatte.

Umrankt von wild züngelnden Fortsätzen, die wie die Haare einer Wasserleiche durch den Tunnel wogten, hatten die beiden Sirenen vor einer breiten Brücke Aufstellung bezogen. Unter ihnen rauschte einer der vielen unterirdischen Ströme zu einem ungewissen Ziel, dahinter konnte Emily vage eine Treppe erkennen.

Ihre Gesichter waren derart abscheulich, dass das Auge sich weigerte, länger als einen Augenblick auf ihnen zu verweilen. Gnadenlos brannten sich Details wie die schnabelartige Nase, die unbarmherzigen schmalen Augen voll loderndem Hass und die grässlich entstellten, schiefen, verfaulten und dennoch messerscharfen Zähne in Emilys Netzhaut.

Und diese Krallen erst! Die Sirenen schienen ausschließlich aus Krallen, wild pulsierenden Tentakeln und Schnäbeln zu bestehen. Die Geigenmelodie wurde zu einem ohrenbetäubenden Kreischen, als die Kreaturen den Herbstbringer erblickten – oder witterten.

Gierig schossen die verschrumpelten, knotigen Tentakel in ihre Richtung. Elias war schneller. Mit einem Sprung brachte er sich und Emily zu Fall, die krallenbewehrten Fortsätze peitschten dicht über ihre Köpfe hinweg.

»Rufus, Willie, tut wie euch befohlen. Erfüllt euren Eid!«

»Das kannst du nicht tun!« Sie hätte am liebsten geschrien, ihn zur Vernunft gebracht, ihn angebrüllt. Doch im Angesicht dieser Monster brachte sie nur ein hilfloses Schluchzen heraus.

Elias blickte sie kalt an. »Das hätte ich vielleicht nicht tun müssen, wenn du dich nicht so angestellt und auf mich gehört hättest.«

Emily wich einen Schritt zurück. Von ihrer Position aus konnte sie nicht viel erkennen, sah halb hinter Elias verborgen aber mehr, als ihr lieb war. Todesmutig traten ihre beiden Freunde vor, bewegten sich Hand in Hand auf die langsam vorrückenden Sirenen zu. Wie zwei Raubvögel im Sturzflug schossen die beiden Sirenen vor, umschlangen Rufus und Willie mit ihren Tentakelarmen und hackten mit ihren gekrümmten Schnäbeln auf sie ein.

Beide starben ohne einen Laut.

»Nein!«, schrie sie, und der Widerhall ihres Schreis löste die Schockstarre. »Du Monster! Du bist nicht besser als die!«

»Verfluchter Mist«, zischte Elias. Nicht das erste Mal hatten ihre Worte keine Wirkung auf ihn. Die Wesen hatten bereits von den leblosen Körpern der Schauspieler abgelassen und ihre Köpfe ruckartig in Emilys Richtung gewandt.

Das war genug. Ruckartig wandte sie sich um und rannte

in die Dunkelheit der Tunnel. Weg von diesen Bildern, weg von diesen Kreaturen, weg von Elias.

Hinter ihr erschallte wütendes Heulen. Es fühlte sich an, als habe man Eiswürfel über ihr ausgeschüttet. Sie wusste nicht, ob es von den Sirenen kam. Oder von Elias.

Sie machte erst halt, als sie sich sicher war, weit genug von Elias entfernt zu sein. Dass sie sich längst hoffnungslos in dem Labyrinth unter dieser Stadt verlaufen hatte, war ihr in diesem Moment völlig egal. Wichtig war nur, möglichst viele Tunnel und Gänge zwischen sich und ihn zu bringen. Ihn, dem sie vertraut hatte. Ihn, dem sie nach London gefolgt war.

Sie horchte in die Stille. Nichts. Oder doch? In diesen verdammten Tunneln konnte man nie sicher sein. Überall raschelte, tropfte und knarrte es. Als würden sich von allen Seiten unsichtbare Geister an sie heranschleichen.

Sie lief weiter, immer weiter hinein in die Ungewissheit. Verzweiflung machte sich in ihr breit, doch sie kämpfte sich entschlossen weiter. Sie würde nicht aufgeben. Nicht jetzt, da sie …

Schritte. Sie hörte Schritte!

Sie presste sich an die Wand und wartete. Was sollte sie auch tun? Zurückrennen? Sie hatte es so satt, davonzulaufen, war es leid, ein Problem hinter sich zurückzulassen, um dem nächsten in die Arme zu laufen. Würde ihr Leben fortan so aussehen?

»Emily!«

Ambrose tauchte hinter einer Biegung auf, blickte gehetzt in die Dunkelheit hinter sich. Einen Moment lang starrte Emily ihn nur an, erleichtert und erstaunt darüber, dass er noch lebte. Dann wich sie von ihm zurück. Sie konnte niemandem mehr trauen. Und den Vertrauten von

Elias am allerwenigsten. Vielleicht gab es gute Gründe, dass er noch am Leben war.

»Bleib weg von mir«, sagte sie bestimmt. Ihre Stimme zitterte leicht. Sie machte noch einen Schritt rückwärts, bis sie die schleimige Tunnelwand im Rücken spürte.

»Wo ist Elias? Wo … wo sind Rufus und Willie?«

»Er hat sie geopfert!«, schluchzte sie. »Diese Viecher haben sie zerrissen wie Papier!«

Etwas polterte in den Gängen hinter Ambrose. Sein Kopf schnellte herum, seine Augen forschten suchend im Dunkel. »Etwas ist hinter mir her, uns bleibt nicht viel Zeit. Du bist wieder zurückgerannt, Emily. Der Rückweg ist versperrt, und wir werden nicht mehr lange allein sein. Uns bleibt nur die Flucht nach vorn.«

»Uns? Wieso sollte ich dir trauen? Der Letzte, dem ich vertraut habe, hat gerade zwei seiner Gefährten sterben lassen, ohne mit der Wimper zu zucken.« Ihre Stimme wurde zu einem Kreischen. »Was ist er? Was bist du?«

»Ich bin ein Untoter ohne Hoffnung auf Erlösung«, sagte Ambrose mit leerem Blick. Schmerz legte sich auf seine Züge. »Ich habe Willie und Rufus geliebt wie Brüder. Doch wir wussten, worauf wir uns einließen. Der Preis war hoch, aber die Aussicht auf ein Leben als Vampir ließ uns jeden noch so lächerlichen Einsatz bedenkenlos auf den Tisch legen. Was hatten wir schon zu verlieren?«

»Aber Elias hatte nie vor, euch zu Vampiren zu machen, richtig? Er wollte euch nur für seine Pläne benutzen.«

Ambrose schielte wieder in den Gang hinter sich. »Wir sollten wirklich nicht verweilen«, mahnte er eindringlich. Waren bereits Schritte zu hören? Zwischen dem Rascheln der Ratten, dem Rauschen des Wassers und dem hallenden Echo der Oberwelt klangen alle Geräusche bedrohlich.

Emily riss sich zusammen und blickte ihn durchdringend an. »Antworte mir!«, sagte sie kalt.

»Ich weiß nicht einmal, ob er wirklich Elias heißt«, entgegnete Ambrose hilflos, und mit einem Mal tat Emily der verzweifelte Untote leid. Es musste furchtbar sein, alle Hoffnung auf ein besseres Leben zerplatzen zu sehen wie eine Seifenblase. »Ich weiß gar nichts mehr – nur, dass wir beide nicht auch noch hier unten draufgehen dürfen.«

Ein schriller Schrei gellte durch die Schwärze.

»Los!«, schrie Ambrose, packte sie an der Hand und zog sie durch die Tunnel davon.

Sie wurden verfolgt. Emily wusste nicht, von wem oder von was; die bloße Tatsache reichte jedoch, um sie anzutreiben. Sie redeten nicht, blieben nicht stehen und blickten vor allem nicht zurück. Ambrose hatte einen Ausgang in der Nähe erwähnt, einen Geheimgang, der direkt auf den *Highgate Cemetery* führte. Seine alte Heimat sozusagen.

Emily hätte am liebsten vor Erleichterung geweint, als sie die Leiter in die Freiheit erreichten.

»Wir haben es gleich geschafft«, meinte Ambrose ermutigend, als sie sie erklommen hatten.

Ein steil ansteigender, enger Gang empfing sie.

So schnell sie konnte, kroch Emily durch den niedrigen Tunnel. Die Wände waren aus Erde, von allen Seiten ragten Wurzeln durch das Erdreich zu ihnen hinein. Wurzeln – und Knochen.

Emily prallte zurück. Vor ihr lugten Teile einer Wirbelsäule aus der Wand. Daneben kam ein Oberschenkelknochen zum Vorschein.

»*Highgate* war ein sehr gefragter Friedhof«, erklärte Ambrose beiläufig, ohne von den menschlichen Überresten Notiz zu nehmen. »Aber wie alle anderen Friedhöfe der Stadt war auch *Highgate* irgendwann hoffnungslos überfüllt. Was die Menschen natürlich nicht daran gehindert hat, ihre Toten dennoch hierherzuschaffen.« Er sah sich um. »Alles hier gehört dem Tod. Selbst die Erde, auf der wir laufen.«

»Was soll das heißen?«, fragte sie skeptisch mit einem Blick auf die feuchte Erde zu ihren Füßen.

»Asche zu Asche, Staub zu Staub. Der Mensch wird letztlich wieder zu Erde. Da gewinnt die Unsterblichkeit doch gleich noch mehr an Reiz. Aber weiter jetzt, noch sind wir nicht in Sicherheit.«

Der krumme Gang mündete in einer Holztür. Sie war verrottet und hing schief in den Angeln, ließ sich jedoch nicht öffnen.

Ambrose warf sich mit ganzer Kraft dagegen. Emily prallte erschrocken zurück, die Tür flog dafür mit einem befriedigenden Krachen auf. Schnell zog Ambrose sie in die lichtlose Schwärze dahinter. »Dieser Geheimgang führt in eines der Mausoleen der *Egyptian Avenue* mitten auf dem Friedhof.« Er zog die uralte Tür hinter ihnen ins Schloss.

»Unter anderen Umständen ist die *Egyptian Avenue* wirklich sehenswert«, erklärte er, als er sie durch enge, gewundene Gänge führte. Links und rechts waren Särge aufgereiht, manche verrottet und mit bräunlichem Moos überzogen, andere trotzten der Ewigkeit mit massivem Eisen. »Sie ist eine der schönsten Orte hier in *Highgate*.« Er drehte sich zu ihr um. »Als ich noch sterben konnte, wollte ich immer hier begraben werden.« Ein Schatten huschte über sein Gesicht. »Jetzt wäre ich froh, überhaupt sterben zu können.«

Der Gang mündete in einen niedrigen Raum, in dem ein einzelner schlichter Steinsarg stand. Auf ihm lagen die kümmerlichen Reste vertrockneter Blumen. »Hier muss ich immer an Bram Stoker denken«, meinte er gedankenverloren. »Diese eine Szene aus *Dracula*: ›Die Gruft hatte schon bei Tag und im frischen Blumenschmuck düster und grausig genug ausgesehen. Aber jetzt, einige Tage später, da die Spinnen und Käfer ihr angestammtes Domizil wieder in Besitz genommen hatten, wo zeitverfärbter Stein, staubverkrusteter Mörtel und das rostige, feuchte Eisen, das angelaufene Messing und Silber den kümmerlichen Kerzenschein reflektierten, sah alles jämmerlicher aus, als man sich vorstellen kann.‹*«

Emily blickte ihn an. Zu gern hätte sie sich der Schönheit *Highgates* und Stokers Worten hingegeben. »Sind wir in Sicherheit?«

»Noch nicht.« Ambrose machte sich an einer schweren Eisentür zu schaffen, die die Gruft vor ungebetenen Besuchern schützte. Oder, wie Emily fröstelnd dachte, die Außenwelt vor dem, was hier begraben lag. Endlich schwang die Tür auf. Sofort drang kühle und herrlich frische Nachtluft in die Gruft. Emily beeilte sich, rauszukommen, wurde an der Türschwelle aber von Ambrose zurückgehalten. »Sei vorsichtig«, wisperte er. »Wir wissen nicht, ob wir allein sind. Es gefällt mir nicht, dass die alte Holztür unter der Erde verschlossen war. Wir wissen nicht, wer diesen Weg sonst noch genommen hat.«

Zaghaft und weiterhin auf der Hut schlich sie aus der Gruft und ließ sich an ihrer Außenmauer nieder. Wie spät mochte es sein? Mitternacht oder kurz vor der Dämmerung? Sie hatte nicht die geringste Ahnung, wie lange sie durch die Tunnel gehetzt waren. Es schien, als würde die Zeit immer langsamer verrinnen, um irgendwann für immer stehen zu bleiben.

Entsprach das nicht der Wahrheit? Gekleidet in ewigen Herbst, verflucht mit ewigem Leben …

Die frische Luft tat gut. Sie stellte sich vor, nicht gejagt zu werden, malte sich aus, wie es wäre, diesen Ort in Ruhe und Frieden zu besuchen, diese Wege mit Jake zu durchwandern …

Der Schreck über ihre eigenen Gedanken holte sie mit einem grausamen Schlag wieder in die dunkle Wirklichkeit zurück. Es war lange her, dass sie an Jake gedacht hatte. Sie vermisste ihn. Ob es ihm gut ging?

»Kommst du? Wir sollten zusehen, dass wir hier wegkommen.«

»Meinst du, die Sirenen können uns hierher folgen?«

»Um die müssen wir uns die wenigsten Sorgen machen. Es sind die Erzengel, die du fürchten solltest. Sie und Elias, wie es aussieht.«

»Diese Erzengel …«, begann sie zaghaft. Sie wusste zu wenig darüber, um sich eine Meinung über die Gerüchte zu bilden, und zu viel, um es einfach zu vergessen. »Sind das wirklich richtige Engel?«

»Wenn ich das wüsste. Ich kann es nicht ausschließen, und das allein versetzt mich in Angst und Schrecken. Niemand weiß, woher sie stammen oder wann sie auf diese Welt kamen – weil niemand schon derart lange lebt wie sie. Vielleicht ist es ein Ammenmärchen, vielleicht ist es die Wahrheit. So oder so verfügen sie über entsetzliche Macht. Wieso also nicht die Macht eines Engels?«

»Das ergibt doch keinen Sinn!«

»Natürlich nicht. Aber was ergibt schon einen Sinn in dieser Welt?«

Gar nichts. Das hatte Emily in den letzten Tagen gelernt. Wieder einmal wusste sie nicht, was sie als Nächstes tun sollte.

Am Ende der Grabsteinallee hielt Ambrose inne. »Spürst du etwas?«, fragte er sie. »Spürst du andere Vampire?«

»Ich weiß nicht«, gab Emily nach einigen angestrengten Momenten zu. »Sollte ich?«

»Oh ja, das solltest du.«

Emily erstarrte. Elias!

»Ich muss schon sagen, Ambrose«, säuselte er, als er zwischen zwei gramgebeugten Engelsstatuen hervortrat, »ich bin ein wenig – wie soll ich sagen? Enttäuscht? Irritiert? Verwundert?«

Emily konnte den Blick nicht von ihm abwenden. Diesmal lag es jedoch nicht an jener eigentümlichen Faszination, die sie einst für ihn empfunden hatte. Sie war vielmehr erschüttert, welche Wandlung sein Wesen erfahren hatte, seit sie ihn das erste Mal gesehen hatte. Sein Haar hing schlaff und strähnig herab, sein Gesicht wirkte knochig und ausgezehrt. Sie war angewidert. Angewidert von dieser Gestalt und von sich selbst, ihr derart bedingungslos gefolgt zu sein.

»Rufus und Willie«, begann Ambrose stockend. »Wie konntest du nur? Wir haben auf dich gezählt!«

»Wie ich konnte?« In einer verschwommenen Bewegung hatte er sich hinter Ambrose positioniert und riss dessen Kopf brutal in den Nacken. »Oh, das war ganz einfach. Ich zeige euch, wie einfach es war!«

Emily konnte nicht so schnell wegsehen, wie es geschah. Ein Ruck, ein grässliches Geräusch wie von zerbrechenden feuchten Ästen. Ambroses Körper sackte in sich zusammen.

Emily wich an die Steinwand zurück. Mit ausgestreckten Händen kam Elias auf sie zu. Hände? Es waren viel eher Krallen, gekrümmte, missgebildete Krallen mit langen gelben Fingernägeln. Blut klebte an ihnen – das Blut von Ambrose.

»Ach, Herbstbringer«, seufzte er in gespielter Enttäuschung. »Ein wenig Vertrauen wäre schön gewesen. Nach allem, was ich für dich getan habe.«

Nach all den Morden und all der Täuschung, wollte Emily erwidern. Doch ihre Stimme versagte. Panisch suchte sie nach einer Fluchtmöglichkeit.

»Was willst du von mir?«, brachte sie endlich hervor.

»Ganz das unschuldige Mädchen, nicht? Du magst vergessen haben, was du getan hast. Ich jedoch nicht. Keine Sekunde in all den verfluchten Jahren seit deiner Bestrafung habe ich es vergessen.«

»Wovon redest du nur? Ich weiß nicht, was …«

»Genug jetzt!«, knurrte er und kam auf sie zu. Er packte sie am Hals. »Jetzt wirst du trinken …«

Da war sie wieder, diese eiskalte Wut, die in ihr emporstieg und alle anderen Sinne ausschaltete. »Nein!«, schrie sie und riss sich aus seinem eisernen Griff los. Es überraschte Emily wohl genauso wie Elias, dass sie sich tatsächlich befreien konnte, doch sie fing sich schneller als er und rannte los.

Weit kam sie nicht.

Ein grollender Schrei zerriss die Nacht. »Nosophoros!« Die Stimme hallte von den Grabsteinen wider, drang tief in ihr Inneres wie eine eiskalte Klinge.

Emily erstarrte. Aus den Augenwinkeln sah sie, dass Elias vor der Gruft stehen geblieben war. Jemand bewegte sich auf sie zu – ein elegant gekleideter Mann. Seine Gesichtszüge wirkten auf Emily gleichwohl alt und zeitlos, jugendlich ebenmäßig und doch gezeichnet von Jahren. Seine Augen bargen eine Kälte, die Emily unweigerlich erschaudern ließ.

Sie spürte, dass sie nicht das erste Mal in diese Augen blickte. Auch sie schien dem Fremden keine Unbekannte zu sein. Er warf ihr ein Lächeln zu, das ohne die stechende Mordlust in seinen Augen durchaus gewinnend gewirkt hätte.

Es war Michael. Einer der Erzengel. Daran gab es nicht den geringsten Zweifel. Sie spürte sein Alter, seine Macht, wusste instinktiv, dass er schon auf dieser Welt gewesen war, als sie noch aus giftigen Dämpfen und grollenden Vulkanen bestanden hatte.

Dann war Elias wieder bei ihr, packte sie und legte den Arm drohend um ihre Kehle. Sie zitterte.

»Michael«, sagte er tonlos. »Du kommst zu spät. Sie gehört zu mir.«

Michael war einige Meter vor ihnen stehen geblieben. Spöttisch blickte er von Elias zu Emily. Obwohl er leise sprach, verstand Emily jedes Wort. »Das also ist die Lösung dieses Rätsels. Sie gehört also *zu* dir? Bist du dir sicher, dass du nicht meinst, sie gehört dir? Ein kleiner, aber feiner Unterschied, findest du nicht?«

Emily wandte den Blick nicht von Michael ab. Es war ebenso erschütternd wie faszinierend, welche Macht er verströmte.

»Neidisch?«, fragte Elias betont ruhig. »Kann ich gut verstehen. Das wäre ich an deiner Stelle auch. Dir ist es ja sogar entgangen, wenn ich in den letzten Jahrzehnten in der Stadt war. Man hätte dir den Herbstbringer auf einem Silbertablett servieren können, und du hättest es nicht bemerkt. Du bist schwach geworden!«

Michael ging nicht darauf ein. Er wandte sich an Emily: »Herbstbringer. Endlich sehen wir uns wieder. Erinnerst du dich an unsere letzte Begegnung?«

Emily schüttelte stumm den Kopf. Noch während sie es tat, wusste sie, dass es nicht stimmte. Sie erinnerte sich doch. Sie hatte es immer getan. Wie so vieles war es tief in ihrem Kopf begraben gewesen. Doch im Gegensatz zu so viel anderem hätte das ruhig dort bleiben können.

Sein gnadenloser Blick bei der Urteilsverkündung, seine flammende Rede für die Unzulänglichkeit der Strafe. Wieder wallte Zorn in ihr auf, schon gerieten die Blätter um sie herum in Bewegung. Sie ließ sich nichts anmerken und zwang sich zur Ruhe. Längst hatte sie erkannt, dass ihre Wut ihr einziger Trumpf war. Ihre Waffe.

»Nun, überaus verständlich. Es war bestimmt kein allzu erfreulicher Tag für dich.« Er lächelte humorlos, entblößte dabei wie zufällig zwei lange Zähne. »Lass dir gesagt sein, dass auch ich diesen Tag in keiner guten Erinnerung habe. Immerhin bedeutete er, dass ich sehr viele Jahre warten musste, bevor ich dich endlich in die Finger kriegen würde.«

Er machte unerwartet zwei Schritte nach vorn.

»Zurück!«, bellte Elias. Obwohl er hinter Emily stand, hätte sie schwören können, dass sich sein Körper auf eine Weise verkrümmte, die gegen jegliche anatomische Möglichkeiten verstieß.

»Der Straßenköter verteidigt sein Aas«, murmelte Michael leise, blieb aber stehen. Dann wandte er sich wieder an Emily. »Hat er dir schon angeboten, sein Blut zu trinken?« Er blickte sie aufmerksam an. Dann seufzte er, als hätte er nichts anderes erwartet. »Das alte Spiel also«, meinte er nickend. »Du kannst es nicht lassen, was, Nosophoros?«

Emily zwang das Zittern aus ihrer Stimme. So ausweglos die Situation auch war: Sie wollte endlich wissen, was hier gespielt wurde. »Was soll das, Elias? Was soll das alles?«

Statt einer Antwort drückte Elias ihr seine Klauen fester in den Hals.

Michael lächelte abfällig. »Elias«, wiederholte er belustigt. Jedes Mal, wenn sein Blick sie streifte, füllte sich ihr Geist mit abscheulichen Bildern, mit toten Erinnerungen, die ihr wie Gift durch die Seele rannen und ihren Verstand verpesteten. Das Schlimmste daran war aber, dass sie ihr die Wahrheit zeigten. Es waren ihre Erinnerungen, die Michael Stück für Stück aus dem Vergessen riss.

»Und jetzt genug mit diesen Albernheiten. Gib sie mir, und ich lasse dich vielleicht am Leben.«

Jetzt war Elias an der Reihe, abfällig zu lachen. Es klang fremdartig und kehlig. Wie hatte sie sich nur auf ihn einlassen können? Sie verfluchte ihre Naivität. »Du lässt mich *vielleicht* am Leben?«, schnarrte Elias »Weißt du eigentlich, was du da sagst?«

»Das weiß ich sehr genau.« Michaels Tonfall hatte etwas ungemein Bedrohliches angenommen. »Und glaub nicht, deine Haustierchen in den Tunneln könnten dich retten. Diesmal nicht!«

»Hol sie dir doch, wenn du dir so sicher bist. Aber wie ich dich kenne, traust du dich selbst das nicht. So kurz vor dem Ziel und auch jetzt ein Feigling. Schade, dass dein Sohn das nicht erleben kann. Oh, das habe ich vergessen, du warst ja auch zu feige, ihn selbst zu töten.«

Michaels überraschter Gesichtsausdruck freute Elias. Das konnte selbst Emily spüren.

»Oh ja, ich weiß Bescheid.« Elias' Stimme troff vor Genugtuung. »Ebenso wie ich davon weiß, dass du zu feige bist, derlei selbst auszuführen.«

Michael fing sich schnell. »Dann weißt du sicher auch, was jetzt kommt. Aaron!«

Hinter dem Erzengel schälte sich eine Gestalt aus dem Dunkel. Noch bevor sie ihn erkannte, wusste Emily, dass es der Vampir war, den sie gewittert hatte. Der Vampir, der ihr vor dem Haus der Lancehearts aufgelauert hatte. Und er war nicht allein. Er schleifte eine Person hinter sich her, die Emily zunächst nicht erkannte. Dann schrie sie auf.

Es war Jake.

22

»Was soll das?«, fragte Elias. Er versuchte, sich nichts anmerken zu lassen, wirkte aber mit einem Mal angespannter.

»Wir wissen beide, dass ein Kräftemessen sinnlos wäre, außerdem habe ich keine Lust, mir die Finger an dir schmutzig zu machen, Pestbringer.«

Wie gelähmt starrte Emily die Gestalt an. Jake! Was machte er hier? Als ihr Blick den seinen traf, schossen ihr Tränen in die Augen. In seinem Blick lagen Angst und Schmerz, aber er schien unversehrt. Er sah sie stumm an.

»Lasst ihn gehen!«, brüllte sie. »Lasst ihn sofort gehen!«

»Sicher doch«, säuselte Michael. »Du musst dem da nur klarmachen, dass du seine Dienste nicht länger in Anspruch nehmen möchtest.«

»Wenn du nicht siehst, dass das ein Trick ist, ist dir nicht mehr zu helfen«, giftete Elias dagegen. Seine Stimme gurgelte wie ein Abfluss. »Trink von meinem Blut, oder gib alles auf, wofür du gekämpft hast!«

Emily hatte das Gefühl, jeden Moment den Verstand zu verlieren.

»Tu es nicht!«, schrie Jake aus vollem Hals und wollte sich losreißen. Er kam nicht weit. Aaron packte ihn und schleuderte ihn gegen einen windschiefen Grabstein, wo er reglos liegen blieb.

»Jake«, hauchte sie hilflos. »Was habe ich getan?«

»Du wirst noch mehr Unheil anrichten, wenn du nicht auf mich hörst.« Elias' Stimme drang wie durch Watte an ihr Ohr. Sie hörte gar nicht richtig hin. Für sie gab es keine Zweifel an Jakes Warnung.

Michael deutete ein trauriges Nicken an. Ein diabolisches Grinsen breitete sich auf Aarons Zügen aus. Er schien auf diesen Moment gewartet zu haben. Er packte den am Boden liegenden Jake und riss ihn hoch, um ihm die Zähne in den Hals zu schlagen. »Willst du dieses jämmerlich kurze Leben retten?« Michael deutete auf den reglosen Jake. »Dann ist dies deine letzte Chance, Herbstbringer!«

»Aufhören!«, brüllte Emily aus Leibeskräften und versuchte, sich Elias' Krallen zu entwinden. Die ganze Welt hatte aufgehört zu existieren, sie sah nur noch Jake und Aaron.

In einer zuckenden Bewegung verschwand auch der letzte Rest der Person aus Elias' Zügen, die er dargestellt hatte. Seine Haut wurde aschfahl, seine Augen traten in die Höhlen zurück, und eine Wolke ekelerregenden Gestanks bildete sich um ihn. Benommen von dem fauligen Geruch verlor Emily das Gleichgewicht. Sie wurde in einen Wirbel aus Schwärze und Gestank gezogen, der alles andere ausblendete. Das Nächste, was sie bewusst wahrnahm, war das hassverzerrte Gesicht von Elias, der sich in einer grotesken Umarmung über sie beugte. Ihr Kopf schmerzte, doch der Schmerz half ihr, nicht den Verstand zu verlieren. Sie hatte keine Angst mehr. An ihren Platz trat wieder jene eiskalte Wut, die sie mittlerweile begrüßte wie eine gute Freundin.

»Genug mit den Spielereien«, knurrte Elias in einer Stimmlage, die keine normale Kehle produzieren sollte.

»Ich habe lange genug darauf gewartet, dich bezahlen zu lassen!«

»Aber wofür?«, fragte Emily keuchend. »Ist das die Dankbarkeit dafür, dass ich dir das Leben gerettet habe, als ich dich umbringen sollte?«

Er lachte ein bellendes Lachen. »Oh ja, mein Leben hast du verschont. Und mich so zu einem Geächteten gemacht, meine Familie entehrt.«

»Von was redest du?« Emily blickte ihn fassungslos an. Alles andere war für den Moment vergessen.

»Wie süß. Kaum ein paar Jahre unter der Erde, und schon willst du dich an nichts mehr erinnern?« Er spuckte aus. »Durch deinen grausamen Akt der Barmherzigkeit habe ich meine Ehre verloren, wurde ein Gejagter und Ausgestoßener. Du hättest mich töten sollen, wenn dir etwas an mir gelegen hätte. Ich, verschont von einem jungen Mädchen! Ich, Nosophoros, der Pestbringer! Ich konnte mir vor Scham selbst nicht mehr in die Augen blicken.«

Sie war in eine Falle gelaufen. Vor Wochen schon. »Aber warum all das? Warum hast du mich gerettet?«

Er blickte sie verständnislos an. »Ist das nicht offensichtlich? Ich hätte dich jederzeit töten können. Doch welchen Lustgewinn hätte mir das verschafft? Ich wollte dein Vertrauen, um es dir in einem einzigen grausamen Moment wieder zu entreißen.«

Mit Entsetzen beobachtete Emily, wie sich unter seiner Haut etwas regte. Irgendetwas krabbelte durch sein Fleisch!

Mit Händen, die nur aus Knochen und grauen Sehnen bestanden, presste er sie fest auf den Boden. Sie hatte das Gefühl, in der feuchten Friedhofserde zu versinken. Um sie herum waberten graue Schleier.

Gelähmt sah sie mit an, wie das Ding, das Elias gewesen

war, seinen Mund öffnete. Zähflüssiges Blut quoll daraus hervor. »Und jetzt trink!«, hörte sie noch, dann verlor sie die Beherrschung. Mit einer Schnelligkeit, die jegliche physikalische Gesetze verhöhnte, riss sie den Kopf herum und grub ihre Zähne so fest sie konnte in Elias' Hals. Sie wusste längst, dass ihre Stärke nicht auf ihn übergehen würde. Das alles war nur eine Lüge gewesen, er hatte nur gewollt, dass sie sich verriet – direkt vor seinen unbarmherzigen Augen. Das erste Mal vermisste sie ihre spitzen Zähne. Sie musste mit aller Kraft zubeißen, um seine ledrige Haut zu durchdringen. Endlich spürte sie, wie das Gewebe nachgab und ihr Gebiss sich tief in sein sehniges Fleisch hineingrub. Er schrie, doch Emily konnte nicht sagen, ob aus Schmerz oder aus Wut. Wahrscheinlich beides.

Dickflüssiges Blut floss zwischen ihren Zähnen hindurch, strömte zäh wie Sirup in ihren Mund. Es brachte sie an den Rand der Besinnungslosigkeit, erfüllte sie mit einem so starken Ekel, dass sie am liebsten sofort abgelassen hätte. Sie riss ihren Kiefer hin und her, verbiss sich immer tiefer in sein Fleisch. Dann ließ sie von ihm ab.

Der Nebelschleier lichtete sich, und es war, als würde die Zeit mit einem Ruck weiterlaufen.

Sie würgte pechschwarzes Blut hervor und blickte es mit fasziniertem Horror an. Das war es also. Sie hatte Blut getrunken, hatte sich zu erkennen gegeben.

Es konnten erst einige Sekunden vergangen sein, und doch schien es ihr wie eine Ewigkeit, seit sie die übrigen Ereignisse auf dem verwitterten Friedhof bewusst wahrgenommen hatte.

Elias lag neben ihr auf dem Boden, sein schmerzverzerrtes Gesicht über und über voller zähflüssigem, schwärzlichem Blut. Aaron ließ von Jake ab. Gierig blickte er zu Elias. Auf ein stummes Kommando von Michael hin stürmte er los und stürzte sich mit einem gurgelnden Schrei auf ihn.

Hastig robbte Emily von den beiden Vampiren weg. Und fand sich Michael gegenüber.

Langsam näherte er sich. Sein Schritt gelassen, seine Miene beherrscht. Und kein Ausweg in Sicht. Sie rappelte sich auf. Übelkeit übermannte sie. Wie viel Blut hatte sie geschluckt? Sie musste würgen, unterdrückte den Reiz aber. Michael hatte sie fast erreicht. Noch immer fehlte jede Spur von anderen Vampiren. Dennoch war sie sich sicher, dass sie nicht allein auf dem Friedhof waren.

Sie riskierte einen raschen Blick zu Jake, der zusammengekauert an dem Grabstein lehnte. Nackte Panik lag in seinem Blick, doch er lebte.

Heftige Krämpfe schüttelten sie, zwangen sie auf die Knie.

»Aaah«, machte Michael. Ein triumphierendes Funkeln glomm in seinen Augen. »Willkommen zurück in unserer Welt, Levana.«

Emily versuchte, den Worten einen Sinn abzuringen. Dann spürte sie es. Die Übelkeit ebbte ab, wurde postwendend durch ein Gefühl ersetzt, das sie zutiefst erschütterte. Genugtuung über den Biss. Nein, nicht nur Genugtuung. Euphorie.

Und was war das? Ihre Zunge fuhr über Eckzähne, die alles andere als kurz waren. Sie wurden wieder spitz! Nun gab es kein Zurück mehr. Selbst wenn sie diesen Friedhof lebendig verlassen sollte: Sie wäre auf ewig eine Gejagte unter den Vampiren, eine Gefürchtete unter den Menschen. Eine Geächtete, die nirgendwo zu Hause war.

Statt der Trauer, die sie erwartet hatte, durchströmte sie bei dieser Erkenntnis eine tiefe Gelassenheit. So klar wie nie zuvor überblickte sie ihre Situation. Und sah Michael an, der sich direkt vor ihr aufgebaut hatte.

»Jetzt also zu uns«, sagte er mit ruhiger und dennoch durchdringender Stimme. »Endlich. Ich habe viel zu viele Jahrzehnte auf diesen Moment warten müssen. Viel zu viele geschmacklose Menschen getötet. Viel zu viele unfähige Könige und Königinnen kommen und gehen sehen. Von den debilen Prinzen ganz zu schweigen. Ob es so sein wird, wie ich es mir immer vorgestellt habe?« Ein boshaftes Lächeln kroch seine Mundwinkel empor. »Nein … ich glaube, es wird sogar besser.«

In der grotesken Parodie einer väterlichen Pose ging er vor ihr auf die Knie, bis ihre Gesichter auf Augenhöhe waren.

»Ich habe mir oft ausgemalt, wie es sein wird, dir am Ende gegenüberzustehen. Ob du dazu gezwungen werden musst, dich zu dir selbst zu bekennen, oder doch nicht anders kannst, als deiner Art gerecht zu werden. Ich hatte allerdings nie einen Zweifel daran, dass ich es sein würde, der dich als Erster zu fassen bekommt.« Er blickte beinahe mitleidig zu Nosophoros hinüber, der Aarons Ansturm verzweifelt Gegenwehr leistete und versuchte, sich in eine nahe Gruft zu retten. »Sicher, ich hätte mit hundert Mann anrücken können, um wirklich sicherzugehen. Doch ich wollte dich allein treffen.«

Das überraschte Emily. Es waren also tatsächlich keine anderen Vampire zugegen?

»Was habe ich dir getan? Was habe ich euch allen getan?« Eigentlich wollte Emily nur Zeit schinden, um zu überlegen, wie sie diese Neuigkeit zu ihrem Vorteil nutzen konnte.

»Immer hast du kleines, ach so unschuldiges Ding in meiner Vorstellung diese Frage gestellt. Und immer habe ich dir gesagt, dass du die größte Schande über uns gebracht hast, die man sich vorstellen kann. Du hast unsere Art entehrt, dich gegen das gestellt, für das ich seit Jahrhunderten kämpfe.« Seine Stimme erhob sich. »Du hättest uns fast dem Untergang preisgegeben, hast deine Familie entehrt und uns in einen ebenso sinnlosen wie endlosen Krieg gehüllt. Doch eigentlich sollte ich dir dankbar sein. Zuvor war deine Familie die stärkste unserer Welt. Deine Rebellion hat sie gestürzt. Die vergangenen Jahrzehnte haben gezeigt, dass niemand dem anderen überlegen ist. Wer dich jedoch endgültig vom Antlitz dieser verachtenswerten Welt tilgt, erringt die Vorherrschaft. So einfach ist das.«

Emily fand es ganz und gar unangebracht, derart lapidar über ihren Tod zu reden. Erzengel hin oder her, Michael nahm sich eindeutig zu viel heraus.

»Wie kann man nur auf etwas stolz sein, das auf Mord, Verrat und Intrigen aufgebaut ist?«

»Oh nein, Herbstbringer, du kannst mich nicht provozieren«, sagte Michael grimmig. »Das hättest du wohl gern – dass ich dich schnell und impulsiv töte. Aber nein. Du bist etwas Besonderes. Und für besondere Dinge nimmt man sich doch Zeit, oder? Das habe ich schon damals bei deiner Mutter beherzigt. Oh, wie sie sich gegen den Tod gewehrt hat. Doch am Ende hat selbst sie darum gebettelt.«

Ein kühler Hauch strich an ihrer Wange vorbei. Er liebkoste sie, schmiegte sich an sie wie ein zutrauliches Tier, als wolle er sie davon abhalten, durch diese verletzenden Worte die Beherrschung zu verlieren. Noch. Sie spürte, wie das welke Laub rings um sie zu zittern begann. Der würzige Geruch des Herbstes stieg ihr in die Nase. Ihr Geruch.

Der Herbstwind erwachte. Und da war noch etwas in der

willkommenen Brise, die sie umgarnte. Etwas Vertrautes. Etwas voller Wärme und Liebe.

»Wahrlich«, höhnte er, »ich werde nie verstehen, wie man sich derart erniedrigen kann. Und weißt du was? Es ist mir egal. Weil ich dir deine verfluchte Existenz in wenigen Augenblicken derart schmerzhaft austreiben werde, dass du dir wünschen wirst, nicht so verflucht schwer zu töten zu sein. Du wirst dir wünschen, nie als Vampir geboren worden zu sein.«

Emily konnte nicht anders. Sie musste lachen. »Du hast wirklich gar nichts begriffen!« Sie kanalisierte die fauchende Wut in ihrem Inneren und riss sich von Michael los, der einen Augenblick lang erstaunt auf die Stelle starrte, an der sie gerade noch gekauert hatte.

Dieser Moment reichte Emily. Ohne zu wissen, warum sie es tat, riss sie die Arme hoch und schloss die Augen. Sofort schwoll ein Rauschen an, das sie in dieser Intensität noch nie vernommen hatte. Ein gewaltiger Wind kam auf, wirbelte das Friedhofslaub zu haushohen Säulen auf.

Michael beobachtete das Schauspiel verwirrt. Der Wind steigerte sich zu einem Heulen, stob durch Emilys Haare und zerrte an ihrer Kleidung. Der Erzengel musste sich gegen den Sturm stemmen, um nicht das Gleichgewicht zu verlieren.

»Das wird dir nichts nützen, Herbstbringer!«, rief er gegen den Wind an. Jetzt hob auch Michael die Arme und murmelte stumme Worte in den Wind.

Ein Fauchen zerriss die Welt, als der Kampf in der Luft ausgetragen wurde. Emily spürte, wie der Herbstwind an Kraft verlor, wie er von Michaels unsichtbarer Macht niedergerungen wurde. Schon fielen die Laubsäulen in sich zusammen, verflüchtigte sich das Geheul. Jetzt war es Emily, die zurückgedrängt wurde. Unsichtbare Klauen zerrten an ihr, versuchten, sie in alle Himmelsrichtungen gleichzeitig fortzureißen.

Dann war sie nicht mehr allein. Sie spürte eine tiefgreifende Wärme in sich, die sich von der Körpermitte ausbreitete und in jede Faser ihres Seins floss. Sie spürte die Gegenwart ihrer Mutter, die Seele, die sie beide über den Tod hinaus einte. Weil ihre Mutter sie geliebt hatte, war Emilys Seele verschont geblieben. Ein Vampir würde das niemals verstehen – und das war ihr Vorteil. Michael unterschätzte sie, wusste nicht, dass es die Macht ihrer Seele gewesen war, die den Fluch in Stärke verwandelt hatte.

Schon tat er wieder einen Schritt auf sie zu, stemmte sich entschlossen gegen den Wind.

Emily schrie. Sie schrie Michael all ihre Wut, all ihre Angst, all ihre Stärke entgegen, legte die gesamte Verachtung ihresgleichen gegenüber in diesen Schrei.

Und der Sturm stimmte ein.

Mächtiges Gebrüll fegte über den Friedhof, ließ die Eisentore der Gruften ächzen und türmte das Laub höher auf als je zuvor. Kleinere Bäume wehrten sich vergeblich gegen den brausenden Wind und wurden mit splitterndem Krachen entwurzelt.

Alles – Laub, Äste, Steine – wirbelte auf Michael zu, der von spiralförmigen Laubzyklonen umweht wurde und zunehmend Schwierigkeiten hatte, zur Gegenwehr anzusetzen.

Wieder schloss Emily mit erhobenen Händen die Augen. Eine unfassbare Kraft durchströmte sie. Sie hatte alle Mühe, nicht die Kontrolle darüber zu verlieren und selbst fortgerissen zu werden.

Ein gewaltiges Grollen holte sie in die sturmumtoste

Wirklichkeit zurück. Sie sah gerade noch, wie Michael die Augen entsetzt aufriss, dann stürzte eine knorrige alte Eiche auf ihn herab. Emily konnte kaum glauben, was sie sah: Wie ein grauenerregender Atlas, der die Welt auf seinen Schultern trägt, hielt Michael dem dicken Baum stand, trug ihn auf Händen, die zwar zitterten, aber nicht nachgaben.

»Ist das alles? Ist das deine Stärke?«, bellte er ihr entgegen. Und für einen kurzen Augenblick fragte sich Emily dasselbe. Dann war der Moment der Schwäche vorbei.

Sie war nicht allein.

»Nein«, sagte sie leise. »Das ist erst der Anfang.«

Und dann brach die Hölle los. Von allen Seiten wirbelten Steine und ganze Grabplatten auf Michael zu. Noch hielt er dem Ansturm stand, wurde jedoch mit jedem Treffer schwächer. Etwas blitzte in seinen Zügen auf, das sich in all den Jahrhunderten noch nie dorthin verirrt hatte. Angst.

»Das ist unmöglich«, presste Michael hervor. Seine Lippen waren ein bleicher Strich, seine Augen traten hervor. »So … so darf es nicht geschehen!«

Steinbrocken prallten gegen seine Arme, brachen seine Knochen und schlugen in sein Gesicht ein. Er schrie auf, als sich ein aus der Erde gerissenes Steinkreuz in seine Seite bohrte und ihn endgültig zu Fall brachte.

Schon war ein regelrechter Hügel aus Holz, Schutt und Grabkreuzen über ihm entstanden. Emily wusste nicht, ob ihn das getötet hatte. Sie war sich nicht einmal sicher, ob sie ihn überhaupt töten konnte. Wie tötete man einen Erzengel? Egal. Es verschaffte ihr Zeit.

Sie eilte zu Jake, der beinahe gänzlich unter Laub begraben war. Sie sah sofort, dass es ihn geschützt hatte. Rings um seine reglose Form lagen faustgroße Steine und armdicke Äste, doch schien nichts den Schutzwall aus Laub durchbrochen zu haben.

Der Wind schwoll ab, und mit ihm verschwand auch die Wärme. Emily wusste jedoch, dass sie dieses Gefühl der Geborgenheit, der Zugehörigkeit, nie wieder hergeben musste.

Sie kniete sich neben ihn und befreite ihn behutsam von der welken Blätterdecke.

»Jake, geht es dir gut? Sag doch was!«

Ihre Hände berührten seine Wangen. Zunächst geschah nichts, dann flatterten seine Augenlider. Tiefe Erleichterung, wie sie sie noch nie zuvor gespürt hatte, durchströmte sie. »Emily«, wisperte er heiser und spuckte kleine Blätter aus. »Emily, es tut mir leid!«

Sie griff seine Hand. »Mir auch. Mir tut es auch leid! Ich hätte auf dich hören sollen. Du hattest recht, mit allem.« Sie schluchzte. »Und jetzt ist es zu spät.«

Er sah sie fragend an. Wie gut es tat, wieder in diese warmen Augen zu blicken!

»Ich habe Blut getrunken, Jake! Ich bin eine von ihnen – und ab sofort eine Gejagte.«

»Wenn's weiter nichts ist.« Er rappelte sich auf. »Ich hab dir doch gesagt, dass du schon mehr auf Lager haben musst, um mich loszuwerden.«

Sie blickte ihn einen Augenblick lang an, strich ihm eine Haarsträhne aus dem Gesicht und drückte ihm einen Kuss auf die Lippen. Da raschelte Laub hinter ihr. Sie fuhr herum, darauf gefasst, in Michaels gnadenlose Augen zu blicken.

Was sie sah, erstaunte sie fast noch mehr. Es war Glöckchen, die unsicher auf die beiden zutrat. Erstmals sah Emily etwas anderes als Neid und Verachtung in ihren Zügen.

Tränen standen ihr in den Augen, als sie flüsterte: »Es tut mir so leid – ich hatte ja keine Ahnung …«

»Anne?«, keuchte Jake hinter ihr. »Anne – bist du das?«

Verwirrt sah Emily zwischen Jake und Glöckchen hin und her. Anne? *Die* Anne, Sophies Freundin?

»Ja«, hauchte das Mädchen, das plötzlich klein und zerbrechlich wirkte. Sie begann zu schluchzen. »Das wollte ich nicht! Ehrlich, ich wusste nicht, was Elias vorhatte. Ich wollte doch nur von diesem schrecklichen Leben erlöst werden.«

»Wovon redest du?«, fragte Jake. »Was für ein Leben?«

»Ich bin nicht gestorben, Jake«, sagte sie verzweifelt. »Oder nicht so richtig. Was eigentlich noch schlimmer ist. Elias hat versprochen, uns zu richtigen Vampiren zu machen, sobald er wieder mit dem Herbstbringer vereint ist. Alles Lüge!« Sie weinte bittere Tränen. »Ich habe dich verraten, Herbstbringer, und ich hasse mich dafür. Ich … ich wollte doch nur so werden wie ihr … wie du. Elias hatte nur noch Augen für dich, also bin ich zu Michael gegangen. Er versprach, mich sofort zu einer Vampirin zu machen. Aber jetzt … jetzt weiß ich, dass ich einen Fehler gemacht habe.«

Jake starrte Anne noch immer ungläubig an.

»Komm, wir müssen verschwinden!«, sagte Emily.

Anne schüttelte traurig den Kopf. »Ich nicht. Ich habe einen Pakt mit Elias geschlossen, der nur durch den Tod gelöst werden kann.« Trotzig presste sie die Lippen aufeinander, bis sie weiß wurden. Sie blickte zu dem Schutthaufen, unter dem Michael begraben lag. »Und wie man sieht, kann man diese Monster töten.«

»Anne, das ist Selbstmord!«, keuchte Jake. »Komm mit uns. Wir …« Er hielt inne und wandte sich an Emily. »Wohin gehen wir eigentlich?«

Emily erwiderte nichts darauf. Sie wusste es nicht.

»Ihr solltet die Stadt so schnell wie möglich verlassen. Los jetzt, macht, dass ihr wegkommt. Nehmt den Weg über das Mausoleum dort hinten, neben dem großen umgestürzten Kreuz. Er führt direkt in die Kanalisation und dann ins Freie.«

»Was ist mit dir?«, fragte Jake, als sie sich zum Gehen wandten.

»Ich habe eine Aufgabe. Auch ich habe inzwischen manchen Trick gelernt. Und ich bin nicht allein.«

Jake blickte sie fragend an. »Was meinst du damit? Ich sehe hier niemanden.«

Sie lächelte ein kleines, trauriges Lächeln. »Und doch sind sie hier. Dieser Vampir hat viele auf dem Gewissen. Ihre Körper mag er aus dem Weg geschafft haben – ihre Seelen allerdings nicht.«

Emily bemerkte plötzlich eine andere, zornige Präsenz. »Ich spüre sie auch«, sagte sie leise. »Sie … sie sind überall, nicht wahr?«

»Ja.«

»Werden sie auf unserer Seite kämpfen?«

»Sie kämpfen auf niemandes Seite. Sie kämpfen für sich. Dafür, endlich Ruhe zu finden.«

Emily nickte nachdenklich. Jake sah sie verwundert an, sagte aber nichts.

Anne atmete tief durch. »Bitte verzeih mir, Herbstbringer. Bitte verzeih mir.«

Emily konnte nur nicken. In ihrem Hals saß ein dicker Kloß.

»Lebt wohl«, sagte Anne, dann eilte sie ohne ein weiteres Wort an ihnen vorbei. Hinter ihr folgten die verfluchten Seelen der Ermordeten.

EPILOG

Als Emily und Jake vor dem Mausoleum standen, das Anne ihnen gezeigt hatte, blickten sie ein letztes Mal zurück. Emily wusste nicht, ob Michael wirklich vernichtet war. Dennoch hatte sie gespürt, wie seine Macht erloschen war. Als hätte ihre Überlegenheit genügt, um die Stärke aus ihm herauszusaugen. Dann streifte ihr Blick eher zufällig den Himmel. Sofort begann ihr Herz, heftiger zu pochen.

Der Morgen graute, zeichnete erste blassrosa Streifen an den Horizont.

»Jake«, hauchte sie erleichtert. »Es dämmert. Wir sind gerettet!«

Doch Jake hatte sich schon durch den Eingang des Mausoleums in den niedrigen Gang geschleppt. »Wir sollten abhauen«, sagte er merkwürdig bitter.

Sie stiegen einige Steintreppen hinab und befanden sich bald darauf in der Kanalisation. Schnurgerade verlief der schmale Steg neben dem träge fließenden Wasser. Die Wände waren glitschig und mit schleimigem Moos bedeckt, immer wieder verließen fette Ratten fluchtartig ihre Verstecke.

Weg, nur möglichst weit weg von hier. An mehr konnte und wollte Emily nicht denken. Sie traute dem Frieden noch nicht.

Unter einer eisernen Leiter blieb Jake stehen. Sie mündete einige Meter über ihnen in einen Gullydeckel, durch den fahles Licht fiel.

»Was hast du?«

Jake schüttelte müde den Kopf. Da war es wieder, sein unverkennbar schiefes Lächeln, das er immer dann aufsetzte, wenn es eigentlich überhaupt nichts zu lachen gab. Er sah Emily an. »Es hat sich nichts daran geändert, dass ich für immer mit dir zusammen sein will.«

»Jake, auch ich möchte die Zeit mit dir verbringen, die uns bleibt. Es ist nur … ich habe Blut getrunken. Ich bin eine Gejagte. Und doch will ich eine Jägerin werden. Ich weiß jetzt, was meine Bestimmung ist. Ich werde mich gegen die Grausamkeit und die Macht der Erzengel stellen, damit sie nicht bis in alle Ewigkeit die Welt regieren. Sie haben genug Tod und Verderben über diese Welt gebracht. Ich muss die verlorenen Seelen einen, um den Wandel der Zeiten herbeizuführen. Vielleicht kann ich so auch Annes Seele retten. Das ist mein Fluch und zugleich mein Segen.« Sie fuhr sich erneut mit der Zunge über die spitzen Zähne. Es schüttelte sie. »Deshalb werde ich von nun an eine Ausgestoßene sein. Jägerin und Gejagte. Und so gern ich dich an meiner Seite wüsste, weiß ich einfach nicht, ob ich dir das antun kann.«

Jake krempelte einen Ärmel hoch. »Dann liegt es jetzt an dir, zu entscheiden, ob wir für immer zusammen sein werden oder heute das letzte Mal gemeinsam einen Sonnenaufgang erleben können.«

Entsetzt blickte Emily auf seinen nackten Arm. Ihre Augen weigerten sich, das, was sie sahen, an ihr Gehirn weiterzugeben.

Das konnte nicht sein!

Und doch sah sie überdeutlich zwei Bisswunden in seinem Oberarm. Rund um die Einstiche hatte sich ein schwarzes Adergeflecht gebildet, das sich rasch ausbreitete. Sie wusste, dass es ein Sinnbild des Todes war, das unaufhörlich wachsen würde. Und es hatte bereits begonnen.

»Oh nein!«, ächzte sie. »Oh nein, oh nein, oh nein!«

»Sieh mich an.« Sanft drehte er ihr Gesicht zu sich. Er beugte sich vor und küsste eine Träne weg. »Ich verlange nichts von dir. Ich weiß, dass du mir das, was auf mich wartet, ersparen willst. Aber es ist sowieso zu spät. Ich werde auf jeden Fall zu einem Untoten. Das hast du mir selbst so erklärt. Du kannst mich zu einem Vampir machen und mich so am Leben erhalten. Dann könnten wir für immer zusammenbleiben.«

»Jake«, sagte sie mit bebender Stimme. »Ich kann das nicht! Ich kann dich nicht zu etwas machen, das ich zutiefst verabscheue.«

»Das verstehe ich«, flüsterte er. »Es ist deine Entscheidung.« Er wurde von einem Hustenanfall geschüttelt. »Aber gemeinsam sind wir stärker. Ich will an deiner Seite kämpfen!«

Wieso machte man es ihr nur so schwer? Wieso gestand man ihr nicht diesen einen Triumph zu?

Es kostete Jake jetzt merklich Anstrengung, zu reden. »Mein Großvater … er hatte ein geheimes Fach, in dem ich jede Menge … Bargeld gefunden habe. Neben dem Geld lag ein Zettel, den er für den Fall seines Todes … dort deponiert hatte. Darauf stand, dass ich zu meinen Eltern nach Amerika … fliehen soll. Und, dass sie Bescheid wüssten. Was immer das auch heißen mag. Ich habe … das Geld bei mir. Es … es reicht für zwei Flugtickets.« Wieder umspielte das feine Lächeln seine Lippen. »Mit etwas Glück sogar für die erste Klasse.«

Sie schüttelte ungläubig den Kopf. »Nein, das kann alles nicht wahr sein! Du bist gar nicht hier, du bist nicht hier!«

Ein neuerlicher Hustenanfall zwang ihn in die Knie. Keuchend lehnte er sich an die bemooste Wand. »Was immer … du auch tust, Emily. Ich werde … dich immer lieben.« Dann schloss er die Augen.

»Jake!«, brüllte sie panisch und schüttelte ihn. Doch er regte sich nicht. »Jake!«

Urplötzlich wehte ein kaum wahrnehmbares Raunen durch die Kanalisation. Es brachte den würzigen Geruch des Herbstes mit sich und verdrängte den Gestank des Flusses für einen Augenblick.

Sie atmete tief durch und blinzelte die Tränen weg. Diese Geschichte war noch nicht zu Ende. Es musste einen Weg geben, sich von diesem Fluch zu lösen. Sie würde tun, was nötig war, um diesen Weg zu finden. Um die Welt zu verändern. Und dafür brauchte sie Jake.

Ihr Blick glitt die Leiter entlang nach oben. Durch den Kanaldeckel drang der Schein der Dämmerung. Wenn, dann würde sie Jake schnell hier rausbringen müssen. Schon bald würde er kein Tageslicht mehr ertragen können.

Sie beugte sich über ihn. Sie hatte keine Ahnung, ob es funktionieren würde, was es mit ihm anstellte oder ob er es überhaupt überleben würde. Würde er sie noch lieben, wenn sie ihn zum Vampir machte? Konnte er dann überhaupt noch lieben?

Sie musste es versuchen. Ohne einen weiteren Gedanken biss sie sich so fest sie konnte in Jakes Unterarm und begann zu trinken. Der bittere Geschmack von Eisen füllte ihren Mund, und beinahe ließ sie sich von dem Rausch hinreißen. Sie spürte, wie das Blut aus ihm herausströmte, und es kostete sie alle Kraft, rechtzeitig von ihm abzulassen.

Schließlich setzte sie sich auf und lehnte sich an die glitschige Tunnelwand.

Die Zeit verrann entsetzlich langsam. Emily weinte und hoffte, strich dem reglosen Jake die Haare aus dem Gesicht.

Immer weiter kroch die Morgendämmerung in die Kanalisation herab.

Nach einer Endlosigkeit bangen Wartens schlug Jake die Augen auf. »Hallo, Herbstmädchen.« Das fahle Licht des Tages fiel auf zwei spitze Zähne. Ein schiefes Lächeln umtanzte seine Lippen. »Jetzt wirst du mich nie wieder los.«

Gemeinsam stiegen sie an die Oberfläche. Eine rote Sonne ging über London auf. Als hätte der Himmel Blut geweint.

Emily hielt Jake fest an der Hand. Er schirmte die Augen gegen das Licht ab. Allzu lange würde er es hier draußen nicht aushalten. Nicht mehr. Emily war es egal. Die Nacht war schließlich wunderschön und voller Geheimnisse.

Sie atmete tief durch. Es roch nach Herbst … und nach Hoffnung.

Sie nickte entschlossen und blickte in den neuen Tag.

Der Wandel der Zeiten hatte begonnen.

*Quellennachweis:

Das Zitat auf S. 83 unten stammt aus:

Willam Shakespeare: »Romeo und Julia«, 3. Akt, 5. Szene, Julia. Aus: William Shakespeare. Sämtliche Werke. Ins Deutsche übertragen von August Wilhelm Schlegel, Dorothea und Ludwig Thieck, Wolf Graf Baudissin, Ferdinand Freiligrath, Friedrich Bodenstedt, Gottlob Regis, Karl Simrock. Phaidon Verlag GmbH, S. 1172.

Das Zitat auf S. 178 stammt aus:

William Shakespeare: »König Lear«, 4. Akt, 1. Szene, Gloster. Aus: William Shakespeare. Sämtliche Werke. Ins Deutsche übertragen von August Wilhelm Schlegel, Dorothea und Ludwig Thieck, Wolf Graf Baudissin, Ferdinand Freiligrath, Friedrich Bodenstedt, Gottlob Regis, Karl Simrock. Phaidon Verlag GmbH, S. 1133.

Das Gedicht auf S. 181 stammt aus:

Emily Brontë: »The night is darkening round me«. Aus: Clement Shorter: The Complete Poems of Emily Brontë, Hodder and Stoughton, New York and London, 1908, S. 103.

Das Zitat auf S. 357 oben stammt aus:

Bram Stroker: »Dracula. Ein Vampyr-Roman«. Aus dem Englischen übersetzt von Heinz Widtmann, Fischer Klassik, 2008.

»Ein absoluter Pageturner voller zauberhafter Ideen. Romantisch, witzig – magisch! Unbedingt lesen!« KERSTIN GIER

Eva Völler
ZEITENZAUBER
Die magische Gondel
336 Seiten
mit zahlreichen
Abbildungen
ISBN 978-3-8339-0026-6

Die 17-jährige Anna verbringt ihre Sommerferien in Venedig. Bei einem Stadtbummel erweckt eine rote Gondel ihre Aufmerksamkeit. Seltsam. Sind in Venedig nicht alle Gondeln schwarz? Als Anna kurz darauf mit ihren Eltern eine historische Bootsparade besucht, wird sie im Gedränge ins Wasser gestoßen – und von einem unglaublich gut aussehenden jungen Mann in die rote Gondel gezogen. Bevor sie wieder auf den Bootssteg klettern kann, beginnt die Luft plötzlich zu flimmern und die Welt verschwimmt vor Annas Augen ...

Baumhaus